U0588103

容膝斋纵谈集

石竹/著

中国出版集团　现代出版社

图书在版编目(CIP)数据

容膝斋纵谈集／石竹著. －－北京：现代出版社，
2023.6

ISBN 978－7－5231－0343－2

Ⅰ．①容…　Ⅱ．①石…　Ⅲ．①文学评论－中国－文集
Ⅳ．①I206－53

中国国家版本馆 CIP 数据核字(2023)第 103755 号

容膝斋纵谈集

作　　者	石　竹
责任编辑	杨学庆
出版发行	现代出版社
地　　址	北京安定门外安华里 504 号
邮政编码	100011
电　　话	010—64267325　010—64245264(兼传真)
网　　址	www.1980xd.com
印　　刷	北京荣泰印刷有限公司
开　　本	710 毫米×1000 毫米　1/16
印　　张	24.5
字　　数	330 千字
版　　次	2023 年 8 月第 1 版　2023 年 8 月第 1 次印刷
书　　号	ISBN 978－7－5231－0343－2
定　　价	88.00 元

版权所有,翻印必究;未经许可,不得转载

写在《容膝斋纵谈集》出版之际

黔山一叟

能为一部文学评论集作序，似乎可以证明一个人的学识、修养和境界。但万事万物都有例外，比如我，忙忙碌碌而虚度光阴，于文学艺术，实在缺乏研究。石竹的委托让我颇为意外，因为我并不具备足够的能力和资格。其情殷切，只好硬着头皮，隔靴搔痒。事关石竹，其人品与诗文，倒是有话可讲。——石竹是笔名，我也学着附庸一回风雅。

人在城市，因为工作的原因，我当年也曾偶尔下到区县，甚至还到过石竹生活的乡村。偶然机缘跟石竹结识，一来二去，算起来已有二十余载。痴长几岁，比起石竹在文学道路上的辛苦跋涉，我常常有愧于自身的懒散。工作之余我也不时读书，大多止于信手翻翻，没有心得，更没有形成文字的习惯。石竹不然，非常认真，只要阅读，多半会有作品呈现；有时是几十或百把字的韵文，有时则是数千字的论说文章。过于较真，加上不懂（可能也不肯）迂回变通，他的某些论说文章，曾经出现过费力不讨好的情形。工作不同，我们平时交流说不上多，某些"隐情"，常常是石竹借着酒兴，在朋友面前说出来的。这已不是秘密。

说来汗颜，以前学的是汉语言文学，我却不太谙熟文学理论。大学里的文学概论等教程，并没能让我消除青少年时代固有的几分困惑；时隔太久，更觉生疏。对于文学评论，我了解的现实情况是，针对同一个评说对象，评说者们可以分成截然对立的两个或几个阵营，然后通过指责论敌来证明己方的正确。从旁看来，那些"争鸣"很多时候不过是一场场口水战，公说公有理，婆说婆有理，或者以偏概全、强词夺理——倒是体现了一种纷繁和热闹。石竹一直居住在离县城一百多里、离乡上也有二十来里的山村，没有列身哪个阵营的机会，却未必不是件好事。其性格恬淡，我知道他也没有这方面的追求。平心而写，不违心吹拍，也不违心贬抑，是石竹一以贯之的准则。这点，他说，我听，且信。

石竹的这部文学评论集，收录的文章我曾零星读过一些，绝大多数的立论我赞同，极个别的观点，我觉得还有商榷的余地。他不属于前面提到的"公"或者"婆"，只是他自己，因此每当征询我的看法时，我都会说真话。每有成熟的意见，我也会主动提出来供他参考，未成熟时就不会贸然表态。

在文学园地里，石竹涉猎的体裁不算太少，旧体诗词、文学评论、散文随笔、现代诗歌，他都有创作，也都有一定的积累。前几年，他还将部分满意的作品，分类汇编后出版了三部集子，包括《容膝斋诗词集》《容膝斋俚谈集》和《聆听山林》。前一部是传统诗词集，后两部依次属于文学评论集和散文随笔集，合起来一百多万字。业余时间，业余性质，石竹偏能心无旁骛、笔耕不辍，若没有持之以恒的毅力，是难得做到这点的。撇开成果，只说努力，石竹为文学所耗费的时间与精力，包括财力，放眼黔中，可能都找不出几人能与之比肩。并非因友情而虚夸，他不需要这个，我也不屑。更值得认可的是，三部集子，没有一部粗制滥造。虽然全是平装，内容却都比较精致，文字校对工作也做得比较扎实。

话虽这么说，他的《容膝斋诗词集》，苛求起来，精品篇章所占的比例并不很高。对触动内心的物事，石竹大多会直抒胸臆，这就不易形成特定的风格。过于关注题材的"笃"，难免会减损境界的"空"。不过，一部集子，篇篇精品的情形并不多见，良莠杂陈反而是惯常状态。精品与凡品之间，我觉得就像红花与绿叶的关系，互相点缀也能形成风景。这么一想，也就释然。

在石竹众多的诗文作品中，我最为偏爱的还是那篇《山林饮士传》。文章简略介绍了石竹较为冷清的生存状态和积极乐观的生活态度，不卑不亢，恬淡达观。两次将这篇文章放到不同的集子中，石竹应该是刻意而为。下面酌引其中并不相邻的两段，聊供会意者品鉴。

自忖碌碌，每嫌独酌无趣，辄邀村人与为伍；杂然其间，平分饮趣，足谓人生之快事也。毋庸设防，毋庸倾轧，毋庸算计。毋庸自恃，盛气凌人；亦毋庸自贱，仰人鼻息。或侃侃，或滔滔，天南海北，古往今来，信口尽是谈资。虽开怀畅饮而去留随意，乃山中情也；因喜怒萦怀而假以辞色，非山中态也。

有远客飘然而至，至乐之事也。彼时，邀朋引伴，涉河湾，探洞府，钻茂林，聆幽鸟；且采山菌以佐兴，且临寒舍而传杯；尔后醉意阑珊，微醺者扶掖大醉者，糊涂者倚仗清醒者，踉跄而行，颇不顾路人侧目称奇也。客去，待病酒少愈，略记只言片语为念，遂复归寻常处境与心境。如是者，非常态，或则经年不遇，或则每岁一二遇，未逮繁复也。

石竹与村人开怀畅饮，与远客陶然酬酌，其情其态，寥寥数语，便生动可感，呼之欲出。文中远客，据我了解，既有资深学者，也有青年才俊。长期居住在山村，能跟城里的文学同道结交，石竹是幸运的。我想这与他的处世态度有关。21世纪之初，石竹不止一次在不同场合说起过他在为人处世方面的座右铭。我还记得那八个字："以诚相待，与人为善。"他长期践行理念，对人常怀感恩，并时时外化，因此在朋友间一直拥有不错的口碑。

辩证地看，饮酒和写作都是"双刃剑"，偶尔尝试，可以涵养身心；陷入太深，则容易造成损害。不想忌讳，石竹在两方面都已陷入太深。纵酒，年轻时影响不大，到了一定年纪，不加节制身体将会吃不消。写作让大脑长时间高负荷运转，让肢体长时间运动不足，同样有损健康。这些都是常识，相信石竹比谁都懂，我也就没有多饶舌的必要。确立某个精神目标并为之付出代价，相对于仅仅为享受物质而保养身体，同样有其可取的地方。碍于年龄和身体的原因，我戒酒已经五六年，但我的经验在石竹那里没有推广的可能。不因戒酒或纵酒而影响彼此间的友谊，这就足够。

话题有些扯远了。回到《容膝斋纵谈集》，我的总体感觉是，比前几年出版的那部《容膝斋俚谈集》，评论视野更为开阔，立足点相对更高，理论水平也有一定的提升。其中不少文章的观点，提取出来，都可以独立承载整体的意义。那是石竹阅读和思考的结晶，有心者读后必将产生共鸣。要说不足也有，那就是批评力度似乎有所欠缺。我以前零星读过的几篇带有批评或商榷意味的文章，在这个定稿本中大多数都不见踪影。我欣赏的正是它们的中肯，在集子中被过度删除，难免有些遗憾。

石竹几番用在书名中的"容膝斋"，也值得说一说。这个名称给人一种寒碜又雅致的联想，却并非一种现实存在。去过石竹家里的人都知道，他那间位于乡村宿舍二楼的住房实在太过于局促。其主卧室因为两个书橱放了许多书，成了唯一与"斋"相近的处所。房间小到仅能"容膝"，与书名中的却不是一回事。还记得十多年前我和几个人去做客，石竹环顾同样局促的客厅，笑言：将来条件好了，得有个大客厅，还会布置一间书房，就叫"独善斋"。他无疑是取"独善其身"的意思。后来石竹在县城买了房子，书房怎样我不清楚，只知道他更早之前在另一个乡村生活，砖瓦结构的住房，屋顶常年漏雨。为此，他还仿诗人刘禹锡的《陋室铭》，写了一则《漏室鸣》，调侃之际，苦况昭然。

长话短说，逼仄的处境激发了石竹的创作动力，边缘化的存在成就了他的文学梦想，这是不幸之幸。纸质书的清香更有魅力，祝愿《容膝斋纵谈集》早日付梓，更期望石竹的文学之路能慎始敬终、行稳致远，助力地方的文化建设。

2023.3.28 改定

目 录

诗词纵谈

诗歌纵谈

散文纵谈

纪实纵谈

综合体悟

诗词纵谈

喜为新人鼓与歌

——在罗胤诗词研讨会上的发言

　　罗胤是贵阳市诗词楹联学会新近加入的会员，虽然年轻，创作却大有可观，不光是数量上初具规模，质量也相对不错。受厚楣先生委托，参与研讨会的发言，但由于学识、修养、眼界等多方面的原因，我的观点，仅是作为热心读者的纯个人的看法；不当之处，请大家批评指正。

一、体裁与题材

　　罗胤的诗词作品，我们见到的有近体诗 60 来首，词作 20 多首。少了经年累月的工夫，无法达到这个数量。这里所说的新人，指的是刚刚加入市学会，不是指初学创作。这组作品是罗胤创作实力的初步体现，通过很多诗友在群里点赞可以看出，对其认可度较高。

　　在这些诗词作品中，有交际应酬的，有游历观光、登高赏景的，有叙写时令、季候的，有写街头畅饮的，有反映夜阑思索以致失眠的，有咏物的，有充满哲思的，还有外出交流学习时即兴所写的，等等。这些题材有较广的涵盖面，体现了一位青年诗人对现实生活的关注度和融入度，值得肯定。

二、情感、主题及其基调

　　罗胤诗词作品中的情感基调，有困惑，有迷茫，偶尔也不乏刺世者，但相较之下，开朗、乐观、自信的占了绝大多数。诗人正处于青春焕发、活力四射的年纪，综合地看，其作品主题给人的感染力，正面、积极且自信。

情感方面的开朗、乐观和主题方面的积极、自信，是罗胤诗词作品最主要的特征，也是最大的优点。

三、几首作品赏析

由于时间关系，来不及也不可能将罗胤所有的诗词作品都分剖一遍；再者，对同一首诗词作品，不同读者的赏析完全相同的似乎不多，多是见仁见智、求同存异。因此，下面的诗和词，只是我从阅读感受最深的那部分中，随机抽取的几首，未必是诗人自己和其他读者认为最好的。作为热心读者之一，我的分析也不保证能跟别人完全一样，想必大家也都能够理解。

技法上、技巧上、风格上、艺术造诣上，这些方面的特征留给别的与会者去评说。以下，我只针对几首诗和词的思想情感做些泛泛的分析，就教于各位。

《与振华诸同事野炊》：

> 相邀上翠薇，率尔映余晖。
>
> 挽袖争烧肉，开襟举大杯。
>
> 红霞依水逝，白鹭绕山飞。
>
> 坐啸长风后，簪花逐月归。

业余时间与同事相互邀约，无拘无束，放浪形骸，是劳逸结合的基本需要，它跟中老年求稳心境和冷静态度正好形成鲜明的对比。在颔联和尾联中，开心的活动，爽朗的心情，先后跃然纸上，令人备受鼓舞——这是一首热爱生活、享受生活的不错的五律。

《杨塘支教》：

> 荒村野水俱生寒，坐对同侪酒未干。
>
> 镇日西风吹不尽，萧萧木叶满秋山。

这首七绝同样是写业余生活的，但抒情主人公的情绪状态来了一个转折——伤秋。与工作成败无关，与个人得失无关，仅凭着寂寞对饮，仅凭着飒飒秋风和萧萧落叶，寒凉的氛围就自然地凸显出来了。虽是简单勾勒，秋景的萧索、心绪的落寞，却都得到了较好的刻画。在这里我们能够感受到一个"度"的问题：惆怅而有节制，伤秋而不悲秋，分寸把握得较好——抒情主人公并未放任自己的低沉情绪泛滥。表情达意真实、自然，不做作，不矫情，是这首七绝引人注目之处。

《车中小题》：

> 回乡自有好心情，闲靠车窗万里明。
>
> 爱这途中多好友，一山送罢一山迎。

这是一首巧妙地运用了拟人手法的抒情七绝。抒情主人公因为返乡而心情大好，因为心情大好而觉得天地间一片明媚。仅这点还不足以表达满心的喜悦，于是在疾驰的车中，沿途各式各样的山峦全都被抒情主人公当作"好友"——往车尾方向，不断退去的是送行的"好友"；朝车头方向，扑面而来的是迎接的"好友"。"送""迎"相继，络绎不绝，在多山的路段，形成了连绵不断的动态画卷。这首诗遣词造句简单，品味其情其景，却大有妙趣。

《过厦门》：

> 新区自贸佐神州，利尽东南拥万楼。
>
> 旭日先飞丹凤羽，春风已醉越王头。
>
> 垂天巨鸟时高振，跨海长鲸任远游。
>
> 若剩唏嘘怀憾处，金门隔水未曾收。

这首七律首联写所见，颔联写所想，突出了经济发展的可喜局面；颈联通过"巨鸟"与"长鲸"两个意象，表达了对国力昌盛的自信和自豪，尾联则抒发了美中不足的感慨——祖国统一还没有最后完成。我们容易读出的言外之意是：祖国发展壮大固然是不争的事实，但在美西方重重围堵之下，说"厉害"为时尚早，急于庆功为时尚早。这是一首心系家国的好诗。诗人在厦门期间写的七律，大多具有类似的思想。尽管抒情各有侧重，将它们看成组诗也不悖理。

《春夜》：

> 新词佐酒半开门，小院临风不染尘。
>
> 水失云光轻有迹，花留月影淡无痕。
>
> 吟成未解衔杯趣，醉倒方知落笔春。
>
> 梦醒拂衣归去后，芳华刹那待何人？

古人喜欢把吟诗和饮酒联系在一起，诗酒"合璧"，诗提酒兴，酒助诗情；陶渊明和李白算是两个出色的代表。从今天的情况看，却无法从诗中涉酒而反推创作者在现实中也饮酒，因为有的创作者滴酒不沾，在其作品中却照"饮"照"醉"不误。

罗胤的这首七律，是真的在饮酒：创作出了一篇好作品，独饮取乐。首联交代了饮酒的原因和环境，颔联营造了"花间一壶酒"式的恬淡氛围。颈联围绕诗与酒的关系，强调不同状态下对诗词的不同感悟。尾联梦醒，以对"芳华"的诘问作结，且照应题旨"春夜"。这也是一首不错的诗作。

《鹧鸪天·中宵无眠》：

独上高楼夜色深，漂泊辗转又登临。衔杯细问平生事，望月空怀故国心。

曾倒履，也开襟，红尘几个是知音？知音尽在秋风里，化作清光照古今。

这首词里面所纠结的"无眠"，反映了现实中一种较为广泛的"孤独"现象：知音者，其实很少能"知音"。古有所谓物以类聚、人以群分，今又有所谓志同道合，似乎都足以证明"知音"的广泛存在。然而，仔细想来，我们能得到几个人的真话？能得到几句真话？反过来，我们又敢对几个人说多少真话？自己都有顾虑，怕被误解，也就应该充分理解、体谅别人有时候敷衍自己了。

"曾倒履，也开襟，红尘几个是知音？"多少隐含了一些"怨"，己待人和人对己之间，感情付出不对等的"怨"。除非是患难之交，是"诤友"，否则不要随便以"知音"互许——这算是我读了这首词之后的一点心得。

《临江仙·雨后毕节》：

蘸露榴花旖旎，牵风箬叶婆娑。撩人景致不须多。清流眠鹤影，旷野唱莺歌。

岭傍高楼怎地，楼依峻岭如何？高楼峻岭两相和。云中争俊秀，雨后各巍峨。

从情与景关系的角度看，这首词的最大特点，是情在景中，情晦景明，情景相得。上阕中的"撩人景致不须多。清流眠鹤影，旷野唱莺歌"，虚实相映，堪称佳句。下阕中，岭与楼彼此相依而各展风姿，同样有趣。

四、创作的优点与不足

所有人都会有优点和缺点，区别在于二者在不同人身上哪方面占主导或主体的问题。罗胤在诗词创作中，确实有许多值得称道的优点。但不必忌讳，罗胤的诗词创作，即使从"技"的层面，也还有一定的努力空间。

（一）优点

罗胤的优点可以概括为如下五个方面。

一是他的诗词作品大多具有开朗、乐观的感情和积极、自信的主题，足以形成一定的感染力。二是人年轻，劲头足，富有创作的热情、朝气和信心。三是他积累了一定的创作经验，有一定的格律基本功，作品有了初步的规模。四是他的作品关注生活具有一定的广度，融入现实达到了一定的深度，升华情感实现了一定的高度。五是他勤于思考，善于思考，虽然年轻，却开始对创作的终极目标进行理性的追问。

上述优点，有的只属于优势，其实很多创作者都不同程度地具备了。罗胤的特别之处在于，他同时集五个优点（优势）于一身，取得更好创作成绩的概率明显提高。关于思考，不管最终有无成效，它至少表明罗胤介意自己创作的短板，有突破的愿望。现阶段他对作品质量的跃升或许未必尽得其法——未必尽得其法者，绝不仅仅是罗胤一人。关于思考，相信很多诗友也都在进行中，只是不愿意让人知道罢了。

（二）不足

对初学者，我很少谈不足，怕人家一生气，扭头就走。罗胤学习诗词创作不止一两年，我相信他不会这样，所以斗胆多扯几句。

从我个人角度来看，大致有三点。

第一是个别作品字词上推敲不够。五律《乌蒙登山》的颔联："登高磨壮志，涉险励英魂。"其中的"英魂"这个意象还有进一步推敲的必要，此其一。其二，首联第一句"仗剑出东门"，给人一种胆魄英武的感觉，仔细思考却有违常理，没多少现实可信度和可行性。再如《与振华诸同事野炊》这首五律，其首联上句中的"翠薇"，"微"字虽然仅仅是多加了个草字头，含义却相去甚远了。

第二是制题有时显得不够严谨。如七绝《赏阿紫引玉墨宝》，赞美阿紫的书法，称其为"墨宝"，没问题，但其前面的"引玉"，除了自谦，对别人不宜这么说。就算是人名，这么制题也容易产生歧义。再如七律《生如夏花》，标题简单袭用成说，似乎无助于揭示这首诗的主题意蕴。

第三是格律把控不很到位。这主要体现在一些词作的用韵和平仄方面。这里需要说明：用的韵不同、谱不同、检测标准不同，得到的结论都会不一样。因此我针对这个具体问题的看法，不保证有完全的参考价值。

五、寄语罗胤和其他年轻诗友

相对于其他文学组织，贵阳市诗词楹联学会的会员们都很幸运：一是有《贵阳诗词》季刊、《贵阳日报（副刊）》这两个平台可以发表作品；二是有贵阳诗词QQ群、贵阳诗词微信群可以交流看法；三是学会领导不官僚、不徇私、不搞论资排辈；四是会员以作品说话，学会为会员着想。

在这样一个轻松愉快和友善的组织里面，我们相信罗胤和其他同样优秀的年轻诗人，都能得到切实有效的关怀、帮助、鼓励、支持，凡是佳作、精品，都一定能获得优先亮相的机会。同时，代表部分上了点年纪的诗友，我也希望他们在传统文化建设中，努力发挥诗词特长，各展风采，打造出自己的精彩人生。

题外话：关于诗词的"道"

前不久师友们在贵阳诗词群中有一些自发的讨论，针对"道"或者"境界"的某些看法，相当精彩。因为罗胤也参与了，我在这里适当展开。

我很尊重并欣赏各位师友发表的讨论意见，但不得不说，得"道"跟成为名家、宗师、泰斗之类扯不上关系。后者不乏真正受人敬仰者，但近年来背离创作初心而独辟蹊径者似乎正在增多。盲目看齐，可能会因小失大，甚至得不偿失。

那么，诗词的"道"是什么？我个人的看法：诗词的"道"，是艺术和思想都臻于完美之后的某种或然状态，在外为作品，在内为人品。它只能是创作者上下求索、多年不辍而偶然顿悟的结果。

用平常心去看，诗词的"道"，其实就在每个创作者的生活、阅读、创作中；它绝不会局限于名流学者的某一番言论、某一种姿态——就算是，生搬硬套其理念的结果，也会因水土不服而与自己的创作产生冲突。陶渊明和李白都没有专门向谁宣扬过他们的"道"，但阅读其作品，很多人都能隐约感知他们"道"的魅力。这两位的"道"，是开放的，一千多年来，又有几位创作者因为师法他们而得"道"了呢？

无须舍近求远，更不必好高骛远，把目光收回到市学会这个平台，我们诗词的"道"，其实早就有了，那就是"崇尚自然，感悟生活；怡情养志，涵育文明"。放低姿态，在创作中踏实、勤奋、锲而不舍地践行这几点，假以时日，我们何愁不得"道"呢？

2018-07-18

读邓福谦《登玉冠山绝顶放歌》

　　《登玉冠山绝顶放歌》是清人邓福谦迄今为止唯一被发现的诗歌作品，先后载于《清镇县志稿》和《清镇风物诗词选》上。据清代咸丰年间出版的由常恩"修"，邹汉勋、吴寅邦"纂"的《安顺府志》，该书的编纂分工包括鉴定、总纂、总修、分修、协议、采辑、校对、采访、缮写等组别，每组人数从一人至数十人不等，采访组有 36 人。这 36 人头衔不一、"学历"不一，有黔省人、外省人，黔省人中属于清镇的有监生 1 人，廪生 1 人，生员 2 人。邓福谦就是其中的廪生。

　　咸丰元年是公元 1851 年，从获得廪生资格来看不需要邓福谦有很大的年纪，但从参与编纂志书尤其是府志的角度，他应该是耆宿级别的"老人"才行。由于诗人的生平没有更多的资料可供查证，我们这里只能就诗谈诗。以下先引原作：

　　　我闻玉冠名已久，今日来游二月天。

　　　老僧见我如相识，斯游始信有前缘。

　　　平生事事肯居后，唯有登临独占先。

　　　东眺金筑百馀里，西瞻比喇俨目前。

　　　南北极目同一望，诸山罗列起苍烟。

　　　缥缈五城十二楼，一一尽态更娉妍。

　　　有如拱立相迎迓，又如执笏来朝参。

　　　或如狮象盛驺从，或从旗鼓仪仗鲜。

　　　又如龙蛇体盘屈，亦如鸾凤势高骞。

　　　我想鸿蒙以前山水人物陶铸一炉内，

　　至今上为星辰下为河岳奇嶷瑰异蟠际在人间。

　　兹山实为八地祖，往往毓秀产高贤。

　　游人到此空归去，谁为灵山表壮观？

　　昂首放歌天地阔，回首足下薜萝苔藓尽云端。

　　以韵脚为准，这首诗有十三句，大致可以划分为四部分。

　　第一句点明了登玉冠山的缘由和时间：慕名而去，在仲春时节，但诗中半字无关花事。还需要注意的是山名的发音。"玉冠"，很多本地人的发音是"玉惯"。这可能是对"冠"与"山"组合成词之后谐音"棺山"的一种民间忌讳。第二句，写了僧人的友善，以及由此获得的亲近感。佛家善于将万事万物归因于"缘"，但在这里，"信前缘"只是诗人一种附庸风雅的"口头禅"，不能过于当真。第三句写了诗人的性格特征：万事甘居人后，只有登山例外。此番登山，诗人应该是一行人的主导，至少从前半句看，他不可能是这次登山的扈从。

　　以上三句可算作第一部分，交代了登玉冠山的缘起、时间及对僧人的印象，以及自身甘为人后、惟有登山例外的谦逊。

　　第四句，依次写了东面的贵阳城（金筑）和西面的比喇大箐。因为都处于视野之外，造成了我们今天所能感知到的空间距离上的"移位"。不过作为诗歌，反映一种超视野的雅趣，也属正常。需要说明的是，比喇大箐是水西时期的一个古地名，一说在今天的织金，一说在大方和黔西交界处。黔省地名中的"箐"，都是深山老林的意思，如今大多被简化成庆祝的"庆"，本义缺失，算是一个小小的遗憾。第五句写了南北方向上山势排列、云雾弥漫的奇幻景象，相对于上一句视野之外的远景，这些无名小山呈现的景象显得更加真实。第六句将四面众山比作层楼，各展风姿。第七句把它们比作群臣，执笏朝拜。第八句分别摹状不同的山势组合，有的被比作猛兽的队列，有的则被比作盛大的仪仗。第九句算是特写，刻画单个的山头，有的如龙蛇蜿蜒盘曲，有的如鸾凤展翅欲飞。第十句突发奇想，悟出这一带山势连同天地万物的"成因"。这"成因"当然只是一种瑰丽的诗意的呈现，与科学无关。

以上第四句到第十句可算作第二部分，从远景到近景，从虚写到实写，从一般到特殊，具有严密的内在逻辑规律；第四句到第九句与第十句之间，则近似于分总关系。它们都属于对玉冠山形貌的摹写。

第十一句通过对比，衬托了玉冠山"八埌之祖"的气势，继而从人文角度加以烘托。大概是文化还没有蔚然成风，这里写得相当简略。然而接下来的第十二句，弥补了这个缺憾——诗人及时发出呼告：到此一游的客人，都应该留下自己的"痕迹"，要么书画，要么诗文，总之不能无动于衷。要是每个人都空手而归的话，这座灵秀之山的"壮观"，也就无从凸显了。

以上两句可算作这首诗的第三部分，写了玉冠山的人文。内涵明显不足，诗人这番游历的感慨，从文字之外，我们可以隐约体会到。

第十三句属于第四部分，诗人在玉冠山极顶处昂首放歌，当然，没忘了通过脚底下藤萝、灌木和青苔之间的云雾缭绕来进一步刻画玉冠山的高峻险拔。

四个部分，由远而近，由虚而实，由自然而人文，由景而情，层层递进，结构缜密。作品最后抒情，戛然而止，言有尽而意无穷，令人久久回味。

诗读完了，我们能感受到什么？玉冠山雄奇壮观，但也"仅此而已"，因为在天地造化之外，它缺少内蕴，美得荒凉、空洞，甚至是乏味，总给人一种欠缺感。诗人囿于一时一地所见，我们应该理解，因此不得不尝试摆脱其"束缚"，稍微审视历史纵深里面玉冠山的人文因素。

这里仅以民国年间徐文銮的《玉冠山纪略》一文作为补充：

玉冠山在城西五十里，昔为水西据地，明讨平之。洪武八年创建庙宇，清雍正十三年重修，同治初年苗变焚毁，仅存故址。光绪初年再建，今则渐次培修完好。

兹山雄壮奇特，由大路旋绕至山麓，斜长十数里，又里馀至山腰。平坦宽广，中建正殿五间，耳房两间，两庑各三间，下殿五间，山门一间，前后墙坝均以石（砌）。殿左白岩壁立，三面悬绝，高逾百丈，宽数十丈，形圆平，如帽置桌隅。石梯如之字形者十有五，蜿蜒而上。岩顶建玉皇殿六间，全用石，工作精美，馀地莳花竹。墙角有井，水清冽。殿中有露珠石、自鸣钟。半路三官楼高三层，中供铁灵官及铜关圣像。殿右复有岩对峙，形势略相埒，上有观音阁，直插云霄。对面为韦陀殿，上下之路由生成石卷洞门出入。

纵目游览，万山拱朝，奔来眼底；四面村落，排列阶前。不惟清景宜人，足供游眺，而设险扼要，胜于长城，无感①乎昔年水西据为天险也。近今匪事猖獗，邻近居民避此，视为桃源云。

这篇文章详细介绍了玉冠山的地形及庙宇的兴替，更是仔细介绍了第三次修造后的建筑格局，以及这地方除了供人游赏之外的另类用途：躲避匪患。大概是当年时局动乱的缘故，这篇文章给人的总体感觉是寺庙香火冷清、周边民生凋敝。

回溯历史是为了立足现实、着眼未来，如今的玉冠山周边，政通人和，山上庙宇第四次重修正在紧锣密鼓进行中。面对经济的快速发展，面对旅游资源的深入挖掘，其人文意蕴应该能得到前所未有的丰富。借着玉冠山下花如海的盎然春意，诗文作者们想要一展身手，为地方的文化建设尽力，可以说正当其时。"毓秀产高贤"，邓氏的诗里面没有举出实例，今人完全可以大手笔弥补他在那个时代留下的遗憾。

2019-02-16

①（感）引自《清镇县志稿（点校本）》，原文如此，当系"惑"之误。

生活之外的一隅芳草地

——林欢诗词浅谈

在现实生活中时常互动交流的，未必都是友谊；反之，互动交流少的，未必就不是友谊。各自生计忙碌的缘故，我和年轻诗词作者林欢之间的交往，就趋向于后面一种情形：相识差不多两年，除了有过一面之缘以外，我们的网络对话还不上十句。但这并不妨碍我对这位年轻作者的欣赏，隔三差五地，我总能读到她发到网络空间的一些格调清新的作品，说不上多，但对了解一个人的创作实力，已绰绰有余。2019年5月26日，厚楣先生亲自将林欢的部分诗词作品整理归类后，合并成一篇文档发来，要我写点体会。基于鼓励新秀的初衷，我爽快地应承了。

系统阅读林欢这组诗词作品，我发现体裁还算广泛：五绝5首，五律5首，七绝16首，七律12首，词作13首，总数51首。这个数量算不上很多。从主题或题材上看，这些诗词作品大致包括咏物、写景、抒怀等类；后者在诗友唱和之外，还有对亲情和乡情的抒写。当然，在这些作品中，还存在不好截然划分的"兼类"情形，选来赏析时随机归类。

下面，试着以主题或题材为准，从每一类里面选出几首，做些未必准确到位的剖析。

一、咏物类

林欢的咏物作品以花为主的，有12首；其次是咏水果，有4首；再次是咏竹和银杏叶，各1首。这里以《小金橘》《题打碗花》《鹧鸪天·题竹》几首为例，简单阐述。

《小金橘》是一首五绝："秀色温如玉，尝之清火炎。人生恰如是，回味有酸甜。"这首诗前两句由对小金橘外观的赞美，引出对其功用的呈现：清火炎；后两句将人生的况味与小金橘加以对比，得出"有酸甜"的感慨。比拟得当、自然，毫不生硬，说妙趣天成似乎也不夸张。对一般人而言，生活是五味杂陈的。林欢经历了大学辍学的遭遇，痛苦更加深切，但她在诗词作品中，有侧重地反映的，多是"甜"的一面；关于"酸"，较少触及。

《题打碗花》是一首七绝："虽是凡根未有才，平生不愿惹尘埃。一朝入得诗人眼，便放清姿起舞来。"作为"闲花"，打碗花不太容易进入诗人的视野，尤其是笔端。这首诗给了它一席之地，让人觉得晓畅明快而又余味无穷。虽是"凡根"，却洁身自好，不矫揉造作，不与尘浊之气为伍——被诗人所知所赏，它还是感到欣慰的。打碗花的形象，没有拔高，但与"出淤泥而不染"的荷花形象，完全可以媲美。二者之妙，异曲同工。

《鹧鸪天·题竹》："日落西山懒洗梳，斜依旧榻忆人初。青丝脉脉千般意，玉骨铮铮一册书。　　深院静，晚风徐。秋凉月色照烟墟。江湖客远魂难再，自别君来未有居。"这首词印证了前面说的"兼类"情形：表面是咏物，实则是叙事抒情兼有。词中的"事"，便是抒情主角沉湎于对往事的怀想，从而引发的在现实生活中的慵懒，而整首词所抒发的，是深深的惆怅与失落。上阕中的"青丝脉脉千般意，玉骨铮铮一册书"，生动、贴切，为下阕的抒情做了较好的铺垫。下阕末句"自别君来未有居"，应是对苏东坡"不可居无竹"的化用，情景交融，转接自然，没有斧凿痕迹。

二、写景类

写景总为抒情服务，从这个角度说，不宜独立出来，但它的切入点毕竟是景，与直接的抒情有所区分，因此本文将其划分成了一类。季节、时令、天气组成了林欢写景诗词的主要内容，在其 50 来篇作品中达 20 首之多，占了 2/5 的比例。以下，拟通过《秋殇》《如梦令·离恨心头谢幕》《行香子·暮春》几首，稍作赏析。

《秋殇》是一首五律："秋来事尽殇，日晚照凄凉。菊畔依残笛，枫林染早霜。行人归意决，衰木落花黄。叹是修缘短，难如岁月长。"这首伤秋之作的首联总括诸事不顺的情状：落日残照之下，物景也尽显"凄凉"。颔联将这种情绪外化，以菊畔和枫林为依托，展现了一种视像的美。颈联转而细化首联的"事"：原来是"行人"归去之心颇为坚定，这更加衬托出了物景的惆怅。尾联满是遗憾，一个"难"字道尽个中苦楚，尤其是时光纵向上的冗长——"难如岁月长"。林欢的诗词作品，抒写沉郁伤怀的不多，这首算是特例之一。

《如梦令·离恨心头谢幕》："离恨心头谢幕，此别何期相顾。车站送行人，频望列车归处。无绪，无绪，时见燕儿低语。"这是一首情景交融的小令。带着别情观景，景中全是别绪。所谓"无绪"，缺少的当然是开怀的那种情绪。离人在车上，车行已远，谁能"有绪"？"时见燕儿低语"，反衬了抒情主人公的落寞伤怀。将这首词归类为"写景"，其实是写景、抒怀并重，同样印证了前面说的兼类情形。

《行香子·暮春》："香染衣襟，绿漫丛林。有蜂蝶，合奏娇音。山如墨绘，风自闲吟。愿物同鲜，水同乐，人同心。　　春时已过，春忆偏深。新晴处，旧梦难寻。谁堪咐我，重理瑶琴。对案和笔，书和卷，线和针。"这首词刻画了蜂飞蝶舞一片喧腾的暮春景象，可谓热闹、纷繁，但这是从"景"的角度审视、观察和描摹的。写景为抒情服务，这无可置疑，不过抒情主人公的情怀，跟眼前景似乎不很合拍：一个"愿"字，表明了期盼及其与理想的差距。下阕末尾处"谁堪咐我"，反诘语气的使用，加深了抒情主人公的茫然。诗情画意，深情唱和，针黹，女红，都是暮春时节女性游春者思绪中应有之义，然而，谁值得嘱托这一切呢？言下之意：尚无。因是反诘语气，最后一个标点，当以问号为佳。

三、抒怀类

明显的抒怀类诗词，在林欢的作品中有 13 首，包括友情、亲情和故乡情三个方面。这里以《饮酒其二》《送别》《雨夜抒怀》《浣溪沙·听雨》《行香子· 故乡有寄》几首为例，予以简单分析。

《饮酒其二》是一首五律："醉饮问相陪，黄花并玉梅。糟糠留愚己， 好酒敬高台。骨傲凭风变，缘真任世摧。为君何足惜，舍命再倾杯。"诗中的"高台"，无论是知音也好，贵客也好，都不必坐实，只需要明白抒情主人公"我"，懂得尊重与珍惜，而且乐于为之做出牺牲，就行了。"为君何足惜，舍命再倾杯"，充分体现了一种豪迈的气势，大有巾帼不让须眉的风采。至于是否真的达到"舍命"的地步，同样不必深究，有这份决心，已足以感人。

《送别》是一首七绝："声声杜宇弄妆迟，又送行人折柳时。几许春心还未死，随风吹到藕花池。"这首诗的有趣之处，不在于听觉上的杜宇声声，也不在于视觉上的折柳送行，而在于"春心"在时空里面的延伸——由春至夏。从"春心"到"藕花（池）"，不管是无心之得，还是刻意为之，"藕花"这一意象都自动承载了延伸的使命，值得认真品味。清新而不乏余韵，是这首诗的优点所在。

《雨夜抒怀》是一首七律："多年入市未归乡，为报余生志不荒。兄弟成群常共舞，知音结伴好同觞。缘逢雾月空凝目，路见烟花易断肠。听得绵绵一夜雨，谁人独自解思量。"这首关于生活、理想与乡思的诗作，首联阐述了抒情主人公到城市奔忙打拼的现状和初衷，颔联写到了自己的交际之乐，颈联转而叙写友情之中经不住时间检验的绚烂却短暂的缘分，尾联是因此而引发的反思，或者说沉思。概言之，这首诗的"抒怀"，有不一样的韵致。

《浣溪沙·听雨》："密密珠儿细细弹，临窗深忆旧时欢，花间月下影团团。昨夜玉箫声犹在，今宵薄酒味空悬，乡心一梦总难圆。"这首词也关涉乡思，但内涵较前一首丰富得多：乡心一梦，是亲人团聚之梦？是家乡繁荣之梦？是友谊续接之梦？词中未明言，读者也未便武断。未便武断并不会减损这首词的分量，相反，它为我们奠定了更广的想象空间。

《行香子·故乡有寄》："绿野苍苍，碧染朝阳。望生机，处处韶光。春装褪尽，夏水清凉。想榴花红，荷花嫩，稻花香。　　年年沃土，天佑农桑。未曾遭，干旱饥荒。纵然数载，身入他乡。也梦还来，情还在，路还长。"这首词由景入情，表达了看似恬淡却很深切的乡思，有自然景观，有稼穑之念，有庆幸，有祝福，更有一种来日方长的与家乡的牢不可破的情感联结。这首词没有典故，也不晦涩，但情感深度与思想高度，都颇值得咀嚼。

总体而言，林欢的诗词作品，清丽宜人，温婉可爱，大多有一种生活况味之外的闲适和轻松。或许会有人觉得她的作品总体上缺乏一种深度，这种看法或许有其道理，但相对于绷起脸故作深沉、靠一些辞藻（意象）营造高大上之感的作者的作品，我宁愿选择阅读这些没有雕饰的自然清新之作。

不事雕琢是优点，不过把握不好有时也会变成不足。作为学习传统诗词创作才一年多的新手，林欢的成绩是可喜的，但这可喜不代表她的作品就无懈可击、没有瑕疵。她的作品中的某些瑕疵，恰好是推敲不够所导致的。比如五律《冰雹》的颈联"酒冷花无迹，愁多病自来"，本可以出彩的，"酒"字的出现减损了它的分量，不能不说有点小小的遗憾。须知另外三联写的都是大自然中的景象，这一联写人的观感，刻意与酒扯上关系未免有些牵强。她的作品中另外还存在个别比拟失当之处，比如在前面提及的《鹧鸪天·题竹》中，"青丝"这个意象，作为喻体，跟本体之间就缺乏"形"的相似性（若一定要理解成别的意象，则"竹"的主体地位就会打折扣）。再如《行香子·暮春》中的"咐"也是锤炼欠精准的一处："吩咐"是一个联绵词，其中的每个字都是不能拆开单独使用的，改换成"嘱"之类，也许会更好。类似问题不展开阐述。

稍作更广一点的审视，在目前相对多元的文化语境里，新体也好旧体也好，诗歌界都已经找不到一呼若干应的泰山北斗了。以网络为师，以心仪作品为师，是许多诗歌创作者没有师承背景下的常态，林欢无疑也是其中之一。缺少平台的缘故，草根诗人的前途未必会大放光明，这是一些作者游戏诗歌的原因。作为生活在黔中的草根诗人，林欢和其他域内作者一样，是幸运的。这幸运体现在贵阳市诗词楹联学会先生们的爱才惜才和在他们对诗词创作人才不遗余力的挖掘、寻找、呵护、培养之中，同时也体现在《贵阳诗词》这本会刊的凝聚力上面。

生活在现实中的普通人，劳心也好，劳力也好，总是过得称心如意的似乎不多。换言之，生活往往是艰难的、寡味的，几乎可以肯定绝大多数人都是负重前行的。既然生活要继续，未来要追寻，谋生之暇，何不设法让自己过得惬意一些呢？积极途径之一，便是文艺兴趣，便是文学爱好，便是诗歌创作。在沉重的现实生活之外，开辟一隅生活境遇之外的精神芳草地，悉心栽培、耕耘，让自己的世界满目繁花，是一件有意思同时也有意义的事情。传统诗词格律艰涩、繁难，但只要努力培养自己的定力，凭着有许多同好可以交流的机会，凭着《贵阳诗词》这个平台的便利，林欢定会有所成。她的努力，已经有了一个良好的开端。

极目远眺，林欢的诗词作品还没有蔚成气象。然而，我们有理由相信，凭着对诗词的热爱，她一定会跻身贵阳地区优秀作者的阵列，一定会在生活境遇之外的精神芳草地上，开出明艳的诗词之花，结出丰硕的诗词之果。

2019-06-21

奋身砥砺成云树，秉志峰峦瞰锦霞

——王井飞诗词概览

　　曾在网上零星接触过青年诗人王井飞的一些诗词作品，有的不错，相当耐读，因此厚楣先生整理后集中发来，嘱写点体会时，我并不感到诧异。这组作品包括五绝1首、五律5首、七绝9首、七律22首、词9首，合共46首。从数量上看，王井飞比较偏爱七律，七绝与词次之。

　　系统地品读这组诗词作品，感受跟零星阅读的大不一样：作品之间互文见义，更能获得准确的解读，更能认可其优秀的一面。当然，在这个基础之上，也更能发现这组作品中某些可以商酌的瑕疵。以下，大略谈谈我个人的阅读体会。

　　一、王井飞诗词的题材

　　生活在现实社会中，我们的诗词作品不管是直接还是间接，都可看作对生活的一种"折射"。做一个简单的归纳，王井飞这组诗词的题材，大致包括如下几个方面。

　　观景　这类作品包括五绝《山野秋色》、七绝《清明行雨》、七律《云山茶海留韵》《七月十四日游甲秀楼》《过平坝即景》，以及词作《采桑子·暖阳迷醉风光好》《风入松·晚秋见景》《鹧鸪天·秋景感怀》，等等。这类作品，其中的景，有的是感慨的对象，有的是思考的由头。这类诗词作品所抒发的情，多系个人心绪的流泻，少数关于感慨、思考的，则不乏兴废之叹。

　　咏物　这类作品包括五律《咏幽兰》、七律《梅花》、词作《鹧鸪天·咏幽兰》，等等。此类数量不多，但象征意味鲜明，值得我们用心赏读，细细品味。

友谊　这类作品有五律《腊八寄好友佘畅》、七绝《于襄阳寄好友张盈》《元宵夜远行襄阳别徐老大》《诗寄好友佘畅远去西安》、七律《夜怀好友佘畅》《六月十二夜诗寄好友徐老大》《抒怀兼寄好友龚波》《寄好友飞丽》，等等。这些作品所指向的友谊，大多有名有姓，表达了对好友的真挚情感。另外有一部分未具名，但我们同样可以感知到作品中思念的真切与热烈。

述怀　这类作品有七绝《夜雨有怀》、七律《夜饮抒怀》《深夜有怀》《深夜酒后抒怀》《七月十四日夜遣怀》《二十三岁生日感怀》《二十四岁生日留韵》《听雨遣怀》《雨夜抒怀》《深夜抒怀》《己亥元宵遣怀》，词作《临江仙·深情无用》《鹧鸪天·秋景感怀》，等等。这些作品，有的直抒胸臆，有的以天气或时令为依凭，有的以某个特定的人为对象。沮丧也好，惆怅也好，怨尤也好，振奋也好，这组诗词作品无一例外地都表达了真情。

在王井飞的这组诗词作品中，还有少数消闲的和没法简单归类的。就以上分类标准而言，有的作品在两可甚至三可之间。

二、几首作品赏析

王井飞的这组诗词作品，值得称赏的篇什颇多，这里随机赏析几首。

五律《咏幽兰》：

> 幽谷育林珍，榛丛籍此身。
>
> 朝饥餐雨露，夜课识星辰。
>
> 不屑名和利，宁消风与尘。
>
> 本来君子物，当待逸怀人。

这首诗不是"客观"地美化、赞美幽兰，而是主观地表达了一种甘处冷清环境、淡泊名利、希望与君子为伍的高雅情怀，有自励，有自信，更有自爱与自尊。视角新颖，是这首五律相对于其他流于泛泛赞美的咏兰诗的一个特色。

五律《访伯娘旧居》：

> 独坐因无趣，还来故地游。
>
> 竹篱枯蔓落，行径石苔幽。
>
> 空院尘泥满，闲门野雀留。
>
> 不穷惟岁月，人物若蜉蝣。

通过谒访亲人的旧居，表达凭吊之情，古已有之。此诗首联陈述了谒访的因由，颔联和颈联勾勒了眼前所见的景象，人去屋空，物是人非。这两联纯系写景，不着一字而伤悼之意尽出，分寸把握得较为准确。最奇之处在于尾联：不穷惟岁月，人物若蜉蝣。人们喜欢以万物灵长自视、自居，巧取豪夺；在悠悠历史岁月中，其实不要说个体的人，就算是整个的人类，其实都是非常渺小的。跳出了一己视角的"小我"，个人的得失悲欢又算得了什么？

不管是无心之得，还是刻意为之，这首诗都给人某种含蓄的警示，发人深省。

七律《七月十四日游甲秀楼》：

> 得闲有意入重门，画壁轩阶留旧痕。
>
> 院小复生葱郁树，庭幽相傍屈盘根。
>
> 往来指点说人物，荣落笑谈贻子孙。
>
> 惯了古今兴废事，一楼静处向黄昏。

这首七律抒写了作者探访贵阳名胜甲秀楼之后的感慨之情。诗的首联颔联记述了探访的缘由及所见，颈联转而议论，尾联又回到甲秀楼本身，但并不是对首颔二联的简单重复，而是叙议结合，"让"甲秀楼回归宁静。

每座建筑都有它自身的特殊时代使命，当这使命结束的时候，有的会湮灭于历史，有的则会继续存留变为古迹，供后人凭吊，发沧桑之叹。甲秀楼也不例外，但抒写它的众多诗词作品中，赞美其沧桑者众，而让它回归"宁静"的似乎不算太多，因此这首诗显得有些与众不同。

七律《梅花》：

> 玉骨初荣生小萼，暗香疏瘦影凄凄。
>
> 清霜坠叶善妆饰，飞雪横枝先寄栖。
>
> 不待燕莺来伴舞，管它桃李自成蹊。
>
> 东君有意难求得，许嫁林逋作逸妻。

这首七律的可赏之处，不在于首联颔联的形神刻画，也不在于颈联的自许，而在于尾联的旨趣：梅花并不好高骛远，知遇同心，便坚贞不渝。

这首诗里反映的精神既是一种淡然，也是一种执着，当然更是一种操守。需要注意的是，这首诗中的"梅花"，很平凡，很普通，并没有塑造成高大上的偶像，因而更加平易和生动。

《蝶恋花·为君写尽相思句》：

林野茫茫迷瘴雾，门外窗檐，似有清霜附。沿路无心闲漫步，忽将思忆频回顾。　　心有衷言千万语，欲诉无人，多少愁情绪。知是此生难再遇，为君写尽相思句。

这首词以成句为题，很直率地表达了相思这一主旨。对环境的渲染，对抒情主角的刻画，都体现了一种情绪的迷茫。这相思是一种无用的相思。明知无用而相思不减，抒情主角的痴情可以想见。

"知是此生难再遇"，一个"遇"字，给人一种此缘分系偶然邂逅之感——曾经"遇"过，互相间或许只有匆匆而过的一面之缘。仅凭一面之交便喜结良缘的佳话，古今也不是没有，但太少太少；一方有心而另一方未必在意，或许才是常态——对有心者，这是一种苦恼的常态。

《鹧鸪天·咏幽兰》：

栖隐深山绝俗尘，功名摆落养精神。两三花蕾孕谦志，四五根芽修逸身。　　亲竹友，认松邻。平生所结独贤人。幽香不寄烟花地，高洁常存且自珍。

因为题目相同，而且都赋予了人格化的象征意义，这首词中的"幽兰"，与前面五律中的相比，有异曲同工之妙：生长环境都寂寞冷清，但并不抱怨，而是希望与君子、贤人为邻，怡然知足，乐天知命。

区别当然也有：这首词里的"幽兰"，形象更加生动。上阕中的"两三花蕾孕谦志，四五根芽修逸身"，谦逊而又旷达，既有幽兰的外形，更有人格的神韵。下阕中的"幽香不寄烟花地，高洁常存且自珍"，更表明了一种立场、一种态度，可算幽兰精神的完美升华。

《鹧鸪天·秋景感怀》：

半树青葱半树黄，秋风幽隐叶轻扬。千山裙带缤纷色，曲径丛生馥郁香。　　栖鸟静，晚风凉。一时秋意满襄阳。家山应是相同景，借取他乡看故乡。

这是一首观景之作，同时也是一首述怀之作。秋天来临，抒情主人公漂泊在异乡，因当地物候的改变而联想起故乡景物也与往日不同。然而，眼前的异乡之景是实的，可观可感可触可摸；故乡的景，则是"虚"的，只能揣测和悬想——尽管理论上讲没有实质性的区分。

言已尽而意无穷，是这首词的显著特色。对眼前景有多喜爱，抒情主人公对家乡景就有多思念，但并不止于此，家乡还有亲人，还有友谊，是自己魂牵梦萦无法割舍的地方。对任何人而言这都不会例外，因此这首词的意蕴，值得我们细细咀嚼，用心体悟。

在这组诗词作品中，还有一些值得认真赏读的，不再列举。对用心的读者来说，相信阅读体验不会有太大差别。

三、小结

挑剔地审视，王井飞的这组诗词作品尚存在着一些有待改进的地方，具体表现为这么几点：首先是立意与题材方面，都还可进一步提升和拓展；其次是格律方面，对仗还可再工整些；再次是标题可以再精练、简洁些，更加个性化一些；

此外，部分作品中的某些用词、意象，还可再斟酌，使之更趋于精准。

作品不虚饰，不矜夸，不装腔作势，这是我看好青年诗人王井飞的主要原因。本着鼓励的初心，写了上面这些未必妥善的看法。"奋身砥砺成云树，秉志峰峦驭锦霞"，这里斗胆窜改并扩充他的七律《夜饮抒怀》颈联的上句，聊作勉励。丰富的网络资讯为每个人学习旧体诗词提供了极大的便利，只要勤勉，只要坚持，深信在不久的将来，王井飞定会脱颖而出，展现出特有的魅力和风采。

不过，毕竟才是一位 24 岁的青年作者，王井飞的作品与市学会里面一些功力娴熟的诗词老手比较，暂时还没有达到互相媲美的地步。所谓熟能生巧，这"巧"往往是经年苦练的结果，王井飞目前还没法具备。当然，在未来的创作道路上，只要不放弃，进一步获得艺术上的各种"巧"，对他来说基本没有悬念。

附：题外闲谈

相对于一些现代诗作者的"张扬"，旧体诗词的作者总体看来要"安静"得多，内敛得多。这是优点，也是不足。优点在于厚积薄发，易出精品，不足在于不太容易获得媒体的青睐，传播面不广。不过，拥有《贵阳诗词》这个展示和交流作品的平台，作者们是幸运的。

旧体诗词之所以让一些爱好者望而却步，在于它有门槛，有底线。这门槛便是格律，这底线便是对格律的恪守。但做到这两点，仅仅意味着作品在格式层面的合规，它与"优秀"还不是一回事。稍加注意，我们不难发现一些藐视格律的"旧体诗词"，句式齐整的被作者称作诗，长短不齐的被称作词，但是没有押韵，不讲平仄；有的署某某词牌，字数句数都不对。两相比较，倒是年轻作者们表现出了对格律应有的尊重，态度反而值得钦佩。

2019-10-30

探秘郑燮的苦寒诗及其他

苦寒诗不是诗歌标准分类的产物——至少我没见到有谁这样明确分过，仅仅是本人突发奇想的一种临时性归纳，跟题材关联，也跟主题关联。作者层面，本文只跟清代诗人郑燮关联，顺带跟东晋诗人陶潜"关联"起来——两人身上有许多相似的地方。

一、苦寒诗的定义与创作动因

顾名思义，苦寒诗就是描写苦寒生活的诗歌作品。根据一般理解，苦寒诗可以包括两种情况：一种是描写很恶劣、令人不适的生存环境；另一种是描写很窘迫、艰难、惨伤的生活状态。本文侧重谈论的是后面一种。

苦寒诗并不是境况寒微或凄惨的诗人的专利，富贵者兴趣来时，偶尔也会写，但二者不具可比性。通过对一些作品的分析，我们不难发现，富贵者的"苦寒诗"在创作动因上有几种通病：附庸风雅的，故作姿态的，沽名钓誉的，别有用心的，等等。它们不在本文的关注范围。

二、郑燮生平

这里仅引用三则资料：《清代学者像传·郑燮像传》《清史稿·郑燮传》，皆引全文；源自网络未详作者的《郑板桥年谱》，节选相关部分，并适当归纳。

《清代学者像传·郑燮像传》：

郑燮，字克柔，号板桥，江南兴化人。乾隆元年进士，官山东潍县知县，有政声。在任十二年，囹圄囚空者数次。以岁饥为民请赈，忤大吏，遂乞病归。去官日，百姓痛哭遮留，家家画像以祀。先生为人，疏宕洒脱，天性独挚。工画兰竹，兰叶用焦墨挥毫，以草书之中竖长撇法运之；画竹神似坡公，多不乱，少不疏，脱尽时习，秀劲绝伦。书有别致，以隶楷行三体相参，圆润古秀，楷书尤精，惟不多作。诗近香山、放翁，吊古诸篇，激昂慷慨。词亦不肯作熟语。时有"郑虔三绝"之目。所著有《家书》《板桥诗钞》，手书刊刻行于世。其家书数篇，情真语挚，最悱恻动人云。

《清史稿·郑燮传》：

郑燮，号板桥，乾隆元年进士。知范县爱民如子。绝苞苴，无留牍。公余辄与文士畅饮咏，至有忘其为长吏者。迁潍县，值岁荒，人相食。燮开仓赈济，或阻之，燮曰："此何时？俟辗转申报，民无孑遗矣。有谴我任之。"即发谷与民，令民具领券借给，活万馀人。上宪嘉其能。秋又歉，捐廉代输，去之日，悉取券焚之。潍人戴德，为立祠。燮有奇才，性旷达，不拘小节；于民事则纤悉必周。尝夜出，闻书声出茅屋，询知韩生梦周，贫家子也，给薪水助之。韩成进士，有知己之感焉。官山东省先后十二载，无留牍，亦无冤民。乞休归，囊橐萧然，卖书画以自给。以馀事写兰竹，随意挥洒，笔趣横生。一缣一楮，不独海内宝贵，即外服亦争购之。著《板桥诗钞》诸书。

《郑板桥年谱》（节选）：

郑板桥，名燮，字克柔，号理庵，又号板桥；清扬州兴化人。

康熙三十二年（1693）出生。

康熙四十七年十六岁，师从陆种园（震）先生学填词。另说：康熙五十一年二十岁，师从陆震学填词。康熙五十三年二十二岁，开始绘画创作。康熙五十五年二十四岁，约于是年中秀才。另说：十七岁"参加县学考试取中秀才"。康熙六十一年三十岁，作《七歌》，感慨生活的艰难。

雍正元年（1723）三十一岁，约于是年卖画扬州，前后历时十年左右。雍正二年三十二岁，其子犉儿约殇于是年，作《哭犉儿五首》。雍正十年四十岁，秋赴南京参加乡试，中举人，作七律《得南闱捷音》。雍正十三年四十三岁，八月被聘赴杭州任浙江乡试提调监试，颇抑郁，冬赴京师，准备应会试。

乾隆元年（1736）四十四岁，春，应礼部试，中贡士（殿试中二甲第八十八名进士）。乾隆七年五十岁，春，铨选得范县令（兼署朝城县）。乾隆十一年五十四岁，由范县改任潍县，自是连署七年。乾隆十六年五十九岁，是年九月十九日作六分半书"难得糊涂"。乾隆十七年六十岁，年底卸任。乾隆三十年卒，享年七十三岁。

三、郑燮的"三为"

为官——

根据前面引述的两则传记和节选的年表，郑燮的爱好、职守、能力、民望、诗书画造诣，等等，都得到了几乎全方位的肯定。不过，他的"执业"心态，在不同阶段，其实是不一样的。

做官前是憧憬 生计的艰难，使郑燮不得不试图摆脱，在别无捷径的情况下，通过科举考试做官，成了他的首选；彰显自己的胸襟、抱负，希图有一番作为、建树，自然也在思谋之内。科举考试取得成功，对郑燮来说很幸运，同时又是不幸的：没有人赏识他、重用他。他在康熙朝中秀才、雍正朝中举人、乾隆朝中进士，时间跨度相当大。中进士时已经四十四岁，短暂的自得（见《秋葵石笋图》题诗）之后，是长久的湮没。生活过不下去了，郑燮只好投诗干谒上官，《呈长者》《读昌黎上宰相书呈执政》《上江南大方伯晏老夫子》，等等，就写于这段时间。无奈这些殷勤之作全都泥牛入海、杳无消息。直到乾隆六年亲自拜谒乾隆皇帝的叔叔慎郡王允禧（紫琼崖主人），才华得到对方赏识之后，他才得到一纸七品县令的委任状，于次年春天到河南范县上任。此时，郑燮心情再度大好，《将之范县拜辞紫琼崖主人》可以为证。

做官时是无奈 郑燮初次赴任的范县，衙署破败、冷落、荒凉，属员才几个人，不过他能坦然面对，业余时间也能作诗文书画自娱。《破屋》一诗，写了范县县衙的破败与荒凉："廨破墙仍缺，邻鸡喔喔来。庭花开扁豆，门子卧秋苔。画鼓斜阳冷，虚廊落叶回。扫阶缘宴客，翻惹燕鸦猜。"几年后调任山东潍县，办公条件并没有改善多少，反而是荒年景象更加令人触目惊心，但他继续勤于政事，一心为民，克己奉公，直到乾隆十七年末，因忤大吏而辞官。

辞官后是轻松　案牍辛劳，年纪老迈，拔擢无望，是郑燮辞官的深层原因。至于辞官是否跟某一个"大吏"有关，无法证伪的同时也无法证实，从他的性格来说存在可能性。不过，"大吏"最多是加快了郑燮辞官的进程，应该不是主要原因更不是唯一原因。他非但不"恋栈"，反而一身轻松。《予告归里画竹别潍县绅士民》这首诗足以为证："乌纱掷去不为官，囊橐萧萧两袖寒。写取一枝清瘦竹，秋风江上作渔竿。"这不是光宗耀祖式的衣锦还乡，反而显得有些寒碜，但一个"掷"字，表明了他态度很坚决，不想再周旋下去了。"进又无能追又难，宦途局蹐不堪看。吾家颇有东篱菊，归去秋风耐岁寒。"这首《画菊与某官留别》，写了他的两难处境，也写了他的"执业"心态。《罢官作二首》之一"老困乌纱十二年，游鱼此日纵深渊。春风荡荡春城阔，闲逐儿童放纸鸢"，之二"买山无力买船居，多载芳醪少载书。夜半酒酣江月上，美人纤手炙鲈鱼"，则从不同角度抒写了他轻快的心情。

为人——

境况　郑燮四岁时生母汪夫人去世，由乳母费氏抚育，七岁时家境艰难，乳母离去，到郑燮十岁时家境稍好，才重新返回。其《乳母诗》小序云："……方来归之明年，其子俊得操江堤塘官。屡迎养之，卒不去，以太孺人及燮故。燮成进士，乃喜曰：'吾抚幼主成名，儿子作八品官，复何恨！'遂以无疾终。"十四岁时，其继母郝夫人去世。青年时期，他"十载扬州作画师"，苦读之暇，卖画贴补家用，但因"卖与东风不合时"，导致"十字街头论担挑"。三十岁时，父亲去世，郑燮家计更窘，《七歌》之一是逼真的写照。其间他对农民的疾苦有了直观的了解，产生了深深的同情，认识上也有了巨变，同时对恶吏的憎恶也大大增加。这为他后来努力当一名廉官好官打下了情感的基础。辞官后郑燮依然卖画为生，尽管并不富足，与他做官之前的穷困潦倒相比，区别还是明显。

对兄弟关怀、引导　郑燮父辈只有两兄弟，同辈男性除了他自己，只有一个堂弟郑墨，小他二十五岁。通过"十六通家书"，我们可以读出郑燮对自己这位兄弟的殷殷之情、拳拳之爱。这些家书的涵盖面非常广，归结起来，包括如何为人与为文两大项：为人的核心在于友善与同情，为文的核心又可再分为两项：读和写。他指出，二者都要考虑社会意义，机械背诵读死书、人云亦云无见地，都是读书要摈弃的；至于写作，命题应关切时事，不能热衷于敷衍应酬。家书中的许多观点，对今天的读者依然具有极深的启示意义。

公务繁忙，各处一方，相对于"为兄"的周详，郑燮在"为父"方面做得并不成功。儿子早夭，而且死于他做官之前的潦倒时期。《哭犉儿五首》，饱含巨大惨伤和歉疚之情，令人读后潸然泪下。

为诗文——

以善良和悲悯为出发点，臧否古人不存顾忌，展示自我不怕讥嘲，可以看作郑燮诗文的两大特征。这里的"展示"，包括郑燮自恃才华的狂傲的一面，也包括他身处逆境的辛酸的一面。身处逆境的辛酸，恰好是郑燮苦寒诗的渊薮。有趣的是，郑燮对家人创作苦寒诗文是持反对意见的，在《仪真县江村茶舍寄舍弟》中，他作了语重心长的告诫："吾弟为文，须想春江之妙境，挹先辈之美词，令人悦心娱目，自尔利科名，厚福泽。或曰：吾子论文，常曰生辣、曰古奥、曰离奇、曰澹远，何忽作此秀媚语？余曰：论文，公道也；训子弟，私情也。岂有子弟而不愿其富贵寿考者乎？……郊寒岛瘦，长吉鬼语，诗非不妙，吾不愿子孙学之也。私也，非公也。"这从另一个侧面印证了郑燮对家人的关爱之情。

"难得糊涂" "难得糊涂"不是郑燮的座右铭，而是他的一种深刻的人生感慨，因为写成了书法作品，因为做了自我诠释，赢得了人们的喜爱。时过两百多年，直到今天，他的这番感慨依然被人们固执地赏玩，以字画的形式贴在墙上，以折扇的形式握在手中，以台词的形式挂在口头。一些人附庸风雅，仅仅为了好玩，一些人则以为自己找到了知音，和郑燮一起"糊涂"着。殊不知郑燮有一双洞察世事的慧眼、一副悲天悯人的愁肠，高度清醒，想要"糊涂"而不可得。审视他迍邅的遭际，他对污浊风气的鞭挞和对苦难庶人的同情，再结合他摆不脱逃不掉的苦恼，我们就可以明白他追求"糊涂"的目的。今天呢，许多热衷风雅者，以欺负弱小为能，以跻身污浊为荣，以凌驾良善为傲，何曾清醒过？又何必高调追求什么"糊涂"呢？一些人喜欢拿郑燮的干谒诗做文章，质疑他的人品。不关注他几近绝望的凄苦生涯，以嘲讽为能事，这些人的品格就"高尚"起来了吗？结论是否定的。

四、郑燮苦寒诗举要

郑燮的苦寒诗与别人存在不同之处：从主题上看，具有写实特征，情感的实与境况的实。从题材上看，大致有三类：感叹自身生计艰难的，痛悼亲人离世的，同情别人苦难的。以下举要随机进行，并不拘泥于特定顺序。

《哭犉儿五首》：

一

天荒食粥竟为长，惭对吾儿泪数行。

今日一匙浇汝饭，可能呼起更重尝？

二

歪角鬏儿好戴花，也随诸姊要盘鸦。

于今宝镜无颜色，一任朝光满碧纱。

三

坟草青青白水寒，孤魂小胆怯风湍。

荒涂野鬼诛求惯，为诉家贫楮镪难。

四

可有森严十地开，儿魂一去几时回？

啼号莫倚娇怜态，逻刹非而父母来。

五

蜡烛烧残尚有灰，纸钱飘去作尘埃。

浮图似有三生说，未了前生好再来。

《村塾示诸徒》：

飘蓬几载困青毡，忽忽村居又一年。

得句喜拈花叶写，看书倦当枕头眠。

萧骚易惹穷途恨，放荡深惭学俸钱。

欲买扁舟从钓叟，一竿春雨一蓑烟。

《得南闱捷音》：

忽漫泥金入破篱，举家欢喜又增悲。

一枝桂影功名小，十载征途发达迟。

何处宁亲唯哭墓，无人对镜懒窥帷。

他年纵有毛公檄，捧入华堂却慰谁？

《七歌》：

其一　郑生三十无一营，学书学剑皆不成。市楼饮酒拉年少，终日击鼓吹竽笙。今年父殁遗书卖，剩卷残编看不快。爨下荒凉告绝薪，门前剥啄来催债。呜呼一歌兮歌逼侧，惶遽读书读不得！

其二　我生三岁我母无，叮咛难割襁中孤。登床索乳抱母卧，不知母殁还相呼！儿昔夜啼啼不已，阿母扶病随啼起。婉转噢抚儿熟眠，灯昏母咳寒窗里。呜呼二歌兮夜欲半，鸦栖不稳庭槐断！

其三　无端涕泗横阑干，思我后母心悲酸。十载持家足辛苦，使我不复忧饥寒。时缺一升半升米，儿怒饭少相触抵。伏地啼呼面垢污，母取衣衫为湔洗。呜呼三歌兮歌彷徨，北风猎猎吹我裳！

其四　有叔有叔偏爱侄，护短论长潜覆匿。倦书逃药无事无，藏怀负背趋而逸。布衾单薄如空橐，败絮零星兼卧恶。纵横溲溺漫不省，就湿移干叔夜醒。呜呼四歌兮风萧萧，一天寒雨闻鸡号。

其五　几年落拓向江海，谋事十事九事殆。长啸一声沽酒楼，背人独自问真宰。枯蓬吹断久无根，乡心未尽思田园。千里还家到反怯，入门怩怩妻无言。呜呼五歌兮头发竖，丈夫意气闺房沮。

其六　我生二女复一儿，寒无絮络饥无糜。啼号触怒事鞭朴，心怜手软翻成悲。萧萧夜雨盈阶阤，空床破帐寒秋水。清晨那得饼饵持，诱以贪眠罢早起。呜呼眼前儿女兮休呼爷，六歌未阕思离家。

其七　种园先生是吾师，竹楼桐峰文字奇。十载乡园共游憩，壮心磊落无不为。二子辞家弄笔墨，片语干人气先塞。先生贫病老无儿，闭门僵卧桐阴北。呜呼七歌兮浩纵横，青天万古终无情！

《窘况为许衡州赋二首》：

一

半缺柴门叩不开，石棱砖缝好苍苔。

地偏竹径清于水，雨冷诗情瘦似梅。

山茗未赊将菊代，学钱无措唤儿回。

塾师亦复多情思，破点经书手送来。

二

万里西风雁阵哀，五更霜月起徘徊。

薄田累我年年种，秋稼登场事事来。

私券官租纷夙欠，女裙儿褐待新裁。

老亲八十豪情在，斗米焉能废腊醅。

《晓行真州道中》：

僮仆飘零不可寻，客途长伴一张琴。

五更上马披风露，晓月随人出树林。

麦秀带烟春郭迥，山光隔岸大江深。

劳劳天地成何事？扑碎鞭梢为苦吟。

《范县》：

四五十家负郭民，落花厅事净无尘。

苦蒿菜把邻僧送，秃袖鹑衣小吏贫。

尚有隐幽难尽烛，何曾顽梗竟能驯。

县门一尺情犹隔，况是君门隔紫宸。

《署中无纸，书状尾数十与佛上人》：

闲书状尾与山僧，乱纸荒麻叠几层。

最爱一窗晴日照，老夫衙署冷于冰。

《和学使者于殿元枉赠之作四首之二》：

潦倒山东七品官，几年不听夜江湍。

昨来话到瓜洲渡，梦绕金山晓日寒。

《自咏》：

潍县三年范五年，山东老吏我居先。

一阶未进真藏拙，只字无求幸免嫌。

春雨长堤行麦垄，秋风古庙问瓜田。

村家留醉归来晚，灯火千家望不眠。

以上诗作只引述原文，不作分剖。限于篇幅，以下诗作，只简单归纳题旨。

《逃荒行》，截取灾民的一个"特写"场景，反映了一个家庭的惨状。卖儿卖女卖妻子，孤独逃荒，又有何处是乐土？《还家行》，叙述灾民逃荒之后返回家乡的悲惨遭际，等待他们的，依然是漫长难挨的凄惨岁月。《思归行》，记述山东遭遇荒年，百姓大量饿死的惨状。诗中对"圣君"的颂扬应视作无奈之举，系列建议才是本心。《潍县竹枝词四十首》，其中部分篇什形象地反映了当地百姓的重重苦难，表达了对他们遭遇的深刻怜悯，同时也表明了对恶吏的鞭挞。

五、与郑燮跨时空"呼应"的另一位苦寒诗人——陶潜

因为在世时不被时人关注，陶潜的生卒年月有多种说法，不同的"研究结论"之间，没有哪一种得到一致认可。我们能够了解的是，他一门心思追求"道"，不肯媚俗，结果活得很穷很苦，亲人也跟着受累。面对极端的穷苦，他做不到无动于衷，于是"展示"自己生活状态、情感煎熬的苦寒诗便时时出现他的笔底。稼穑艰难，年成歉收，亲人离世，于是都成了他信手拈来的素材，感动着后世未必心口如一的各色崇拜者。

陶潜的苦寒诗，当以《怨诗楚调示庞主簿邓治中》为最："天道幽且远，鬼神茫昧然。结发念善事，僶俛六九年。弱冠逢世阻，始室丧其偏。炎火屡焚如，螟蜮恣中田。风雨纵横至，收敛不盈廛。夏日长抱饥，寒夜无被眠。造夕思鸡鸣，及晨愿乌迁。在己何怨天，离忧凄目前。吁嗟身后名，于我若浮烟。慷慨独悲歌，锺期信为贤。"其中的"夏日长抱饥，寒夜无被眠。造夕思鸡鸣，及晨愿乌迁"，可以说是苦寒中的苦寒，煎熬中的煎熬。他不适应，但无法摆脱，无力改变。

《自祭文》算是陶潜一生最后的"乐章"，但他在这里却只是提到了自己恶劣的处境、坦然的态度，以及洁身自好、独善其身的人生追求："匪贵前誉，孰重后歌？"而且发出了一生中最后的嗟叹："人生实难，死如之何？"

时隔一千多年的两位苦寒诗人，有许多可比之处：祖上都有些名望，都与文化沾边，到自己这一辈都很寒微，都想通过做官改变处境，实现自己的人生抱负，结果都变成了抱憾，索性诗酒自悦（有时是"自苦"），同时都有一副悲天悯人的心肠，都期望后世有人赏识自己……毕竟时隔一千多年，两人所处的社会环境、文化氛围，等等，都大不一样。辞官后一个特立独行、郁郁寡欢，一个交朋结友、熙熙而乐，都是他们"异"的地方。这"异"还可增加一项：陶诗的苦寒，仅仅涉及自己和亲人；郑诗的苦寒，在自己和亲人之外，还关注广大穷苦者。

六、苦寒诗的境界、感染力与其他

除了境况实录、胸臆直抒，苦寒诗既不能明志，显示作者自己高人一等、与众不同，也不会夺志，让作者丢了名节。平常心平常看，贫穷不意味着高尚，更不等同于低贱。能够肯定的是，两位诗人的诗品、文品与他们的人品，是高度契合的。他们不排斥朋友的接济，其苦寒诗的主题，也无非是反映一时一地的处境和心境而已，没有更多的诉求。

苦寒诗的感染力，在于它传递了诗人关于贫穷的"诗意"立场：贫穷固然令人难堪、难忍，长期看却不损颜面，更不损德行。"穷则独善其身"，可以致力于提高自己的境界和修养；"达则兼济天下"，有机会就积极为一方百姓造福。有相当一部分读书人，人生的总体追求大致就是这样，但"发达"之后，相对于陶、郑两人的坚持，迅速忘本，变得又恶又贪的，似乎不算太少。

陶潜受不得气，三个月不到便拂袖而去。郑燮也有委屈，但他坚持了十多年，实在是忍无可忍，才最终挂印走人。两人留给后世的，除了丰富的诗文作品，还包括了诗意的苦寒境遇。没有谁会因为苦寒诗而嘲笑、诋毁他们，相反，在中国灿烂的古代文学星辰中，他们是闪耀着熠熠光芒的两颗，值得景仰和推崇。

2020-02-26

动人心处是寻常

——走进李正君的诗

和息烽诗人李正君算是交往多年的好友了，诸事冗杂，关于他的诗词作品，虽然不时有佳构传诸朋友圈，我却较少去细读，更少进入其空间系统地阅读——我们甚至连例行的网上打招呼都不多。不过，这丝毫没有降低我对正君的良好印象：博闻强识，思辨敏捷；诗如其人，人如其名。他确实是一个颇有才气的谦谦君子。

正君的言行举止从来都是内敛、含蓄、低调的，这让他和声名在外者相比较，少了一些"出彩"的机缘。然而，内敛、含蓄、低调的正君并没有心如止水，大千世界形形色色的人或事，投射到他心灵的影壁上，斑驳陆离，令他时常发不平之鸣。尽管许多"不平"跟他的个人遭际并无关系，他照样郁积于心，无以排遣；发而为诗，字里行间便隐含了许多块垒。

九月某天，正君打来电话，一番交谈之后嘱为他的一组诗作写篇评论。虽然偶尔给人的作品写些阅读心得，我却从不认为自己是在写"评论"：在我有限的认知常识里，那不过是些勉强具备一得之见的读后感，既不旁征博引，也不引经据典，多是一些基于个人视角的看法。要说多少有点可取之处的话，也无非是不违心吹捧或刻意贬抑。答应后第三天，正君就通过QQ给我发来一组诗作。这组诗作包括五绝 10 首、七绝 17 首、七律 18 首、古风 1 首。

一、主题归类

粗读这些诗作，可以发现它们大多很精致，很严谨，充分体现了正君对传统诗歌的在乎和尊重。他不曾"玩世"，更没有"玩诗"。细读后发现，根据具体作品的主题，大致可以把这些诗作归为如下几类。

述怀

正君的述怀诗，大多直抒胸臆，绝少晦涩，这是优点，如七绝《午夜书怀》、七律《冬夜书怀》《书怀》等都是。忧愁、凄凉、痛悔等情愫，在这些作品中，描摹具体，可触可感。

这组诗作中以年岁为依托的系列述怀诗，有七绝《三十六岁述怀》、七律《四十自嘲》《四十四岁自嘲》《四十七岁书怀》等，分别从感叹事无所成、感伤生涯的沉沦与境况的清贫，以及迷恋诗书无法自拔的苦恼、襟抱难开的迷惘等角度，各有侧重地表情达意。难得的是，在沉重的主题下面，这些作品全都具备了诗意的内涵和美的韵致。

酬赠

所谓物以类聚人以群分，正君的一些诗作，正好体现在"人以群分"、与同好者相识相知相欣赏方面。《赠李华》一诗，突出了对李华才气的深情赞美和对其遭际的深深同情，同时也有对他逆境奋发的充分肯定。《步李华韵书愤》一诗，视角多样：对正气的追求，对"恶"的痛恨，对自身力量单薄的感慨，对岁月蹉跎的惊惧和叹息，可谓汪洋恣肆；一个"愤"字，却是其核心。《次韵张兴》，则在类似前一首消沉的底色上，嵌进了一线乐观的微光。《赠刘跃春》，叙写了大学才读一年就被迫辍学的刘跃春，在摆摊卖水果、奔波劳累之暇，不忘创作且佳构迭出的感人事迹，表达了由衷的欣赏和佩服之情。

这些七律，都抒写了真性情、真友谊，吟咏对象的才思或遭际，形象生动，跃然纸上。这些形象也许达不到让人过目不忘的程度，但至少足以令人印象深刻。

即景

正君的即景诗大多写得轻快、洒脱，颇能给人愉悦的审美享受。如其五绝《有感》中的"可怜千万朵，不是去年花"，《绝句》中的"雨添春树绿，风逼燕身斜"，《出行口占》中的"车窗抬望眼，饱看万山青"，再如其七绝《三月十日骑车行茅坪道中》的"正叹山花白如雪，野桃忽绽数枝红"，《竹林》中的"竿竿浓翠映幽窗，风雨晦明吟兴长"，等等，都在所列。

以上所引的一些诗句，景致纯美，情思活跃，彼此激发、交融，令人赏心悦目，直欲拍案称道。其中一些，同时还值得认真体察与玩味，如"可怜千万朵，不是去年花"，同时还有发人深省的奥义：错过的不会再来，但人们总是容易被虚像所迷惑，误以为风光永驻。再如《从温州机场至丽水二首·一》中的"沿途多绝境，都作画图看"，不仅写景、抒情俱佳，还蕴含了深邃的哲思：改变不了处境，总可以改变心境。

正君这组诗作中的部分即事诗同时也是即景诗，如五绝《即事·室中人展卷》《即事·夕阳照西窗》、七绝《即事》《春夜即事》之类便是。需要指出的是，《春夜即事》即景即事兼有，其中的"孤枕春灯寥落夜，野人怀抱倩谁开"，抒发的是一种浓郁的孤寂和抑郁情绪。在这里，我们找不到轻松、自如与闲适。这类作品具有"消极"意味，比例不高，却不可忽视。

即事

正君的即事诗，除了上面提及的少部分属于即景（与即事一样都为了抒情），其余大多数，基本上都属于事小怀深类型：五绝《丽水学院别女儿》，抒写了亲人间的离情，真挚感人；七绝《东门河看樱花》，樱花的动感美感，须臾而逝的紧迫感，"小立春风看一回"的侥幸和无奈，都让人感同身受；《春夜即事》中，无论是寂寥、凄清的景象，还是"野人怀抱倩谁开"的追问，都不得不让人为之动容；七律《交电费有感》，则渲染了一种穷愁的氛围，但其尾联"穷鬼欲驱无好计，九州谁是富民侯"的诘问，极大地拓展和提升了这首诗的主题意义，使它从"小我"的自怜升华到对底层生活艰难者的悲悯。

咏物

在正君这组诗作中，咏物集中在七绝里面：《子规鸟》，刻画了一个凄婉而执着的形象；《竹林》，营造了一处清凉胜景——它与"欲饱肥甘"者无缘；《碧蝉花》，塑造了一个不与流俗为伍的淡然的形象；《油菜花》则像一幅浓墨重彩的油画，艳丽、热烈，令人精神一振。

咏物诗在正君这组诗作中所占比例也不高，但独具特色。

阅读

正君是个喜欢阅读和思考的诗人。他的阅读和思考，相较于别人而言，少了几分轻松，多了若干凝重。

七绝《读八大山人画作又题》《读李贵伦文章》《重读鲁迅〈狂人日记〉偶题》《重读莫言〈酒国〉戏题》，以及七律《再读〈穷孩子有没有春天〉有感》《读史》，等等，无不具备了深沉凝重的共性特征。除了极个别篇什因为抒情基调略显晦暗容易引起物议之外，整体上说，这类作品中蕴含的现实意义都是值得正视的。鉴往知来，只要不夸大，不歪曲，我们实在不必也不该忌讳某些问题的客观存在；承认并解决它们，才是应有的负责任的态度。

这组诗作中，有少数几篇不是读作品，而是"读"作者，如七律《杜甫》《莫言》《桐垫书屋怀周渔璜》等，都较为准确地概括了吟咏对象的精神风貌、文学建树以及文化影响。其中的《莫言》，在尾联还对莫言先生的创作主题有了别样的感想："已著奇书无量数，何曾一字说升平？"不得不说，这评价是切中肯綮的。作家或许有他的创作准则，但昌明之世，在不刻意"歪读"的前提下，解读的自由应当被允许而且应当成为常态。

二、三首诗作试析

七绝《读八大山人画作又题》：

> 独鸟孤鱼翻白眼，疏花瘦石露寒姿。
>
> 家亡国破身何寄？满纸江湖肠断时。

八大山人是明末清初著名画家朱耷的众多名号之一，他是明太祖朱元璋第十七子朱权的九世孙，明亡后削发为僧，后改信道教。朱耷能诗文，擅书画，花鸟以水墨写意为主，形象夸张，山水笔致简洁而有奇趣。

因为身世畸零，在国仇家恨的双重打击下，朱耷的立身处世、待人接物，自然存在许多与众不同的地方。从正君的这首七绝中，我们不难看出这位才艺奇绝的画家笔底下那不同寻常的"独鸟"和"孤鱼"。也许有人接受不了它们的"怪诞"，也许有人能从画家的遭际中找到形神相通之处。后一种"也许"，在历史长河中，渐渐成了主流。画家笔底下的动物是这样，植物乃至石头也不例外，作为表象，它们确实"怪"，但"怪"得有缘由、有道理。面对超拔的格调，我们无法拒绝，只能认可，赏识。"满纸江湖肠断时"，是正君对画家的理解、揣摩，更应该是画家基于自身遭际而积久成习的另类寄托。

七绝《读李贵伦文章》：

> 真情至性小文章，笔底徐徐吐暗香。
>
> 不作一声狮子吼，动人心处是寻常。

风格不同，主题不同，题材或体裁不同，在迥异的标准下，如何区分一篇文章的高下优劣？大概没有谁仅仅凭着一些外在标准就能武断认定。以抒情而论，可以说，只有表达出真性情的文章才有可能是好文章。气势恢宏也好，清雅怡人也好，各有千秋，都不会是衡量文章好与次的标尺。正君在诗中对李贵伦的文章予以高度赞赏，是由于它写了真性情的缘故。文章的"小"，是题材层面的；"笔底徐徐吐暗香"，则是表达方式上的。而在一般的阅读体验里，那些居高临下者、飞扬跋扈者、故作姿态者，非但不会获得众口一词的肯定，有的反而只会沦为别人茶余饭后的谈资。作文者，当力戒为是。

以情动人，以理服人，是文章获得认可的必由之路。文章作者李贵伦深谙此道，得到正君的肯定也就成了没有疑问的事情。

七律《挽杨厚楣老师》：

> 略无夫子冬烘气，久有诗坛伯乐名。
>
> 慧眼不将寒士弃，高风应共老梅清。
>
> 吟囊检点多珠玉，樽酒歌喉见性情。
>
> 耄耋未登胡遽去？空教泪雨洒黔城！

在正君这组诗作中，较为特别的是这首，深信足以赢得广泛共鸣的也将会是这首。原因不仅仅在于这首诗作的主题是对厚楣先生高风亮节的诗意呈现，更在于厚楣先生生前与贵阳市诗词楹联学会其他先生们一道，对黔中地区广大诗词作者不遗余力的鼓励和关怀。厚楣先生以作品取人，不拘一格，倾力鼓励、呵护，使一大批处境寒微的底层作者脱颖而出。无私奉献的精神、堪称珠玉的诗文作品，不仅使厚楣先生获得了"伯乐诗人"的美誉，更使得他在黔中诗词界乃至文学界，都将永远定格。

传统诗词、新诗、散文、小说、文学评论等体裁，厚楣先生都有涉猎且成就斐然，因此正君诗中的"吟囊检点多珠玉"，并未虚夸。厚楣先生骤然离去，出乎许多人的意料，对于贵阳地区诗词的发展，也是一个不容置疑的损失。痛苦伤怀之际，我们只能目光向前，这样才不至于辜负先生曾经的殷殷之情。

整组诗作，总起来说都是在抒怀。上面说到正君的严谨认真，这本来是好事，但用情太真、纠结太深的结果，是注意力有时容易过度集中到某些消极现象上，无形中增加许多难以排解的烦恼和苦痛。诗绪与愁怀彼此牵引，辗转相因，人便只能在"忧"与"愤"中徘徊、煎熬。万事淡然，"都作画图看"，或许能欣赏到不一样的风景，值得创作者尝试，包括正君在内。

正君曾说他这组诗作"正能量"不足，我不知道别人对"正能量"有着怎样的理解和诠释，我知道的是掩饰问题尤其是粉饰问题、选择性唱赞歌绝不是符合现实需要的"正能量"，最多是一种迎合与投机，除了遂私欲，对时代对社会都不会有多少积极意义。讴歌真善美和鞭笞假恶丑，我认为应该是正能量的一体两面，二者互为补充，不可偏废，更不可或缺。对问题的有限揭示和讽喻，算是正君部分诗作在主题方面的构成要素，因此哪怕不被一些人看好，还是不失为正能量的有机组成，我们应该重视它们、珍惜它们。我们的生活没有发展到完美无瑕的程度，尽管在持续不断的进步中，亿众齐声点赞毫无异议的时刻依然没有来临；在大力呵护民生业已取得显著成就的基础上，还有待于反腐力度的进一步加强，有待于用事者自律意识的提升，有待于从法制到法治观念的持续转变，等等。

正君诗作的语言风格平实而有韵味，没有哗众取宠的噱头，更没有标语和口号的堆积，然而，我们分明可以感知到平实下面的厚重和深沉，主题的厚重，情感的深沉。"动人心处是寻常"，借用这句诗来概括正君诗作的总体风格，再恰当不过。

2020-09-22

风雨如晦，珠玉蒙尘

——读周婉如《吟秋山馆诗词钞》

毕节好友万丛芳女士送了一本《吟秋山馆诗词钞》，好几年了，冗事缠身，最近才大致看完。为了不辜负友情，也为了对好友杨逸飞女士的约稿有个交代，我只好不揣冒昧，结合相关资料，试着阐述一下自己的阅读心得。

一、周婉如其人其事

《吟秋山馆诗词钞》，作者周婉如，贵州毕节人，生于清代道光四年（1824），卒于清代同治三年（1864），是当时黔西北地区知名的才女，擅长书画，通晓音律，自号"纫湘女史""吟秋山馆主人"，有"不栉进士"的美誉。她出身名门，父亲周凤冈为清代道光年间翰林，曾任四川绵州知府。随父寓居四川期间，周婉如已因诗才与时贤交往。

道光二十二年（1842），周婉如与大定（今大方）县名士黄育德（字梅溪，又作梅谿）成婚。除了夫妻唱和，周婉如与亲族中人也多有诗道交流，更设帐授徒，才情惠及桑梓。后来丈夫黄育德赴广东任藩库厅丞、布政使司理问，兵燹频仍，音信难通，周婉如不得不独自面对困窘的生活。即使勤于生计，甚至给人做针黹，家境依然日渐凋敝，又因身染疾患，她到了不得不典当家产的地步。

同治三年冬，重获丈夫音信后，周婉如准备赴广东与之团聚。黔地战火重燃，不得已，她只好随李子政家眷一道前往四川，寄居其妹夫云阳县杨姓县令官邸。不久，丈夫殒命的凶耗传来，周婉如病情更加严重，也在这年年底骤然离世，终年 40 岁。

二、《吟秋山馆诗词钞》

这本书由贵州省毕节地区（现为毕节市）文化局、乌蒙诗社合编，包括"前序""吟秋山馆诗钞""吟秋山馆词钞"及"后记"四部分。

诗钞部分收录了诗作 271 首（组诗拆开来算），体裁上以七绝和七律为主，其他也有涉及。诸体包括杂言 1 首、四言 1 首，五绝 12 首、五律 29 首（含排律 1 首）、五古 14 首，七绝 110 首、七律 96 首、七古 8 首。

词钞部分收录词牌 24 种，词作 47 阕，包括菩萨蛮 7 阕，踏莎行 1 阕，点绛唇 2 阕，浣溪沙 1 阕，忆萝月 1 阕，柳长春 1 阕，一尊红 2 阕，金缕曲 3 阕，清平乐 2 阕，蝶恋花 4 阕，买陂塘 1 阕，喜迁莺 1 阕，少年游 1 阕，生查子 7 阕，醉花阴 2 阕，玉楼春 2 阕，忆秦娥 1 阕，柳梢青 1 阕，满江红 1 阕，贺新郎 1 阕，谒金门 2 阕，画堂春 1 阕，西江月 1 阕，燕归梁 1 阕。

由于题材与主题相仿，以下主要对"诗钞"作简单分析，同时旁及其他。

三、《吟秋山馆诗钞》题材与主题管窥

即景，即事，咏物，抒怀，酬唱，是《吟秋山馆诗钞》题材的几个侧重点，与其他作者的诗集没有太大区分。然而，以丈夫黄育德外出求官为界，周婉如的创作主题形成了迥然不同的两种风格：早期的创作轻松自在闲适，后期则凝重凄凉悲苦。

周婉如早期的"愁"，可理解成"为赋新词强说愁"的闲愁。开篇之作《秋夜》就是这样："夜静篱蛩吟，轻寒逼袂襟。潇潇窗外雨，滴不尽愁心。"《同声馆坐月联句》是一首五律，夫妻二人的和睦、融洽、默契，以及闲情逸致，表现得生动真切，令人称羡。然而，这首诗的意境却显得清寒、凄冷、惆怅，有某种"谶语"的意味。

人情酬唱，在周婉如诗作中占了较高比例：唱和中提到名字的，亲戚有 10 人，

朋友有 8 人，门人有 4 人。重复提名唱和的不少，足以体现周婉如并没有因为诗才斐然而故作清高，她依然在意亲戚朋友，既与名流交游，也跟常人来往。其中，抒写夫妻离情的，又占了其中的较高比例。

《与梅谿外子夜话》，是周婉如有关夫妻深情的诗作中，"双向互动"的两首之一（另一首是前面的《同声馆坐月联句》），表明了她的一些不合流俗的思想追求，当然也有对丈夫功名思想的理解和尊重。其余的，多是丈夫在外，她处于孤苦境地的喁喁倾诉，有劝谏，有告诫，有殷切思念，更有缱绻深情。

咏怀诗，是周婉如诗作主题的一个重要方面。人们常说触景生情，周婉如的咏怀诗，有一部分就是即景即事的体现。在《念五初度感怀》中，她有"壮怀卓荦谁知己？放眼悲歌我独狂"的孤寂；在《登文龙山浮屠绝顶》一诗中，她有"俯虚心自远，回首万缘空"的淡然；在《与梅谿外子夜话》中，她有"违世每应①逢俗眼，疏时久已弃浮名"的达观；在《闲居杂感二首之一》中，她有"刻翠裁红傍绛纱，频将十指寄生涯"的艰难；在《春初杂感四首之二》中，她有"半亩春蔬戴月锄，避秦聊得武陵居"的庆幸。

然而，世道并不因周婉如的"知足"而美好，她的眼底、诗中，拥挤着太多触目惊心的惨景："千家陇亩禾苗废，万骨郊原瓦砾焚。"（《晚春感兴四首之三》）"怅望家山一洒泪，霏微雨雪又长征。"（《甲子冬日将从官粤东而黔中兵燹复作中道多阻因附李总戎眷属赴蜀途次感赋二首之一》）"旌旗拥道全遮日，马足沾泥半掩尸。"（《黄泥坡晓发二首之一》）"飘零八口怜同命，野次千家哭故乡。"（《云安官舍感怀四首之四》）

面对触目惊心的惨景，谁都不能安之若素，多愁善感的诗人尤其不能。《秋兴六首之三》，就满怀着一种悲壮，一腔愤懑："梁空鼠窜功何益，牢补羊亡计已迟。大地生灵冤抑久，疮痍仍自付庸医。"《乔装咏二首》是这类诗作中最具

---

① 〔应〕引自原书正文 P38，从平仄及前后文看，当系"因"之误。

主观抒情特征的作品，诗人未必真的去"乔装"，而是对"樊笼"的一种抗争：女性非但不能建功立业，反而要在封建礼教中被禁锢一辈子，永远没有摆脱的机会，哪怕优秀如自己者又如何？因此，她的"乔装"，更可能是臆想层面的。从第一首尾联"我欲乘槎兼破浪，五云天畔任遨游"的自信与乐观，到第二首首联"但教身世伴蠹蟬，便作男儿恨亦深"的沮丧和遗憾，直接就是一种断崖式的跌落。在《贺新郎·自挽》中，周婉如更有悲伤绝望到顶点之后的一种面朝虚空的徒劳的慰藉。

四、关于"娱闲室主人"

在周婉如抒写人情的诗作中，"娱闲主人"是个值得关注的角色，因为集子中多次提及而又语焉不详。有人认为是其丈夫黄育德，在《贵州书画家简论》一书中，作者陈训明就持这样的观点："她早年曾随宦成都十载，与当地女诗人交游，才名籍甚，后归毕节。道光二十三年（1842）与黄梅溪（号娱闲室主人）结婚。"然而，从《丙辰夏五月吊娱闲主人六首》《满江红·丙辰重九吊娱闲主人》可以判定，"娱闲室主人"不是黄育德的号。丙辰年是清文宗奕詝咸丰六年（1856），这时周婉如才 32 岁；八年之后的清穆宗载淳同治三年（1864），周婉如还有《甲子冬日将从官粤东而黔中兵燹复作中道多阻因附李总戎眷属赴蜀途次感赋（二首）》记述苦况。这年阴历的隆冬腊月，是黄、周夫妇相继离世的时间。

从诗的内容来看，《丙辰夏五月吊娱闲主人六首》第一首首联中的"冷暖相依已十年"、第二首颔联"长忆聪明妨我寿，偏教慧业为君悲"、第三首颔联颈联"犹记联床同听雨，何堪剪烛共摘文。半生多难君怜我，十载倾心我负君"、第五首颔联颈联"肯让蛾眉称进士，敢夸香阁属多才。梅魂有影吟同瘦，柳絮因风咏共猜"、尾联"佳话而今零落尽，绯桃依旧傍妆台"等句子都是线索。《壬戌春过娱闲室感旧吊主人三首》之二的颈联"护覆香衾忘夜永，共听春雨忍宵寒"，也可作为旁证。在《满江红·丙辰重九吊娱闲主人》一词中，还有"同茧双丝缲未尽，心香一缕拼偎热"的回忆。据这些推断，抒情对象都应该是一位与周婉如非常亲密的闺中好友，结识于她婚后第四年。娱闲室主人去世后的第七年，周婉如 38 岁时，仍在作诗怀念她。

五、关于黄、周二人的子嗣

黄、周二人有无子嗣，也是个值得关注的问题。在《大方县两位著名的清代女诗人及其诗集连载之一——周婉如及其〈吟秋山馆诗词钞〉序的写作》一文中，高致贤先生曾有这样的叙述："因周婉如的丈夫姓黄，他们没有后人，特邀请他们亲支的后代……参加。"但是，《病怀寄外（二首）》的第一首却是这样的："危波涉遍沧桑险，一病深知世味难。已绝亲情谁问讯？因怜儿病强加餐。寒砧烟灶愁风雨，夜月秋心冷素纨。欲向天涯传梦远，忍将虚语报平安。"颔联非常明确。《云安官舍感怀（四首）》第四首的颔联，"独雁何堪栖剑阁，双雏犹幸傍琴堂"，说得更加明白。杨绂章（慎斋）写的《为黄母周孺人征诗启》同样说得很清楚："蓬户萧然，日复一日。嫁衣典尽，倚竹而翠袖生寒；侍婢卖回，剪彩而红丝长价。加以儿龄尚稚，女发初垂。压线拈针，十指作长城之恃；持筹握算，只身无寸晷之闲。岂真诗可穷人，何至词多薄命！"这几句充满了同情和悲悯。其中的"儿龄尚稚，女发初垂"难道会是别人家的孩子吗？要知道杨绂章除了与周婉如诗词唱和之外，还是她的姨侄，只比她小 15 岁，了解的情况，比别人准确得多。

黄、周夫妇应该有子女，但二人中年早逝，有没有人代他们将子女抚养成人，就是另一回事了。王柳茵在《周婉如研究述略》一文中，用了肯定的语气："《吟秋山馆诗词钞》是周婉如辞世后，于光绪十年（1884）八月，其姨侄杨慎斋为之征编的诗词集，由其子黄锡彤校勘问世。"不过，从《吟秋山馆诗钞》中《留别锡侯兄时有中州之行》《秋日寄锡侯五兄粤东（六首）》等诗来看，"锡彤"与"锡侯"，子辈取名对父辈犯忌，至少从名字上看其正确性是大可质疑的。

六、婉、畹之辨

"周婉如"其名，应该不具有争议性，无论是从她自身的才情也好，还是从父辈为她取名的良好初衷也好，表示"温柔美好"的"婉"，无疑都是最合适的。

近年有人根据周婉如留下来的书法作品，落款署名为"畹如"，得出一个结论："畹如"才是正确的。这个观点大可值得商榷：一则在书画作品的落款中即兴署名的情形，历来都不乏其人，周婉如在作品中称其丈夫为锡侯兄、夫子、外子、梅谿外子、夫、外、锡侯五兄等，可以佐证"随意"性；二则从某幅书法作品落款处"丁巳巧月书于唫秋馆"包含的信息，可以发现周婉如其时33岁，正陷入乡村心境、乡村困境，生计艰难。田畴入眼，触景生情，触景伤情，从"婉"到"畹"，顺理成章。一时之兴，不排除书法的真实性，但要说"周畹如"才"正确"，有点勉强。

七、插曲："双璧"唱和

同一时期，毕节地区有一位跟周婉如齐名的才女，名叫陈枕云，跟周婉如并称"贵州两絮才"。她们有着相仿的际遇：都有家学渊源，都因诗知名，都度过了闲适愉悦的少年时期，后来都陷入困境乃至绝境。陈枕云的遭遇相对更惨——还没过门，未婚夫就不幸去世，她终身未嫁，直到60岁后被未婚夫家族后人接去奉养。将诗集命名为《滴碎愁心集》，可见其愁苦之深。

周婉如感叹的是"滴不尽愁心"，陈枕云则是"滴碎愁心"。她们之间的唱和，应该不少，可惜在《吟秋山馆诗钞》里，只有一个孤篇，题为《途中晤陈枕云闺秀挑灯感旧不胜泫然因赠七律一首》：

> 歧路相逢岂偶然，莫教身世恨悭缘。
>
> 丁帘篆袅荒鸡夜，甲帐风凄二月天。
>
> 契合三生欣旧雨，沧桑一瞬忆当年。
>
> 穷途我亦悲摇落，肠断空江月又圆。

未找到《滴碎愁心集》的纸本，从高致贤先生发到网上的《清代贵州女诗人陈枕云的诗（收藏版）》中，也没有找到和诗。上网检索，偶然从刘长焕先生的《周婉如和陈枕云——晚清黔西北诗坛两女性比较》一文中，总算找到这首《黄泥坡途次奉和周纫湘女士见赠原韵》：

林下风姿羡婉然，相逢休更说缘悭。

无家我值漂流日，慧业君来法界天。

奁白才名羞众口，梅花芳讯断今年。

罗浮此去知常健，应得乡心月共圆。

周婉如的赠诗充满了悲凉伤惨，陈枕云的和诗则在感叹飘零的氛围中，增添了一抹祝福和憧憬的亮色。

刘长焕先生在文章里所附的周婉如的赠诗，与《吟秋山馆诗钞》里面所载，小有差异：首联末尾是"感缘悭"，尾联下句是"肠断江空月又圆"。未知孰是，意境区别较小，不过从步韵角度，刘长焕先生所附的更为一致。

八、留给今人的启示

《吟秋山馆诗钞》里有一首《自箴》："目穷古人书，勿负古人说。身虽束闺阁，志岂逊前哲？……力学如积丝，积丝当成疋。富贵夫何益？人生重行节。惟以崇令名，万岁终难灭。"周婉如的才华、气度、境界、胸襟，包括理想，在这首简短的五言古风里面，直追陶靖节的某些述怀诗，有一种不让须眉的慷慨和豪迈。

不难发现，在历史纵深里，富贵者们有的财可敌国、显赫一时，有的权倾朝野、不可一世。缺德行、缺品望、缺才情，他们当中的少数将背负恶名，与历史一道绵亘，多数则将随着形骸的陨灭而一并消逝在历史的烟尘里。换言之，在历史坐标上能够留下些许痕迹的，除了叱咤风云者，恐怕只有那些凤毛麟角的立德立言者。

从这个意义上，周婉如，包括陈枕云，凭着她们的诗词造诣、艺术修为，在辞世一百多年后的今天，人被想起和怀念，作品得到传诵和研究，看似偶然，实则必然。能在盛世捧读这些令人钦佩或唏嘘的诗词作品，无疑是今人的幸运。乱世，带给国家、民族和个人的，都是不可逆转的巨大损伤。《吟秋山馆诗词钞》也好，《滴碎愁心集》也好，在风雨如晦的历史背景下，宛如蒙尘的珠玉，到了今天，该是精心擦拭，让其熠熠闪光的时候了。

题外赘言

这本集子注解详细、精到，若允许吹毛求疵的话，也有一些小误差，比如同音别字、形近别字，繁体字、不规范简化字、错字（印刷厂临时拼装），以及注音中的字母或声调错误之类。此外，简评仅针对作品的思想感情，没有关涉具体作品的创作背景，或可视作美中不足。相信注评者盛郁文先生一定遇到了资料严重匮乏的问题，因此不宜求全责备。这本集子再版时能尽量减少前述瑕疵，值得读者们共同期盼。

2020-10-23

轻吟浅唱"小确幸"

——程锦诗词赏析

"小确幸"是什么？在读完程锦的诗词之前，若有人问，我一定会茫然。在她的诗词作品中，有一首七绝恰好就用这个"小确幸"做标题。按照网络定义，小确幸，就是微小而确切的幸福。程锦针对具体事情而生发感慨，用这个词来总括她多数诗词的创作因由，个人觉得不算勉强。截至目前，在贵阳地区的诗人中，程锦可能是较晚出现而作品最具规模的一位——随便一搜，就是两百多首。

基于激励的初衷，以下拟从题材角度，对程锦的诗词做一些简单的梳理。

一、季候

不少人的诗词作品，都离不开对季候的歌咏或者借其表情达意。从季节到时令，再到天气，程锦都不厌其详地做了摹写，抒情，咏物，探幽析微；稍微夸张点说，几乎无所不包——这些都只是从标题层面切入的。

（一）季节

程锦的诗词作品，有许多是跟季节"绑定"的：

涉及春天的，诗作有《小桥河之春》《及时春雨》等14首，词作则有《捣练子·春日所见》《捣练子·春行》等5首。这组作品中的七绝《春味》，其尾联采用俯瞰视角，天马行空，气象宏阔。末句中一个"宅"字，充分体现了对民情民生的观照和关注，给人一种温馨和温暖之感。

涉及夏天的，诗作有《初夏踏青》等3首，词作有《南歌子·又是一年夏》。

这组作品中的七律《夏日喜雨》，从燠热不堪到无心赏花，从黄昏时甘霖陡降到雨过后满天彩霞，都在写景，但其尾联的抒情跳出了一己"小我"："企怀玉宇多拂照，犹盼凡间少郁灼。"

涉及秋天的，诗作有《秋夜杂感》等4首，词作有《苏幕遮·初秋》《捣练子·中秋》《捣练子·又中秋》等3首。这组作品中的《捣练子·又中秋》，是程锦系列作品中写"愁"的不多的篇什：盼着中秋时节月圆人更圆，偏偏凄风冷雨连绵不绝；仅这还罢了，树叶也无情地离去，更加令人愁绪频生，欲罢不能。

涉及冬天的，诗作有《寒冬》，词作有《一剪梅·恼冬》。后者充满了对冬天带来各种危害以及由此滋生的抱怨："长恨贪婪霸道冬，四季失衡，缘彼骄凶。"

以上作品，多以春夏秋冬为抒情的触发点。季节不同，触发点不同抒情也不同；就算季节相同，触发点不同抒情也不同。

（二）节令

各个节气，程锦都创作出了主题各异的诗词作品。

属于春季的，有《元日》《醉花间·立春》《春分》《戊戌清明诗会即兴》《清明》《清明雨》《章台柳·清明》，等等。作品主题，有的记述了活动，有的抒发了情怀。

属于夏季的，有《端一踏青》《端三小雨》《端四读诗感怀》《戊戌端午》《端午节自勉》《己亥端午夜》《端午劳形》《桃源八寨端午游》《鹧鸪天·端阳》，等等。作品主题，有对现实的感触和吟咏，也有对古事古人的凭吊，等等。

属于秋季的，有《立秋》《戊戌中元》《捣练子·中秋》《捣练子·又中秋》《鹧鸪天·庚子中秋》《捣练子·重阳》《寒露》，等等。

属于冬季的，有《立冬》《冬至》《戊戌小雪》《章台柳·除夕》，等等。

以上作品，与前一类相似，标题仅仅是对创作时间的一种界定。

（三）天气

在程锦的诗词作品中，涉及天气的也为数不少，有的还是恶劣的天气，诗作如《细雨敲窗》《冰雹》《雪凝》《恼雨》《风雨过后》《暴雨心绪》《洪涝》等，词作如《浣溪沙·洪涝》等。

光风霁月的好天气，是程锦诗词作品体现情感欣悦的前提；反之，愁也好恼也好，关涉民生也好，大多是恶劣天气带来的。不得不说，即景抒情，触景生情，可以是每个诗词作者的创作常态，但超越"小我"，在细微中见情怀、发悲悯，在程锦作品所占比例较高。

二、人情

在各类文学体裁中，抒写人情几乎可以视作共性，尽管写什么和怎么写往往各有不同，包括作者调侃自己在内。程锦的诗词作品，可以大致归纳如下：

（一）亲情

从程锦的诗词中，我们不难发现她对亲情的倚重。下面是一个大致的归纳：

怀念祖父的，有词作《捣练子·哀思》；咏父亲的，有词作《破阵子·劝父》《蝶恋花·父亲》等；咏母亲的，有五绝《细雨敲窗》、七绝《秋夜怀母》、七律《我的母亲》，词作《捣练子·侍疾》等；合咏父母的，有词作《念奴娇·悯高堂》《捣练子·盼归》等；咏儿子的，有五绝《偶感》、七绝《心安》《小儿呓语》《偷闲》《考期近》《小儿军训有寄》、七律《小儿周岁回望》《幼子初次考级感怀》，词作《章台柳·育儿两阕兼作半岁纪念》《章台柳·小儿习琴》《忆秦娥·小儿习琴两载》等。此外，合咏家中老少的，有七绝《中年》、词作《捣练子·中年》等。

思念，感慨，疲累，艰难，欣慰，不一而足。在这组作品中，抒情主人公无论置身哪一种角度，不管抒发哪一种情感，都写得情真意切、感动人心。

（二）交谊

七绝《对饮》，记述了在索居状态下，抒情主人公遇到了饮中知己，于是无话不谈；话题助酒兴，酒兴催话题，彰显了一种豪壮气概。七绝《久别重逢》，写了阔别三十年之久的少时伙伴久别重逢，喜极而泣。七绝《观同学聚首照片即兴》，写了多年才见，与同学一醉方休，展示了同学之间坦诚相处毫无猜忌的友谊。七律《有朋自远方来》，抒写了好友之间胜似骨肉的情谊、相逢的喜悦和离别的怅惋。《忆秦娥·重逢》，写了同学间十八年后重逢的喜悦，以及当初同窗苦读时一起嬉戏的经历。

对比之下，《沁园春·恰同学少年》显得意兴阑珊，少了几许热烈与欢欣，多了几分时过境迁的感喟和惆怅。

（三）缘情缘事的感触

这方面，七绝《归路》无疑是一首值得咀嚼的作品。驱车晚归，休憩身心，本也寻常，但这首诗的尾联，尤其是末句"绝尘退却锁和柳"，深得陶诗神髓。置身现代社会言"退却"，主动也好被动也好，谈何容易！

诗歌素材无止境，只要作者有心，便可取之不尽。从这个角度看，七绝《咏春》同样是一首有意思的作品。其尾联"莫叹前人春咏尽，一枝一叶也藏诗"，道出了其中的奥妙。末句化用了郑诗"一枝一叶也关情"，但与上一句配合得相当巧妙，无懈可击。

（四）调侃自己

借诗词来调侃自己的，古今都不多。在程锦的诗词作品中，却有一些特例。

七绝《伤夏》，含蓄地写了一年来身材的变化，也总结了"教训"："薄衬满橱皆细瘦，反思啖饮是缘由。"《捣练子·晨叹》，先是沮丧，"衣帽小，面皮长，沮丧裙前对镜忙"，继而迁怒，"尤怨陌间文梓树，玉肌肤上点花黄"。比照之下，读者大可莞尔。《如梦令·丁酉校场》，写的是年关时节到集市购物的经历，深陷人潮不能自拔，于是自哂："不慎陷其中，尤恨自身虚胖。"

《鹧鸪天·祛斑》，是对女士们爱美想要永驻青春风采的生动描述，令人忍俊不禁，读后又不觉感慨频生。秀外慧中是古已有之的"准则"，但今人在力图保持外在美的同时，注重内在美并为之着力的，又有多少呢？严格审视，这首词已经不属于自我调侃，而被赋予了普遍意义。

三、世相

写景，咏物，叙事，借以抒情，是程锦诗词题材经常触及的。无法面面俱到，下面只扼要列出两点。

（一）社会发展

最有代表性的作品，是下面两首词作。

《沁园春·贵州变迁》，从历史纵深角度，以今昔对比方式，反映了曾经穷困不堪的贵州在当今取得的瞩目成就。《沁园春·爽爽贵阳》，从地域角度，通过横向对比，反映了贵阳在炎炎夏日相对于中原一些酷热城市的清凉与宜居。

（二）"负"现象

七律《无题》，反映了住建领域的钻营和投机现象，同时也对司法部门的及时出手表达了一种欣慰。七律《法桐记》，表达了对芳林的赞赏，对绿荫的钟爱，还有对树木遭到砍伐的愤慨，更有对违法官吏被惩处的释怀。《捣练子·夜难眠》反映了子女不赡养父母的劣行，同时表达了谴责之意。

值得欣慰的是，司法部门肃贪反腐、打虎猎狐拍蝇的步伐，近年不曾松懈过。

四、几首作品赏析

五绝《天妒红颜》：

明天还未到，意外却先来。

懵懂髫年女，嬉玩绕柩台。

这要算程锦系列抒情作品中主题最为悲伤的一首。全诗正文二十个字，无一字表达悲戚，反之，却出人意料地用了"嬉玩"这个表达愉悦之情的词语。然而，正是这个"愉悦"的词语，让诗中的悲情一下子涌出：孩子太小了，浑然不知她的母亲已经去了另一个世界；她或许以为躺在灵柩里面的母亲，还会重新醒来，对她呵护如故。

而对那位遭遇不幸的年轻母亲来说，包括对她的其他亲人来说，这样的打击未免太突然太伤惨，只能理解成"天妒"的结果。

五律《采蕨》：

> 蕨菜生山野，初春好采摘。
>
> 茕茕孑立秆，楚楚可怜苔。
>
> 其状如纤手，其颜似幼孩。
>
> 拃长犹待取，不愿老成柴。

这首诗通篇写蕨菜，而且只是将其作为一种野蔬来写。首联从生长环境和季节角度，强调这是一个适合采摘蕨菜的季节。颔联承首联意，总体上状写了蕨菜的可爱；颈联接连用了两个比喻，进一步从细节角度强调了蕨菜嫩芽形与色的可爱。尾联"反转"，从蕨菜的角度吐露衷曲：已经一拃长了，依然等待着赏识者的眷顾，不愿就这样衰老成无用的"废柴"。

着意于知遇，不愿徒劳地老去，当然符合蕨菜的角色，然而放眼人事，许多失意者难道不像未被赏识的蕨菜那样，徒劳无益地"终老"吗？这首诗的寄托，含而不露，我们却不难领会文字背后的深意。

七律《追忆陈新国先生》：

> 遥记台前舞笔忙，梅花朵朵沁心香。
>
> 精神奕奕多风骨，谈笑声声少宦腔。
>
> 后辈凑拼三两句，先生修改六七行。
>
> 而今纵有通篇错，无奈天国路太长。

在追忆友情的篇什中，这是一首相当出色的作品。其出色之处，在于将一位业已去世的长者，写得生动活泼、跃然纸上。颈联中"后辈凑拼三两句，先生修改六七行"，尤其体现了陈新国先生的厚道与热心，以及对后学者的严格。尾联则表达了抒情主人公对陈新国先生去世的缅怀之情，以及对这位良师去世的惋惜和伤感。陈新国先生的勤奋、和蔼与无私，在诗中都得到了充分的体现。

《蝶恋花·阳明洞》：

一步灵阶一步仰，两柏参天，三道棂门阖。久叩丹扉空荡荡，炊沙作饭添惆怅。　　一梦萦回皆过往，两袖清风，三载辛酸忘。君子亭前观月朗，栖霞岭上同吟唱。

这首词中的环境，给人的印象是寂寥、冷清，门可罗雀。幸得抒情主人公热心信心都很足，阳明洞未来的发展值得期盼。

阳明文化近些年来颇受推崇，甚至成了黔中大地特别是修文县的热点。作为王学圣地的修文，也因此被媒体屡屡报道。以阳明文化做依托，致力于提升当地的精神品位、文化内涵，修文县的努力可谓有目共睹。但阳明文化真要让每个人入脑入心，恐怕还得努力倡导才行。

五、结语

不事雕琢，遣词用语大多明白晓畅且不落流俗；感情真挚、深沉，没有敷衍和虚夸；往往能借助小事情，抒发大情怀；针砭时弊，直指症结，毫不避讳；打破禁忌，时语甚至字母入诗（词）；等等。这些，都是程锦诗词的优点。

需要特别指出的是，在程锦的诗词作品中，不同的篇什从多个角度与层面，对修文县的品牌阳明文化，做了到位的展示与弘扬。口号式的宣传容易，要做到具有诗味并令人信服却很难。可喜的是，程锦做到了。

栖身盛世，很多人无疑都是"确幸"的，因此值得我们轻吟浅唱、歌之咏之。在已有成就的基础上追求更高质量、更高境界，值得每个人努力，也值得我们共同期盼。同时还值得期盼的，是在程锦的示范效应之下，修文县整体的诗词创作，从数量到质量，都能得到更大的提升。

几句题外话

不过，某些瑕疵（如果可以算瑕疵的话）在程锦的诗词作品中，也偶尔存在。以下所举，都不是孤例。

首先是少数律诗对仗还不十分工稳。其次是部分作品的标题不够紧凑，如七绝《我和秋天有个约会》，就给人一种现代自由诗的感觉。再就是个别诗句，似乎混同了词中上一下四的节奏关系，如五律《端四读诗感怀》的颈联与尾联："歌/离骚/怅惋，咏/美政/除奸。祝/祖国/安好，吟/华夏/万年。"这里也许是有意追求一种另类的表达效果，却说不上很成功。包括古人的近体诗在内，不遵照节奏关系的偶尔虽有，却不值得取法。个人认为，五言诗的节奏应是二/一/二或二/二/一，七言诗的应是二/二/一/二或二/二/二/一。有人将五言七言的句末三字合并为"三"，成为"二/三"或"二/二/三"，除了末尾三字无法拆分的个别特殊情形，一般不可取。阅读是这样，创作也是这样。

2021-05-23

勾绘生活的那抹亮色

——刘丹红诗词读后

刘丹红女士的诗词创作经历，无论是在贵阳地区，还是在清镇市，可能都是比较短的。经历短不等于创作上就乏善可陈；相反，在她的诗词作品中，有不少值得称道的篇什。以下大致按照咏物、景致、行游、述怀等方面，各选几首，稍作推介。

一、咏物

《赋仙人掌》：

> 不辞寒与暑，抔土养精神。
>
> 遍体毛锥刺，犹怜玉自珍。

"仙人掌"在这首诗中，是境况恶劣、随遇而安的生命力顽强的象征——这是内在的精神层面。外在的形象层面，仙人掌则是"遍体毛锥刺"，不太讨人喜欢。生命力顽强，大概是它们历来不受待见，处于自生自灭境地总能积极适应的缘故。它们并不顺应别人的眼光，而是自珍自爱，自惜自怜。

仙人掌的待遇，跟奇葩异卉是迥然不同的。但它们并不孱弱，也不娇气，因此不需要刻意的关照与呵护，而是靠着自身的倔强彰显生命的活力。

《椿》：

> 门前有老椿，经岁焕然新。
>
> 忆苦思饥馑，斫皮煮野菌。

此诗首联写了椿树的栖息环境和精神面貌，没有过多描摹；尾联直接切换到时光深处，回忆椿树的另类贡献：树皮用来煮野菌，让奄奄一息的人们苟延性命。

遭逢厄难，树在岁月的纵深里长得生动；度过了灾荒，人也在时代的怀抱中活得精彩。该庆幸曾经的磨难，还是纠结于既往的艰难？从短短二十个字中，我们读出的是前者，是一种劫后的欣慰与宽怀。灾荒年代，助人们侥幸渡过难关的，远不止一树种皮，也远不止一种果子或树叶。人的遭际可以相仿，对往事的回忆却可以大相径庭——这很正常。

《鸭》：

> 清清水上一群鸭，两两三三忙捉虾。
>
> 困了波间打个盹，怜伊何处是归家？

这首诗文字层面可说没有奇特之处：群鸭戏水，景致寻常；它们忙着"捉虾"，"事情"也简单。然而在文字之外，它们为了生计，又是那样四处觅食而停不下脚步。这和心怀理想转徙奔忙的人们，又会有多少差别？

现代社会，交通便捷，资讯发达，人们动辄可以到异乡或异国去谋生，有时甚至能以日行数千里的速度匆匆往返。然而闲来扪心自问，除了暂时栖居的楼宇、居室，有几个人真正找到了堪称"家"的足以让心灵栖息的所在？城市化进程加剧，我们又能从故乡找到多少牢不可破的情感联结？这些问题，结论基本上是否定的。

"怜伊何处是归家？"轻轻一问，足以引起众多际遇相同者深深的思索。

《卜算子·顽强》：

有同学发玉米裂缝生存图于群，看后陡生敬意，作一阕以记之。

遗漏裂尘中，幸得荒鸡弃。漫饮甘霖笑口开，举首朝天际。　　卓荦向青云，日日经风雨。不负涓埃供养恩，郁郁朝晖里。

古谚曾有"有意栽花花不发，无心插柳柳成荫"之谓，指的是努力追求的目标招致失败，在未尝刻意追求的方面却获得了成功。在这首词中，玉米种子对于它的主人来说，大概就是这样。进一步伸展开去，我们可以发现，对顽强的生命力的倾情赞美，才是这首词的主题。

感激偶然，昂扬生长，经历风雨，倾情回报。作为植物中寻常的一种，侥幸掉落的玉米种子当然不会与众不同，感激与回报，都只是抒情主人公主观上积极赋予的结果。然而谁又能说这违背了玉米的"秉性"呢？我们不敢说"万物皆有灵"，但用心用情去体察，万物皆有"缘"，是能够与人的主观感受对应的。

二、景致

《雪》：

> 昨夜雨兼风，今晨万籁空。
>
> 隔帘听怨鸟，推窗看劲松。

相对于这组诗作中其他作品的精巧，这首五绝有一种视野的广阔和境界的壮美。"怨鸟"，无疑是这种气氛中一种略带消极的存在。它们"怨"什么？气温的严寒，食物的匮乏，都是缘由。在大地白茫茫一片无法辨别方向的情况下，汲汲于眼前蝇头小利，满腹怨艾的鸟儿们，相对于傲立的劲松，实在太渺小了。

这首诗角色安排上的巧妙，在于人不动声色地出现："听怨鸟"的是人，"看劲松"的也是人，但这人——抒情主人公，却没有只言片语。读者临其境、感其情，寓意自然明白。

《春》：

> 雨过千山润，风来百卉妍。
>
> 消融荒野雪，吹绿草芊芊。

高处（甚或高空）鸟瞰，春的朝气跃然眼底，美不胜收。稍微注意，我们就会发现这不是一幅细腻的图画，而是一个粗犷且充满动感的场景。首联的"千"与"百"，不是确指，却大大拓宽了这首诗的外延，足以令人产生丰富的遐想。

尾联上句的"雪",不在视野之中,但我们完全可以做出合理的推断——融化后的它们,是绿草芊芊的前提。

《春归》:

> 冬衣褪去着新装,草木惊苏巧化妆。
>
> 天宇频敲耕种鼓,春风剪柳正繁忙。

冬天成为往事,春天便成了现实。色彩的美,是春天最突出的特征。但这首诗的着眼点,在于对耕作的关注。如果不致力于耕作,一年的收成将没有指望。农人明白这点,诗人也明白这点,但诗人的理解是诗意的,充满想象的,富于启发性的。我们习惯于将滚雷比作上苍的震怒,只说它"震醒"了岑寂的万物。这首诗却不同,将其化为催促春耕的战鼓;春风没闲着,也积极投身于这场盛事。

诗里没有一个字提到秋,但如此热闹的景象,对丰收的憧憬又岂会打折?

《春日》:

> 早樱献媚枝频舞,日暖春江景色殊。
>
> 慢赏东风雕柳叶,最欢渔父候青鸪。

相对于贺知章《咏柳》中的"裁",这首诗第三句中的"雕"字,更加细腻、准确,逼真地体现了东风的热心与细心。精雕细刻,比粗枝大叶更见功力和火候。当然,这一句中的意象,仅是全诗众多春景的一部分,而且抒情主人公直接表明,最喜欢的是"渔父候青鸪"。

总体上看,这是一首表现春的动感的诗作,其中的每一幅画面、每一个场景,都生机勃勃,充满了活力与希望。相对于动静结合的诗作,此篇更加热烈与奔放,值得我们仔细揣摩。

三、行游

《登金沙白云山》:

> 移台换景上高峰,翠羽流岚戏远空。

未检诗心先一怔，晴晖万状化云龙。

登山赏景，翠羽流岚都不足为奇。对这首诗来说，奇的是抒情主人公的惊讶。一个"怔"字，间接地让天空变幻的云彩，有了动人心魄的力量。形似，或者神似，能打动游赏者，尤其是诗心荡漾的游赏者，足以证明此山的得名，毫不虚夸。

《题梵净山"万卷经书"怪石群》：

已叹山中草树奇，更疑石壁蕴玄机。

欲知奥妙藏何处，锥透经书或解题。

置身梵净山，草树之"奇"，大概不外乎造型与颜色的独特了，但酷肖万卷经书的石壁里面蕴含的"玄机"，才是其核心。此诗想象瑰丽雄奇，然而此经非彼经，想要参透其中奥妙，纸质本或可，石头本谁又能"锥透"？一个"或"字，乃是明证。

《云上花海拾萃（新韵）》：

拾景上山巅，峰高不胜寒。

白云浮脚下，花灿九重天。

在写景类诗作中，这一首的磅礴气势，恐怕是一些须眉作者都难以企及的。首联固然类似古人的"高处不胜寒"，但那是虚写，这里则是描摹人在山巅的真实感受。尾联也不全是虚写，而是虚实结合，登高远眺，神思驰骋，旖旎延伸。

两千九百余米，放之青藏高原，只是个"垫底"的海拔，但在黔省，却是高度的极限。诗人的视野扩展了胸襟，"荡胸生层云"之慨油然而起。然而仅有高，是不足以彰显其大美的。在赫章韭菜坪，争相绽放的花朵，亮丽的色彩，既有水平方向的起伏绵延，更有竖直方向的巍峨高耸，"花灿九重天"的壮观，于是奔来眼底。

采风作品，要想从同景色同情怀同体裁甚至同主题的同质化中脱颖而出，很不容易。至少就这首诗来说，丹红女士做到了，难能可贵，值得我们点赞。

《旧州行》：

> 春访西南第一州，玲珑馆舍近山陬。
>
> 昔时达显何曾见，今世名贤竟幸游。
>
> 富贵昙花迷醉眼，寒微远志逐清流。
>
> 尘情散去随风逝，唯有江山对唱愁。

旧州之所以能播誉一方，获得"西南第一州"的称号，自然是因为浓厚的人文底蕴。然而，除了矗立的楼堂馆舍之外，当年那些威震一方的风云人物，无一例外地都成了历史。此诗颈联"富贵昙花迷醉眼，寒微远志逐清流"，有一种勘破世事的达观与恬淡。——黔省两旧州，一在黄平，一在西秀，此处应是后者。

个人得失，在历史的坐标上不算什么，不改的是如画的江山，有时也包括饱含诗情而足可流传的文字。

四、述怀

《回乡》：

> 故地喜重游，路旁蹭满楼。
>
> 田园今已变，何处觅乡愁？

乡愁在何处？我们可以很容易地作答：在游子心上。不过，就算是须臾不曾离开过故土的人，今昔之异，人事更迭，乡愁同样会郁结于心，挥之不去。令人扼腕的是，曾经的"物是人非"，在当今时代进程中，"人非"不必说，"物"也已大多"不是"了。

放眼未来，每个人都只能目光向前、步履向前，把乡愁作为一种美好的情愫，深藏心底，或者作为心灵根系的一部分，在精神的领空发芽长叶、开花结果——指的当然是富有才情的文艺之花、文艺之果。

《冬至随想》：

> 年年岁岁过冬至，岁岁年年人不同。

才觉秋光争绚烂，愕然回首已成翁。

冬至，是北半球每年白天最短黑夜最长的一个日子。尔后，昼夜又将朝着昼长夜短方向渐渐转变。大概是感于物候的极端萧索，从古到今，诗人们咏写冬至的诗词作品，时有出现。这首诗的着眼点，并不是冬至本身，诗里对它是一晃而过的。那么，着眼点在何处呢？在于"争绚烂"的秋光，在于对自身老迈的浩叹。

秋光并不因为短促和严冬的即将来临而放弃展现自己的美，人的"愕然"则在于时间的匆促。乐观看待，"翁"或者"妪"，都可以奋起，实现价值跃升。

《早耕》：

> 雀噪鸦啼鸟语香，春催农户早耕荒。
>
> 牛儿陌上嚼清梦，为有翻飞机器忙。

机械化操作取代牛耕，在无机肥盛行的环境里，对牛来说不是什么好事，因为除了役使之外，它们的职责还包括积累农肥；依惯例，农民还得饲养它们。农肥需要耗费大量人力物力，既脏且臭，于是不再被倚重。在人们漠视空气被燃油污染、土壤肥力日趋下降的"懒庄稼"背景下，牛的去向，前景更其迷茫。

此诗的出发点是反映鸟雀欢唱、农户繁忙的春耕景象，以及科技进步之下耕牛的清闲。可是，我们没法不在诗歌之外想起传统农耕文明曾有的某些长处。

《何江君〈红枫艺术陵园墓志铭集〉付梓有贺》：

> 十年辛苦为谁忙，笔下千家话短长。
>
> 不负青灯常作伴，碑林墓志各芬芳。

何江先生的《红枫艺术陵园墓志铭集》，是市域内颇值得赏鉴的一朵文化之花，无声而有致，绽放在湖城文化的高地上，让许多逝者本来晦暗的人生，平添了生动而不失实的光彩。为逝者作盖棺之论，是何江先生的职业，他更当作事业来认真对待。为逝者立传，一般而言不宜发掘他们的人生瑕疵，这就有了虚实之分、详略之辨。无论如何，何江先生笔下，都可以说璀璨夺目、光彩熠熠，足以让生者感动，让逝者安息。一言以蔽之，该书的影响力和积极意义不言自明。

《卜算子·无题》：

春去影无踪，情恨知多少？笑对人生能几何？且看云飞杳！　　世事转头空，莫让风尘扰。一任梦中痴与狂，怎奈鸡鸣早。

这首词称作"无题"，卒读全篇，可发现其实是"有题"的。这"题"便是勘破与无奈。清醒也好，糊涂也好，都是一种活法。热衷功名富贵者，哪怕耗费毕生心力，目标的实现，也不过是一种或然性。目标实现后违背初心的跋扈者中，受到律法惩治或道德谴责的，与心性淡泊者相比，可能还不如。与其如此，何不早点"醒"过来呢？

五、结语

在丹红女士的述怀诗词中，还有部分是思念亲人的，如五绝《怀念》，表达了凄清的夜晚对亡母的怀念；七古《离别》，表达了离家时老父亲送行的殷殷关切；等等。在其行游诗中，涉及红色采风的诗词，有七绝《观游颂》、七律《观游印象》，词作《忆江南·赞观游》，等等。与时事相关的，则有七绝《贺"十三五"收官》，词作《卜算子·战疫情》《如梦令·献给抗疫前线的战士》，等等。其时事类作品，多以思想性见长。

时代精神可以歌咏，生活之美可以发掘，个人情怀可以抒写。当这些凝聚成一种创作需求，落实到行动上，我们的生活便会多一抹亮色——哪怕别人未必认可，也值得用心勾绘。毋庸讳言，当下人们打发业余时间的花样空前繁多，让诗词创作显得有些冷清。在这样的语境里，每一位独守寂寞的创作者，都值得感佩。

作为何江先生的贤内助，丹红女士长期受到濡染、熏陶，偶尔也拨冗凝思，欣然提笔，几年间，有了为数不少的佳作相继呈现。凭着她惯有的执着，深信更多好作品的陆续问世，值得我们拭目以待。

2021-06-18

仰望杜甫和他的诗歌

杜甫诗歌的地位，从唐代至今，在现实主义领域，无论其艺术性还是思想性，都早有极高定论，不容置疑。他的诗歌在他所处的时代，可能存在某些不合当时文艺潮流的地方，导致他在世时没有得到足够认可。不过，这不影响他在历史长河中闪烁着愈来愈璀璨的光芒，受到后世的推崇和景仰。今人在评说杜诗方面早已无法"翻新"。本文仅尝试从六个方面，仰望杜甫和杜诗，并审视我们自己。

一、仰望杜甫的生平遭际

杜甫的生卒年月，历史有确凿记载，但个人觉得，他的年岁与相关皇帝的年号，各个阶段在对应上都是可以商榷的：出生之年就算一岁，按说没有这样的道理。然而约定俗成，以下归纳时，只能遵从。

712—726 年，从出生到 15 岁。早慧，文学造诣少年有成。

732—746 年，21 岁到 35 岁。游历吴越齐赵间，诗作多昂扬振奋，如《望岳》《画鹰》《房兵曹胡马诗》等。

746—755 年，35 岁到 44 岁。到长安应试，因权臣阻碍，全部应试者"无一人及第"；他本人则困居十年之久，过着"朝扣富儿门，暮随肥马尘。残杯与冷炙，到处潜悲辛"的生活（《奉赠韦左丞丈二十二韵》）。这期间，杜甫多次向权贵投诗干谒，都未获回应；向皇帝进献《三大礼赋》，也无回音。

755—758 年，44 岁到 47 岁。755 年：44 岁，被委任河西尉，不就（《官定后戏赠》），改任右卫率府胄曹参军[①]，赴任不久便心谋去志（《去矣行》），回

---

① 〔右卫率府胄曹参军〕依《新唐书·本传》，在《旧唐书·文苑本传》中为京兆府兵曹参军。

家探访，一路上见闻惨、感慨深，创作《自京赴奉仙县咏怀五百字》；"安史之乱"中被叛军俘虏，押回长安，这期间创作《悲陈陶》《悲青坂》《哀王孙》等。757年：46岁，春，创作《哀江头》《春望》等；4月，从叛军中逃脱后"麻鞋见天子"（《述怀》），获任左拾遗①，不久因上疏替房琯求情触怒皇帝，经人营救免罪后被遣返回家，作《北征》《羌村三首》等；同年9月，官军收复长安后继续担任左拾遗。758年：47岁，6月，又因房琯事件被贬为华州司功参军，翌年春，有"三吏""三别"等；不久弃官，举家流落秦州、同谷一带，有《同谷七歌》。

759—770年，48岁到59岁。759年：48岁，从西北迁居成都。760年：49岁，在成都西郊浣花溪畔建了一座草堂，靠种植草药和亲友资助勉强维生，这期间主要以山水田园和自然景物为抒写对象，多清新隽永之作，如《春夜喜雨》《戏题王宰画山水图歌》《水槛遣心二首》等，但窘困如影随形，《茅屋为秋风所破歌》便可印证。762年：51岁，因成都少尹兼御史徐知道叛乱，举家流亡梓州。763年：52岁，听到官兵收复河南河北的消息，欣喜若狂，思谋返回故乡（河南巩义），但藩镇割据，连年战乱，愿望落空，有《闻官军收河南河北》等。764年：53岁，得知严武任成都尹兼剑南节度使，又返回成都草堂；经严武保荐，任参谋检校工部员外郎②，但职位冷清（如《宿府》所载），不久严武去世，遂辞官。765年：54岁，从成都乘船东下，经嘉州、戎州等地。766年：55岁，到达夔州（今重庆市奉节县），贫病交加，有《白帝城最高楼》《古柏行》《白帝》《诸将五首》《秋兴八首》，等等。768年：57岁，从夔州东行出峡，流寓到湖南湖北一带，有《登岳阳楼》《又呈吴郎》《岁晏行》《蚕谷行》等。770年：59岁，赴郴州途中，旧疾复发，病逝在一条船上，临终前留下绝笔诗《风疾舟中伏枕书怀三十六韵奉呈湖南亲友》。

---

① 〔左拾遗〕依《新唐书·本传》，在《旧唐书·文苑本传》中为右拾遗。
② 〔参谋检校工部员外郎〕依《新唐书·本传》，在《旧唐书·文苑本传》中为节度参谋、检校尚书工部员外郎。

二、从磨难仰望杜诗

忠君忧国、伤时念乱，是杜诗思想感情的核心，于家于国，于人于己，他都投入太深，足以令今人既敬且叹。

青年时代，如前述，杜甫并非没有写过壮志飞扬的作品，但此类作品在杜诗中所占比例实在太低。随着年岁的增长，试图跻身仕途而屡次碰壁，经天纬地的梦想日趋幻灭，他不得不直面残酷的现实。"安史之乱"爆发不久，他落入叛军手中，连自由都没法保障。侥幸逃脱后，饥馑、灾荒、兵燹，都成了他和一家人不得不经常面对的生活。断断续续当过几次小官，对杜甫来说，都是既短暂又憋屈的经历。在生活最惨的时候，他想要寄人篱下都不可得；其极限，则是他好不容易回家探访，才得知小儿子已经活活饿死了。

官兵横征暴敛，藩镇拥兵自重，百姓颠沛流离，在相当长的一段时间，"安史之乱"的"乱"，波及甚广。遇其时、遭其事、受其害，杜甫没有一样能够幸免；眼所见、耳所闻、身所历、心所触，发而为诗，苦况穷愁或抑郁愤懑便成了重要组成。在这种背景下，要求杜甫写出大量充满阳光的鼓舞人心的作品，是不切实际的。稍微夸张点说，要他在大量诗作中"强颜欢笑"，是不道德的。

杜甫的"诗史"，从"乱"的角度看，朝廷遭到的打击是沉重的；黎庶受到叛军与官兵的双重夹击，遭遇更加不幸。他能本着家国情怀，打破诗歌样式和主题的束缚，笔之所至，亦诗亦史，蔚为大观，是诗歌的幸运。

三、仰望杜诗的规模、题材与成就

杜诗的规模，浦起龙在《读杜心解》一书目录里有明确归类，分别是：卷一五古 263 首，卷二七古 141 首，卷三五律 626 首，卷四七律 151 首，卷五五排 127 首，卷五之末七排 8 首，卷六之上五绝 31 首，卷六之下七绝 107 首，总计 1458 首。仇兆鳌所编《杜诗详注》，认定杜诗为 1439 首，其余部分归于"逸诗"。

杜诗的题材，中华书局版《杜甫诗选》，在其前言中，以列举的方式归纳出时事、议论、人物传记、传奇、奏议、赠序、书札、自传、游记等类（按：这个归类并不完备，限于时间，仅引述，不探讨），以及众多的咏物抒怀作品。这些题材的现实涵盖面非常广、"涉世"程度非常深，"本我"融会非常强，作者驾驭的本领非常高。

关于杜诗的艺术成就，除了因袭陈说，当代人很难再标新立异，因此这里只部分摘录山东大学张忠纲先生在前述《杜甫诗选》前言中的观点，以窥一斑：

杜甫不仅使诗的题材和体裁范围空前扩大，达到了无事不可言、无意不可入的程度，而且使诗歌达到了出神入化、登峰造极的境地，故被称为"诗圣"。……杜甫诗歌不仅表明中国诗歌史从浪漫转向写实的重大变化，而且以更加内在的社会政治与文化的转型以及士人社会地位的调整为背景，反映士人文化心理与文化精神的重大变化，以及随之而来的审美范型的重大转变。

杜诗内容和形式的完美结合所呈现出的诸体风格是"沉郁顿挫"。所谓"沉郁顿挫"，是指杜诗内容上的博大精深、忧愤郁勃；形式上的斑斓老成、顿挫变化；语言上的精练准确、含蓄蕴藉。从而形成了内容上的千汇万状、地负海涵、博大宏远、真气淋漓的美学风貌。

四、从是否可仿仰望杜诗

在《杜诗详注》（中华书局 2015 年 5 月版）的"原序"中，仇兆鳌先生有这样的论断：

若其比物托类，尤非泛然。如官桃秦树，则凄怆于金粟堆前也。风花松柏，则感伤于邛山路上也。他如杜鹃之怜南内，萤火之刺中官，野苋之讽小人，苦竹之美君子，即一鸟兽草木之微，动皆切于忠孝大义，非他人之争工字句者，所可同日语矣。是故注杜者必反复沉潜，求其归宿所在，又从而句梐字比之，庶几得作者苦心于千百年之上，恍然如身历其世，面接其人，而慨乎有馀悲，悄乎有馀思也。

　　这段文字，高度概括了杜诗的生动性与形象性，对其隐喻意义的发掘，尤其令人称道。我们当然要以仰望的姿势面对杜诗，从体裁、形式层面，结合我们时代看，却并非全部可仿。试着阐释如下。

　　时事、议论类，不能仿。我们每天都会遇到许多事，但难得遇到足以触动心灵的。偶尔遇到了，还得权衡：正面讴歌，时效上是否比得过消息？效力上是否比得过报告文学？可读性上是否比得过散文尤其是小说？从反面讽喻，是否能得到认可？是否有人理解？是否能找到合适的发布平台？

　　人物传记、传奇类，可适当尝试。这里的"尝试"多少是有点名义风险的：谁值得写？怎样写？该有怎样的寄托？怎样才能勉强接近古雅的高度？

　　奏议、赠序类，没法仿。时代不同，我们今天通过诗歌（哪怕是最肤浅的分行文字）向上反馈情况，一定会被视作神智异常，沦为笑谈。赠序或许能学，但是写给谁呢？几人能足堪唱和呢？又怎样仅凭自身才情形成影响力呢？这些，全都是疑问。

　　书札类，不好仿。书札属于实用文体，现代社会追求的是快捷、高效，没有谁会慢吞吞写一些并不晓畅的内容。高雅者之间以诗歌形式互相交流，或许也有，却绝不多见，更不是常态。

　　自传、游记类，或可尝试。自传（按：用"自况"或许更准确些）题材非常窄，写自己的穷愁潦倒辜负满腹才华？抑或青云直上自鸣得意？估计都难得找到赏识者。至于游记类，倒是可写，但是思想性与艺术性能接近古人（姑且不谈杜甫）的概率，又能有几成？

　　干谒诗，不可仿。杜甫的干谒诗，是他的仕进之路被堵死、生活陷入绝境后的无奈之举。诗中的悲苦属于写实，他对自身才力的自负也不虚夸。不可学的同时，我们也不该嘲讽杜甫，包括李白、韩愈等著名诗人在内，境况不如意时，都献过干谒诗文，而且都没有起作用。彼时官吏多有诗才，寒微者投其所好，不过是希望能从赏识中获得契机，成功者罕有。时跨千余年，此道壅塞久矣，贸然"干谒"，必成笑柄。

五、从是否可学仰望杜诗

值得仰望跟是否可学是有区分的，具体到杜诗，到底可不可学？从晚唐到宋朝再到清朝，都各有少数流派受到了影响，包括单个的人。网文《诗圣的衣钵》（未详出处，致谢）将杜诗视作"绝学"，将元稹、白居易视作杜甫的"第一代传人"，认为他们得到了一个"真"字；将李商隐视作"第二代传人"，认为他得到了一个"情"字；将文天祥视作"第三代传人"，认为他得到了"气节"二字。从这些人的作品中固然可以发现某些"端倪"，但每个人都直接从杜诗中获益，没有谁是杜甫的"嫡传"或"再传"弟子，代际划分并不恰当。

那么，到了现代社会，特别是我们的时代，杜诗是否可学？从宏观层面看，不可。原因至少有如下五点。

其一，杜甫涉猎广博，诗中随处用典，现代作者没有他那样博览群书的定力、博闻强识的毅力和厚积薄发的实力。其二，杜甫一生大都处于乱世，他的所见所闻所历，生活磨难，创作心境，都远非我们处于盛世的作者所能体悟。其三，杜甫"为人性僻耽佳句，语不惊人死不休"的执着，特别是大量拗体诗，不是随便就能学的。其四，杜诗数量庞大，体裁多样，光以五律七律论，就堪称浩瀚，让人无所适从。其五，杜诗的家国情怀，罕有人能达到相仿的高度。

从微观层面说，针对一些具体篇什的立意或风格之类，未尝不可借鉴，但如果太刻意，亦步亦趋，只会适得其反。钱锺书先生在其《谈艺录》中，对杜诗推崇备至，列举了好些人，认为他们分别继承了杜诗的不同风格；他自己，则有不少诗歌作品化用了杜诗。据孔令环《钱锺书的杜甫研究及杜诗对其诗歌创作的影响》一文介绍，仅《槐聚诗存》里面，化用杜诗就达四十多处。钱锺书先生是大家，他研究和化用杜诗的成就，在现代文学史上知晓率却不高，这值得我们思考。

六、立足时代审视我们自己

我们生活的时代，比以往任何一个历史时期，都昌明进步，政策的关怀已经惠及底层生活的方方面面，法治的曙光业已照进了我们的日常生活。在中国历史上，这是空前的；在世界历史上，也是唯一的。以诗歌形式歌颂时代，歌颂善政，每个历史时期都不会少，但更倾向新闻实质的记述或抒发，很容易与新闻一道消逝。因此在注重诗歌思想性的同时，艺术性是万万不可忽视的。在一些篇什的立意方面，可以尝试像杜甫那样，抒发一些家国情怀，但必须立足于扎实的生活基础，具有真挚的情感，否则容易流于境界窄、事理空、情感薄。以虚对虚，感染力只会更虚。

退一步说，今天的作者可以选择杜诗的某种艺术风格去学习，用心就好，不要太在意结果。尝试者不管处于怎样的学习层次，只要不以杜甫的"嫡传"或"再传"弟子标榜，我们就应该尊重。

2021-06-26

湘中"咏风"同题七律赏读

辛丑早秋，承陈君习尧兄信赖，示湘中诸贤同题"咏风"七律一组。读后先有所感，后有所得，遂依原作排列顺序，次第附记之。

一、单篇赏读

邹应祥：

> 无影无形只有君，催帆疾进谢殷勤。
>
> 能翻大地千重锦，可扫长空万里云。
>
> 染罢枝头杨柳色，吹来岭上野花芬。
>
> 孔明借去檣桅灭，天下三分自此闻。

此诗从正面讴歌了"风"这一自然现象的巨大威力及其对人类社会产生的积极意义。其首联的总写和后面三联的分写，各有侧重，较为到位地刻画了风在不同方面造福人类的功劳。值得一提的是无论开头的总写部分还是后面的分写部分，每一联都有鲜活的画面感，对诗意的提升有很大助益。

曾庆普（新韵）：

> 轻轻拂动柳千条，一夜吹开桃李苞。
>
> 十里田畴金浪滚，满山丹桂暗香飘。
>
> 纶巾羽扇英姿显，赤壁檣帆烈火烧。
>
> 去去来来无倩影，汉王笔下起狂飙。

这一首前三联先分写，到尾联再予以概括。分写部分，首联写春风，颔联写秋风，颈联转到历史，写赤壁之战中诸葛亮巧妙地"借风"。前二联温和、怡人，颈联猛烈，破坏力巨大——特定的人善于利用天时的结果。尾联中的"汉王笔下起狂飙"，用了汉高祖刘邦创作《大风歌》的典故，使得整首诗的意境更臻极致。

朱铁生：

> 关情解暑待君临，雅送馨柔拂我襟。
>
> 驰骋东西驱毒雾，纵横南北降甘霖。
>
> 激扬浩海千重浪，拨弄层林万古琴。
>
> 阅尽人间尘俗事，佳山碧水裹佳音。

此诗首联从第二人称"君"入手，体现了在暑热环境里的等待和期盼。颔联叙述了风在不同地域空间所发挥的有利于人类的积极作用。颈联从"浩海"和"层林"入手，侧重于视角和听觉，气势雄浑、宏大，下句同时还体现了古雅的美。尾联收束，照应首联的同时，还强调了一种和畅的适宜于颐养身心的佳境——这时已经是听觉。

曾劲松：

> 缱绻春光悦大千，轻柔拂面笑嫣然。
>
> 萧疏可解三秋叶，浩荡堪行万里船。
>
> 化雨飞花临四海，惊飙走石悚经年。
>
> 还期踔厉凌空舞，再驭青云上九天。

这首诗关注到了风的两面性。首联写柔风，颔联写劲风，这两种风都有助于或者说能够造福于人类。颈联发生了改变，尤其是下句，写的是破坏力巨大的狂风。诗的尾联，在颈联基础上进一步生发，但不是畏惧，而是主动迎击，具有高尔基笔下海燕的风采。在尾联中，抒情主角与风合一，希望它进一步振作，直上九天。在这里，风的形象已经不是它对人类有利还是有害，而是升华成了试图"一飞冲天"的精神写照。

王再红：

> 走向西来走向东，无边魔力显灵通。
>
> 方催原上层层绿，又染枝头朵朵红。
>
> 纵使周郎能弄火，若非丞相总成空。
>
> 五湖四海皆经历，最爱神州暖意融。

此诗先从总写开始，体现了风的无所不在，接着写了风在不同环境中彰显的美化意义，再回溯赤壁之战的历史掌故，最后又总写对风的寄托和期许。与第二首相似，此诗颈联跳出"风"自身的限制，突出了"人"在天时、地利与人和中的差异性作用。尾联体现了家国情怀，也是值得我们肯定的。

曾梦雄：

> 白云舒卷因君使，柳絮飘飞觅汝踪。
>
> 有色有声芳万树，宜诗宜画韵千重。
>
> 唤来雨露苍生惠，驱散尘霾霁日逢。
>
> 两袖高扬清气聚，更邀明月共花容。

此诗首联与颔联刻画了风的间接"形态"，从空中到地面，从声音到颜色。颈联在画面美的基础上，提升了风的形象意义：普惠苍生，"驱散尘霾"。这蕴含了一种大爱。尾联上句侧重于体现"无私"，暗合"两袖清风"这个意蕴，但其下句中的"共花容"，使得其主题拓展似乎有所削弱。

陈习尧：

> 大气洪流草木危，穿林过峡叶先知。
>
> 腾空可达三千界，捣海如驰百万师。
>
> 高祖吟歌兴汉祚，子渊作赋话雄雌。
>
> 朱门掠过王孙乐，白屋茅飞野老悲。

原注：先秦宋玉，字子渊，侍楚襄王游兰台，作《风赋》，谓风有雄雌。野

老，指杜甫，字子美，号少陵野老。

此诗首联从总体上勾勒了风的强势，颔联将这种气势具象化，让人可感可触、若惊若悸。从颈联开始，转为关注"人世"，依次从武的治国安邦和文的献赋逞才，展现了同样的风对不同人的迥异影响，蕴含了一定的哲理性。尾联继续从这一角度，表现了境遇不同的人截然相反的应对方式和心理感触。涉及黎庶的艰难，是这首诗情感独到之处。

二、综合印象

这组诗在格律方面都中规中矩，体现了对格律的熟稔和恪守。在对仗方面，个别诗作似乎可以再工稳些，然而在不以辞害意的准则下，这个看法未免有些苍白，忽略可也。主题方面，这组诗从不同角度展现了风的无形之形，以及它们过境带给人们的裨益或伤害、快乐或悲苦。诗中的意象或者很美，或者很震撼，这也是共同的特色。不过，可能是囿于专心追求意象之美，这组诗对狂风带来的灾害尤其是灾难，涉笔不算多，情感触须的延伸——人们在风灾面前的艰难苦痛与拼死挣扎——还可以更到位些。

总的来说，几首诗都是严谨认真的用心之作，艺术含蕴充分，思想情感充沛，都值得肯定。同题诗不容易，限体裁的更难（不限韵稍微降低了一点难度），难在主题的同质化无法完全避免。在这组诗中，主题与题材、意象相仿之处固然有，但完全处于可以接受的合理区间内。在作者们忙着"写"而疏于"读"、一些区县级乃至省市级诗社由于种种原因近乎名存实亡的背景下，一个镇上的小规模同题诗综合水平能达到这样的高度，至少体现了个人的积极投入、厚积薄发与团队的热心与齐心，实属不易。这些，都是大可学习借鉴的。

2021-08-13

值得珍视的 "江湖情结"

——文瀚仪诗词读后

在贵州知名诗人中，文瀚仪先生恐怕要算经历较为坎坷、遭际较为迍邅的一位：从少年时节的挥斥方遒，到壮年时期的事业有成，再到拂袖挂冠，归隐江湖与文朋诗友倾情唱和。现代社会有这样经历的人，应该为数不多。偶然的机缘，与瀚仪先生和一帮文友小聚，作为特例，我有幸获赠一本《春梦谁家经典》诗词联集。认真展读之后，我的感觉是五味杂陈的；一些作品，还重复读了好几遍。从一些篇什中，我们既能体味诗人的块垒，也能感受他的襟抱、交游与寄托。不揣冒昧，以下就读完诗词后的部分感触，稍作梳理。

一、块垒成诗，酬唱相知

直抒胸臆，不晦涩，无避讳，是瀚仪先生诗词作品在立意方面的基本特点，因此我们很容易获得一种酣畅的审美愉悦，进而产生情感共鸣。

"平生酷爱奉松姿，怒向冰霜展玉枝。不碍词章无妙句，暮年有幸效杨时。"这是七绝《致谢周笃文老先生赐诗》中的句子。短短28个字，诗人的精神追求、无所顾忌的凛然态度，以及乐意向老先生学习的虚心，却都一览无遗地表现出来了。一个"怒向"，松姿的鲜明，便得到了生动的描摹。这个形象是松姿的，也是"我"的。一句"不碍词章无妙句"，意思转了，趣味依然在："无妙句"，是郑重求教的理由；"不碍"，则是因为"有幸"——它体现了对受赠者的信赖与尊崇。

"雨①霖赠我释怀歌，一寸春心荡碧波。本欲甩琴龙洞堡，谁知沧海子期多。"这首题名《致谢庆霖兄赠诗》的七绝，字数虽少，情感的跌宕起伏，却都得到了细致的摹写：获得了朋友的劝勉，心潮起伏，于是放弃沉沦的念想；而且这样的朋友不止一人，还有许多。七绝《无题》的后两句，"偶因邂逅逢知己，已逝春心又复潮"，同样反映了一种真挚的令人动容的友谊。"患难朋友才是真朋友"，这话谁都深信不疑，要检验却相当不容易。

在这部诗词联集中，我们可以发现，酬唱的一应作品，都以写真情为显著特色。与诗人唱和最多的，是一位名叫"丁香"的好友。"把盏黄昏赋小诗，一吟便是两眸湿。数番未与丁香面，不解相思诉几时。"从这首《无题》，足以看得出来。类似的还有七绝《难诉相思》的前两句："挥毫泼墨写相思，说起相思两目湿。""劝君记起黄羊士，不为权钱把政勤"（七绝《赠别二》后两句），则是对身在官场的友人的谆谆告诫。勤政是本分，动力在于谋私利还是济苍生，品位便有了质的差异。反之，七律《为友人创业而作》的前两联，对朋友就有一种能屈能伸的慰勉："创业本来辛苦多，西风作被又如何？且将蝼蚁为天马，哪管蛟龙憩犬窝。"这是在宽解别人，又何尝不是诗人自我解嘲呢？

七律《和李志钢》，颈联与尾联表达对朋友前途的忧虑最为直接："忠心耿耿无人解，疑雾重重令我忧。怕与曹臣相度日，滥将忠信弑床头。"古人有伴君如伴虎的"先验"，如今的某些角落，只手遮天比君还"君"的现象依然此起彼伏。在跋扈者倒下之前，其僚属的诚惶诚恐、患得患失，外人未便揣测；一旦曝光，恶行却是谁都没法隐匿。毋庸讳言，在强力反腐取得高效的当下，这样的恶行固然有所收敛，却远远没有绝迹。

"锦衣卸尽栖龙洞，难与昏鸦相苟同。西部全羊酬壮志，南方骄子会英雄。甘将美味呈知己，不以真心付鬼虫。利禄功名如粪土，愿随风雨洒秋冬。"这首

---

① 〔雨〕结合诗题看，应是"庆"之误。

七律名为《下海》，既叙事又述怀。诗中的"昏鸦""鬼虫"与"英雄""知己"两组意象，形成了壁垒分明的两个"阵营"。衡量一个人是非高下的核心标准，与财富地位其实没有关系，要么人品，要么才情，舍此无他。七律《鲁屯吟》的尾联，"贞寿福门凭自己，勿须叩首拜王孙"，体现了诗人人格上的自立自强。"身着苗装卖药郎，人间正道好凄伤。只因未肯屈忠骨，戴月披星走四方。"这首题为《卖药郎》的七绝，可能是旁观角度的记述，也可能是诗人离职初期还没有找准发展方向时的漂泊生活。

集子中一些作品，倾向于独白意味，但对一些世相的揭示，却更加深刻。"自古君王泪，无须太认真。"五绝《进酒》的这个尾联，道出了古代帝王的虚伪：得志之前因为有求于人而"卖惨"，得志之后因为猜忌于人而诛杀。究其实，何止是古代？又何止是君王？目标实现后恩将仇报的，在我们的生活中比比皆是。"去岁中秋节，门庭如闹市。声声道老兄，句句称名士。美酒配茅台，佳肴添鲍翅。今宵月满时，弃政从商事。空气静如铁，月光凉似水。千古论真情，除非官宦时。"这首五言诗《二吟中秋》，通过前后两个中秋节热闹与冷清的对比，同样深刻地揭示了人情冷暖与世态炎凉。事实上，诗人知道，读者也知道，去年中秋那些蜂拥而至的客人，不过是一些前来索取的市侩之徒，离去反而是好事。一句"千古论真情，除非官宦时"，达到了反讽的极致。

二、花木物景，襟抱含情

作为诗词寄托手段之一，"咏物"的形色是物景共有的，情感则是诗人特有的。"寒梅自知己任殊，冰雪凌霄玉容枯。但求万物怀春意，不与群芳论有无"，出自七绝《和疏影涵语诗》。这里唱和、咏物与抒怀兼具，塑造了梅花身处逆境却甘于奉献的人格魅力。相对于通过表象迂回刻画的方式，这里的梅花"自知己任殊"，具有鲜明的主体意识。在众多的咏梅作品中，这首诗可以说别开生面。

"落花吟"是前后连接的三首七绝，前一首写了梅花的从容与乐观，中间一首写了杏花的执着与奉献，第三首写了李花的洁净与志向；三者的共通之处在于都乐观，都具有奉献精神。七绝《吟菊》的前两句，"飒飒西风百卉残，我花独放满江南"，则反映了春夏众花纷谢之后，菊花在秋天的独特。诗人对花木的展示，在七律中更加具体到位，写照也更为生动传神。如《二咏梅花》的颈联尾联："百万狂飙何所惧，三千豪气恨天低。锦衣玉带由它去，独上琼山树异旗！"再如《二吟桃花》的颈联与尾联："花开总为承天理，云散皆因运物伦。看似无情实有意，落红本是谢知音。"这两首诗中，梅花有一种豪气，桃花有一种达观。"独上琼山树异旗"被赋予梅花，似乎有些夸张，不过，在七律《和吴应松先生》的首联，诗人就对这种夸张做了阐释："独上琼山岂是真，只因不忍看沉沦。"这里的沉沦，不是某种消极状态，而是一种沦落且需要得到唤醒的世风。

花木之外，这类诗词咏物写景都有较为特出的地方，以下略举数例。

五绝《咏牛》，在整个集子中，最为直白浅显而又意味深长："一头大水牛，光阴十几秋。常被人牵制，无处觅风流。"牛的性格特点，乃忠厚戆直，不懂得像猫狗那般机灵，善讨主人欢心。在被少数"雅人"歌颂"勤劳"的同时，牛们因为无争，因为缺乏反抗精神，被许多"俗人"长期叱骂和鞭笞。老了病了，等待它们的不是呵护，而是屠刀。《题山间竹笋》的前两句，"初露锋芒厚土中，挥戈直指向苍穹"，彰显了一种锐气与自信。稍嫌不足的是，在整部集子中，同类主题的作品不多。

五律《雪》，是一首相当不错的写景述怀诗。这首诗可以说是集子中最有古意、古韵，意象最为生动而气象最为宏阔的一首。整首诗从首联到尾联宛如一幅画卷，由屋内到屋外、由狭窄到广远、由地面到高空，徐徐展开，却比画卷更富动感，更能引起读者内心的震撼。

"曲中无限山和水，能解知音有几人？"这是七绝《琴吟》的后两句，由前两句的纤手抚琴歌颂阳春引申而来。古人感喟曲高和寡，在我们这个总为物质奔忙的浮躁的时代，弹琴者与听曲者都极为稀罕，曲高也好，不高也好，和都寡，而且愈来愈成为常态。知音互赏，不管其他，或许是一种适合的选择。七绝《题抚琴女》的前两句，"十分惆怅一分弹，轻抚瑶琴强作欢"，体现了知音者的一种具象感触，也是我们欣赏时不宜忽略的。

三、江湖邈远，热心冷眼

"居庙堂之高则忧其民，处江湖之远则忧其君。"范仲淹认为心怀天下者，"忧"无处不在。瀚仪先生虽然放弃了未及庙堂之高却来之不易的功名，回身江湖之远，却不影响他"热心观世界，冷眼看红尘"（五律《进酒》颔联）。两句看似矛盾的表述，实则反映了一种对立统一的辩证关系。

"寰球小小滋妖佞，大地茫茫蕴鬼虫。""汗青廿四无明镜，天下英雄泪雨中。"这几句，系七律《感事吟》的颔联和尾联。深入品味，我们可以发现，它们是诗人跳出个人小我之后，对往古的一种打量。纵观历史，除了宋太祖"杯酒释兵权"对功臣们恩威并用稍微怀柔之外，其他朝代的开国功臣，罕有能摆脱"鸟尽弓藏，兔死狗烹"的悲剧命运全身而退的。即如后世推崇不已的刘伯温，功成后只想退隐江湖苟全性命，依然逃不掉明太祖的追杀。七律《三无诗》的后两联："长缨万丈皆无奈，碧血一腔更枉然。怎奈东窗屠义士，神州何处问青天？"这里的诘问，具有同样色彩。七律《吊同窗明跃等》的后两联，也不例外："青山无处埋忠骨，大地有颜葬小诗。可叹英雄皆气短，高歌仅唱少年时。"

拜物拜金，口头上谁都懂得鄙弃，但在行动中，许多人却都不择手段趋之若鹜。这种现象反映到诗人的作品中，就有了"高洁芙蓉难出水，低微铜臭可为仙"（七律《三无诗》）、"白发三千向九重，是非功过孔方兄"（七律《感杜甫〈茅屋为秋风所破歌〉》）。

上述作品给人一种消极和愤激的感觉，但是，不可否认，在数千载的历史长河中，光明美好的年份确实罕见，太多的岁月被刀光剑影和明争暗斗所笼罩。而且我们不能不关注到，在诗人的同类作品中，家国之思与时代襟怀，同样是热切的。如《和熊登海先生〈题葫芦照〉诗》的前两句："且借山间树蔓悬，潜心养气共尧天。"如七绝《题石榴照》："重任千斤欲断腰，平生甘为子孙劳。传承致爱家国事，勿使春心负我朝。"再如七律《登黄鹤楼》的尾联："自古英雄皆气短，风流人物数今朝。"又如五律《题镇雄被授予中华诗词之乡》的尾联："天下无闲士，流觞咏大同。"冷眼，不过是表象，是对一些背光面的冷峻注目；热心关注，才是诗人思想感情的本质与核心。

黎民，作为一个抽象概念，到如今仍然是许多诗文作品不屑甚或贬损的对象，要么因其"愚"，要么因其"贱"。事实上，无须列身其间，只要身居"下僚"，只要不是眼高于顶，就一定会发现完全不是那么回事。其中有许多人文化水平不高，收入不高，这固然是事实，但这不等于他们就缺少幽默风趣的言语表达与复杂丰富的情绪体验。实话实说，一些"黎民"的谈吐、经历，尤其是对逆境的耐受力，完全可以成为正面讴歌的对象。在这部集子中，诗人就秉持一种尊重的态度，如："迷途檐下客，问路山中老。"（五律《晨鸟飞过》的颈联）七绝《答熊裕维老先生》的后两句，则是"珠玑字字歌黎庶，留取英名一世鲜"。"美酒千杯吟壮志，新词一曲颂黎民。月牙池畔无明夜，山野丛中有好人。"这两句诗，系七律《鲁屯吟》的颔联和颈联。在七律《和吴应松先生》一诗中，诗人还有这样的感慨："椽笔未能书道义，丹心何以载黎民？"在《鹊桥仙·对弈》一词中，则这么作结："兴衰胜负有谁知，去问那、樵夫渔父。"

樵夫、渔父是谁？他们就是"黎民"。

四、结语

因个人遭际艰难而愤世嫉俗者，从古到今都不乏其人，但能直起腰来挂冠，从容进入另一种精神胜境的，除了晋代的陶潜、清代的郑燮，现代社会似乎找不到很多。扬扬得意而又喋喋不休，恋恋不舍而又愤愤不平，倒是成了官场中恋栈者的"标配"。"寄意东篱菊酒处，斯人岂肯随庸尘？"（吴应松《读〈春梦谁家经典〉赠文瀚仪先生》尾联）在这个背景下审视诗人的人生轨迹和诗词作品，我们没有理由不尊重他的特立独行，以及他的诗词作品中蕴含的情怀。

概言之，瀚仪先生的"江湖情结"，不是杞忧，不是私愤，它是热心观照现实后责任意识的体现，是合理限度内的诗性表达，值得肯定，值得珍视。

2021-11-07

藏巧若拙，平中蕴奇

——丁垂赋诗词印象

　　和黔中诗词界的朋友们交流时，纳雍县诗人丁垂赋先生（以下简称诗人或老丁）是个绕不开的"话题"。这一方面是因为他的诗词颇具平易特征，又能藏巧若拙，平中见奇；另一方面，则是因为他极为低调的处世态度和爱憎分明的立场。与别人不同，老丁是诗词曲画多举，自画自题，自题自画。——比历史纵深里的王摩诘并不稍差。

　　老丁的创作，取材广泛，寄托深远，诗词并举，都有造诣。曲也是老丁创作的强项，但本文不拟涉及。依照一般归类惯例，老丁的诗词也可按题材或主题分成好多类别，比如山水就占了较高的比重，但本文仅尝试对咏物、述怀、悯农三类略作分剖。

一、咏物

　　（一）花木

　　梅　七律《红梅》，讴歌了梅花的品格，尾联同时对沽名钓誉者暗含嘲讽："从来未允纤尘染，高格羞凭高士名。"七律《访梅》一写就是五首，摹写生动，境界独到，意象鲜活。最值得咀嚼的佳句有"访梅山径且提壶，仰首新株与旧株。近赏近观还近嗅，相怜相对欲相呼。"（《访梅（之一）》首联、颔联）"若再来时当共语，唯求别后莫相忘。"（《访梅（之二）》颈联）"莫道雪深云路封，未忘三弄上山峰。"（《访梅（之三）》首联）"移来画上我常赏，香满山中人少知。"（《访梅之四》颈联）"作罢梅诗梅笑问，此中消息几人知？"（《作〈访梅〉诗后》尾联），等等。

这组作品，若论痴迷，当以《卜算子·梅痴》为最：

岂是为梅香？岂是因梅美？料是和梅曾有盟，不惧寻梅累。 　　颜也为梅开，泪也因梅坠。只恐梅难知此心，独品孤零味。

玉兰与兰 　《鹧鸪天·咏玉兰花》一写就是六首，颇见气势。随后的七绝《藤窗前的玉兰花又开了》，隐含了一种担忧："芳气恐随棚户散，明年还见此花无？"《题道边红玉兰花蕾》，摹状可算神来："春来但愿无寒意，朱笔朝天点太阳。"七绝《咏兰》："低到尘埃亦绽花，草丛谁料隐奇葩？吐芳只为酬知己，自在深山成一家。"兰花的低调与执着，生动可感。七绝《画〈双蝶兰花图〉寄友人偶作》中的"怜惜芳心重写取，寄君还望细收藏"，借花抒写友情。七绝《兰花·深圳逛书城见路旁有人卖字画感题》中的"酸辛常在砚中研，愁重行囊装不下"，表现了摆摊卖字画者的愁情。七绝《自题〈山中归来（采兰图）〉》中的"利诱滥挖生态殃，几人高雅为花狂？山中早已无兰采，写取空留纸上香"，则揭露了山中兰花被采挖殆尽的严峻现实。

竹 　五绝《自题画竹》中的"虽有低头叶，常留向上心"，七绝《戏题画竹》"仍旧挥毫画竹枝，此中真意少人知。一生虽缺红和紫，高节虚心自可师"，七绝《戏题画竹》中的"摄于月下原无雨，写到图中带露多"，都是独到之作。"欲留纸上三分趣，恐费毫端十载功。"（七绝《画竹偶题》）"那怕有霜还有雪，总能留翠又留阴。"（七绝《自题画竹》）同时体现了诗人的作画心得。

菊 　五绝《菊》，从菊花的视角表达了不被理解的遗憾。七绝《野菊二首（宽韵）》，前一首抒发了因处境偏僻不被时人关注但依然振作的精神，后一首则表明了坚韧与不屑温棚呵护的态度。《鹧鸪天·咏菊》下阕："明月夜，小窗纱，东篱仍见影横斜。俏姿写入丹青里，撩起诗情韵更佳。"菊花的"撩拨"，饶有趣味。而在《鹧鸪天·丙申重阳第二日作》的末句，则有"重阳过了重阳再，岁岁景同人不同"的浩叹。

七古《画菊后有感戏作》，陶翁的气节，诗人的寄托，相映成趣，相得益彰：

渊明平生最爱菊，采菊时望南山麓。渊明仙去秋复秋，试问东篱开几簇？

渊明爱菊亦爱酒，不肯折腰为五斗。早将名利都看轻，乐与山水成朋友。

我因爱菊画菊花，移来纸上任横斜。秋花岂逊春花艳？常有清香溢我家。

诗画于我足流连，裁云敲月藤窗前。虽无渊明才与智，心中自有桃花源。

在《木兰花·暮秋咏菊》中，诗人讴歌了菊花顽强的生命力："任它霜重总留根，每到开时香似故。"

"四君子"之外，萱草，芭蕉，百合，杨梅，野花，山花，夹竹桃，牵牛花，等等，既在诗人画笔下得到生动的呈现，更在他的诗词中得到传神的摹写和有趣的生发。仅以七绝《戏题自画萱草》为例，其中的"图中学种忘忧草，无奈花如红豆红"，就表达了忘忧未成反而引发相思的苦恼。

（二）禽鸟

吟咏雄鸡，诗人同样一写就是多首。如七绝《咏雄鸡》："从来难见把头低，关键之时才肯啼。黑夜漫长终有尽，一声呼唤现晨曦。"极为鲜活地刻画出了雄鸡的精气神，并挖掘出其背后的象征意味。七绝《戏题自画雄鸡图》，具有自然而到位的升华："游子天涯眠未稳，一声唤起故园情。"

五律《大坪箐闻鸟》，展现了环境的幽雅可爱："枝上寻无影，叶间闻有声。放歌千亩绿，展翅万峰青。"七绝《题自画麦穗小鸟》，则通过"故留残穗"，满足小鸟饥飞后啄食，反映了一种可爱的恻隐。七绝《公园见鸟笼挂枝头偶作（新韵）》《戏题自画小鸟》《题自画〈笼边小鸟〉图》《又题笼边小鸟》，词作《采桑子·笼鸟》等作品，都反映了小鸟被拘囚的困境。不过，它们饱食终日，或许已经忘记向往自由了吧。

在七绝《戏题自画〈鸟与鸟笼〉图》中，诗人为它们提供了自由飞翔的机会："笼门大敞随它去，绿树青山与碧空。"可惜养鸟人中，没有谁肯慷慨放飞。

（三）其他

其他咏物作品，样式丰富，题材宽泛，吟咏也各具特色。此类作品同样多有言外寄托，并未局限于"物"本身。篇幅所限，不举实例。

二、述怀

（一）兴慨

这部分作品，各取视角，各有侧重。七绝《难寐偶作》中的"不能忘记心才痛，若到无求意自平"，有一种煎熬之后的释怀与"勘透"。七绝《偶题》，强调了身外物的不可称意，尤其是"我"的"现实"短暂性。"今日都道我是我，百年之后谁是谁？"有哲思，也有惕悟。七律《照镜》，以"照镜"为缘起，抒发了多重感慨。首联从人照镜，写到"镜窥人"；颔联感叹人的老迈，"才"与"又"，突出了岁月的匆促；颈联对人生垂老无法逆转予以"认可"，没有"怪罪"明镜，对它"易沾尘"却有了关注。容貌不再年轻，心境却可以永远达观，尾联的期许，值得产生若干共鸣。七律《咏火棘》中的"屡遭伤害身多刺，不改慈悲果带甜"，表明了以德报怨的处世态度。七律《咏百合花》，表达了安于寒微、羞于粉饰、固守寸心的主旨。

词作《鹧鸪天·春节未至偶闻放鞭炮戏作自嘲》，表达了一种恬淡自足的生存态度和名利观。其他几首"戏题"之作，也有类似感慨，各有可观者。其中最有趣最值得体悟的，莫过于《戏题》："你是你的你，我是我的我。你开你的花，我结我的果。""你""我"的自立性，彼此不攀附、不依赖的独立性，都令人称赏。"富贵写来空满纸，人间依旧困穷多"，从七绝《题自画牡丹图》的末两句，我们可以感受到诗人忧天下的襟怀。

（二）诗道

对诗词同好或后学者，老丁满怀热忱，或殷殷鼓励，或谆谆告诫，有一片诚挚之心。如七绝《赠学诗诸友》："甜果都需历苦酸，春温总要破冬寒。诗山欲赏佳风景，莫畏攀登莫畏难。"如七绝《又赠学诗诸友》："雾锁云封有散时，深山探秘莫嫌迟。敢行陡峭崎岖路，别样风光人不知。"没有枯燥的说教，只有引人入胜的譬喻。这至少对激发初学者的好奇心，充满了魅力。七绝《论作诗》，形象地指出作诗要有充分准备。这准备，至少包括生活积淀和情感酝酿，二者都非一日之功，但初学者不必气馁。

在七律《题赠学诗诸友》中，诗人揭示了作诗的要领：积极主动，专注痴迷，抒写真情，多思勤练，求新颖贵坚持，迎难而上，终将成功。——依然是诗意的启迪，而不是空洞的说教。在七律《自嘲（旧稿）》中，诗人回顾了自身的创作道路，有慰藉，有坚守，有为人之道，亦有忘机之情。颔联下句"诗染红尘诗更真"，道出了诗歌生命力的源泉：生活。在词作《生查子·再赠学诗诸友》中，诗人又提了进一步的要求：宜努力追求表现弦外之音，表达真情，求新求雅，诗句和意象都要鲜活。大概发觉一些学诗者有畏难情绪，因此在词的末尾，诗人特地告诫："前路任崎岖，岂可轻言不？"

不以人师自居，平等、谦和、热心、友善，是老丁的性格优点。这个优点带动了一方诗词的发展，从纳雍县，逐渐辐射到毕节市的其他区县。

（三）针砭

人有私欲，行必取媚；势有所倚，定有所欺。这个"定律"，不因文明差异而不同，在进步的幌子下，它依然是时弊——就算不是沉疴，至少也是痼疾。对这类现象，老丁笔下毫不留情。

七绝　《狂徒》嘲讽了目中无人而自己又写不出好诗的狂傲者。《中元节看烧纸钱》，讽刺了敬老过程中避实就虚避重就轻的"形式"，"纸钱任你车船载，不及生前一碗汤"。《读某些所谓"名家"作品》，讽刺了某些作诗者有恃无恐的派头，以及由此引发的担忧："古来官大好吟哦，东扯西拉亦浩歌。最怕一朝成范本，名家名下误人多。"《观造诗戏作》和《戏笔》，讽刺了敷衍炫耀和盲目模仿的创作态度。《戏题》反映了一种好高骛远的心理，舍近求远，往往意味着舍本逐末，但还是有人乐此不疲。《戏题一张喇叭花照片》，则讽刺了"攀附"有限、平等难得："应笑高枝攀不尽，根生平地恨难穷。"《也算题图也算新韵》讽刺了"忘本"：有的忘出身，有的忘家乡，有的甚至忘父母；在"忘记"的同时，却又须臾离不得。《戏题画马（新韵）》，讽刺恩将仇报现象。这些，光靠道德感召，恐怕是难以奏效的。《读某些评论文章戏题》，嘲讽了文学界的评论乱象：脱离作品实际，别有用心地选择对象进行吹嘘，以换取某些好处，却装得一本正经、道貌岸然。

七律　《读网络文章见有某类人偶作》，讽刺了公门中的无赖现象：一边白拿"空饷"，一边满腔抱怨；一边擅权，一边捞钱。风清气正是一个目标，尽管有看得见的反腐成效，我们还是要说，在一定的时间范围内，对无赖现象仍将"无奈"。《戏题盆景》颈联"山里偏多盆景料，世间却少栋梁材"，言辞间有揶揄，情怀上有担忧。

词作　《喝火令·塑料花》，揭示了"假"想要乱真而不可得的尴尬。《生查子·端午》，揭示了屈子沉江未能逆转国运、依然奸贤莫辨的沉痛史实，也嘲讽了善作表面文章的"机灵"者。《清平乐·无题》，讽刺了生活中某些狂妄自欺的"高人"。《卜算子·喜鹊开会》，影射了"会海"现象。"开会不宜多，多了都嫌累。报喜之时也报忧，应解真言贵"，指出了"会"的频繁与无益；在废话连篇谎话充斥之下，危害更烈。

咏物诗中有相当一部分也反映了针砭的主题。如七绝《咏好斗之画眉鸟》中的"惯伤同类出招阴，好斗争强隐祸心"，《戏题自画笼鸟》中的"笼中望尽青山老，不信谁怜百啭声"，都是借鸟性反讽人性。如果说前者与人性存在某些"对应"关系，那么后者仅揭开了"拒"或"迎"的某个侧面。宁肯失去自由、自立、自尊，也要主动成为"娇"，被金屋藏起来；更有甚者，视曾经的处境或亲旧如陌路——这不啻人性暗角之一斑。《题凋谢之牵牛花》，对只懂得攀高枝而无所作为者，予以了辛辣的讽刺。

此类诗作中，七绝《缸中鱼》也有相同的反讽："欲听大海作豪吟，莫畏风波与水深。养在缸中休得意，出来才是自由身。"

（四）对城市底层的关切

七绝《夜闻环卫工人扫街偶作》《环卫工》，词作《点绛唇·扫地嫂》《点绛唇·扫街嫂》，包括《点绛唇·拾荒叟》在内，都是关切城市底层的代表之作，都表达了同情和感动。他们生活寒碜，劳动艰辛，待遇微薄，城市的整洁却半点离不开他们。然而，未必人人都作此想，"纵然扫得街前亮，难净人心垢与尘"，《环卫工》末两句，并非无的放矢。

三、悯农

老丁缅怀类的作品很少，不上十首，怀念袁隆平院士的就占了两首。其中的《西江月·痛悼袁隆平院士》，与其说是怀念"院士"，不如说是敬仰"农民"——袁隆平先生一生关心粮食，一生致力于增产研究，取得了举世瞩目的成果，让广大农民普遍受益。整首词朴素、真挚，却生动形象，感人至深。

（一）农家的乐与忧

五绝《题画》描绘了秋光和畅、花鸟满园的农家小院。七绝《农家女》，描摹了农家女孩儿劳作之际对生活的热爱，"猪草筐边插野花"。《鹧鸪天·春日村行》，描绘了恬静安好、其乐融融的农家小院的怡人景象。《鹧鸪天·初夏作客农家》，与前一首相仿，但这户农家的主人居然爱诗："樱桃万树随君摘，只索先生一首诗。"

七绝《农夫》反映了原始农耕之下，人与牛的艰辛。《点绛唇·果农愁》透露了樱桃喜获丰收，农人却为销路发愁的心情。《清平乐·下乡见玛瑙红樱桃遭冰雹袭击作》《西江月·纳雍屡遭冰雹题》，都反映了农人在灾害面前的惶恐和忧伤。《鹧鸪天·乡村所见》反映了乡村新貌中的某种"不和谐"：漂亮的楼房修好，青壮年却离家务工了，庭院不是被蓬蒿挤占，就是被蛛网封阻，"偶逢几个青年聚，不话桑麻话打工"。乡村的前景，如果缺少有效统筹与长期规划，未来就不仅仅是隐忧。《西江月·牛年戏题画牛》，对乡村未来充满忧虑："耕耘无怨乐丰年，最怕楼将田占。"耕地长期被强势蚕食，似乎未改观，亦难逆转。

（二）农人的离情

"代写"离情，却未必受人所托——许多当事者固然饱受离别之苦，却无法诉诸弦歌，更无法赋予诗意。诗人揆情度理，入诗入词，离情便有了艺术性、典型性与代表性。以下只选择"留守"题材中的少部分。

七绝《留守儿童》，反映了留守儿童辛酸的生活处境和对父母的无穷思念，其景其情，宛然在目。《为留守妇题月季》，以一种"撒娇"的姿态，表达出真挚的爱恋。《西江月·夜等信息（代人戏题）》，以留守者的口吻，表达了深切的牵挂和纠结。《长相思·两地中秋夜》表现了留守者与打工人两地分居，寄望于梦里团聚的无奈。《西江月·冬夜（代人作）》《卜算子·多雪的冬天（代人作）》，都反映了"怨"，思念不成，好梦难圆，爱而生"怨"。

四、综述

在四言诗《自叙》中，老丁对自己的出身、成长、谋生经历和艺术追求，做了大致梳理，其中的"平生爱好，诗画兼攻。诗用口语，抒写情衷。画学花鸟，墨淡情浓。无门无派，天马行空"，可以让我们了解一个大概。高调标榜师承者，其艺术造诣就因此让人钦佩的，我们所见不多，辱没师门的倒是不少。"学历"与"学力"，是两个迥异的概念。一些高"学历"者时时将其挂在嘴边，不相称的"学力"偏偏拉了他们的后腿，自鸣得意，却窘态时出。

在《藤窗浅语录》中，诗人进一步阐述了自己的诗学主张。以下引述三则：

十，诗词并非都要写大题材，只要你用心去发现，用心去感受，用心去写，哪怕寻常之物，寻常小事，都可以写出味来。

十三，好诗不怕言词淡，美女无须脂粉浓。

十五，写身边事，眼前景，心中情。用韵宜妥，平仄宜协，字句宜顺，造语宜淡，寄意宜深，韵味宜足。诗妙应能懂，铭心永不忘。句中真趣蕴，一字一铿锵。

不做作，不拘定式，不落窠臼，言浅意深，言近旨远，很多时候还有独到的发挥。这是老丁诗词作品的总体特征，也足以印证他的诗学主张。值得指出的是，他一贯倡导的口语入诗，与近来网络上一些作者的"口水话"入诗并非一回事：前者藏巧若拙，平中见奇；后者多是在糟践诗歌，有的甚至是迎合恶俗。

是当"獭祭鱼"胡乱堆典让人不知所云，还是适当运用生活语言使人乐于亲近，每个作者都有自主的权利。如果创作目的不是为了卖弄"高深"，而是想要贴近生活写出新意，那么，毫不虚夸，老丁的作品足可作为我们借鉴与学习的优秀范式。

2022-05-15

梦系魂牵都是爱

——从几篇作品看厚楣先生新诗的主题

厚楣先生的新诗不多——不是写得不多，而应该是发布到网络空间的不多。就网络发布的数量来看，从 2009 年 4 月到 2019 年 8 月，十一年间，我们找到的只有五十来首。根据内容判断，部分诗作的创作时间要远远早于这个阶段，极有可能是厚楣先生从自己中青年时代的作品里面选出来的。

用时髦的"标准"审视，这些作品大概是一些专门的研究者所不屑在意的，因为它们的表现形式，与时下各种故弄玄虚令人不知所云的所谓"流派"或"风格"相去甚远。但形式为内容服务，在文学创作上，这个亘古不变的道理并没有过时，也永远不会过时。将厚楣先生的这些新诗与黔省一些上了年纪的知名诗人的同类作品相比，毫不逊色；相对于他们在 20 世纪 70-80 年代的创作，厚楣先生的这些新诗在思想情感的共鸣方面、诗意的陶冶方面，有的还有过之而无不及——梦系魂牵都是爱。这是在缅怀厚楣先生之际，我愿意对他的新诗主题，通过几篇作品予以简单归纳的缘由。

一、河山之爱

《水乡的梦》：

悠悠的水乡梦，/在乌篷船里摇晃，/晃皱港汊，/晃乱山塘。//浓浓的水乡梦，/在石拱桥中飘荡，/荡浓岁月，/荡稠遐想。//痴痴的水乡梦，/在浣衣砧旁缭绕。/绕花双眼，/绕迷心房。/长长的水乡梦，在青瓦房上轻摇。/摇去今世的尘埃，/

摇来古远的吟唱。//水乡的梦，/静谧安详；水乡的梦，/隽永悠长。//水乡的梦，/轻柔缭绕；/水乡的梦，/牵扯心肠！

不需要过多解读，这首诗直接就是一首具有江南水乡风韵的、似梦似幻的抒情短章。江南水乡的唯美、纯净、悠远，通过简短的诗行，足以让我们产生身临其境的感觉。在充满动感的一系列画面美中，难道还有谁能做到目无所睹、耳无所闻、心无所羡？

《山的精魄——张家界印象》：

是不是撞进天宫？/每一步令人心驰意摇！/是不是误入仙境？/每一处全在争灵斗窍！//是刀削，才会这样峻峭；/是斧劈，才会这样绝妙；/是钎凿，才会这样千姿百态；/是锥刻，才会这样奇美精巧。//没有松的苍劲，/黄山就不足称道；/没有雾的温柔，/庐山就缺乏妖娆。//没有古老的神话，/泰山就失却骄傲；/没有碧水的深情，/桂林的山就少了俊俏。//这里的山清秀娟美，/这里的山神奇雄壮；/它是天呕心的杰作，/它是地沥血的锻造！

这是一首奇峻险拔、亦雄亦奇的山的赞歌。对张家界群山，诗中先是将其放到"天宫""仙境"的高度，故作惊疑之语，极言其壮美；第二小节揣测它们的成因——当然是诗意的揣测。第三第四小节进行横向对比，依次点出了黄山、庐山、泰山和桂林的山的"标志"性的美，同时揭示了它们对"标志"的过度依赖。第五小节则在此基础上，进一步突出了张家界群山的与众不同、多彩多姿。

二、乡土之爱

《消逝的村寨》：

小河绕过寨子，/山麓四周蜿蜒。/太阳从对面升高，/月亮在后头变圆。//日子平平淡淡，/似乎没有改变。/人们索取很少，/不过柴米油盐。//辈辈相同炊烟，/代代一样田园。/因为奢望不多，/苍翠才漫山繁衍。//熟悉的人走了，/就是转瞬之间。/陌生的人来了，/不过就是眼前。//生活照样简单，/一年接着一年。/

村寨渐渐远去，/消逝遥远的边缘。

这首诗看上去好像一首抒情主人公介入偏少的作品，实则不然。时代在发展，生活在延续，面貌在改变。生活在乡村的人们，并不因为知足就能常乐，也不因为无争就能维系。淳朴的人情往来，舒缓的生活节奏，在乡村面貌和青壮年一起"城镇化"之际，已经渐行渐远、一去不复返。这首诗的情感基调充满了惆怅，没别的，仅仅是深爱乡土的缘故。

《故乡》：

少年的我，/心儿摇曳着青草，/呼吸风中桐花的甜香。/久伫屋后青青竹林，/是我不舍的目光。/飘移的心情，/在云和雾里凄惶。/老式的汽车，/艰难上下七十二拐，/雪白了高原，/雁去了远方。//老来的我，/被黔风吹得坚强。/依恋山麓的清月，/爱惜田野的金黄。/忍冬衍生的河坎，/张开温柔的臂膀。/天际起伏的轮廓。/幻化七彩的光芒。/苦辣的滋味远去，/甘甜的味道悠长。/我离开一个故乡，/爱上另一个故乡。/生我的在梦里，/养我的在心上。

这首诗将"故乡"一分为二：一是出生之地，对她魂牵梦萦；一是成长之地，对她真诚眷恋。其实，现实生活中没有几个人的故乡充满诗意。故乡的诗意在于每个生于斯或长于斯的人对她发自内心的热爱，以及由此产生的美好寄托。当然，萦绕着故乡情结的诗意未必总是轻松惬意的，它往往充满了凝重，甚至是沉重，因此才更加难能可贵。

三、亲人之爱

《我跪在母亲墓前》：

清明将至，草木萋萋，跪拜亲人，泪如雨滴……

我跪在母亲墓前，/眼里止不住泪滴。/久别的孩子回来了，/岁月已漂白了发须。//我跪在母亲墓前，/青蒿遮严了消息。/满天是惨淡的乌云，/遍野是呼号的荆棘。//我跪在母亲墓前，/往事是那么清晰。/操劳磨淡了艰难的岁月，/贫穷消融了多病的身躯。//我跪在母亲墓前，/诘问遥远的晨曦。/养育之恩如何报答，/赡养之义枉论何及！//我跪在母亲墓前，/叩拜故乡的天地。/但愿今夜家乡的梦，/能使我们母子团聚。

对这首诗，从标题我们就可以明白它的思想和情感。缅怀固然是厚楣先生对自己母亲的，但与此同时也是他对故乡的。流年似水，可以改变容颜，但改不了厚楣先生对亲人和故乡的深沉的爱。这首诗情中有景，景中有情，情景交融，感人至深。

《太阳落山的时候》：

在清明奠祭之日，谨以此纪念逝去的亲人们。

太阳落山的时候，/心儿跌入冰冷的塘/四周是茫茫的黑夜，/山坳里战栗着寒霜。//鲜花凋谢的时候，/草地泛滥惨淡的枯黄。/放眼是浓浓的云雾，/田野中罩紧着凄凉。//微笑散尽的时候，/胸脯充塞浓郁的迷茫。/脑海是清晰的记忆，/树荫下遮蔽着彷徨。//月亮消逝的时候，/黑夜抹平蜿蜒的山梁。/野外是散乱的热风，/眸子内熄灭了亮光。//亲人离去的时候，/花萎日落、月尽笑亡。/拥挤的是绵绵的思念，/不尽的是袅袅的燃香……

从这首诗正文前的小序，我们可以明白它表达了厚楣先生对已逝亲人的悲怆缅怀。无论虚与实，这首诗中冷色调的意象都颇多：第一节有"冰冷的塘""茫茫的黑夜""寒霜"；第二节有"凋谢""惨淡""云雾""凄凉"；第三节有"迷茫""彷徨"；第五节有"花萎日落""月尽笑亡""不尽的思绪""袅袅的燃香"。这些意象的连续渲染，为我们展现了一幅连绵不断的满是哀愁的画卷，引人惆怅。

四、人生之爱

《如果他们忘记了你》：

如果他们忘记了你，/你不能忘记自己。/将鱼竿甩向清澈水中，/与厚实希望紧紧相依。//你可以推开小窗，/伸开双手拥抱晨曦，/让心中风帆张开，/飘向灿烂的天际。//你可以瀹杯清茗，/让那芬芳沁入心脾，/与清淡悄悄相拥，/就像躺在山坳野溪。//你可以闭眼聆听乐曲，/体味漆黑夜晚的空寂，/让音符从每个细胞滤过，/驱散深嵌心底的苦凄。//你可以静坐半山凉亭，/寻觅草丛秋蛩唧唧，/让清凉浸透心脾，/相伴月光一起回忆。//如果他们忘记了你，/你不能忘记自己。/赶快点亮面前蜡烛，/探照面前新的奇迹。

这首诗足以使失意者读后获得一种心灵的慰藉。由这首诗，我们很容易地联想起俄国诗人普希金的作品《假如生活欺骗了你》，但厚楣先生显然选择了另外的视角，细致而微地对失意者予以真诚的关怀和鼓励。全诗五个小节，字数相近，节奏相当，如果遇到有心的作曲者，或许可以作为歌词处理，配曲演唱。

《风筝心语》：

如果没有长线的羁绊，/我可能蹿上更高的蓝天。/白云朵朵压破了寂寞，/微风习习轻托着梦幻。//群山碧浪般腾翻，/长河细蛇似蜿蜒。/俯瞰的感觉充盈玄机，/新的视野令人目眩。//电闪雷鸣也许瞬间出现，/冰凌暴雨可能刹那弥漫。/既然已经做出了抉择，/洞穿身躯我无悔无怨。//自由的愿望花般灿烂，/惊世的感觉亲身体验。/纵然永远在世间消失，/但那痴心却亘古不变。

在这首诗中，"风筝"这个意象具有鲜明的象征意味，将其看作厚楣先生早期人生经历的写照，个人觉得并不勉强。由于家庭出身的原因，厚楣先生当年不仅被政策阻挡在了大学的门槛之外，还被下放到偏僻的乡村，度过了人生中艰难的八年。诗中的"长线"，其隐喻意义不难理解。"风筝"虽然在云天高处能够获得俯瞰群山的美妙视角，但也可能遭遇雷霆风暴。诗的最后一节表明了一种决心：只要能实现自由的愿望，哪怕粉身碎骨，也无怨无悔。

五、民俗之爱

《苗家山寨》：

苗家寨子在深山，/林密草茂水潺潺。/木头柱子木板墙，/火塘的干柴久久燃。//苗家寨子在泉边，/米饭清香水甘甜。/生活艰辛劳作累，/对山一吼忘忧烦。//苗家寨子在山巅，/窄窄小道路弯弯。/座座山头艳艳花，/开开落落几千年。//苗家寨子在云间，/纱裹雾罩难遮掩。/千年银杏百年枫，/古老的习俗代代传。

在这首诗中，苗家人富有特色的居住环境、生活习惯和热情豪爽的性格特征，通过节奏明快、句式齐整的抒写和镜头般灵活的切换，得到了到位的摹写。乍一看，这首诗就像一组七言绝句，但进入其间，谁都会发现它们比七绝更加酣畅淋漓、自由洒脱。

《纳西古镇》：

这是令人向往的地方，/匆忙的脚步迷失进花的馨香。/肃穆的古乐融入静谧的夜晚，/清澈的流水淘尽别恨离肠。//这是令人吃惊的地方，/神秘聚成花枝跳出院墙。/沉重的大门虽然紧紧关闭，/却遮不住横溢奔撞的满院春光。//这是令人流连的地方，/古朴的符号记载着谜一般的遐想。/生活仿佛是纳西古乐，/从容不迫而又兼容万象。//这是令人感动的地方，/青瓦一片一片聚成海洋。/辈辈辛勤积淀出古老的文明，/万古不变是纳西人的热肠。

向往、吃惊、流连、感动，可以看作这首《纳西古镇》四个诗节的情感枢纽，它们恰到好处地表达出了厚楣先生对纳西古镇的心理体验。由四种不同的心理体验延伸开去，便是这首新诗丰富而各有侧重的情感内涵，它们的核心同样可以归结为一个字——爱。

纵观厚楣先生的五十来首新诗，还有不少可作其他归类；限于篇幅，不展开。与上述作品相似，它们的主题大多都可以归结为一个大写的"爱"字。不夸张地说，在这些作品中，赞美是爱，讴歌是爱；欣慰也好，惆怅也好，喜悦也好，忧伤也好，全都是因为爱。需要强调的是，在明晰的主题之外，我们还能同时欣赏到这些作品的意境之美和形式之美，这在当今一些被称作诗歌却还让人读不懂的文字中，是难觅影踪的。

新诗押韵在当今常常遭到排斥，节奏感往往也被否定。尽管见仁见智，无可厚非，还是不能不说小有遗憾。一个被称作诗歌的篇什，如果思想上无法让人受到教益，情感上无法让人产生共鸣，艺术上无法给人提供借鉴，意境上无法令人获得美感，那么，它存在的意义，不管作者如何吹嘘，都是要大打折扣的。反观厚楣先生的这些新诗，除了有鲜明的主题，生动的意象，我们还能获得多方位的审美愉悦。

除了在诗中对社会、对生活、对人生等有着真挚热烈的爱，在诗歌之外，我们还能感知到厚楣先生对文学的痴迷、执着、勤奋与虚心，尤其是足以供我们细细品读的多种体裁的文学作品。在《"诗家语"初涉浅缀》一文中，厚楣先生提出了关于诗词的"四性"——含蓄性、形象性、精当性、音乐性。他的新诗创作，同样很好地践行了"四性"观点。

撇开对我们的诸多关爱和相互间的交谊不谈，仅凭一种文学精神和生活态度，厚楣先生已经是我们学习的高标，值得我们永远看齐、怀念。他的新诗，无疑是其中一个不能忽略的重要组成部分。

2019-12-26

小说视角的诗意观照

——读百川河诗集《爱情日记》与《爱情纪事》

《爱情日记》是百川河先生的一部现代爱情诗集。与我们惯常见到的各种爱情诗集不同，这部集子中的单个篇章，既具有相对的独立性，彼此之间同时又是关联的。——这足以让人获得不一样的审美体验。

按照一般分类，诗歌不外乎抒情和叙事两种，前者数量多，后者数量少，其他诸如哲理（格言）诗、科学诗之类的，因为数量上过度稀缺而基本达不到自成一类的条件。本文试着以《爱情日记》为主、《爱情纪事》为辅，从小说视角切入，观照这两部诗集的特别之处。

一、《爱情日记》的人物形象

诗集中的人物形象只有两个："我""你"。"我"是抒情主角、主体，属于"施事"者；"你"是抒情对象、客体，属于"受事"者。在整部诗集中，尤其是"初恋"阶段，"我"与"你"互动的机会不多，但主客之分是一种事实上的存在。

归纳这部诗集不同"爱情阶段"的相关信息，我们可以得出关于人物形象的以下结论。

"我"，一个来自高原山区的贫寒学子，好学上进，勤勉奋发，有一种百折不回的毅力，在大学里堪称文学专业的"学霸"级人物。"你"，一个来自平原省份的优秀女孩，秀外慧中，也堪称同一大学外语学院的"佼佼者"，在"我"

眼中充满了无限的魅力。

"我"和"你"，出生环境不同，成长经历不同，专业不同，年级不同，人生目标也未必相同，因此彼此间的交集，存在非常大的偶然性。然而，学习氛围、学习成绩、青春年岁、才情魅力等方面的诸多一致，又使得"我"和"你"彼此间的交集，具备了必然的前提和基础，"爱情"于是得以产生。

二、《爱情日记》的情节发展

除了微型篇幅之外，我们都知道小说的情节结构一般分为开端、发展、高潮和结局。有趣的是，《爱情日记》中的四个阶段，与小说情节的一般发展顺序——对应：初恋—开端；热恋—发展；眷恋—高潮；尾声—结局。

初恋篇——

这组诗作有 50 首。我们阅读后可以发现，"初恋"在这个阶段主要具有时间意义而没有多少实质意义，因为"恋"的状态，是单向的，"你"未必知情，未必介意，未必回应。当然，"你"的出现是我"初恋"的先决条件，从这个意义上讲，"初恋"又是成立的。先看第一首，《花伞朵朵都是美人娇》：

佛罗伦萨有座桥，青苔贴满三孔石头缝。/历史的河流在那里聚拢，石孔桥上万人爱慕。/一千年不算太久，千年相遇在那里凝固。/一唱神曲文艺兴，但丁桥上初恋成永恒。//西子湖畔有座桥，绿草苍苍曲廊绕。/你来我往摩肩过，一把纸伞人恋妖。/千年情仇潮涨落，缠绵爱恨知多少。/白娘子遗恨人间，泪奔如潮雷峰塔倒。//我的江南有座桥，石栏石雕映水草。/雨中古巷艾草香，彩绸花伞上石桥。/康桥彩云带不走，花伞朵朵都是美人娇。/眺望桥头千伞过，哪朵去年今日为我笑？

桥的功能在于连接、联络、联系，此诗作为开篇的一首，其中最主要的意象便是"桥"。从佛罗伦萨与但丁初恋"关联"的那座桥，到西子湖畔与白蛇和许仙关联的那座桥，再到"我"心目中"江南的桥"，无疑都指向一个尚未完全明晰的爱的目标。这首诗的意义，可以视作"爱的开端"，或者是"爱的寻觅"，虽然目标还没有出现，但"花伞朵朵都是美人娇"，可谓缤纷夺目、美不胜收。标题兼语句式的运用，桥的意象的叠加，使得这首诗别出心裁，同时也预示着后续情景的展开，水到渠成。接下去的一些诗作所表现的主题，大致是邂逅、动心、魂牵梦萦、倾情赞美。《何时才能觅到绰约的那一朵》，表达了"我"寒窗苦读之余对爱情的向往。《邂逅月拱桥》，叙述了"我"与"你"在桥上偶然的一次邂逅，"我"心跳加速，"你"则羞红了脸；月拱桥自此成了"我"流连的地方。其他很多篇什，从标题就可以了解到内容。《我用手机偷拍了你》，是整个"初恋"期间，带有明显"互动"色彩的一首。《你已芙蓉出水香飘万家》，则是"初恋"阶段"我"情感起伏最大的一首，同时也是画面感最强的一首：

你长发齐腰、长裙拖地，/新娘的脂粉在脸上抹匀。/一朵白色的玫瑰能唤醒一座大山，/山下花团锦簇，步履匆匆。//我暗恋你的时候，你还在豆蔻年华，/云贵高原的春天比别处迟来一点。/等待山坡新绿，等待山谷变成油画，/你家篱笆墙爬满蔷薇、金银花、喇叭花。//我的爱情鬓角有了雪花，/你已芙蓉出水香飘万家。/是哪里的唢呐惹火了山坡的野花，/一路挑抬彩礼的人流不是从我家出发。//唢呐声声把山谷的心喊碎，/流泪的呜咽牵走我的年华。/大红大绿的日子，背着你走的不是我的身体，/在梦里，我被心痛的泪水一次次浇醒。

热恋篇——

这组诗作有 73 首。相对于"初恋"期间的委婉、含蓄、内敛，这组作品纯抒情的篇章继续占据高比例，总体上更加热烈、奔放，当然，互动性也得到了加强。和前一组类似，这部分很多篇什从标题就可以揣知内容，如《我们在河湾流连》《目送你归去的背影》《你是我生活中流淌的阳光》《绕楼三圈还是不放手》，等等。《天天站在山顶看你》，要算这组诗作中抒情环境跨度最大、夸张色彩最浓的一首：

盘山的公路二十四道拐，/一绕就是好几里。/山顶望山下，一眼能看好几里。/山下没有手机信号，/你来的时候，/我都站在山顶用目光等你。/山脚下的铁杆站牌，/和我一样站立：/一个在山脚，/一个在山顶。//不知不觉，/村里又有了义务瞭望哨。/乡村汽车啥时候到，/看山顶就知道。/我不在山顶的时候，/村里人都知道你在我家里。/你回去的时候，/我天天站在山顶，/望着山下的车站，/不管晴天或下雨。/巫山神女峰，/何时搬迁到这里？

在这组诗作中值得留意的还有一首，《全世界的爱情都在那里收藏》。此诗记述了"我们"游览克罗地亚博物馆并在当地旅居的美好经历。这个博物馆的特定功能——专事收藏恋爱分手者信物。这使得"我们"的这趟游历具有了异乎寻常的警醒意义。至于这家博物馆究竟是国外初创的那座还是国内城市克隆的那些，都无伤题旨。

眷恋篇——

这组诗作共 24 首，逐渐增加了抒情主人公从爱情的狂热中冷静下来之后，一些理性思考或无奈"将就"的篇什。直抒胸臆的比重依然最大，二人世界之外的现实性因素也渐次增加。《没有你我不敢回家》，抒情环境的跨度同样很大：

春节转眼就来了，/家乡的雪已经把房顶染白。/屋顶的炊烟飘走一缕又一缕，/蒙在鼓里的父母像去年一样，/在为你收拾睡房。/幸好距离遥远，/平原与高原信息一直不对称，/他们不玩微信，不上网，/还沉浸在与你相见的憧憬里，/你离去的消息他们承受不起。//春节的杂沓声越来越近，/没有你我不敢回家。/他们将你视如己出，/我怕春节带给爸妈的欢笑变成眼泪。/我只有编一段善意的谎言：/今年春节是去你家。/给你收拾好的睡房继续留着，/摆设要像去年一样温馨，/桌上我们的合影要擦干净。//……

诗中不再是校园的安宁静谧，而是"我"乡下老家清贫里的温馨，"我"双亲的热情厚道，他们对"你"的满心在乎。这一首和前面的《天天站在山顶看你》，可算这部诗集中不可多得的景象清寒之美与人情纯粹之美的绝佳组合。

尾声——

常规理解，尾声便是结束，便是结局，但《爱情日记》的尾声，可不是这样的——它有着太多的可能性，并不特别指向"分手"；山重水复之后，"我们"的关系柳暗花明也未可知。在这组 12 首诗作中，有的表现了时过境迁，"我"故地重游之后心绪的起伏，如《我心为你起落》；有的总结了"我"与"你"最终分手的原因，看上去似乎理性，实则有些自馁，如《我是荒山上的一片树叶》；有的表现了"我"对爱情的思考，如《爱情的回音》；等等。《忘了过去》则表现了"我"对"你"的殷切劝慰，不过，诗中的"你"，并不完全对应于前面 N 多个同一的"你"，而带有泛指的意味：无法释怀过去经历的各色失意者。

这组诗作较为特别的是最后一首，《从卫星上找回爱情》：网络时代，"我"放大卫星地图找到"你"很容易，但跨洋的视频让我知道了"你"过得并不十分顺心。"我想穿过电脑为你收拾，/在收拾中不忘对你埋怨唠叨。/从卫星上找回的爱情，能把地球拥抱。"很乐观，很自信，但"我"与"你"爱情关系的发展走向，后续的交流往来，读者却只能到诗歌外面去"续接"。根据第二部诗集《爱情纪事》的对应章节，可以归并为"异地恋"的开篇或者是萌芽。

三、《爱情日记》的抒情语境

集子中不同的抒情语境，从不同侧面充分丰富了"学子"这一特定要义。以下，将它们归纳为三组，简单剖析。

（一）大学校园（图书馆、教室、电影院、操场、宿舍、楼宇之间）

在系列诗歌中，"我"与"你"都是学霸级的优秀学子，深陷恋爱中的"我"，因为用情太深，一度影响到了学习，在老师的关注下，逐渐回归刻苦状态，重新跃居前茅。"你"的情况，与"我"有相似之处。爱情未必会对学业造成干扰，有时甚至可以是一种驱动力，抒情主人公的经历足以证明这点。

（二）月拱桥（河滩）、二十四道拐、林间小屋

关于桥，这里需要强调的是，作为具体的意象，它的象征意义不仅是"我们"爱情的"触发"点，同时还是回忆往事的伤心之地。二十四道拐，则是"我"的家乡，"我"从乡村到城市的出发点，亲人亲情都在那儿，因此也是"我"精神的归依之地。"你"的到来，不仅意味着"我"的家庭、"我"的家人对"你"的接纳，还意味着"我们"的爱情，得到了更广泛的认可。在嫁娶问题上，征得父母的同意，对双方来说都是一件大事情。而在《爱情纪事》中，更发展到由家族来促成"我"与"你"爱情关系的地步（见《祠堂会议》篇），更加凸显了"我们"的关系远非两个人所能主宰那么简单。而诗里面多次提到的林间小屋，更是一个爱巢，证明"我们"之间，尽管没有夫妻之名，依然存在夫妻之实，连同"你"收养的那只小狗在内，"三口"之家温馨美好、其乐融融。

（三）出差或旅行地

比较突出的有两处，一处是"我"独自去的南海，一处是"我们"一起去的克罗地亚。作为诗集中地理跨越最远的两个地方，既是视野的拓展，同时也是爱的延伸。

四、《爱情日记》的突破与"局限"

相对于从前，在科技进步、资讯发达、交流便捷、物品丰富的今天，人们的"三观"发生了巨大的量变乃至质变，一些人变得玩世不恭，一些人变得庸俗市侩，许多年轻人置身其间，很难做到洁身自好。爱情是心智健全者大多都会经历的一个情感过程，但我们可以发现，近年来不受拜物主义干扰的纯粹爱情已经沉沦，有不少成了一种消费，甚至是消遣。

两相比照，"我"的形象意义，重点体现在专一、执着、痴迷，"为伊消得人憔悴"，但无怨无悔。

（一）诗意的纯度

一般的叙事诗，多以诗歌的形式、手法完成故事情节或塑造人物形象，亦即词句层面是"诗"，结构和主题层面则是"事"。这部集子不然，里面的众多作品，无论是在词句层面还是在结构与主题层面，它们都是中规中矩而不折不扣的爱情之歌，没有哗众取宠的成分，更没有恶俗或搞怪的成分。诗意的纯度，由此得到彰显。

（二）诗意的高度

在《爱情日记》的内容提要中，有如下介绍：

本书以诗体日记的形式记录了当代青年男女在青春期由冲动走向成熟、由书本走向现实的爱情观念演变过程，反映了当代知识青年在爱情生活的不同阶段不同的情感经历以及如何对待爱情的人生态度。

而在《爱情纪事》的内容提要中，还有这样的交代：

故事中的男女主人翁都是知性才俊的青年，他们的情感经历在当代青年中具有一定的典型性，对当代青年树立正确爱情观有着积极的引导作用。

两处文字，较为准确地体现了百川河先生在"爱情系列"中不同的目标设定，思想的高度，从体裁角度来看，体现的也是诗意的高度。

（三）诗意的"局限"

传统意义上的小说，魅力在于情节的紧张、曲折或惊险，以及以此为基础塑造的人物形象。而以"我"为抒情主角的《爱情日记》，若从小说视角审视，就会发现情节发展略显缓慢，人物形象不很清晰，这可能会在一定程度上削弱人们的阅读热情。然而，作为一部爱情诗集，尤其是选择了主观视角及其情感的诗意呈现，就注定这两个"局限"会成为小说视角的"瓶颈"，而且鲜有对策。身为读者，除了表示理解，我们同样提不出任何好建议。

五、从《爱情纪事》反观《爱情日记》

《爱情纪事》是百川河先生"爱情系列"的第二部，可以视作《爱情日记》的升级版。在《爱情纪事》中，虽然抒情意味不减，但叙事成分明显增加，由两个人的"情"，升级成了许多人的"事"。揣摩具体诗作，我们可以发现，相对于前一部的单纯，这一部要丰富得多，画面感鲜明得多。单纯的抒情，容易令找不到情感契合点的读者产生隔膜，"事"可以大大减缓甚至消解这种感觉。

通过反观我们还可发现，在《爱情日记》中，整体抒情与叙事，基本上都局限于抒情主体"我"与抒情客体"你"之间，以"我"的积极主动、"你"的消极被动为起始，以"你"的渐进式参与为发展过程，以双方的密切互动为高潮，以暂时分袂作结局。整部诗集以"我"对"你"抒情、与"你"交往、跟"你"分手（如前述，并未决绝）作为主线，但记的是"情"而几乎没有"事"，带有叙事色彩的篇什相当少。

概括地说，两部爱情诗集，在《爱情日记》中，抒情主人公的内心世界较为简单，他们的活动范围也相对较窄，关联的人与事都极少。《爱情纪事》的"升级"，表现在变与不变两方面：变的一面体现在抒情主人公涉足之地更广、人物有所增加（尽管他们仅作于配角为"我"的抒情服务）、叙事的比例进一步提高，传统诗意尤其是与《诗经》的关联更为明显，历史元素、时代元素、时尚元素、异域元素大大增多，主人公的形象更加丰满、鲜活、生动，可读性也因此大为提高；不变的一面则表现为抒情主人公身份未变，抒情处境未变，"我"的深情与执着、爱恋与痴迷、以单向倾吐为特征的抒情未变，"我们"爱情的四大"阶段"（在《爱情纪事》中依次分思恋、热恋、失恋、异地恋四种情形，但各自另有标题）未变。据此，我们可以得出一个结论：《爱情纪事》是《爱情日记》的升级版，后者则是前者的基础版。撇开基础版，我们会觉得《爱情纪事》的某些叙述有点突兀；撇开升级版，我们又会觉得《爱情日记》的空白点稍多——二者正好互为补充。

六、并非结语：

百川河先生是一位严谨、执着、勤奋而低调并值得钦佩的诗人，"爱情系列"（此处含即将出版的第三部诗集《爱情星空》）是他精心营造的一座唯美的爱情城堡。每一部，就相当于城堡里的一座宫殿，主人公至真至纯、至善至美，但他们也有性格方面的某些欠缺，也有不异于常人的喜怒悲欢。正因为如此，他们的真实性才不容置疑，他们对爱情的在意、向往和追求，在物欲横流的时风中，在时髦取代了传统、交易取代了交流、外在取代了内涵、随便取代了庄重的境地里，更加值得读者珍视。

需要强调的是，是同一对抒情主人公在相仿环境中抒情方式的渐进式"升级"——前两部诗集中许多意象的重叠、伏笔与照应关系的构建，都可以佐证这一点。

如今，一些人喜欢奔着发稿平台、奔着作者头衔争相点赞，趋之若鹜，生怕落伍。实事求是地说，在热闹的幌子下，许多人的阅读意愿其实很勉强，阅读热情其实很低落，因此我们无法判定百川河先生的"爱情系列"能在多大程度上实现"醒惑俗"的教化目标，但在诗歌新闻化、恶俗化大行其道的当下，借助于这些唯美的篇章，领略那份隽永感人的纯洁的美，获得一份心灵的慰藉，积极作用自不待言。而诗人即将出版发行的"爱情系列"第三部《爱情星空》，其神秘面纱早日揭开，值得我们翘首企盼。

2020-02-17

在季节的坐标上打量

——读玉心的诗

当下乐意阅读诗歌的人已经不算很多了，现代诗首当其冲。揆其原因，一是"圈外"人消遣方式有太多选项，二是诗歌本身的原因——说直接点，是诗歌作者的原因。语词层面的杂乱无章及内涵层面的不知所云，似乎渐成"时尚"。作者太"任性"，读者没有理由去买账。我一直觉得，任何一首诗歌，要么让人产生某种情感共鸣，要么代表着作者的某些思考，或者给人以某些启迪。但在我的阅读体验中，部分地具有前述"要素"的作品，大概不足一半。

在这个背景下来探讨玉心的诗歌作品，就成了一件有意思的事情。需要申明的是，这里并非将玉心的作品跟其他诗人的作品对立起来分"高下"，而是想要表明，从情感共鸣角度，玉心的作品颇有值得咀嚼的地方，而且也不乏给人以启迪的篇什。难得的是，这些作品的立意，并不依仗于辞藻层面的生硬赋予，而是借助季节、时令、大自然的风霜雨雪等，自然而然地升华。

以下，试着做些未必准确到位的探究。

一、季节，是玉心诗歌的基本立脚点

无须存疑，在现实向度内，我们的世界是三维的。但谈论"季节"，我觉得只能将它"降"到二维层面，这样才更利于分剖玉心的诗歌。数学坐标有四个象限，虽在逆时针"转动"，总体却给人方形的感觉；每年四个季节，也是循序渐进，在想象中却近似于圆形。空间与时间，二者有明确却不易琢磨的对应关系。

特定情况下，空间可以重复，可以叠合，时间却不可以。冬天过了是春天，却不是曾经的那个春天，而是相仿却迥然不同的另一个。四季这个类似闭合的圆环，实质上应该将它视作一种处于螺旋式持续演进的状态。

借助电脑，从玉心的 40 多首诗作中，我们可以很容易地获得以下具有季节特征的统计数据——

春：出现了 10 次，包括春天 5 次，春风 4 次，春兰 1 次。夏：出现了 8 次，包括夏日 4 次（含标题中的 1 次），夏天 2 次（含标题中的 1 次），夏荷 1 次，夏雨 1 次。秋：出现了 11 次，包括秋天 9 次（含标题中的 1 次），立秋（标题）1 次，秋（独词句）1 次。冬：出现了 11 次，包括冬天 6 次（含标题中的 1 次），冬夜 2 次（含标题中的 1 次），单独或联合使用（冬至等）3 次。

涉及节气的，有《惊蛰》《清明》《立秋》《冬至》，等等；涉及时辰的，有《村庄的早晨》《悉尼的早晨》《谷氏旧居的下午》《真空的黄昏》《夜》《深夜》，以及上面已引的《冬夜》，等等。

单从标题层面看，季节或月份特征较为明显的，则有：《四月将尽》，对应残春时节；《五月的雨》《夏天的思绪》《在北回归线等你》《夏日》，对应夏天；《立秋》《八月》《桂树的告别》《秋天的样子》，对应秋天；《等待的雪还没来》《与你共一场雪》《冬夜的城》《冬天的旷野》《雪花掩埋的伤痕》，对应冬天。

众多篇什中较为特别的，是《云岭东路》。这首诗按顺序写了四个季节，都有各自的特征，为了达到凸显的目的，当然都经过了剪辑处理。

不过，需要明确的是，无论是季节还是时令，节气还是时辰，它们都不是抒写对象，而仅仅是玉心诗歌抒情的一个依凭，或者说只是个立足点。意义在哪儿呢？简而言之，同一年份之内，季节不同感触就不同；在不同的年份，哪怕季节相同，感触也不会一样。这些感触发而成诗，苦涩也好精彩也罢，都注定不会相同。

二、玉心诗歌在季节坐标上的情感指向

遗憾或沮丧

如前述，虽然每每提到季节、月份或节气、时辰，甚至用来做标题，但它们在玉心笔下，并不是抒写对象。解析部分作品的情感指向，我们或许可以得出一些结论。

在《四月将尽》这首诗里，我们可以读出一种略显消沉的暮春幽愫。"翻飞的裙角告诉我/风一如既往的吹过/其实在我看不见的地方/也有风吹过/如午间空无一人的广场/或是门窗紧闭后的夜晚"，这是诗歌的第三节。

以风为载体，在阅读经验中，我们从来不会陌生，但这里自有出色之处："其实在我看不见的地方/也有风吹过……"我们往往太专注于自身，太自以为是，以为目之所睹耳之所闻就是一切，予取予求毫无顾忌，殊不知大谬不然。在人群里，我们能左右谁？在时间的河流中，我们能泅渡多远？在大自然的法则之下，我们又算得上什么？

这首诗的立意似乎有些消沉，但其中的部分诗句，足以让我们体悟到自身分量的卑微，包括那些叱咤风云者，也不过是昙花一现的过客。

惬意与闲适

《村庄的早晨》堪称玉心这方面的代表性作品。这首诗不啻一首别具情调的乡村晨曲。诗中先是鸟儿的啼鸣，然后是人与人之间熟悉而又陌生的招呼——明知道叫错了名字，却不"揭秘"，因为应答者对问候者，同样记不准名字。

"若是六点你还不肯起床/喜鹊、黄鹂和画眉组成的乐队/便会在三两声试唱之后/奏一曲摇滚或是 Rap 将你唤醒"，是这首诗的第一节。面对乡村晨曲的热闹、热情与热烈，谁能无动于衷？清幽的景致，谁又能熟视无睹？"无心"读书便是明证，但诗歌可以例外——说的当然是令人触景生情的大自然这首无字的诗。乡

村物景的纯美，乡村人情的纯粹，都是这首无字诗永恒的主题。

缘事缘情的忧伤

在玉心这组诗歌中，抒写亲情、怀念亲人的篇什所占的比重并不大，但都写得真挚、深沉。

如《母亲》这首诗，通过早、午、晚三个时间段，摹写了母亲劳作的三个片段。辛苦，忙碌，对家庭的责任心，对孩子们的无私付出和殷殷期盼，包括操劳成疾依然无怨无悔，都是母亲平凡而伟大的地方。稍微注意，我们还可以发现三个时间段并不在一天之中，应该还寄寓了母亲在不同人生阶段的艰辛。

朴实，是这首诗在文字层面的主要特征；主题层面上，它反映了千千万万母亲的共性，与歌曲《想起老妈妈》有异曲同工之妙。

如《安静》这首诗，写了母亲去世后父亲一个人在老家的寂寞孤单。得承认，亲人离去的忧思，也是乡愁的内涵之一。但这首诗的标题，却很淡定地用了"安静"。这"安静"，既是母亲离世后父亲落寞的岁月，也是对母亲还归丘山后灵魂安息的祈愿，更是试图抚平内心创伤的努力。

最后一节，通过小黄狗的叫声反衬人物（诗中的"父亲"）心绪的落寞孤寂和环境的宁静清幽，别具深意。鲜明的画面感，"安静"中有限的动态，都使得这首诗的抒情意味更加细腻感人。

怀念母亲的《清明》，是这类诗作中较为重要的一首。清明是二十四节气中最容易牵动愁肠的一个，特别是在亲人离世不久的情况下。这首诗中的许多意象，包括部分动词，看上去漫不经心，实际上却相当准确、到位地表达出了思念母亲的深情。燃点香烛的专注，拔去枯枝的虔诚，对母亲的悠悠述说，都质朴而恳切，深切的痛点，在看似平淡的叙述中，直击读者的泪点。

以上所述，当然不是玉心诗歌情感蕴含的全部，不过这里只能点到为止。

三、在季节的坐标上还有什么？

玉心的诗歌作品，绝大多数都是立足于季节的抒情，但其中又有为数不少的篇什，在抒情的同时，还有另外的寄寓。如关于物景和城市的某些幽微思绪，有的带有启迪色彩，有的则足以引发思考。即便以"你"作为抒情对象的部分作品，也并不仅仅为抒情而抒情。下面再以部分诗作为例，稍作剖析。

叶子有一些话，没有对春风说/可是春风一吹，叶子就绿了/花儿有一些话，没有对阳光说/可是阳光一来，花儿便开了//我也有一些话，没有对你说/你不在的时候/叶子径自绿去，花儿也各自开着/日子过一天，就只是一天//你在的时候/仿佛叶子是为我绿的/花儿，也是为我开的/日子有时候长一些/有时候又短一些（《秘密》）

我们都知道"秘而不宣"，还知道"心照不宣"。秘而不宣并不意味着秘密可以被守住，心照不宣则是一种美好的心灵契合。这首诗从物候到人情，自然且细腻，含蓄而生动。最值得品评的是诗的最后两节："你不在的时候"，叶子的"绿"与花儿的"开"，都引不起"我"的介意，日子很寻常；"你在的时候"，叶子的"绿"与花儿的"开"，忽然间都是为了"我"，而且每个日子都不等长。

抒情主人公心绪起伏，在欣悦的同时还有忐忑不安、患得患失。在这种情况下，每个日子变得"长短不齐"，也就不难理解了。

想要写一首诗/描绘秋天的样子/落叶却打碎了我的梦/有谁说过叶落无声/我却分明听到了秋天的叹息//走过秋天的院墙/渐黄的枝叶拂过衣襟/往事在记忆里绚烂/每一次想起都有撕裂的痛//月圆抑或月缺/总有潮汐亘古不变的追随/谁在唐宋的月光下仰望桂树/抖落一缕千年的相思（《秋天的样子》）

这首诗并没有像标题指明的那样，刻画秋天的"样子"，然而，读完之后，我们分明可以感知到秋天的形象：惆怅。能把握这一点，关键词是"叹息"——叶子飘落的声音。牵怀往事，叶子的枯黄，飘落，便成了秋天的"剪影"。

　　其实，仔细咀嚼，我们可以发现，秋天的样子，只是抒情主人公主观感受到的"样子"，与客观的秋天是有差别的。昔人所谓"有我之境"与"无我之境"，主观感受的差异便是二者的分野。

　　当风把夏日的绿埋进泥土时/秋，便准备好了粉墨登场/取几滴清晨的露珠，酿酒/斟一杯，醉了季节的风霜//这是一出古老的戏/演练千年，毫无悬念/只是那座椅上的观众/换了一茬又一茬//很久之后/我依然想念第一片落叶（《立秋》）

　　在看上去的轻描淡写中，这首诗关涉到了"永恒"这个话题，季节变化是那样的按部就班，在人们的意志之外是那样的有条不紊。比如一些人对冬天既畏惧又埋怨，可是不得不面对和适应它。秋天也不因为是人们期盼的收获季节，就稍事稽留。如果把季节看作是一个舞台的话，它太古老了，别说百年千年，就算用万年亿年，都不足以衡量它。

　　这首诗的可贵之处，在于回头审视了人类自身。每个具体的人固然都是来去匆匆的过客，回眸整个人类，难道不也是这样？最后一小节，旋即回归到落叶"本位"。这让我们明白：抒情主人公并不想滞留在宏观层面，想念的仅仅是曾经触动心绪的"第一片落叶"。

　　有人在深夜/背对一窗月光/将手机划拉一百零八遍/以为世界都在掌控之中//有人在深夜/翻一本薄薄的书/更残漏尽/目光却总是停留在扉页//有人在深夜/放肆想念一个人/撕心裂肺后/再一针一针/细细缝合伤口//有人在深夜/把路边的小酒馆喝到打烊/然后在凌晨/对着雨中伫立的街灯/轻声道晚安（《深夜》）

　　夜深人静，形形色色的手机控们自以为拥有了世界，其实大多都在世界之外徜徉，因为作为看客，能参与的都只不过是些无足轻重的网络"互动"。第二节反映了一种阅读状态，从道理上看不正常，从事实上看我们却必须认可：这已经成了一种常态。为了充实，为了提高，当然要阅读；为了打发光阴，甚至为了"助眠"，也可以捧起书本——谁能说那就不是阅读？第三节，关注到了恋爱者的失意——从无所顾忌的思念到努力忘怀。无可厚非，第四节中酒徒的买醉也是一种打发长夜的方式。

这首诗刻画了在"深夜"这个特定时间段里，没有按时入眠的人们几个具有代表性和典型性的"细节"。日出而作日落而息，曾经固守了几千年的生活规律，如今别说在城市，就是在偏远的村庄，也已经"回不到从前"了。

可以这么认为：在季节的坐标之上，玉心在抒情表意的同时，还有在事理方面的拓展。这固然是个见仁见智的问题，但若在情感之外忽略这些要素的存在，任何"解读"都将失之偏颇，不完整，甚至不正确。

四、小结

玉心一直以诗歌作者自视、自称，只有认真捧读其作品，我们才可以发现她是一位对作品认真负责的诗人。首先是每一篇作品都经过了认真打磨，即使说不上篇篇精品，至少其中的绝大多数，做到了无可挑剔。其次是作品数量算不上多，几年间总的加起来还不到五十首；不管是从众多篇什中精选出这个数目，还是本来就只写了这些，都足以佐证她的求精意识。还有，玉心虽然热心爽直，在诗歌创作方面，却内敛而低调。在人心浮躁的当下，坚持不懈，却不片面追求"高产"，缺少足够定力的人是很难做到的。

前人所谓积习难改，这"习"有好的也有未必好的，玉心无疑属于前者，因此要求她一下子"勤奋"起来，忽然写出许多诗歌作品，不仅不太现实，也不太合理。值得欣慰的是，在季节之上打量，我们可以隔三差五地欣赏到玉心认真写成的诗歌作品，读后会心一笑。在抒情之外，玉心能进一步提高诗歌的哲理比重，当然更佳，我们乐见其成。

2021-05-14

一往情深许故园

——管窥蒋郁相诗歌的故土情怀

从是否易于理解角度，诗歌可分为能读懂和不能读懂两类——有的直接或稍加分剖后能读懂，有的则哪怕挠破了头皮也莫名其妙。尽管后一种情形多半不会有读者发自内心的喜欢，依然会成为作者自傲的理由：怪读者浅薄，不怪作品艰涩。更有甚者，公开帮作者站队说：诗歌写出来，本来就不是为了被读懂的。

幸好，蒋郁相先生的诗歌，没有故弄玄虚叫人云里雾里摸不着头脑的篇什，稍加思忖，我们都能读懂（当然，切入点不同，每个人的"懂"未必完全一致）。以下，试着走近郁相涉及故土的几首诗歌，管窥他的故土情怀。

《凡·高的向日葵》：

这些眼神里/没有人认识锄头耙子/没有人记得庄稼的长势/也没人愿意将后辈/送回田地里耕耘//麦苗，或谷禾/与餐桌上紧缺的酒有关/有眼神，在开始鄙视/白菜、土豆、萝卜的生长/很难在这些眼睛里找到乡愁//黄昏躺在田野里/怎知？阳光竟然会孤独/当锄头翻开泥土/耙子拉平秧田/它们惊起的炊烟和尘土/爱上了凡·高的向日葵//我有一些向阳的兄弟/他们的根须长在画家心里/冬天了，叶子依旧绿着/一朵朵花瓣在头顶上追赶春天/他们身后，仅剩一个眼神

从规模上审视，我们是农业大国；从年代上审视，我们是农耕古国；从科技含量上审视，我们应该还称不上农业强国。不管人们怎么想，一个客观的事实是，我们须臾离不开农业这个"行业"，离不开农民这个"职业"；然而又因为脏、

苦、累、收入微薄及没有保障，而漠视、不屑于农人。影响太深，以致农人有时候也"认同"这种偏见，劳心劳力想要让自己的子女跃出"农门"，为自己脸上争光。退一步说，即使在科技手段广泛应用于农业的当下，一些人内心对"农"的伪热心和真忌惮，依然没有彻底转变过来。

觥筹交错，在我们的餐桌文化中一直受到倚重，玉盘珍馐是东道主的颜面，哪怕捉襟见肘也要勉强支撑；同时也是受邀者的荣光，哪怕无法举箸也觉得受用。在类似的排场中，虽然普通但利于养生的绿色蔬菜、清淡饮食，一般是上不得台面的，是会遭遇腹诽的。这些人的眼里心里不会有乡村，即使从乡村出来，他们也会讳莫如深、避而不谈。

谁都知道农业、农耕与凡·高的系列《向日葵》没有任何交集，更谈不上"爱"与否。农人热爱向日葵，那是基于对其经济价值的考虑。凡·高取材于农人的系列《向日葵》，却是为了实现自我精神的升华，与现实中的任何一朵向日葵都无关。郁相将二者联系起来，赋予"爱"的内涵，充分体现了画作本身的多义性和对画作解读的自主性。不得不说，这样的解读赋予，是凝重的，甚至是沉重的。

向日葵是农民的劳动成果，是汗水的结晶。但是在庄稼地之外，不管是作为风景的点缀，还是作为象征的载体，向日葵都无关稼穑，更无涉农耕。凡·高的画笔下那些以向日葵为主体的画作，不管形似神似都无关农事，而只是一种主观心绪的表达，一种对落魄处境的"反戈"。在这个背景下，欣赏者的一般解读便是画面中以向日葵为主体的情绪的热烈，或者是生命力的坚韧——凡·高的生存处境，实在是太过于晦暗了。与众不同的个性，让凡·高生活得更加艰难，更加孤独和不幸，于是走上了自戕的畏途。令人意外的是，凡·高去世后，他的画作卖价一路走高，在一百三十年后的当下，更是达到了令人瞠目的价位。

除非作者站出来解释，否则无论是文学还是艺术作品，受众都无法做到"达诂"；如前述，不同人的解读也就不会一模一样。站在凡·高系列《向日葵》面前，每个欣赏者的理解既可以大同小异，也可以同中求异，还可以截然不同。在同中求异这一类欣赏者中，郁相算是较为特出的一位。这特出表现在基于画面的视角延伸，尤其是最末一节的末行，"他们身后，仅剩一个眼神"，可以说意味深长：那是谁的眼神？怎么会与前面那些眼神迥异？它在关注什么？它的关注将会产生怎样的结果？这些疑问，又足以令人生发出一连串的感喟和思考。

《九龙的前世今生》：

踩着水的孤独/九龙，以池塘的姿态/让荷花守着身边的鱼/把记忆擦了又擦/一层层堆叠的过去安静成今天的笑容//风一再轻抚老人/晨曦敲击着儿女心坎/血管里涌动的是青春/社会主义新农村/在这里，有坚硬的内核//时光的缝隙里/那些人背马驮的日子/苍老到永恒了/在记忆的褶皱中/贫穷与疼痛，落后与守旧/前世，已被一一剪掉

这首诗所写的，应该是一处景色秀美而曾经贫困的村庄；今昔对比，欣喜欣慰之情油然而生。"社会主义新农村"，作为时政性很强的一个概念，可否引入诗中？个人的理解是，可以，而且必要——当诗歌的主题是反映农村建设新貌或作今昔比较的时候；但它们出现的频次、所占的比例，都宜少不宜多。在这首诗中，正好达到点明题旨的程度，因此是恰当的。

这首诗只有三节，第二节中的"社会主义新农村"与末节中的"贫穷与疼痛，落后与守旧/前世，已被一一剪掉"形成了恰到好处的照应，突出了诗歌主题中关于乡村新貌的时代亮色。乡村沉重太久，也承重太久，因此，"乡村振兴"不光是宏观层面事关国计民生的战略，还应该是诗歌创作的一个突破口。

近年来，我们总会有意无意地读到一些反映脱贫致富或乡村发展的诗歌作品，会发现其中为数不少的篇什，并不具备诗歌的韵味和美感，有的太注重形象的雕琢，有的太注重功绩的展示，有的太注重成果的罗列，等等。这些要素当然可以有，但当其成为主要甚至唯一的抒写对象时，诗歌的意境美、意象美都会打折，

艺术含蕴也会降低。——这里说的是抒情短诗，长篇叙事诗不在此列。

《花开季节外》：

我家门前/李花，在空中盛开/一旦风定了方向/就会融化你的表达//为了五千亩誓言/门外已白得不剩漏洞/土地和它的植物/藏了芬芳//这是我家乡/一朵花，亿万朵花/用最清新的姿态/一舞一个美//脱贫攻坚后/它们留下一座房/让思念在故事中成长/长出太阳的笑容//一个梦进入另一个梦中/然后去结识一种爱/是梦，也像花/开在季节之外

在这首诗首节中，"你"不会是"我"，也不会是别人，只能是慕名而来的造访者、观光者。春烟似锦，李花如雪，此景此情，任何语言或文字都显得苍白无力，表达当然会被"融化"。第二节旨在突出李花的"白"，白得毫不抽象，毫不空洞，它跟收获紧密相关。"五千亩誓言"，既强调了规模，也锁定了（致富的）目标。第三节近距离摹写了李花的姿态，强调地域——这是我的家乡。第四节将它们与脱贫攻坚的历史使命关联起来，勾勒了阳光般明媚的笑容，具有鲜明的时代印记。

这首诗事关脱贫攻坚，却没有政策诠释，没有术语堆砌。作为时代的重大主题，"扶贫"与"脱贫"，都被作为背景安排到繁花后面去了。这并非轻慢，更不是否定——李花的繁盛足以从侧面佐证富民政策的成功。第五节强调不同梦想之间的交接，"像花"，"开在季节之外"。这至少体现了一点：现实中的李花受制于季节，人们心中的梦想之花，却可以一直延伸，直到结出丰硕之果。

《菜田》：

走进菜田，走进/用一张可以繁殖的纸/去迎接星星之火/去安慰焰火舔舐的泥土/蝴蝶便纷纷跌落//黄花密集的地方/蜜蜂念着心经/每一个字，形体如剑/颗粒发出的声音/在树枝上跳跃//当骨头挣脱碎裂/婴儿离开母体/我便听见小溪呼唤母亲/岸边的豌豆乐了/母亲就藏在菜田里

菜田不需要专门注解，谁都明白那是栽种蔬菜的地方。从无到有，从贫瘠到丰饶，从枯涩到生动，从宁静到热闹，从耕种的艰辛到收获的喜悦，每一块菜园在总体相仿的情景下，也有各自的"变数"。郁相笔下的菜田，蝴蝶跌落而蜜蜂活跃，有着怎样的隐喻？懒惰自私或者勤劳慷慨的象征？未便遽然定论。不过，抒写蜜蜂的诗句显然多过了蝴蝶的，且更加富于动感，不仅有形象，还有声音，我们大致可以得出一个结论：相对于蝴蝶来说，蜜蜂才是这里的"主角"。第三小节，同样充满了象征意味。在这里，"婴儿"无非是希望的象征（尽管"他"更符合挣脱冰凌束缚的春水的形象）。"小溪呼唤着母亲"，"母亲"是一种精神；"母亲就藏在菜田里"，这里的"母亲"，在抽象精神之外，还带有具象的色彩：那些长势蓬勃的蔬菜，不仅蕴含了母亲的精神，还是母亲心血凝聚的标志。

"菜田"是播种和收获的象征，也是繁衍生息的象征，更是母亲勤劳的象征。哪怕到了高度发达的工业文明，我们依然须臾离不开农业社会的菜田。

《心疼祖母的菜园》：

晨曦，透过花香/一层一层地把露珠拨成空气//心疼祖母的菜园/晚风经过之后/又是人间最初的绿//一些被翻过的泥土/被菜苗回收/就连索居的蚯蚓/也深爱土地//纷纷扰扰的人间/总是那么多繁芜/被寄存在时光的书房里//过去，一天/未来，也是一天/我从未走出祖母的菜园

品读这首诗，题材层面很容易令人想起萧红的小说《呼兰河传》里面那篇《祖父的园子》，但二者的区分也是相当明显的。《祖父的园子》孤独、寂寞（至少作者通过童年的"闲适"流露出的是这种情绪）；这首诗里，无关菜苗的长势，更多的是情感之外的冷思考（虽然"我"最终并未走出"情感"——祖母的菜园）。

菜园可以很诗意，那是旁观者的，多数时候，是不谙耕作的旁观者的。劳作者在漫长的历史纵轴上，只有耕作管理的艰难，对收获的瞩望和丰收的喜悦。要说相关的情绪表达也算诗意的话，那也是无字之诗，表达的方式，不过是望着作

物的良好长势会心一笑，或者长势欠佳时的沮丧不安。

让自己的诗意情结与祖母的菜园连接起来，郁相可能不是首创。但二者的关联，使得这首诗有了历史的厚重和沧桑。"心疼"不只是对祖母艰苦劳作的怜悯，更有对劳动和劳动者的钦敬。放眼诗外，"菜园"不止一处，"祖母"也不止一人。万千的菜园，万千的祖母，无不在这首诗的涵盖范围之内。

能读懂的诗歌，有的一目了然，就像阅读新闻材料，讴歌或挞伐、喜怒哀乐都一览无余；有的则需要反复揣摩、融会贯通，方能接近诗歌思想或情感的题旨。郁相的诗歌基本上属于后一种，因此除了用心体察，我们无法很直接地发现蕴含在字里行间的情感的真挚与生动。心怀故土的人，精神世界一定会更加安稳，不会漂泊无依。

读不懂的诗歌，除非是作者刻意设置障碍，让人读不懂，否则应该是会被部分地揣摩出来的，哪怕未必能得到公认。五柳先生的五言诗《述酒》，他在世时没有人能够读懂，跨越隋唐直到南宋，才有一位姓汤的人尝试着做了一番解读，但直到清代，依然有一位姓何的人明确表示："此诗真不可解！"

诗歌可以有各种主题，各种风格，各种写法。郁相的诗歌，就有相当一部分抒写了另外的情感，表达了另外的主题。这里关注的，只是他反映故土情怀的部分作品。还要专门提及的是，《凡·高的向日葵》里面那道眼神，足以让那些各式各样的眼神如芒在背；《而心疼祖母的菜园》里面那片"人间最初的绿"，也足以让有心者体悟到一种宁静、悠远、纯粹而充满生机与活力的美。

故乡之情，故土之思，故园之恋，作为诗歌的源泉之一，永远不会枯竭，作为灵魂的根，也永远不会枯萎。在努力拓展不同表达侧重、运用不同表现手法的同时，我们期望能继续读到郁相更多体现故土情怀且精神契合度更高的诗歌。

2021-06-13

"文学"外面的觉悟与哲思

——穿越穆晗的文字丛林

从整体上给穆君的文字下定义，有些费劲。这一方面缘于他自己说的"没有体裁概念"，另一方面也与他很多时候仅仅"借图"记录零星见闻或感悟相关。有时候，图片与文字谁主谁次甚至难得分清，能够肯定的是二者相辅相成。可以剥离图片来欣赏的文字不算多，能够探讨的似乎更少，但值得。这里不提"创作"或"作品"，只提"文字"，仍然因为穆君似乎没有兴趣将文字爱好与小说、散文或诗歌之类明确关联起来——我们或许可以判定他没打算刻意走近文学。

然而，那些以只言片语形式呈现的零散文字，记录简约或繁复的体悟时，不仅有丰沛的抒情和细腻的叙述，有时还自由延伸，带有某些觉悟、哲思色彩；比例不高，为数不多，却令人读后无法释怀。

一、这片文字丛林具有原始特征

因为记录的零散和部分思考的"随意"，这片丛林弥漫着一种野性，一种粗犷，有时芜杂，有时空旷。所谓"原始"，除了天然去雕饰之外，指的就是这层意思。

走进这片文字丛林，可以发现并没有任何刻意经营、修饰的地方，因此我们很难产生闲逛公园时那种悠游闲适、愉悦轻松的感觉，扑面而来的不是经过修剪的瑶树奇葩，而是处于原生状态的天然景象，时而乔木参天，时而骈枝匝道，时而芬芳馥郁，时而柳暗花明；如此等等，不一而足。

原始，是令人望而却步的理由；原始，又可以令探秘者有出乎意料的发现。中止观望，径自涉足——这是本文的动因。

二、这片丛林中有各具姿彩的群落

涉足穆君的文字丛林，可谓不虚此行。值得特别关注的，是这片丛林里一个又一个的群落；徜徉其间，远观近赏，各有妙趣。这里依穆君自己的归类，按照时间先后，稍做梳理，以窥景致之一斑。

"普鲁斯特提问"

普鲁斯特这个名字较为陌生，但当你想起《追忆逝水年华》这部皇皇巨著因为太过冗长令很多人不敢去读原著，仅仅满足于阅读情节梗概或压缩版时，就会释然——他正是其作者。普鲁斯特曾经在 13 岁和 20 岁时分别回答过同一套问卷，并且因"回答"而知名。答案甚至成了后来者研究他的基本材料。

普鲁斯特在不同年龄段曾经两次作答而答案不同的二十八道题，涵盖了生活、思想、价值观及人生经验等方面，问得比较精细，答得也较为严谨。

相比之下，"穆问"在语词层面则显得随意、宽泛，甚至常常不以"问"的形式出现。在我们的生活经验中，即使有问，答案往往也无须过于清楚明白；事实上，很多时候并不需要答案。在这个群落中，涉足者若能借此引起一些思考，"问"的目的也就达到了。

"厨子未知"

借厨子身份，但不是诘问，而是呈现——对未知问题的呈现。这些问题未必都事关庖厨，涵盖面非常之广。不藏拙需要一种胆气，面对世界大千，厨子未知，又有多少人能做到"已知"呢？

"南山厨问"

似乎可以理解成所"问"全都与庖厨之事有关，实则不然，仍是以厨子视角发出的追问。我们一次偶然的相约，由穆君"主厨"，他在刀法方面的娴熟、火候方面的精准、汤汁调味方面的独到，都令在场人称赏。如果说这些只体现"实践"的话，每一道工序的原理、作用和操作要领，等等，穆君都能够侃侃道来，就更加让所有在场人感佩了。既然如此，还"问"什么？还真的不是问"厨"，而是以"厨"的具象身份诘问抽象的"道"——关乎世界、人生等等的大问题或生活中的小问题。这可以视作"厨子未知"的姊妹篇。

"阿楞冇空"

"阿楞"具有明显的象征意味。根据配图，我们可以发现它是一个纸箱外形的动画形象。特别之处在于，这个看上去有点呆萌的"物象"内里，有细腻的情感和鲜活的思想。需要指出的是，"阿楞"不是一个平面图像，而是一个立体造型。从不同场景中的不同摆放，我们可以发现穆君与它已经不分彼此。

基于这个前提，我们可对"阿楞冇空"作出两种理解：一、阿楞并不空虚；二、阿楞并不清闲。两种情况综合起来，便是忙：工作忙，生活忙，另外加上精神忙——最后一种让我们得以欣赏到这些有意思且有意义的文字。

"生命"

这个群落部分地体现了对生命现象的感悟和思考，对生命本质的探秘与对生命意义的追寻。但这些感悟和思考、探秘与追寻往往与别的群落彼此交叉。能被别人接受与否不论，揣摩可以发现，词句层面的漫不经心作为一种叙述风格，其实是没有问题的——其他几个群落也都有这个特点。

"四方木斋"

"四方木斋"，可以理解成一个方形的精致小木屋，比如书房之类，至少不会像寒带亚寒带的人们用圆木搭建成的房子那般粗糙。标题本身没有暗示性，我们却不难发现，这也是穆君打量、质疑客观世界的出发点。

在这片丛林中，还有不少未曾归入具体群落的"小世界"，与群落里的相比，立意不分伯仲。

三、在"小世界"之间信步撷英

"小世界",是指群落内外的各种主观表述或客观呈现,有的反映了穆君的情感和思考,有的是由具体场景触发的只言片语,有的则是对生活本身的勾勒、描摹,等等。

前人有所谓"一花一世界"的提法,穆君也有"宇宙藏于花蕊中么?"(普鲁斯特提问 36)这样的诘问。如果说在科技能力有限的情况下这出于主观臆想,那么在观察手段高度发达的今天,我们借助高倍的电子显微镜依然无法穷尽微观奥秘,就进一步"坐实"了"小世界"的深邃和广远。一个难以捉摸的"量子"就已经让我们的认识产生了质的飞跃,往下无穷多的未知,莫说"世界",说成"宇宙"也不夸张。

(一)针砭人性某些背光面的

南山厨问 51 我见沉默:阳光外表,灿烂笑容,却敌不过损人不利己的嘴。

阿楞冇空 168 多数皆知:争则大乱,乱则大穷!大多皆是:知而不为,言行不一!多数皆使:己所不欲,而施于人!**四方木斋 344** 攀附是一类植物适者生存进化成的一种方式,它节约了空间,有效利用了资源。某一类人在生存中,深恶痛绝攀附权贵,傲然世间,边享受着靠攀附生存的植物的果实,边攀附于清廉之名。**未归类** 装没听见,装没看见,反正能装……

(二)表达独特体验的

普鲁斯特提问 34 露台烟雨,驻身瞭望。雨外雨内,伞内伞外,彻悟程度等于痛苦深度吗?**厨子未知 42** 食之美,十之六七离不了肉;眼之美,十之六七离不了色;心之美,什么也离了。**阿楞冇空 135** 论优雅:我所认识的优雅,和别人认识的一样。**生命 3** 知己不一定是亲人,知己不一定是朋友,知己不一定是别人,知己不一定是人类。**生命 25** 出处幽静,进退悠然,辞受随缘。**生命 195** 莲叶必枯,何故悲秋?**生命 308** 水知道:山之高处,若风若雨;谷之深处,若云若雾。

山之高处，若隐若现；谷之深处，若即若离。山高不可求，谷深不可留。向真若水，向善若水，向美若水。

（三）具有格言或警句色彩的

普鲁斯特提问 17 没有无之义！空有无之义！没空呢？ **普鲁斯特提问 33** 日常微小处慎独，可使你心性得以安宁么？ **阿楞冇空 113** 宽恕如天宇，笃行入小流。 **生命 124** 许多路都很坎坷，走下去不一定都是痛苦；许多路都很顺利，走下去不一定都是幸福。 **生命 148** 地球公民，善待彼此！ **生命 210** 不动欲，烦不来。 **生命 228** 动欲则烦，烦则欲动。 **生命 303** 心花了无根，树老了有德。 **四方木斋 9** 比较无处不在。 **四方木斋 286** 企高者不可立，跨行者不能远。 **未归类** 对善行的虔诚，是先跪下来聆听生活的教诲。 **未归类** 若欲发出对大海的向往之声，先伏下身来倾听海螺壳里发出的悠远声息。

（四）带有人情温度的

生命 162 有妈妈的小院，总有花开。 **生命 221** 叶为花衬托，花为叶点睛。我为家奋斗，家让我温暖。 **生命 256** 再小的城市，只要有桥，下了雨，不堵心。 **四方木斋 31** 听茶轻抚雨，闻兰悄和声。 **未归类** 楼宽心不一定阔，门小仍有大天地！ **未归类** 时间都留在了父母的白发里！

（五）体现责任意识的

阿楞冇空 129 公权非为民利而生便是私欲，私欲皆为民利而出自成公权。非是尔公权不威而不为民敬，只是尔私欲之出而非为民利。 **生命 5** 尊重生命，让人性与责任从沉睡中得到唤醒。 **生命 95** 法？不害而自在！ **生命 135** 弥合一切撕裂，凝聚阳光共识。 **四方木斋 127** 人之常理，法之底线。 **四方木斋 198** 正能量之标准，第一是永久性，第二是普遍性，第三是必然性。 **四方木斋 362** 辩护是将不确定之事项，辩得更不确定而无所谓。审理是将已发生之事项，审得确已发生而无所谓。 **未归类** 若无忠诚之心，能力无足轻重。若无担当之力，公正从何而来？

（六）具有古风形神韵致的

阿楞冇空 21

人生有真毅，敢当陌上尘。雾散随风转，身轻不粉身。

峰峦三兄弟，叠嶂别样亲。偶遇知音乐，杯酒释比邻。

知命随便来，一睡一清晨。疲痴友勉励，同作天涯人。

（七）以现代自由诗形式出现的

阿楞冇空 139　我也来说说伤悲/有些人说/未见过我伤悲/仿佛我就不会伤悲/我就是生了伤悲/也是再平常不过的事/伤我，不一定悲/我悲，不一定伤

阿楞冇空 263　太阳眼里/没有我/月亮眼里/也没有//缘惊起一阵/天光云影/去徘徊

生命 315　雨滂沱时/我正好在雨里/不慌也不忙/找了个避雨的屋檐/我伫檐下/雨仍在窗外//凝望雨滂沱/聆听雨滂沱/雨滂沱/再滂沱些/我也不慌不忙

生命 318　哪怕云雾天/不能看清楚远山/对南望山/依然崇拜而渴望//很大缘由/那山足够忧伤罢了

四方木斋 305　不是那天/还是那点/大声喊了/风听见了/山听见了/云听见了

四方木斋 318　就算我能抵得住/备前烧的诱惑/可是/木心曾说/要直到备前烧被我诱惑/天的妈的奶奶的/天知道该如何诱惑啊//反正我是/不如木心先生/耐得住/孤独寂寞苦行/尚可做的/成本低些的/似乎只有脱光了衣物/在雪堆里/融化了冰冷//备前烧/便不烧了吧/嘿嘿嘿

（八）以语段形式表达思辨或即兴感触的

四方木斋 310　有人说中国没有哲学，而我说西欧也没有易经啊！那因癌症不会治而死掉算是一个共同点吧！怎么老是纠结那些毫无必要的不同点？读一下中国史、欧洲史，对照一下，不过是生存生产生活方式不一样，都能在地球上活着这么多年，说明各自已具备足够强的生存本事，真的还有必要既有哲学又有易经

么？活着就好好讲话，不好好讲话，也还是需要活下去的。逻辑学终会被人工智能利用来毁掉有生命周期的人类，而逻辑学也将会在人工智能控制的世界里空空如也。敢于正视一切死亡，勇敢生育，再不停劳动才能活下去，才能让逻辑思维有点意思。否则，不论在黑格尔的肉里放多少盐，都不够饥饿的人类充一下饥，而活下去！所以，癌细胞死了，你也死了；让它好好的活着，你才会活着！

未归类 心中总有属于自己的阳光等着，一直等着，方能从五彩斑斓的林木间透视过来，照亮通往天空之城的彩虹桥。城中等着的那山那水那风，一直在枫桥下，清泉流石边，轻轻地摇曳，远远见着来时，挥舞飘渺袖角。袖角如枫叶，用色彩不断变幻轻吟着高山流水。一曲愁唱无人听，几弦佳音绕庭院。

未归类 每到一座古镇，每经过一条古巷，便自然放慢行走的节奏，沿青色步道，寻找深处人家。这里有青砖砌的墙身，砾石砌的墙脚，暗色小瓦盖的檐。细雨顺着屋檐垂成帘挂在墙边，砖墙的淡白灰缝正好如黑白胶片机里放着的幻影，不可触碰。掀帘进入古巷的往事，犹如进入时空转换机，过去的时空分时分段历历呈现，贪玩的小童，耕归的壮汉，匆匆的路人，还有驻足发呆的游子……旧砖旧瓦旧青石，旧水沟尚有水流；墙角坚强的绿色奏着生命不息的旋律，穿透出古巷，弥漫于古镇的各个角落。远足至此的游人，凝神之间，仿佛听见妈妈正在巷中呼喊：天色暗了，莫玩了，回家了……

四、丛林之外有所思

回顾本文题目，"穿越"其实是一个不很恰当的提法，原因在于穆君的这片文字丛林，一直处于动态延伸、扩展的状态，看不出边界，看不出止境。我们也许可以在其间快速直线行进（这很不容易），但要不了多久，就会发现原先的"边界处"，又会林木葳蕤，浓荫匝地。如果缺少对生活的热心，对文化的诚心，长期坚持的耐心，可以说，是绝对做不到这一点的。

穆君未必熟悉文学圈子，只是在没人注意的地方营造了一片生机盎然的文字丛林，让偶尔的涉足者获得不同的裨益或趣味；还可以说，穆君在生活和"文学"之外，打造了一处放牧情感、思考和审美的精神胜境。四方木斋第81则，"不逐涂鸦之流，不求大雅之堂"，足以体现穆君的冷静和恬淡。察其执着和坚持，反观一些圈子避实就虚的热闹和浮躁、一些作者舍本逐末的汲汲与营营，实在是"良有以也"。

只是，游离于"体裁"和圈子——"文学"之外的这片文字丛林，其富含的觉悟与哲思，还要多久才会引起广泛的关注呢？

2021-09-20

高原的恋歌与赞歌

——读胡荣胜诗集《生命谷》及其他

和荣胜兄相识好几年，若不是某次偶然的交流，我居然不知道他是一位诗人，而且已经结集出了三部诗集（第一部与人合著）。那次交谈，我不仅知悉了荣胜兄诗歌创作的概貌，还了解到他虔诚、执着、卓有建树却十分低调的文学经历。

本文旨在做些关于诗人的简介与诗集《生命谷》部分篇什的剖析，顺带旁及其他。作品解读见仁见智，诗歌尤其如此，因此并不确保剖析完全符合荣胜兄的创作初衷。这不违背文学鉴赏的一般规律，我也就少了一些顾虑。

一、胡荣胜其人

胡荣胜，祖籍江西，1966 年生于贵州安龙，早年从教为业。1990 年 7 月从贵州省电大中文专业毕业时，因论文选题的缘故，他与诗歌结下了不解之缘，此后不但订阅了大量有关诗歌的文学刊物，还积极参加了一些刊物主办的诗歌函授或刊授学习。得到一些名家面对面的指导，他的诗歌创作水平有了极大提升。1992 年脱产到贵州教育学院读中文本科段，两年间，他进一步徜徉在诗歌的海洋。1995 年与人合著的第一本诗集问世，并没有给他带来太多的成就感；相反，那期间一些知名诗人先后自戕使他陷入迷茫。于是，到 1996 年，他报考了鲁迅文学院，在朋友资助下到北京脱产学习一年。时间很短，诗歌界的一些名流却较好地影响了他，使他心结得解，眼界有了进一步的拓展。

1998 年 1 月，胡荣胜加入贵州省作家协会；同年 8 月，调入兴仁县史志办工作。在史志办工作了两年，县里成立文联，他又调到文联工作，曾任办公室主任、副主席。在文联，他结识了许多文友，获得了更多文学交流的契机。2003 年，《兴仁文苑》（季刊）创办，对他的诗歌创作产生了更多助益。

二、《生命谷》其书

诗集《生命谷》由"山村""情系灾区""微型诗""人在旅途""散文诗""古体诗"和"附录"等辑组成；前五辑都以组诗（章）的形式呈现，附录部分则是关于这部诗集与相关作品集的评介。

"山村"辑，主要抒写了以黔西南地区为主、兼及别处的黔山自然风光与人文风情，包括对具有地域关联性的两部电视剧的观感。"情系灾区"辑，着重讴歌了在灾难面前，人们遭受的苦难和拧成一股劲的顽强抗争，尤其是八方驰援的无私救助。"微型诗"辑，不拘一格，或写人，或咏物，或直接抒情，或托物言志，不一而足。"人在旅途"辑，既有诗人外出期间由景生情的感触，也有感物述怀，还有关于友情亲情的赞美，更有对长征精神的反复吟咏和礼赞，等等。"散文诗"辑篇数不多，歌咏的基本上都是黔西南新貌。"古体诗"辑有二十余首，题材广泛，主题各异。附录部分，则是诗歌界几位专家学者关于这部集子和相关作品集的评述，各有视角和见地，毫无例外地都予以了较高评价。

三、《生命谷》精彩篇章管窥

从现代诗到古体诗，包括散文诗，《生命谷》的每辑都有许多精彩篇章。这里跨辑随机选取少部分，以窥一斑。

《激情火把》：

彝家汉子/舞着火把/蜿蜒的火龙/传承远古与未来//激情火把/点燃火塘/燃起希望/翩翩起舞/唱响盛世欢歌

"激情"一词很好地体现了火把的内蕴与呈现方式。男性的粗犷、坚忍和勇毅，通过熊熊燃烧的火焰，得到了生动形象的诠释。在远古蒙昧时期，火是人类征服自然的基本工具，也是图腾崇拜的重要对象。经过千万年的演绎，这种表达方式只存留在对大山依存度极高的高原或边地民族的习俗中，久而久之，形成了一种艺术表达。不过，除了纪念和祭祀活动，其余时候多体现在旅游等方面的艺术表演中。

确如诗中所揭示的，在盛世，火把同时也是希望的象征，开拓新生活的象征。

《铜鼓》：

从远古走来/高昂的鼓点/回荡群山/飘向远方//您/指挥千军万马/保卫过家园/我们用生命捍卫您//您/凝聚一种文化/传承民族精神/成为华夏瑰宝/融汇世界文化的长河

远古时期，科学常识欠缺，生产技术落后，为了克服恐惧，或者为了"解读"未知，拜物成了人类生活的必须。闻鼓而进跟狩猎或者抗击劲敌侵袭有关，后来逐渐转向娱乐性质，由征伐或防御演变成带有娱乐色彩的纪念或祭祀活动。实用功能虚化了，"铜鼓"却不减感召力和凝聚力。

《碧云洞怀霞客》：

碧云洞因您而神奇/山因您而翠绿/水因您而放歌/盘县人因您而自豪//那飘舞的青丝/是人们对您的怀念/碧云洞中的神鹰/慕名而来栖息成为化石//盘水碧云厚重的文化/源于您坚固的基石/赶洞节的形成/那是对苦旅文化的崇拜

徐霞客游踪所至，除了极其险远之地，不夸张地说，大多成了后世胜迹。在西南地区，在黔省，也没少了他老人家的光顾。诗中的碧云洞，便是其一。欣赏造化雄奇，无论是留影以证"到此一游"，还是形诸笔墨，让读者隔空欣赏，都是合适的方式。

徐霞客的游踪，体现了一种执着的"苦旅文化"，诗中这一界定，恰切而精辟。"苦旅文化"，没有毅力和决心尤其是强健的体魄，光靠一种脆弱的好奇心，又岂能奏效？

《竹海深处》：

连绵群山/茫茫竹海/神仙披的银纱/透露女儿的绿/竹海深处/农家的宅院/炊烟升空飘舞

赏析这首诗，我们可以获得一种镜头焦距改变所带来的摇曳生姿的动感美。先是俯瞰，整体勾勒；"镜头"逐渐拉近，细节逐渐呈现；而后，人间烟火袅袅升腾。撇开林与竹的具体属性，此诗远景勾勒部分，与唐代诗人王维的《鹿柴》，有异曲同工之妙；相对于后者，这首诗无疑更有生机与活力。

袅袅炊烟，再加上鸡鸣犬吠声，对前方目的地依旧茫然的旅行者来说，定会温暖盈怀——与曾经相熟与否无关。

《暮秋》：

霞光/映照着山里//牛/忙翻着新土//稻草垛/行走在田间小道

这首诗像一幅不需要彩笔点乱的水墨画，简洁、明快，却不乏动感。上一季的收成已是事实，但耕耘者并没有松劲；下一季的播种，他们又开始了忙碌。民谚说"一年之计在于春"，从农事角度尤其是夏收作物角度看，这"跨年之计"，其实早在上一年的秋末冬初，农人就已付诸行动了。

第一诗节静中有动，第二诗节动中有静，第三节刻意不有点明田野中的"人"，是这首诗有趣的地方。没点明不是忽略，更不是轻慢，因为农人本来就是、从来都是——田野的主人。

《老屋》：

老屋/门前的石梯路/长满荒草//老屋/门上的守门将军/锈迹斑斑//老屋/堂屋的三合土地/透明的光泽依然如故

老屋不是美景，是有心者忆旧的由头。曾有的奢华或富庶、贫苦或寒微，只要主人离开不再有人居住，老屋的命运便会陷入岑寂，或被拆毁，或在岁月的尘埃里自然倾圮；有的可能会因居住者身份特殊而被保护和修缮，供人瞻仰。不管是哪一种，老屋都是历史的参与者、见证者。第三节末行，"透明的光泽依然如故"，寄托深远，值得细细品味。

《渴》：

水库/见底/褪尽了绿色//树/伸长双臂/向天空祈求//草/拼命/往地底钻//石头/昼夜/散发着浑身的热气//人/守着水井/仰望着蓝天

作为"情系灾区"组诗之一，这首诗侧重于反映旱灾肆虐的景象，以及灾区人民的艰难和无奈。"情系灾区"辑，通过不同的视角，分别反映了雪灾、旱灾尤其是汶川大地震给人民带来的巨大损失和痛苦，也反映了人们的不屈与抗争、从外界获得的无私援助，更反映了国家领导人对灾区人民的深切关怀。

《石磨》：

一首古老悠长的歌

石磨，曾经是一种随处可见的乡村生活物件，也是经济贫穷与生产力落后的标志。电力在农村普及之后，它们陆续退出了历史舞台，在屋角墙边"沦落"成一种沧桑。推磨发出的悠悠鸣响，推磨人之间的温馨互动，总会在那些年的乡村不时出现。多年后回望，它们不仅是风景，还是不需要话语诠释的歌谣，在经历者心灵深处久久回荡。

《岩畔花》：

挺立的茎/洁白的花瓣/放射夺目的光芒

这是一首"显微"式的诗作。"岩畔花"其貌不扬，无法跻身名花异卉之列，更无法与苍松翠柏比肩。然而，当诗人的笔触关注它、抒写它的时候，我们的观感跟着为之一振：这小小的花朵，居然也有自己的韵致和风度！打量现实，我们会发现生活中有为数不少的"岩畔花"式的人，他们不擅争竞，不事张扬，但执着地活着，活出了自己的格调和高度。

从创作角度看，将目光从远处高处收回来，关注平凡和细微，展示其个性，我们的笔下，或许会有另一番精彩。——这是这首诗给我们的启示。

《喊山》：

喊出十里坡/喊出苦涩中的甜

在交通不便的年月，黔地乡村的汉子们在许多情况下必须负重前行，最突出的是十冬腊月背烤火煤回家，播种时节背农肥下地。这时往往几人或十几人连成一串，在崎岖山道上迤逦而行，路程近则三里五里，远则十里八里。因为地势陡峭，每隔一段距离总得歇脚；这时会有人拭汗，会有人吁气，会有人发出悠扬的吼声。表现不一，其目的却不外乎两种：要么释放积郁，要么消解疲劳。等不到汗水稍干，他们又得继续负重前行。

"喊山"并非黔地独有，但作为黔省读者，捧读黔省诗人的诗歌，自然觉得亲切，也更容易产生情感共鸣——包括没有乡村劳动经历的人。

《执着》：

守望着山/思考着刀耕火种

在黔地大山里，世代居住着不同的民族，"靠山吃山"。除了极端情况下需要由职能部门统筹整体搬迁之外，人只能守望着大山，日出而作日落而息。哪怕是入不敷出的原始农耕生活，也是他们希望之所在。

整体而言，近些年黔省经济有了质的飞跃，但人们依然是在大山的怀抱里繁衍生息。焕然一新的除了住居、环境，还有人的精神面貌。对既往的艰难，谁都没理由忘记，特别是不气馁不服输的精神。

《砂轮》：

从不低头/专与强者较量

敢于碰硬，是一种胆气，值得钦佩；到具体的生活场景，却有必要视情况具体分析。对于砂轮来说，它的价值体现，当然在于以硬碰硬，因为磨平对手的棱角，就是它的使命。但这使命，是以损害乃至损毁自身为代价的。从人际的策略角度看,在同样可以实现目标的诸多途径中,是否可以优先选择更能保全自身者?

诘问超出了这首诗的内涵,撇开投机和怯懦心理,现实情况依然值得我们用心思索。

《男子汉》:

站起是山/躺下是长城/是一滴水/就注入大海/有一口气/就顶天立地

这首诗是一曲对高原汉子的赞歌。贵州是云贵高原的重要组成部分,地形却有相当一部分更接近山地。山间坝子(平地)较少,这是贵州"地无三里平"的由来。生活在这个环境中的乡村汉子们,为了自身活下去,为了家人过得更好,没有办法不与恶劣的地理环境、气候环境持续斗争。说顽强也好,说固执也好,说争强好胜也好,都不足为奇。

在 21 世纪进入第三个十年的今天,如前述,贵州的景象有了天翻地覆的改变,在新的建设历程中,汉子们是一股不可取代的中坚力量。

《双乳峰》:

双乳峰　虚与实结合/青春飞扬　给予人梦幻

双乳峰不仅是大地的杰作,还是贞丰的名片,赢得了广泛赞誉。她具有形态的美,作者们的笔下,也就有了赏识。她具有母爱的神圣,作者们的笔底下,也就有了感恩。不管从哪一个角度,爱惜、呵护,是一种必须,而亵渎、糟践,则该受到谴责。

幸运的是,在有关双乳峰的文学作品中,我们还没有发现后一种情形。但愿这人间至美,能继续存之久远。

《老屋聆听》:

守候北盘江畔/倾听时代的涛声

诗中的老屋,是一种特写式的存在。但这特写,又不限于某处细节,而是将其放到时代大环境中加以审视;其独特之处,于是得到了充分衬托。放眼四方,我们可以发现"老屋"的共性：陈旧、闭锁、荒凉。相对于"新屋"的光鲜、开放和热闹，它们往往沦为原始、落后的代名词，"推倒"总是成为第一选项。

其实，从忆旧、今昔对比角度，只要不是危房，各种老屋的存在，都有其积极意义，大可不必一"推"了之。

《乐在其中》：

山为伴/水为影/垂柳在歌舞//农家乐/乐农家/欢乐你　我　他

近年来，农家乐作为一种新生事物，在神州大地遍布广大农村的山山水水。因地制宜，小规模投入，小本经营，加上惠民政策的扶持，使得各色农家乐显得灵活，多样。分剖其功用，"乐"是核心：主人增加了收入，客人愉悦了身心，可以说一举两得甚至"多得"。

对农家乐，社会学家或经济学家自有他们的专业研究和认知；在诗歌领域，根据作者兴趣点和关注点的不一，也会有不同的体悟。不管何种体悟，都该秉持一种认可、欣赏的立场。

《赞登涛先生》：

大山骄子数登涛，勤政廉洁意气豪。

华诞乐章十颂党，诗朋词友众声褒。

这是古体诗辑的一首七绝，涵盖了登涛先生的身份、思想境界、文艺修为及诗友文朋们的赞誉。此诗囿于格律，形式上中规中矩，在意蕴方面却情感充沛、人物鲜活，算是本辑的上乘之作。

《有感汕昆高速公路过境》：

崇山通大道，峡谷架天桥。

乡梓添新景，花开人面娇。

这首五绝讴歌了黔地交通领域的建设成就。从主题角度审视，这首诗似乎没有过于特出之处，但从意象角度，却画意诗情齐备，足以让我们获得多样的审美愉悦。上联"崇山通大道，峡谷驾天桥"，从俯瞰视角，给人一种宏大的气势；下联则从微观角度，融入了抒情主人公近距离的特别观感。

相对于新诗而言，古体诗有较为严苛的格律要求，但上面这两首，在恪守格律的基础上都表达了浓郁的诗情，难能可贵。这辑值得赏析的还有不少，不展开。

四、在《生命谷》外远观荣胜兄的文学成就

荣胜兄的文学以诗歌为主打，但并不局限于诗歌。稍微旁及，我们就会有更多发现。

1995 年，他的诗集《木叶的旋律》（与人合著）问世；2004 年，其第二部诗集《深山红叶》出版；2013 年，他在《生命谷》之外出版了散文·评论集《太阳的摇篮》；2014 年，《当代 10 名作家散文今选》收录了他的七篇文章，从不同侧面体现了其桑梓情怀；2020 年，他为乡人杨兴华编辑出版散文小说集《山寨黎明》；2021 年，散文合集《高原的春天》收录了他的五篇文章，同样抒写了乡人与乡情。其间，他的诗歌不断在报刊发表，多次获奖，有省级的，还有国家级的。

因为系列文学成就，荣胜兄相继加入了省级和国家级的相关文艺组织。限于篇幅，这里不一一举例。

五、希望与祝愿

2016 年，荣胜兄退休，但退休不退志，在诗歌道路上，他依然在辛苦跋涉。

依荣胜兄的看法，诗歌创作可分三个阶段：第一阶段，由诗歌爱好者到有诗歌在报刊上发表，即人们常说的诗作变为铅字；第二阶段，在报刊上发表的诗歌给人留下印象，几年后还会有人提起；第三阶段，自己发表的诗作被方志或文学史收录。他相信时贤所说：诗歌创作每前进一步都很艰难，每个阶段都只有三分之一的人成功。

我却觉得，这难度起码要扩大十倍、百倍，即每一步的成功率最高不会超过三十分之一，甚至三百分之一。

　　回到诗集《生命谷》，我们可以发现它在紧扣时代脉搏的基础上，多侧面地展现了地域与民族特色，以及人们的精神面貌。许多篇什还反映了高原上壮美的力量，是一曲曲关于高原的恋歌与赞歌。

　　诗集被国家知名文学馆收藏，诗作被地区志书收录，这是一种荣誉，也是一种鞭策。愿荣胜兄有更多佳作问世，被人慧眼识真，在更高级别的诗歌史上拥有一席之地。

2021-12-25

在人间烟火之外

——杨燕诗歌管窥

在我交往的贵州诗人中，杨燕是相对低调虔诚而勤奋高产的一位。关注她的诗歌已有些时日，碍于诸事冗杂，我系统阅读的机会很少。在很少的阅读中，我注意到她的诗歌很纯粹，包括题材的纯粹和立意的纯粹。在总体恬静的岁月中捕捉诗意的花絮，她的诗歌特点表现为质朴、清丽、细腻、温婉，也时有惆怅和孤寂，在此类情感基调中，还有令人深思的揭示"世相"的篇什。以下略作归纳。

一、创作概况

这里只以杨燕微信公众号"倾蓝若颜"收录的为准，从 2020 年 2 月到 2022 年 2 月之间，经过去重统计，发表的诗歌作品就有近两百首，可以说蔚为大观。

（一）题材

杨燕诗歌的题材涵盖面很广，主要可分为三种，一是时间，二是空间，三是事物。

时间　以节气为题或入题的，有十来首；以月份为题或入题的，有近二十首；以季节为题或入题的最多，如涉及春天的有四十余首，涉及夏天的有十来首，涉及秋天的有近二十首，涉及冬天的有二十多首。

空间　涉及山的有十多首，涉及水（海）的有十来首，涉及城市或乡村的有十多首。

事物　涉及风的有十多首，涉及云和雨的各有十来首，涉及花草树木的有三十多首。

此外，或许是对蓝色情有独钟，杨燕写了多首，如《给你，我的蓝》《蓝色的抒写》《蓝，或者深蓝》《深蓝梦》《深渊似的蓝》《当夜的深蓝涌上来》，等等。有的题材在上述涵盖之外，较为零星，这里不作统计。

（二）主题

杨燕的诗歌主题比题材更加丰富。同一个题材，她可以反复吟咏，抒发不同的感触。这一方面是因为她并未将题材作为吟咏对象，而只是将其作为诗兴的激发点；再就是同一题材在不同的时间足以为人提供不同的感悟或思考。乡愁或者说乡村情结在杨燕诗作中占了较大比重，亲情也是。对父母，对弟弟，甚至对一出生就夭折、未能谋面的姐姐，杨燕都饱含深情。最突出的是她对女儿，在其 16 岁生日时，《冬天，永不终结的信》一写就是 16 首。感物寄兴，表现逆境抗争精神的，在杨燕诗作中也有不少。

（三）手法

截取生活片段，或某个特定场景与事物，有时干净利落而余味悠长，有时出其不意而发人深省，这是杨燕诗歌在手法方面的基本特征。触景生情发掘诗意，让意象错位、重组，灵活运用通感在视觉、听觉与触觉之间灵活跳跃，这些都是我们阅读杨燕的诗歌时不宜忽视的。

二、精彩诗作一览

《空城》：

水在眼睛里泛滥，悲愤的种子/在墓地停止生长/好人相继离开人间//如今，怎能安静下来/坐在水的影子里/除了缄默，只有缄默//水触及黑暗，触及荒芜的大地/苦难的众生浪迹天涯/胸中大海，坠落盐粒/水流退回眼眶//此刻，水载着故乡的记忆/它是怎样在谎言中，瞬间改写/一座城市的历史

新冠肺炎疫情肆虐之下，人们的生活秩序、处境心境，大多都被打乱了。其

情其景，诗人目睹耳闻，发而为诗，也走不出悲怆的格调。

《纸上梅》：

铺开宣纸，遇见一场大雪／空荡荡的冬天／想画梅墨玉般的骨骼。几点净蕊／让滚烫的唇，落下来／／极寒深处／忍住贫困疾苦灾难，与旷世的孤独／删减浓重色彩，抽离青山绿水／在残垣断壁，或者荒郊野外／飞溅的花骨盖住世界／／握笔，无法落下完美的印记／现实步履凌乱，影子东倒西歪／他们是如何，顶住沉重的夜／几经跋涉，差点儿挺不过去了／／如今叫你一声梅／那些不死的灵魂／就站在寒影四射的刀光里

气节，精神，对历来不乏文人雅士讴歌的梅来说，不仅在枝梢上，更在画页间。这首诗从作画者的视角切入，却是诗人的心绪，然而又不是泛泛的讴歌，而是将梅置于险恶环境后的一种精神"再造"。去除外在美的梅花，直抒胸臆的语句，倔强的精神，在这首诗中高度统一，令人震撼。尤其是诗的最后一节，尤其是"如今叫你一声梅"，可以说震撼人心。

《玉兰》：

够狂野，春风把花朵／都压了下来／起初是银器酒杯里，追桃唤李／玉兰等春风／后来时光迷乱，玉兰与情人／推杯换盏／／美人是禁不住调戏的啊／风吹一次／她脸上的俗艳，就落了一分／／风继续吹，玉兰穿白纱裙／一朵一朵挤出胸沟／身体倾倒在自己的泪光中／影子飘到哪里／都是一场灾难

大多数的花都有花语，绝大多数的花语都是美的，都是正面的肯定和赞誉；玉兰并不例外。但在这首诗中，玉兰仅具有形态上的美，精神上是荒芜、苍白而空洞的；随波逐流、逢场作戏的结果，是无奈与落寞，是无谓挣扎之后的放弃。别有寄托，是这首诗在立意上的新颖之处。

《修行者》：

你不舍昼夜，在兰草中修行／以山为居，遁入云雾／你说"嗨"，仿佛久别重

逢的孩子//开在屋檐上的梅/春意无迹可寻/我站在一片芦苇丛边/湖水在微风里闪光//你有山林，我有春水/我们各自祝福。人间啊/就这样平常。悲伤的人依旧悲伤/快乐的人依旧快乐

遗世独立的修行者，春水满怀的游赏者，各有追求，各有悲喜，即便互为陌路，又何妨彼此祝福？宽泛地看，我们每个人都是修行者，奔忙在追求梦想的道路上。有的执着修成了正果，有的徘徊观望、裹足不前，有的浅尝辄止、半途而废……凡此种种，各有缘由，不仅没有对错之分，甚至没有得失之别。

《降临》：

百年之后，大地认领了我的孤独/海风吹走我体内的泡沫/我越来越轻/我将成为露水，或者沙棘/骨头腐朽，头发里长出花朵/黄昏，我会跟随雨水漫步/清晨和百草一起呼吸/此刻，旷野的星星不再遥远//那时候，时间变得虚无，我很富有/再也不用担心谁会离开我/不再纠结要去哪里/风推开永恒之门/我看到光的神秘，黑的恩宠和战栗/再也没有世俗眼光看我/我是谁，已经不重要了

形骸消融，灵魂升华，是很多人的向往。但考量现实世界，过了终结时刻，从形到神，谁都没法继续拥有那个曾经的"我"，又不免令人感慨。无论如何，不负韶华，追求诗意的真善美，值得每个人作为目标，并为之努力。

《谷雨》：

雨水从一朵花中剥离/它必然要经历生死劫难，把骨骼竖起来/每一个毛孔都打开/关于人间因果，需要更漫长的解读/昨天还在为不发芽的种子发愁/今天就要各奔天涯//都来吧，雨水打碎现实的想象/暮春，忘掉多灾多难的肉身/城市过于拥挤/就去山里，水边/干渴的鱼群，不约而同吞下许多雨水//吞下世上没有流出的，无处奔走的/眼泪

滋润万物而使其生机勃发的雨水，是一种不可或缺的存在。特定节令的谷雨，顾名思义，专为种子而来，但我们从这首诗里品出的，是百感交集，是时光匆促

的无奈，是关于生存处境的忧伤，以及其他诸如奔波之类的愁怀。雨水与种子的关系，既偶然，又必然。

《独处》：

这是朴素饱满的一日，亲爱的/我们要学会不证明，不争辩，不反驳/仿佛一只弹奏黑夜的吉他累了/琴弦在风中悬空//思想轻如尘埃，每个人都渴望被瞩目/这多么危险/最后依然热爱脚下空旷之地/路上空着，身体，眼睛里也空着/爱什么，就收藏什么吧//和万物妥协后，我们获得了原谅/仿佛晃动静止的钟摆/一只孤独的船，自由穿行在虚空里/也许会闯入意想不到的疆土//此刻的轻/是时间的轻，灵魂的轻，目光的轻/世间因此而没有悲伤

万物与人类，谁是主宰？谁重谁轻？自省可知，太过于"看重"自身，并不会增加在别人眼中的分量。说"独处"，诗中的倾谈意味却相当明显，"听者"可以获得一种真挚而不乏哲理的启悟。"独处"是思索的契机，也是酝酿诗意的土壤，值得倚重和尝试。

《风吹不散》：

槐花开了，蜜一样甜/从偏远山区，一搬再搬/上学，放学，山里摘野果/有时候面对水库/松风托着巨大容器/急雨吹落几枚新鲜野果//那些日子，风吹不散/小娟不在，帅虎不在，故居不在/年轻母亲的微笑不在/纵然榴花红枇杷树绿/热热闹闹的城镇依旧孤单//人群被遥远的绿树红花隐没/眼睛在冰冷的玻璃前，渐渐起雾了/另一个尘世刚刚打开

这首诗很朴素。对乡村童年生活的清苦而甜美的追忆，多年过去，依然"风吹不散"。不过我们要明白，这只是"另一个尘世"缺乏魅力之下的主观念想，否则诗中不会充满无法排解的惆怅。

《早晨》：

原谅我没有离别语或者欢迎词/女贞树落了一地珍珠/我忽略季节的欺骗，写

到"落花的窗台"/我们总误解的贫瘠之地/其实不在脚下

在迎来送往的"应付"之外，人与人之间往往饱含许多真情、深情。昔人借景作主观抒发的，不在少数；对自然的观照，今人似乎少了些。景是景，人是人，情是情，需要一种自然而然的"联结"才能有机融合，否则难免生硬、勉强。"贫瘠""不在脚下"，那在何处？远方？心灵深处？这首诗的末两行给人丰富的想象和思考空间，值得我们细细咀嚼，作出多元的理解。

《伏笔》：

时间在加速对万物的审视/它拆掉了从前的春天/无论怎样调整取景框，景深，虚化背景/镜头里的生活/依然回不到平静如水的日子//终将会有这一天/被无限索取的万物，惨不忍睹/多少年后，世界停止了喧嚣/我们回到远古时代/素衣简食，草木如织//无力挣脱城市牢笼，人间深寂/或者需要探寻另外一种语言/回归那里的纯洁/"我们活过的每一天/都是命运的伏笔"

涸泽而渔，杀鸡取卵，都是"伏笔"。人类若不加收敛，或者满足于理念倡导，面对的必将是大自然的报复，那将是关于"伏笔"的照应——生存境遇的高度恶化。这首诗具有鲜明的警示意义，读到它的人都该用心思考。

《芒种贴》：

雨水蓬勃，借助种子养育理想的人/目光无比辽阔/譬如我的乡下父母/他们以土地为己任/俯身，影子倒映群山旷野水田间/运筹秋天的事物

句子层面，这首诗指的当然是农事视角的春种秋收。但如果我们仅仅局限于这种理解，势必会影响到对其题旨的深层发掘。

《良辰》：

你常描述这样一个旷野/群山连绵，星辰依稀/柴火在侗家老木屋内闪亮//萧瑟中的寂静/流水迁回，野木姜花漫山遍野/穿过云贵高原的风/穿过幽绿的原始松林//你风尘仆仆，回到出生地/仍然带着羞涩神情/许多人在外地风光无限/唯独

你，把故乡当作今生的良辰

贫穷，落后，闭塞，是现代文明"审视"乡村的结果。乡村的静谧安好，在赏识者热爱者的眼中心中，美并不因此而减损。那种源自农耕古国的悠远的精神根系，并不因跻身都市就可以恣意抹杀。从物质建设层面，我们希望乡村得到改观；从情感归依的角度，我们又向往回到从前，特别是淳朴简单的人情味——这并非悖论。

《你爱过么》：

繁华依旧，春天辽阔/后山的桃林推掉种了房子/这些被命运驱赶、无数次消失的花树/如今去了哪里//站在一尘不染的城市森林前/春天好像从这里/消失了。旧年桃花在眼前婉转过//同时消失的还有鸟鸣，雨水/和风吹草叶声//你爱过么，那隐隐刺痛/感觉眼睛里被掏空了一部分/想起曾经粉嘟嘟的颜色/心里又柔软了起来

这首诗不动声色地对"拜金"行为予以揭示。毁坏是频繁的，生存是倔强的，桃林是美的。然而，当人的物质欲望打破了对美的珍惜与赏识，一切都变了，变得恶俗和丑陋。标题的诘问，足以令人汗颜，进而反省自身的贪婪或忘本。

三、含义隽永的部分诗句或诗节

我说出一个意外事件/真相被另一个瞬间/轻轻覆盖（《秘密》）

所有表面美的事物都是脆弱的/伤口必须隐藏（《你的名字》）

我们要学秋天的露水/捕捉最后的荣光（《晚霞》）

我们都自诩对生活无所畏惧/倘若在夜里痛哭/请不要错过黎明（《晨星》）

谁没有比海水更深沉的心事/因为爱，我将活过/比前世今生更长的时光（《因为爱》）

时光被嚼成黄连，苦涩浸入舌尖/亲爱的，请保持嘴角上扬/优雅地站立风中（《秋天的海》）

远山静寂，近水无忧。越来越空了/人间留白处/何止一个秋（《秋日》）

如今我是一个远离故土的人/梦里有遗落的玉米和稻穗/收割后山坡红蓼如云，苇草似雪（《归途》）

把酒向苍穹，心中无限事/只能在秋风里/轻描淡写（《重阳》）

原有些人，走着走着/就散了/秋天，我们去看叶子吧/无数叶子彼此依存，看似疏离/却生死相依（《朴素的理由》）

除了雪留下焚烧的白/如今村庄空荡/故园已无声（《茫茫》）

苍茫人间，只要还有深爱的人/就不能停下脚步/再落寞的梦境，终有尽头（《临窗》）

四、综合印象

人间烟火隐含很多俗气，却是生存的前提，只要不变得恶俗，就无可厚非。可以肯定的是，在人间烟火之外，有杨燕的纯美的诗歌。杨燕的诗歌里面，却没有回避或粉饰人间烟火中那些晦暗的角隅——世界并不完美，任何一位有责任心的诗人，都不应该避讳。

杨燕的诗歌，在提供审美愉悦的基础之上，足以引起我们的共鸣或思考，这是其魅力所在，更是其价值所在。

2022-04-26

我们能走向何方？

——读戴冰诗集《尘世的鸟群》

《尘世的鸟群》，是国内知名作家戴冰先生的第一部现代诗集。戴冰先生的主业是小说，之前是音乐。诗歌在其创作生涯中其实很早，起点也并不低。经营小说多年取得成就后重拾诗歌，纵然不说厚积薄发，至少也是成竹在胸。

现代诗没有必须恪守的范式要求，于是某些名流便不约而同地糟践、炫丑，近些年颇受诟病。相比之下，这部由小说家反串角色而成的诗集，却以一种严谨的态度，收录了许多让人刮目相看的作品。关于现代诗的构成要件，我有一种固执的看法：情感共鸣，思想启悟，二者必居其一。用心审视，在《尘世的鸟群》中，绝大部分篇什都具备了后一种特征，特别是对一些终极问题的探秘，更引人注目。以下从不同侧面，各取几首，稍作分剖。

一、万物

时间空间、有形无形、已知未知的"存在"，都在"万物"涵盖之下。

《万物的阴影》：

一个苹果掉到地上/我触痛了手指//花朵自一只蜂鸟的喙中/尝到自己的蜜//蜥蜴吞食同类/生下另一条蜥蜴//万物比较完各自的殊异/躲进同一片阴影

苦乐生死，万物各异，由此成就了世界（宇宙）的纷繁。差异之后是"无差别"。诗中的"同一片阴影"，喻指形消散后永恒的"空"，会心处岂不喟然？

《某物》：

从前，我觉得被某物占据/以一种我不得而知的方式//后来，我觉得我囚禁了某物/以一种我不得而知的方式/现在，以一种不得而知的方式/我知道，我就是某物/而某物/已经不辞而别

这首诗题目较有意思，"某物"。"某物"是什么？物欲？理想？灵魂？情感？"冥冥"之中，可以从多种视角，做发散性理解。只要不真个将其系于可触可感的"某物"，似乎就可以。

《我无法想象的事物》：

我无法想象/之前的无穷/如何穿越之后的无穷/避开时间的两岸/来到了我

这首诗表达了"我"在时间长河中对自身的困惑，但角度新颖，不是困惑于自身，而是困惑于之前和之后的"无穷"，如何"避开时间的两岸""来到了我"。在这里，施事、受事双方互换了"身份"。人类有明确的自我意识，有主观能动性，有无穷的愿望。不过，这也许是一种悲哀，因为这"自我"，在万物面前，在时间面前，是那样的脆弱和短暂。

《废墟》：

文明/冷却的/骨殖//历史/扔在半道的/残渣//时间/不可抑制地/想要坍塌的/激情

怎样看待废墟？这首诗提供了一个冷峻的标准。从实用角度，部分有兴亡反省价值，部分有文化考证价值，或者有旅游开发价值。但在无穷的时间面前，废墟昭示的沧桑转瞬即逝。

《静物》：

沙漠　骨头/乌龟壳/然后是一颗潮湿的眼珠

这首诗可能要算整部集子中最短的，然而其价值并未打折。沙漠曾经林木丰美，骨头和乌龟壳曾经支撑或保护过鲜活的生命。光有这些不足以构成一首诗，

于是，一颗"潮湿的眼珠"让岑寂的画面灵动起来，诗意盎然。这里的诗意，并不轻快，而很凝重，因为凝视它们的，是一只悲悯的眼睛。潮湿是因为动情——当然是场景之外的打量。

二、人

人自诩"万物之灵长"，在万物面前却又是那样的微不足道。思考，作为基本属性，不知道有多少人真正掌握并运用了它。

《一个人的时间》（原文略）：

这首诗反映了一个身体和灵魂都被困住而不停地吃糖的人，时间对他来说漫长而又枯寂。他本该有所期盼、追求或挣扎，但"糖"似乎让他迷失了方向。诗的末节只有两行，"他在等他的时间到来/好去出生，好去死亡"。在这里，"出生"或"死亡"，都是他未来的宿命。毋庸讳言，"这个人"正处于一种要死不活或者说求生不得求死不能的境地。然而，因为"糖"的存在，他放弃了摆脱的愿望和机会，其"痛感"应该也不强烈。需要指出的是，"这个人"，具有普遍意义，并非特例。

《一个人的影子》：

有人在只有一盏路灯的/小巷里，来回奔跑/汗珠飞溅，如雨天的泥浆/面朝我时，他像在逃避他的影子/背对我时，他像在追逐他的影子/我不知道他是醉了，还是疯了/也不知道他什么时候会累得/猝然倒下。我只能揪心地/看着他。直到黎明前/我用弹弓击碎/那盏路灯。影子消失/他才停下来/茫然地醒了

这首诗的隐喻意味不难勘破。诗中"这个人"似乎在逃避，又似乎在追逐。他来回奔跑，累得快要倒下了，依然不肯停步。他所逃避的，定是抗拒的；所追逐的，定是向往的。究其实，没有了"光"（路灯），影子将不复存在，他也就不会徒劳地奔命。——"这个人"，也不是孤例。

"我"在诗中的意义，颇值得玩味：首先是与"光"（路灯）保持了恰当的

距离，其次是有足够的清醒，再次是知道症结所在，最后是懂得解决之道。

《旅行》（原文略）：

"我"背上背包在家中"四处游走"，就完成了满世界的旅行。作为一个细节，这可以很真实，也可以很虚幻。世界之大，大不过人心。当我们可以在屏幕前周游列国而不用劳动身心，还有什么"奇迹"不可以有？虚是一种景，实也不过是一种景；当虚实的边界可以模糊，旅行的意义又体现在何处？这里的旅行，自然属于广义范畴，时间空间的跨越，都在其间。

《我摸我身上的骨头》：

我摸我身上的骨头/发现它们有一种确切的形状/不像附着其上的我的皮肉/那样模棱两可。我有点困惑/又有点害怕，我不敢肯定/哪一个才是我的真相/从此，我说话时/一方面言之凿凿/一方面语焉不详

表里如一，在道德领域颇获首肯。与其承认那是一种状态，毋宁说是一个目标，因为人对自身，无论是形还是质，认识都很不透彻。既然如此，不假思索动辄许诺或承诺，便近乎轻率。

三、万物的真相

真相是什么？探查并不容易，加上认识对象的似是而非，很多时候我们只能说不知道。唯其不知道，诗性探秘就有了契机。

《有些时候，有些事情》：

有些事情/你永远无能为力/比如不翼而飞/比如无水而泳/比如你想弄明白/心中突然出现的一阵悲恸//有些时候/你被指引/但走到一半/发现不过是某人/无意识地/举起了手

科技发达消弭不了人类在万物面前心想而事不成的苦恼，特别是经年累月孜孜以求快要实现目标时，骤然发现那仅仅是个泡影——别人一个无心的举措罢了。后悔、沮丧或怨尤可能都会接踵而至。先知先觉者只存在于传说中，除了自我宽

解，重整旗鼓，再无其他。

《世界之窗》：

这世界有一扇窗/挂在高高的墙上/只有尚未出生/和已死去的/几个哑巴/知道/它是照着另一扇窗/画出来的

"这一扇"窗极高，人们很难知道它是实物还是仿品，客观上也不会关心。因为哪怕活在"镜像"中，许多人也能拥有存在感、幸福感。知道真相的只有几个哑巴，有的还没出生，有的已经死了。那么，又由谁来"洞察"这一切？小说创作中的上帝视角，"借用"到这里，或可算作一种思路。

《左手边的黄河》：

凌晨两点/火车驰过兰州的边缘/广播里说，黄河/就在我的左手边/但窗外一片漆黑/我什么也看不见//车厢里的人都很激动/他们在玻璃上/压扁了自己的脸/一排一排的后脑勺/对着我，没有表情/我对着空荡荡的过道/没有表情。后来/我枕着两条清脆的铁轨/像枕着黄河迟缓的波涛/睡着了。就这样/因为错过了伟大的黄河/我记住了那个面无表情的夜晚

我相信这首诗是写实的。情节层面极为简单：深夜路过黄河时，许多乘客听了广播后立即涌向车窗，激动远眺那"一片漆黑"，只有"我"原地不动。明知什么都看不见还要趋之若鹜，那些乘客除了好奇，还有盲从。

黄河的真相，于是只有各自心目中抽象的"伟大"。别人"压扁了自己的脸"，还是和"我"一样，都印证不了。远点说，黄河艄公在白天也同样印证不了——他们只在很短的河段劳作。

《纸团》：

窗户的灯光熄灭/你扔出一个/纸团，朝向夜/有人拾起来/背对你/慢慢展开/一小片空白

这是一首充满生活趣味而又值得咀嚼的诗作。作品中的两个角色，是默契互

动还是各行其是？是彼此约定还是单向恶搞？读者可以有不同的猜测和理解。

四、终极问题

关于终极问题，各有不同的表述，但其核心，不外乎生与死，包括自我意识。在终极问题面前，科学束手无策，哲学陷于思辨，神学玄而又玄。于是在诗性探秘过程中表现出来的意象组合之奇、之美，便值得向往。

《预感》：

它来自虚无/却向我靠近/像凡·高的麦田飞出鸦群/像那张惊悸的脸/站在蒙克的桥上/越过宽阔的河面/冲我吼叫//我从未有过这样的感觉/这让我的每一天/都像最后一天/而我/试图在它到来之前/做完人生中的每一件事/然后转身/抱头弓背/承受一次/虚无的猛击

这预感是"不祥"的，也是神秘不可抗拒的。若能将每一天都过成"最后一天"，心有不安，却格外爱惜，生命效率得以提升，是否也算好事？作为旁观者，我们不缺对"当事人"的安慰；一旦"当事"，可能又要反过来接受鼓励了。

《生锈的铁轨》：

没有什么比两条生锈的/铁轨，更能代表远方/直到未知//凡是踩着那些枕木/走过去的人，据我所知/都没有再回来。回来的/只有自相矛盾的传闻/而那些传闻，跟着最新一批/离开的人，再次出发/这次，就连传闻/也不再回来//我曾设想，铁轨的尽头/会不会是时间的/坟场。我们是不是应该/感谢，或者庆幸/没有任何消息，回来/打扰或者证实/我们对那尽头的恐惧

从出生到成长再到迟暮，整个过程对人来说便是"人生"。除非不曾存在过，否则万物包括人，都有始必有终。诗中的"远方""未知"，不仅是万物的延伸与归宿，也是人生不可逃逸的最后一段。面对"尽头"，恐惧不会管用，祈求和愤怒也不会管用，那么，达观一点又如何？物质层面，"来去无牵挂"；精神层面，起码可以留下一点什么。

《死亡》：

前天是一支手枪/今天子弹才追上我/如果我知道/扳机已在前天扣动/昨天我一定/不会快活。

褊狭是一种活法，坦荡是一种活法，精明是一种活法，懵懂也是一种活法。在法律和道德之下，只要无损公序良俗，各种"活法"似乎就没有高下之分。世界充满了偶然，人生有诸般无奈，与其镇日忧虑，"难得糊涂"有时候反而值得推崇。种因得果，也是这首诗的题中之义。

五、对现实的反顾

当下时空，谓之现实。人有所倚，事有所托。诗人通过作品反顾，就成了一种必然。

《卡夫卡的城堡》：

在一片纸页的空旷，他砌砖/建一座城堡。困住自己后/他开始等待。想象一个和他一样的人/如何从城外进来，与他会合/为此，他设计了所有的障碍/并让那个试图进入者/在每一道障碍前被撞得粉碎/肉身和激情从未停歇/粉碎的仅仅是每一次试图进入的愿望//游戏无限循环/最后就连墙砖/都感到了厌倦。它们顺着书房的屋基/悄悄坍塌，让试图进入者葬身瓦砾/而把毫不知情的卡夫卡/永远留在了那片/等待的悬崖上

就深邃和未最后竣工而言，这首诗中的"城堡"，可以与《红楼梦》媲美。区别也明显：《红楼梦》不设防，一众读者紧贴着修建了若干"偏厦"，却纷纷标榜自己建的是"主楼"；《城堡》障碍重重，"成功"让众多读者知难而退。"城堡"的建造者卡夫卡偏偏不谙就里，兀自徒劳地等待。

所谓曲高和寡，作品太艰深很容易失去受众。——故意让人读不懂另当别论。

《古井》：

古井还残留在/闹市的隐秘之处/没有干涸/只是水位下降到/人眼不及的地方

//苔藓壁立，灰白的贝壳/散落，像几辈子的铭文/仅供参考又颇费思量//我捡起一颗石子/想扔下去/但手刚抬起/又放下//我害怕/有水/溅出来/淹没这座城市

不知别人对这首诗作何理解，我体会到的是对传统的敬畏。"现代化"高歌猛进，欢呼无可厚非；传统节节败退，警醒实属正常。相对于绵延数千年的传统，"现代化"时间太短，关键是它还有"软肋"——电力就经不起考验。换言之，乡愁所系，面朝传统，我们的敬畏之心不可迷失。

六、结语

在《尘世的鸟群》这部诗集中，还有很多值得我们品味的作品，比如《城市叙事》中乡村（人）与城市的隔膜，《发烧》中乡村（一角）的凋敝与荒寂，《蝴蝶》中揭示的形与质不可割裂的依存关系，《卖火柴的小女孩》中人们善念和恻隐心的缺失，以及《让我告诉你》里面"历史"的不可靠与不可信，等等。篇幅所限，无法列举更多。

作为地球上最高级别的灵长类动物，人类"研究"太空已久。"宜居"处寥寥，且"里程"动辄以上万光年计，我们又能走向何方？目下不知道，在可以预见的将来也不知道。囿于自身的局限，我们甚至没法抵达万物的真相；哪怕仰仗"神力"，也无法洞见万物之外的光景。幸好，在科学和哲学之外，我们还有诗歌，还有诗性探索。它至少比纯思辨的东西更形象，更生动。

基于对未知的困惑与好奇，我个人偏向于阅读具有思考、求索精神的诗歌。这样的诗歌凭借诗性的意象、灵感的火花，往往会交织成璀璨的星空，照亮精神的一隅。只是，在我的阅读印象中，这样的作品太少了。最后，祝愿戴冰先生继《尘世的鸟群》之后，新的诗集早日问世，让我们得以领略更新的风景。

2022-08-12

世界值得在乎

——读杨庆祥诗集《世界等于零》

接触《世界等于零》，相当偶然。某次与人闲侃，知道这是一本诗集，还得出这是一本探秘未知的诗集的判定。见惯了太多缺乏艺术和思想内涵的堆砌之作，这个书名给人新颖与神奇之感，于是买了下来。

《世界等于零》由上海文艺出版社于 2021 年 9 月出版。作者杨庆祥，20 世纪 80 后，当代诗人；此前出版过其他诗集，还不止一本。书到手后迫不及待浏览了一个大概，没有找到想象中"探秘"的迹象，有些失望；再读，小有欣慰；三读，部分篇什令人深有感触。以下，便是三次阅读的印象或心得、书末诗论摘录与综述，但详略各异。

一、未达预期的第一印象

说未达预期没有夸张，部分篇什真的较难找到诗意的美感，也无法从中获得足够启迪，似乎只是一些零碎的"现象"。它们少有诗意，只是一种混沌、杂乱或无足轻重的"存在"。哪怕"存在"等于"合理"，其中的相当一部分，从诗歌角度审视，也很勉强。

单个篇什不说，这里只说两个系列。"饮冰"系列十首，似乎只是在絮叨一个个较为松散的"世界"。其中一部分提及一些场景，但多数给人一种并不真切的飘忽感。五首截句诗是另一个系列，从敦煌到青岛，从鼓浪屿到大运河，再到邯郸，除了抓住地域特征（当然是经过高度抽象化的特征），诗意的美感还是不太明显。

二、"零"被赋予了特别的含义

相对于终结，万事万物此前全部的存在过程都可以界定为"空"，形影不再，行迹不再，空无，虚空，"归零"或"归一"。在"归"的特定语境里，"零"与"一"含义等同，这是个有意思的现象。

《世界等于零》，既是诗集名，也是集子中一首诗的标题。全诗并不长：

对微微颤抖的尘埃说：我来过/对尘埃上颤抖的光影说：我来过/对光影里那稀薄得看不见的气息说：我来过//每一件衣服都穿过你，来自中原的女郎/你坐在门外等一个黑色的梦把你做完/你手握石榴提醒我戴假发的人来自故乡//与此同时/对比深井还深的眼睛说：我走了/对比眼睛里的细雪还细的寒冷说：我走了//每一句话说出你，舌头卷起告别的秘密/你采一朵星辰的小花插在过去的门前/愿我们墓葬之日犹如新生/来过又走了/世界等于零

这首诗共有五个小节：第一小节是"我"的告别，但告别对象都是微末之物（尘埃、光影、气息——三者属于包含关系），内容都只是"我来过"；第二节是对"你"（来自中原的女郎）的状态陈述；第三节类同第一节，告别对象依次是眼睛、寒冷（二者也属于包含关系），内容都只是"我走了"；第四节类同第二节，也是关于"你"的状态陈述，同时有希冀："愿我们墓葬之日犹如新生"；第五节重复前面的"来过"和"走了"，然后将世界归结为"零"。

需要注意的是这首诗的第二节和第四节，主语和宾语倒置，受事主体成了施事主体，使得"物"相对于"人"，更具有主观能动性。换个说法，"人"的"支配"地位，降格为与"物"平等，而没有高下之分。事实上也这样，在万物面前，人很渺小，而且很短暂。只要造化发威，人基本上就束手无策，甚至只能坐以待毙——各类自然灾害足以说明。

其实，在诗歌之外，人不过是万物的组成之一，不会先于万物产生，也不会

晚于万物消亡——即使能局部地"凌驾"万物，也不过是短暂的表象或幻象。相对于具体的人来说，出现以前（严格说是能"感知"以前）和消逝以后，世界都只能为"零"，因为它不被感知和描述。

对于"世界等于零"中的"零"，诗人杨庆祥先生在诗集末尾《从零到零的诗歌曲线》那篇诗论中，有特别赋予。——这个内容放到第四部分。

三 文字深处的悸动与幽思

"我"几乎是整部集子中观照万物的出发点与立足点。第三次翻阅，我注意到了文字深处部分与悸动或幽思有关的篇什，以下略举几例。

《一代人》：

大地的暗色苔藓在祖国的皮肤上成群绽放/同时代的人们又在酒精的鼓励下咒骂不存在的父亲/我在他们中间沉默如阴影//然而，父亲已经死了，母亲正在死去，/我也将紧随其后、尸体在冰凉的晚风中挂在枝头燃烧红色的灯笼。//我睡过的土地，我游过的湖泊，我不能触摸的无形的爱人图谱。/是什么样的悲欢吹动遥远的旗？/是什么样的旗卷走了什么样的风？//盲目的祖国龙为我点亮灯/它意欲在祖先的悲风中/痛哭一场/而我们，我们呀——/失去了眼睛的时刻就是失去了敌人和爱人的时刻啊

这"一代人"心灵上沮丧行止上糟糕。他们不甘、不满，却没有积极的对策，只懂得在酒精支配下咒骂泄愤，而咒骂的对象早已消失。最后一个诗节中的"而我们，我们呀——/失去了眼睛的时刻就是失去了敌人和爱人的时刻啊"，有一种哀其不幸、怒其不争的无奈。"我"并不在"我们"之中，从第一节"我在他们中间沉默如阴影"可知。没有清醒理智的眼光，爱与恨都无从谈起，这样的人生无益于己、不利于人，意义何在？"这一代"是沉沦的，诗中的一些意象，含蓄地体现了这点，阅读时不可不察。

《假装有很多人在想念你》：

假装有很多人在想念你/假装有很多人不睡/等雪花，把冰之心带给你/还有一副枫叶的手套//假装那是晚上，夜话围炉/森林温柔地呢喃/有很多人假装迷路/为了找到你//假装很多人相遇相爱/很多人找到很多个你/假装他们都哭了/他们许诺不会离开你

这首诗貌似充满了人情的温馨，实则反衬了人际的冷漠和疏离。放眼而今，几个人不会假装？又有几个人不曾假装？假装并不一定意味着"恶"或者"坏"，当心理期盼与现实存在落差时，当某些方面"比"不过别人时，在心中臆想一种美好，获得暂时的慰藉，无可厚非。阿Q精神，是"假装"之一，可以说普遍存在于许多人的潜意识中。我们非但不必腹诽，反而要认可它积极的一面——对调整心态，对提高适应能力，它的作用都是显著的。缺少了这种心理，就容易钻牛角尖，有时会使自己更受伤，甚至波及别人。

当然，"假装"太过，容易成为装假。如果不分场合不看对象，弄巧成拙，那就得不偿失了。生活中，这样的情形还真不少。

《万物都忠于自己的灵魂》：

这些事不可回避：/在人世求生，在尘世求福/在今生求爱//而我只愿意：/用手求手，用唇求唇。/我只愿用心求取一滴蜜。//我自知一切所求皆空，/但我沉醉。/因为万物都忠于自己的灵魂。

诗题可视为"万物有灵"观念的延伸。其积极意义，除了"神秘"而外，我想就是平等和敬畏。我们必须相信科学，但是科学无法解释一切，更无法"解决"一切。这时候给诗歌留下一点驰骋空间，大有裨益。诗性的拓展，同样有助于鼓励人类探秘未知的脚步。换个视角思考，"万物都忠于自己的灵魂"，人呢？

《我回来看一眼就走》：

我回来看一眼河流就走/我回来看一眼渔网/他们打捞起来的塑料灿若银鱼//梅天依旧/我回来淋一身雨就走/姨娘的绣花针在壁橱一角/我回来和那只老猫打

声招呼就走//抱一抱悬梁上的蛛丝/和枯木说句话。我折一枝桂花就走,/请在下一个月夜继续绽放。//照看你们的姑姑已经五十有八,/我带一张她的照片就走。/在被废弃的祖宗祠堂前/我哭了一会/——死去的人们已经将我抛弃。/四十年,我完成这段孤旅就走。

在整部诗集中,这是较为特别的一首,情感真挚凝重,毫不晦涩,是一支诀别故乡的心曲。故乡早已面目全非,亲人们老的老走的走亡的亡,就是花草和祠堂,哪怕有人帮着打理,也依然是一片凋敝、荒芜。

诗中多次重复"就走",无非就是离开乡村奔向城市(最后一节末行似乎还隐含"追随"逝者的意思);城市虽然繁华,却不足以承载一个人无处依凭的情感,对乡思浓重者来说尤其如此。

《清明节我在北京》:

早上起来我把指南针打开/对正南方跪下/给太奶奶、爷爷、外公外婆/三姑姑、小表姐、严老师/都叩了头//窗外的桃花正盛/一整天我喝了一碗粥

这首诗反映了对故乡逝者的遥远的怀念。人已经远离故乡,置身城市,清明祭祀亲友,热闹的乡村方式不再可行,只好用内心的一份虔诚,表达一种缅怀。最后两行,"窗外的桃花正盛/一整天我喝了一碗粥",看上去仿佛是"闲笔",其实体现了一种凄清:这一天不仅无心赏花,连饮食也懒得料理。

与一家人载笑载言踏青祭扫相比,这首诗里的幽思更加真切感人。

《羞愧》:

常怀必死之心/看到满月照耀时/就羞愧了

常怀"必死之心",缘由何在?对不同的个体来说,不称心,不入"流",理想与现实反差过大等等,都可能是。在满月照耀下"羞愧",又是何故?月亮在盈亏面前处变不惊、不骄不馁的姿态,给我们提供了足够的启发。

前面提到"万物有灵",这首诗尽管是诗人主观上"悟"的结果,仍可作为

客观佐证。

集子中还有许多诗句也值得玩味，如"不是我不热爱温暖，当早茶的雾气/覆盖双唇，一道碧绿的青菜唤醒方言/我知道我必须少说多行/我在蔬果的献祭里年华不再"（《我特意改签机票回北京等下雪》）；如"那是以前未曾想过的：/相爱在深寒，我们面容沉寂而心跳狂喜/在外面，故国的春天千疮百孔"（《那是以前未曾想过的》）；又如"我在荷叶里听到/一屋子的人在谈论时代/时代是荷叶上的露珠/一晒就无。时代也是/荷叶底部的淤泥，它的上面是清水/它的下面是垃圾。它的各种层次/如根茎上的倒刺，处处都伤人"（《荷的时代性》）；等等。

阅读上面这些诗句，会令人情不自禁，产生深深的共鸣。

四、世界等于零吗？

在诗集末尾，杨庆祥先生附有一篇诗论：《从零到零的诗歌曲线》。文中阐述了一些观点，窥一斑可知全豹，本着一种认同，按小标题节引如下。

零　我个人的看法，文学和诗歌，是在原始巫术仪式丧失后，现代社会中的一个"零"。或者说，当"零"被具体化为一个阿拉伯数字序号，而丧失了其哲学内涵后，"零"的重新仪式化被落实到了诗歌里面，所有的诗歌写作都可以说是"从零到零"。从零起始，意思是诗歌的起源不可确定；到零结束，意思是诗歌的意义永远无法穷尽。真正的诗歌就在这两个零之间画出一道无法测量的曲线，这个曲线的长度与诗歌的生命力成正比。一个判断是"两点之间直线最短"，另一个判断是"两点之间曲线最长"，把这两者综合起来还可以作出一个新的判断："两点之间诗歌最长"——这并非要矫情地夸大诗歌的作用，实际上从功利主义的角度看，诗歌没有任何作用。……诗歌越是被征用，它的曲线就越短，它的光焰就越暗淡。"两点之间诗歌最长"，它仅仅强调其不可测量性与不可衡量性，它甚至是——"非在"。就像全能者是"非在"但又经常显现一样，诗歌也是这样的，它偶尔显现于一首具体的诗歌或者一个具体的诗人，但从不会因此而失去其根本的不可知性。……一首具体的诗歌当然可以被分析、讨论和教学，但作为"曲线"的诗歌却不能，它逃避一切的阐释，因此也拥有无穷的阐释。

一　我这里想要表达的是，"一"就是"自我"。这个自我，超克了"单向度"的完全现实存在意义上的自我，而指的是一种具有复杂的经验难度和历史维度的自我。

二　"二"是分裂。……相对于最初的完整——也就是零的时代——任何当下都是不完整的，碎片的，无根的。这不仅是一个现代主义的事实，也是人类诞生以来的事实，被不断剥离的人类只有借助不同的方式一次次重返那种"完整"，爱情是一种方式，诗歌也是一种方式。

三　"三"就是万物。……在中国现代汉语诗歌的写作中，来自欧洲的文化、观念和经典作家作品一直构成巨大的影响焦虑。现代汉诗已经有一百年的历史，这种焦虑好像并没有减少多少。在这种情况下，现代汉诗"习得"的气质一直非常明显，几乎在每一个诗人的背后，都或多或少有着一位或几位西方诗人的阴影。我想要强调的是，之所以说是"阴影"，恰好就是为了说明这些阴影是"习得"的，而并没有成为前文提及的那个"完整"的自我的一部分；也就是说，那些"阴影"不是一种自我内中生成的产物，而是一个客观的面具化的存在，它外在于我们的文化和我们的心灵。……任何一个诗人，都必须深入理解本土文化，才有可能平等地接受他者文化，并真正生活在一个"三"的世界中。

零　最后还必须回到零。在"三"之后，四、五、六……基本上都失去了哲学意义，它们充其量不过是"万物"的变体。……世界等于零，也就是说世界重新敞开，并获得了零一样的无穷的生命原力。

五、设问：世界值不值得在乎？

世界等于什么？从古至今有若干哲人审视过、探求过，到目前为止依然缺乏一个被普遍接受的类比之物。信仰不同，地域不同，文化或职业不同，都会产生迥异的见解。杨庆祥先生的观点，易生歧义之处在于对"零"的定义。除非读了那首诗歌，除非读了这篇诗论，人们大概率会将话题中的"零"归结为"空"。

怎么认识世界是一回事，怎么"描述"则是另一回事，在科学、哲学和宗教之外，诗歌是另一种途径。但是，在不同领域之间，在同一领域的不同关系之间，可以说歧见纷纭；无意"认识"除外。在诗歌领域，过于纠结理念而疏于创造与呈现，并不是最佳选择。

中国现代汉诗的"形制"舶自西方，特征便是"自由"——放任参差而不追求规整。我始终认为，这是不懂诗歌的翻译者所致，信、达与否不知，雅上大多做得不够好。辗转效尤，现代汉诗"形制"上的门槛便形同虚设。当下症结更甚，如不守语法规范、把词语劈开分行、生拉硬扯或生搬硬套，等等。

本人相当赞同上文中杨庆祥先生关于"三"的看法。在现代汉诗领域，向中华传统文化汲取养分和创作灵感极为必要，但"古为今用"颇遭冷落，有的创作者对古典文化的重视可能还不及域外汉学家。有趣的是，域外汉学家研究的对象，并不包括现代汉诗。反之，"洋为中用"被无限拔高，在部分创作者那里甚至成了"阴影"。不过，似乎没有几个人因"慕洋"而引起"洋界"的注意。

诗歌无法经世致用，但哪怕仅从这一角度看，世界一样值得珍视，值得描述。域外"拿来"、博采众长是一种开放的创作心态，却不等于可以过分漠视乃至轻视中华传统文化的根基。妄自菲薄与妄自尊大都失之偏颇，不卑不亢，平视才是最恰当的。从某种意义上说，诗歌创作者珍视世界，其实就是珍视自身；而"自身"，无疑包括了才气与情怀——后者在家国之上，以热爱中华传统文化为核心。

结论：无论立足点是否关涉诗歌，世界，都值得我们在乎。

2022-08-24

散文纵谈

浅谈《北平的秋天》的文外深意

《北平的秋天》是老舍先生笔下的一篇短文，写景抒情都有其独到之处，算作经典美文当之无愧。古人说"诗无达诂"，其实很多时候，文也是"无达诂"的。基于这种理由，我将自己关于这篇文章的一些阅读心得公开出来，呈请热心读者一起探讨。

一、关于这篇散文的常规理解

根据文中的一系列描叙，我们可以获得如下的直观印象：

文章紧扣北平的地域特征和秋天的季节特征，为读者营造出了自然的美和风俗的美。北平的秋天很美，很宁静，很安详；由于人的缘故，同时又很热闹，很丰盛，很多姿。从年长者（文中的小商贩、酒客之类）到青年学生，再到孩子，大家都用各自不同的方式和不约而同的喜悦迎接着秋天。

一般地，通过阅读文本获得上面的常规感知并没有离题，但是，仅仅获得上面的"感知"，显然是片面的，浮浅的——这些固然是作家想要呈现给读者的，但营造和呈现并不是其用意所在。那么，用意何在呢？

二、文中的几点"突兀"之处

《北平的秋天》篇幅不长，总共才一千一百多字，从段落看，也才九个自然段。在这字数不多、篇幅不长的短文中，显得"突兀"而值得我们关注的句子，就有如下几处。

例如在第一自然段开头，为何要特地锁定"中秋前后"而不把时限放宽？须知秋天作为四季之一，包括了三个月的漫长时光。本段中，平和的天气、蓝色的天空与远处的山峦，呈现给人的是一种宁静、祥和而美好的画面。但在这纯粹的画面美中，"大自然是不会给你们什么威胁与损害的"这句，就显得有些"突兀"，可以说是很不协调。大自然不会？谁会？

又如第二自然段，写了果品的丰盛与时花的馥郁，表现出了北平秋天的色与香，然而作家偏要加上"在太平年月……"做前提。如此强调，所为何来？

再如，作家在文中连续写了北平秋天的很多方面，但每一方面都只是三言两语，意犹未尽，不像别的作者抒写秋天的文章那样，洋洋洒洒，深入描摹，尽情抒发。差别为什么会这样明显？

综上，读者读了这篇文章，如果心中没有产生一丝疑问、一点困惑，似乎可以判定为没有认真阅读文本，至少是读后没有认真思考过。

三、关于这篇文章的出处和时代背景

通过查阅资料我们不难发现。这篇文章不是即时性写出来的游览记，而仅仅是老舍先生在他的长篇小说《四世同堂》中为一个章节所加的"引子"，是为了引出后面一个角色的出场而做的铺垫。

《四世同堂》是老舍先生的一部长篇小说，分为三部，依次是《惶惑》《偷生》《饥荒》，共计百万言，反映了日寇铁蹄侵凌之下北平一个胡同内普通百姓艰难抗争的惨淡生活。关于这部小说，历史原因造成老舍先生的部分手稿遗失，因此国内以前出版的各种版本，其第三部都不完整——少了十多个章节。幸得有识之士从国外发现其英文稿后，才"回译"过来，近年才终于出版了真正意义上的"足本"。——不多赘述。

回到《北平的秋天》这篇短文，在小说中它并没有标题，只是第十四章的开头。这部分关于秋节时令的描写，其实只是为祁老太爷这个角色的出场服务的。从60岁开始，祁老太爷每年就对自己八月十三的生日格外重视，而对即将到来的75岁生日，在日寇践踏之下民不聊生的恐怖氛围中，他的心情晦暗又茫然。

紧随"北平的秋色"的结尾处，小说接着这样记述祁老太爷的"近况"：

祁老太爷的生日是八月十三。口中不说，老人的心里却盼望着这一天将与往年的这一天同样的热闹。……

今年，他由生日的前十天，已经在夜间睡得不甚妥帖了。他心中很明白，有日本人占据着北平，他实在不应该盼望过生日与过节能和往年一样的热闹。……

接下来，小说写到了祁老太爷心神不定之际，到街上走了一圈。想象中的热闹场景、热烈气氛都没有出现，他感到的是深深的失落与不安：

他没有闻到果子的香味，没有遇到几个手中提着或肩上担着礼物的人，没有看见多少中秋月饼。……他也知道，月饼的稀少是大家不敢过节的表示。……他只求能平安地过日子，快乐地过生日；他觉得他既没有辜负过任何人，他就应当享有这点平安与快乐的权利！现在，他看明白，日本（人）已经不许他过节过生日！……

相对于《北平的秋天》，在《四世同堂》第十四章的后续描写中，关于"人事"的内容很沉重，很压抑；人们的日子，也过得很惶恐。祁老太爷从街上返回时，路上遇到卖"兔儿爷"的摊子，交谈了解到的情况是连续三天无人光顾。

四、初探作家的创作心境

在《北平的秋天》里面，大自然美好、平和，百姓安居乐业，人们至少有机会在街面上营造出或感受到一种热烈的气氛。

然而，通过前面的分析我们可以知道，那仅仅是主角之一的祁老太爷记忆（何尝不是叙述者——作家——的记忆？）中的秋天，而不是祁老太爷眼中（如前，何尝不是作家眼中？）肃杀而令人惶恐不安的秋天。小说第二自然段中"在太平年月……"的交代，不是闲笔，而是作家刻意强调的地方。"刻意"在何处？反衬外敌入侵之下北平的不太平与不安宁，以及百姓生活的凄恻与无奈。

也可以这么说，面对记忆中唯美的北平的秋天，在文章之外，作家的创作心境是相当惆怅的。视角固然是祁老太爷的，但同时也是老舍先生自己的。在文章里面，他竭力赞美和抒写北平的秋天，在文章外面，他却充满了外敌入侵、好景不再的悲凉和抑郁。简言之，河山破碎既是时代背景，也是家国情怀，后者才是作家的文外深意。

五、值得在意的创作启示

文学领域的阅读活动，对于有兴趣的创作者，有时是能提供借鉴价值的。《北平的秋天》一文就是这样。个人觉得，这篇文章至少有如下几点值得我们注意。

其一，对写作对象要有真感情。这感情爱也好恨也好，都应该是真的，但同时都贵在含蓄，这样才能给人回味的余地。

其二，避免文章空洞的重要前提条件之一，是多关注生活，观察生活，而后抒写生活。

其三，想让文章底蕴深厚，在扎实的文字功底之上，要努力做到言近旨远，或者说意在言外。

2018-12-13

乡思乡情抒不尽

——读龙戈散文集《十指尖尖》

《十指尖尖》是龙戈一篇散文的标题，被用来作为书名。或许是曾经身为报人的缘故，龙戈的散文与许多人循规蹈矩创作出来的有些不同，从布局、风格到意蕴，大多如此。撇开异同不论，概括地说，这部集子至少具有精彩和耐读两个特征。以下稍作分剖。

一

散文该写什么，不该写什么，学术上从来没有一个权威的界定，都只是经验之谈。从作品角度来说，但凡主观上初衷良好，有助于公序良俗，客观上能形成一定感染力的，都该得到认可。

就集子中的八十来个篇什看，龙戈散文的创作题材尽管相当丰富，大致上还是可以梳理归类的。将其分为如下四个部分，不会有太大问题。

（一）叙述龙戈自己的童年岁月与求学生涯的

反映童年生活的，包括《放养的童年》《小嘛小儿郎》《苞米花香》等几篇。

反映到县城的求学生活的，包括《出门在外》《"啊儿"进城》《"瘸子"学生》《"拜把"兄弟》《娃娃桥边》《补习生》《师尊先龙》等七八篇。

反映到镇宁师范的学习生活的，包括《食堂旧事》《C楼往事》《记忆犀牛路》《高高的镇宁山》《驿动的心》等五六篇。

（二）叙写龙戈自己的人际交游的

包括《握住希望》《祝福爱情》《怀念伍老》《行走芦苇坳》《回山里去》《小城文友》《在山的那一边》《云上之屯》《恋曲 1990》《月亮光光》《同学少年》《风过鸭鸡坡》《清清马槽井》《祝福永恒》《一条有故事的河流》等十七八篇。其中个别篇什极为生动地体现了龙戈的文学情结。

（三）叙述乡间人情的

涉及亲友情的篇什，包括《凹河岸边》《石匠外公和我》《接近那个小山村》《挖煤老二》《橘子青青》《背井离乡》《鬼娃儿些》《十指尖尖》《雪天的记忆》《乡村匠人》《青春之歌》《乡间酒事》《左邻右舍》《日照香炉》等十四五篇。

涉及师生情的篇什，包括《初为人师》《家访右八》《山路弯弯》《山里山外》等四五篇。龙戈的从教生涯只有两年，相对于七八十篇散文的数量，这为数不多的四五篇叙写师生情谊的篇什，已算是很高的比例了。

写乡间人情而无法简单归类的，包括《寻找那缕残痕》《医者仁心》《包村干部》《回家过年》《山村民师》等几篇。这些篇什有的主题具有怀古倾向，有的主人公非本地人，有的在表达方式上则带有"论说"色彩，等等。

（四）记述乡间山川风物与人文遗迹的

包括《红岩脚下》《老街琐记》《下寨印象》《乡场忆事》《腰岩往事》《老屋前后》《一方水土》《野渡无人》《古道西风》《三进燕耳》《梓木家园》《打鼓记事》《雷神坡下》《沙鹅场上》《春日乡间》《三洞桥边》《沙鹅三绝》等十七八篇。其中个别篇什有侧重地体现了对农事的关切和熟稔。

二

从题材角度，自然看不出上面这些作品与其他作者散文的明显差异，不过我们可以从上面每一类题材中，随机抽选两三篇作代表，看看具体作品所涉及的"次级"话题，一探究竟。

（一）《放养的童年》《"痨子"学生》与《补习生》

《放养的童年》记述了"我"童年时期的"顽劣"经历，品读之后我们可以获得这样一种印象：

20世纪70-80年代，乡村孩子的开心，绝大多数是建立在贫寒的家境之上的。历史的原因，使得家长在孩子玩乐方面的投资为零，在他们学习方面的开销也近于零。然而，孩子们的开心是真的，自由是真的，没有荒废学业是真的，玩耍时天性的"激发"也是真的。相对于多年后经济条件变好了，乡村家长们对孩子呵护备至却患得患失的现象，孩子们五谷不分却要家长大把花费的"无奈"，那个年代的孩子们反而是幸运的。他们至少可以了解、亲近大自然，至少可以熟悉农作物，包括农事。文章写的是个别，却具有共性。

下面不妨截取其中一段的部分内容，以窥豹一斑：

看了《少林寺》，一群小伙伴，都想当觉远，幻想着有一天，练就一身武艺，纵横江湖，打抱不平。经打探，流长中学有个老师专练铁砂掌，力气大得很。无奈离家远，再说，人家也不一定愿意收我们当徒弟。只好作罢，自个在家中琢磨。装一升苞谷，五指并拢，吸一口气，对着猛插，不几日，手指奇痛，且隐隐有浮肿，只好放弃。一日，灵光乍现，遂比照觉远提水，找两个胶壶，天天跑井边，装满提在手上，双臂伸直。倒满外公家水缸，又提往隔壁四外公家。如是半年，把个不苟言笑的四外公，看得喜笑颜开。除此而外，还借着各种机会，练习耐力和力量，比如，上学或放学，一律跑步；比如，讨猪草回家，就往花箩里装个大石头。记得有次，母亲在曾家窝窝的地里薅苞谷，尚在襁褓中的三妹，在家饿得嗷嗷直叫。遂用木制的小推车抬着，车里面，同样放了一块石头。从家挪到地里，二十分钟的脚程，就挪了将近一个小时，差点没把母亲气哭。

《"痨子"学生》一文，记述了"我"在初中阶段的求学生涯。我们从这篇文章中获得的印象，是一种截然相反的"苦"。

那年月，从乡村到县城求学的孩子，家境普遍贫寒，但多有一种倔强的上进心，在学习上异常刻苦，教师的开导则相对"有趣"。文章可贵之处在于对学习处境的贫寒不避讳、不遮掩、不粉饰。其实历史原因导致的贫穷是当年的普遍现象，与单个家庭的懒散或无能不相干，没啥好避讳、遮掩和粉饰的，但很多看上去一本正经的作者，偏偏讳莫如深。相形之下，这篇文章的坦率令人动容。且看下面两处细节描写：

……于是学会节约。如煮饭，一次，只能下两把米，每一顿，锅巴都要刮干净。又如油盐菜蔬，一瓶菜油，要稳倒用半个月；一斤白菜，节约一点，可以吃两顿。久而久之，习惯养成。但结果，就是饿。那时在校，早餐一般是不吃的。一是没有票；二来，也舍不得花钱。一角钱一个肉包子，就够买两斤"罢脚"白菜，更不用谈两角钱一坨的蛋卷糯米饭了。……

……那老师，一表人才，中气十足；上的是数学课，却喜欢谈人生。一日讲勾三股四弦五，讲着讲着，就讲到了陶行知：流自己的汗，吃自己的饭，自己的事情自己干。靠天靠地靠祖宗，不算好汉！继而，话锋一转：你们今天吃爹妈，用爹妈，不好好读书，将来，吃屎都要起早点。言毕，荷包里面一掏，啪！一张"大团结"砸在讲桌上：有本事，苦几年，考个学校。想吃哪样，十块钱，进馆子，胀死你！

在这部分作品中，小说般精彩耐读的篇什还有不少。单看细节，谁能怀疑它们是从小说中节选出来的呢？不妨再看《补习生》一文开头处的两个细节：

初中三年，尽管认为自己还有些小聪明，但不出意外地，我还是很正常地落选了——比我聪明的人多了！于是想：自己努力一把，或许可以变得更聪明。便在邻近的新华中学，补习一年。结果，还是不聪明。既然事实已经证明，就认命回家吧。炎炎烈日，硬着头皮在苞谷林刨了一圈，腿肚子就开始抽筋。尤为可怕的是，遇着乡里乡亲，还一个劲地哈哈：知识分子回来了？干得了活路不哦？活路活路，活下去的路。既然干不了，那还活得下去？老家朱桥河纵身一跃，耳边河水哗哗，但奇怪的是，就是不见沉底。

就在我像癫皮狗一样活着的时候，消息传来：我这成绩，被一中高中录取了。听完，一笑。继续癫皮——于一中，我还能多想吗？没多久，又有消息：不读高中，可免费补习。母亲一听，便逼着父亲，说她找流长街上的麻子大师算过，来年，利好！

（二）《握住希望》与《行走芦苇坳》

《握住希望》是一篇叙事主线不很鲜明的文章。几位主角不约而同地跟自己的爱情失之交臂，重逢带给他们的不是喜悦，而是无尽的感慨和似有若无的悸动。龙戈不经意间营造的氛围，有一种凄美，令人惆怅。所谓"机不可失，时不再来"，文中隐约呈现的似乎都是这种况味。循前例，亦引述两个细节：

……小巧动人的梅拿着一把精致的红伞，却没有撑开。已经身为人妻的她，依然还像当年写诗的那个女孩一样美丽。她微微仰着头，不急不缓地走着。她的这种姿势，总让我想起石曾经写过的一首诗：一步，又一步/我在紧张地守望/生怕那跳跃的节律/踏碎我灿烂的诗行……

那时，身为文学社主编的石一直暗恋着纯洁动人的梅。他这个来自一个边远矿上的工人子弟，一直把这份情感深深地埋藏着。他不止一次忧悒地对我说："我宁可做一个凄美的梦，也不愿去破坏这种环境、这种氛围。"同窗三年，尽管身旁不乏女孩子火辣辣的眼神，他还是一个人独处在那个小楼梯间里，写着一首首与梅有关的诗歌。

读了以上诗意的内容，谁还能坚信散文必须"以平实见长"呢？

在龙戈同类题材的散文中，《行走芦苇坳》也是一篇内涵较为丰富的作品，故事的主线，是"我"的同学、校园诗人兴彪毕业返乡后的种种失意。兴彪的姑爹发动上百年轻后生踊跃种树的号召力，不由得让人想起远在滇省以种树知名的杨善洲老人。看山老叔和兴彪姑爹两个形象，虽然着墨不多，却个性鲜明，跃然纸上。

（三）《凹河岸边》《挖煤老二》与《乡间酒事》

《凹河岸边》写了六叔与英姐的婚恋，以及随之"伴生"的"我"对幺姐懵懂而半途夭折的"爱情"。年龄上的不对等加上平素不多的交集，注定这只能是一份失败的情缘，虽然幺姐当初的"允诺"很爽快。多年后幺姐的女儿长成了另一个出色的"幺姐"，对这名出众的大学生，"我"曾有的教她学诗的念头只好打消。从隐隐的落寞中，读者却可以感受到"我"的某种欣慰。

《挖煤老二》写了家乡部分长辈当年人工采煤的一种极度"另类"而艰难的"活法"。作品以"我"曾当过民办教师的父亲为例，他们对下一代满怀着殷切的期盼，不遗余力苦自己磨自己，只为了孩子们能上学，将来能有个好的未来。文末，话题一转，写外公大年三十与人进煤洞挖煤，遭遇"阴火"。看得出来，"我"对卦师给挖煤人"看鸡卦"卜吉凶，是不以为然的。这篇作品并不以塑造形象见长，但人物形象尤其是文中的"父亲"这个角色，还是不期然而然地立起来了。且看下面的细节：

当过民办老师的父亲，后来也进了煤洞。那一年，我刚好小学毕业，所有学生，除了公办教师的子弟，一律录取在沙鹅农中。拿到通知书，老爹就黑了脸，跑到清镇，托了几个人，好说歹说，总算在清纺子校，得了个名额，但前提是要交高费，一学期二十八块钱。回到家，老爹就进了煤洞。在大伯家堰上大田坎脚的河沟边，新开了一个洞口，伯伯叔叔姑爹，几个人，轮番往里刨。老爹干活不行，开始那几天，实在吃力，刨不动了，就去抽水。一包谷草，外面套层牛皮，绑在龙杆底部，往碗口粗的大胶管里一塞，伸进洞里，就开始拉拉扯扯。可能是太累，每次我送饭，大家都在狼吞虎咽，只有老爹黑着个脸，拿双红通通的眼睛瞪着我。于是惊觉：不好好读书，恐怕这个家，就没我的好日子过了！

《乡间酒事》通过不很刻意的文字，刻画了几个嗜酒者的形象。其中最为突出的是外表严厉而内心慈祥的父亲，在子女读书的巨大压力面前，他不得不选择"戒酒"，以便进一步担起扶持他们上学的重担：

但父亲，终究还是渐渐喝得少了。不是身体原因，而是环境所致。我们几姊妹的书学费，就是一座山。大山面前，再高傲的头颅，也得低下。上中学的日子，父亲的腰杆，已低得不能再低。他吸烟，是乡间老头抽的那种叶子烟，装烟的工具，也变成了爷爷用的"老巴斗"。没有长吁短叹，整日里，父亲少言寡语。五黄六月，田间回来，面对一锅酸菜，一碟蘸水，他总是咽不下。母亲就去换酒，三斤苞谷一斤酒。倒半碗，端在手里，久久不见入口。父亲的沉默，总让一家人害怕。我想，他就算像当年那样一脚把我踢进热腾腾的猪食锅，我也不会怪他。但父亲没有踢我，甚至连骂，也没有听见。但父亲还是爆发了，在我中考名落孙山蔫巴巴回家的时候。他喝酒了，整整一瓶。而后躲在帐子里，号啕大哭。那场景，撕心裂肺。见我也跟着哇哇叫唤，父亲反而嘿嘿嘿笑起来：儿子，不要哭。过来，老爹给你擦眼泪。今年不行，明年又来！

实际上，在乡村，除开疗伤和缓解疲劳之外，很多嗜酒者，都是放浪形骸的性情中人；即如文中的"钱二狗"，也算不上"坏"。

（四）《老屋前后》《梓木家园》和《春日乡间》

《老屋前后》由两株苦李树入手，写到"我"儿时的顽皮：将家中的猪、牛和门槛都当作了跳跃跨越的"练武"对象；奉令与父亲栽树自得其乐，捅黄鳝却只是养着玩，最后不知所踪；捉蚂蚱煎炒倒是有趣，却改变不了生活的滋味；……当年曾经雄势的老屋，曾经美好的种种，最后仅剩下残缺的记忆。

《梓木家园》记述了门前的斜坡种苞谷经不住风吹雨打，改种瓜菜因粪肥多长势好引来了牛群践踏，改种椿树又因水分多而"涨死"；研究后改种梓木，母亲的意愿是以后为"我"娶媳妇时"打家具",父亲则只需要它们管护水土保住屋基。后来的一次地质灾害证明了父亲预判的正确:滑坡隐患导致家园易地搬迁。父亲因为带领大家修了一条返回耕地的简易道路而被推选为村长,任上的第一件事,便是带领乡亲们在老家的滑坡地带种下了一片竹子。多年后返乡,望着茂盛的树木与竹林,"我"又将绿水青山的远景寄托到女儿的肩上。

在这部分,《春日乡间》也是值得关注的一篇。它表现了对农时和农事的关切与娴熟。春日乡间的景象是美好的、热闹的,但这美好和热闹全都源自人的勤劳,别无蹊径。

很难想象,关于农事的种种翔实到位的叙述,竟是一个远离农耕远离农活仅在早年读书之余有过简单接触的"书生"。只能说,因为曾经的躬耕经历,更因为热爱、虔诚,龙戈才会有这样准确、独到而充满感情的叙写。

三

龙戈的散文不仅精彩,耐读,仔细品味,还颇有"味道"。限于篇幅,以下只作概括性的归纳或引述,不深入剖析。

(一)温馨的人情味

像小说等其他文学体裁那样,散文有时候也会刻画人物形象,当然二者有虚与实、艺术夸张与平实叙写之分。《十指尖尖》的人情味,除了体现在对人物的塑造上,还包括人名——几乎所有作品的主人公,都只具名而不署其姓氏;关系不算近的,或者只署姓氏而不具其名。能给人一种亲切感,这在现今某些高大上的文章里面,难觅影踪。

(二)质朴的乡土味

在《十指尖尖》中,故乡的村寨、山岭哪怕再偏远,岩石、渡口哪怕再险峻,洞穴、箐林哪怕再幽深,土地、田园哪怕再贫瘠,都得到了热心的关注和到位的抒写。或许可以说,故乡的土地将会借龙戈的文笔而知名,龙戈的作品则会因故乡的土地而厚重。这是值得我们取法的地方。

龙戈行文简洁明快，不拖沓不繁冗；善用方言土语，可近可亲；对方音表意字的摸索，如掝（wa3）水、摅（lu4）鱼，等等，则生动活泼，进一步增强了作品的乡土味。

（三）轻快的幽默味

《十指尖尖》中的一些篇什，有的涉及明清时期战乱给家乡百姓带来的深重灾难，有的涉及20世纪80年代农村家庭的普遍困窘，有的涉及近些年经济条件好转后一些人精神的荒芜、人际关系的淡漠，等等。这类作品主题较为凝重，但龙戈不曾任由这种情绪蔓延，他很善于采取相对轻松的笔调幽默叙事，有时戛然收住，要么三言两语岔开话题。

（四）审慎的"思辨"味

这里的"思辨"有两层含义：一是龙戈在行文中表现出来的思考、辨析；一是在作品之外读者可能引起的关联性思考与辨析。

关于前者，龙戈是审慎的，但我们不难从作品中找到一些容易心生共鸣的地方。下面是从不同篇什中随机选取的两处：

对于老师，我想，是可以分类的。一种，爱岗敬业，课上课下，完成使命，不求闻达，但求无过。这类老师，把教育当成了职业。一种，观花走马，无心教学，数着时日，得过且过。这一类，严格意义上来说，不配称之为师。还有一种，真正把"死书"教出了"活味"，一颦一笑，投足举手，不经意间，就带着学生，走进了知识的空间，进入了化人的意境。这类老师，可遇不可求。遇上，就是学生的福气。（《师尊先龙》）

……想想今天，哪个老师敢这样对待学生？个个都是宝，含在嘴里怕化，捧在手心怕飞。鸡毛蒜皮小事，动辄到校嘤嘤嗡嗡。当然，本人无心诋毁当下制度，毕竟年代不同，管理方式各异。但我认为，孩子犯错，就有必要惩戒。别人我不

敢言，对自己女儿，我就说：错了，罚！古来求学，惟有苦读一词，时至今日，也未听谁说创造出了"甜读"。（《红岩脚下》）

关于后者，不同的读者看法未必尽同。见仁见智很正常，每个读者都只能代表自己，无法越俎代庖，尤其是在各执己见的情况下。这个问题不展开阐述。

精彩和耐读并非好散文的全部标准。在这两个"要件"之外，《十指尖尖》里的许多散文，具有独立于时尚的思想深度和情感厚度。如果可以把思想作为散文骨骼的话，情感则应视为其血肉。一篇散文，只有当思想和情感紧密结合，形成有机统一的时候，我们才可以判定说它算得上富有内涵的好散文。我认为，《十指尖尖》里的许多散文，都符合前述条件，值得读者细细揣摩。

四

和龙戈不是同龄人，然而，阅读龙戈的散文，早年经历高度相仿的缘故，我总会产生许多类同的感慨，时常掩卷太息。乡村经济条件的窘困在多年后的今天被部分改变了，但人与人之间的那份真挚的情谊与密切的关系也随之渐渐淡漠和疏远。纵向比较，一些人当年是贫穷而乐观，现在是富足而抱怨；反差导致的失落，或许就是那种被称为"乡愁"的情结。

乡亲乡情也好，乡音乡俗也好，视角固然是龙戈个人的，但其作品中蕴含的乡愁要旨，其中的思想和情感以及艺术感染力，则相当广泛，应该得到大力传播与弘扬。

2019-05-19

情到浓时无怨尤

——漫谈申时练的乡土散文和散文诗

申时练先生的这些稿件是好友杨芳荐读的；诸事冗繁，前前后后差不多读了一年。为了不负所托，在这些稿子值得评说的前提下，不揣冒昧，"漫谈"一番。这组稿件都没有注明写作时间，而只是简单归于"散文"。细读之后，我发现其中有相当一部分篇什，更应该归于散文诗——尽管作为一种文体，它的独立性尚未得到普遍认同。简单归类获得的结果：散文 13 篇，散文诗 15 首。"漫谈"的对象，于是也由"散文"扩展成为"散文和散文诗"。

结合多篇（首）作品的具体情况，我们可以获得一些具有共性特征的观感，以下稍作分剖。

一、故乡的景，贫瘠而沧桑，安详而美丽

记得多年前曾有一首歌叫做《我热恋的故乡》，其中一句歌词是"我的故乡并不美"，作者想要表达的绝不是对故乡的厌弃与憎恶，而是为了体现她的落后与贫穷，在这个基础上构想了未来的美好蓝图，同时表明了将她建设好的一种坚定的决心。这是一种怀着焦虑的揪心的爱，与时练先生笔底下对故乡悠远的爱相比，既有相同之处，也有不同之处。相同之处在于客观的物境方面：贫穷，闭塞，落后。不同之处在于"我"的主观认知：她贫瘠而沧桑，但安详而美丽。"我"非但没有将她的贫穷落后当作累赘，许多常见的景象，反而升华成了笔底下一首首久唱不衰的心歌。

下面所引的几个语段，来自不同的文章，虽然偶有凝重，但大多满怀深情，令人读后有一种亲近感、亲切感。

在沔鱼河的上游，有一个古老的地方叫对坡。这里之所以叫对坡，就是山的对面依然是山，坡的对面依然是坡，正如人们所说的"山对山来坡对坡"。这里虽然一贫如洗，却聚居着汉族、苗族、彝族、白族、仡佬族和蒙古族等多个民族。这里的人们，依山而聚傍水而居，世世代代和平相处，繁衍生息。祖祖辈辈生活在这里的人们，勤劳，质朴，善良。（《沔鱼河：不可磨灭的记忆》）

每当他放歌之时，那粗犷的歌声足以让羊群凝神，白云驻足，大山静听，溪水不再呜咽，老鹰不再滑翔，太阳不再炽热，我们至真至纯的童心也会在风中摇摇晃晃……那时的山歌于我们太具魅力了，只不过我们当时还不懂得拍手叫绝。
（《往事如歌》）

那时节，牛羊满山，雄鹰在高空来回盘旋。四野山花烂漫，黄土地里油菜花蔚然似海。童年的我们宛如逐浪轻舟，在金色的花海里嬉戏玩耍；抬头眺望，村边上探出头来的桃花，俨然释放出蓬勃生命里的似火青春。"红杏枝头春意闹"，春风带着我们执着的信念在春光里荡漾。牵牛花也会擎着无数的小酒杯爬上高高的篱笆墙，以曼柔的姿势去庆贺春天的到来。（《带着故乡去远行》）

童年的我们喜欢光着脚丫在紫色的沙滩上奔跑嬉戏，顺着清清的河水捉鳃鱼、抓虾蟹。那些成为童年美好记忆的东西，而今却搁浅在故乡岁月的深处。（同上）

秋天，柿子树上成群的果实缀满枝头，并渐渐变得成熟。秋风渐渐变凉了，柿子树枝头的黄叶慢慢落下，有的还会在空中飘悠打转，像黄蝴蝶飞舞一般壮美。走在黄叶铺满的地上，软绵绵的。如果再抬头看看那些灯笼似的柿子，心中便会产生不尽的丰收喜悦。（《梦里金秋柿子红》）

燕子斜背着剪刀似的尾巴，裁剪出春光中柳条儿的妩媚。那些爱美的柳条儿，还要在柔柔的水波中照出一个亮丽的影子。淙淙山泉从我的心坎上滑过，心灵便

会平添一份澄明和甜润。(《雨落心扉梦是春》)

人在打拼时，需要一鼓作气的勇气和力量；在困难面前，更需要持之以恒、一往无前。"水滴石穿，绳锯木断"，才会拥有成功带来的愉悦。在奋斗之余，我们不妨挤出一点时间调整自己的心态，剖析生活的得失。只有用坐山看云的态度来看待生活，才可以找出自己的真正定位。如果你感觉到身心疲惫喘不过气来的时候，不妨走进大山深处，好好体验坐山看云心自静的特殊氛围。(《坐山看云心自静》)

我知道，有一种雨滴，绝非来自大自然，却比自然之雨要柔要细，淅淅沥沥，常常夹杂在温润的月色和朦胧的飞花里。这种雨叫做心雨。它常常在月色清幽的境界里来，缓缓地，缓缓地，落在我思念的梦土上，然后又长出一片蓬勃的思念。(《昨夜飞花似梦》)

对生养自己的故乡，游子对她的情感出发点，绝不会是因美丽而可爱，只会是相反的情形——因可爱而美丽。这可爱，其实无关风光物景的好与不好，只与游子的眷恋和依赖程度有关。贫穷与落后，从来不会也不该成为任何人与故乡阻隔的理由。

此外，在散文诗部分，野菊、狗尾草、蒲公英、老屋、古井，都成了主要的抒情对象，同样也成为主要的抒情凭借，细腻地表达了真挚的爱的心声。

二、故乡的人，勤劳而执着，善良且坚忍

在时练先生笔下，故乡的人们承继了中华民族自古以来就具备的美好品德：勤劳且执着，善良而坚忍。限于篇幅，以下只转述几篇散文作品的大致内容，顺带着随机插入只言片语的点滴感想。

《感怀祖母》 这篇文章刻画了出身封建地主家庭的祖母，没有机会进入学堂，却凭着过人的颖悟与记忆力，无师自通，达到了知书识礼的程度。不仅如此，在长大出嫁后的家庭生活中，她还辅佐丈夫，管束子女，教育孙辈，堪称为人妻与为人母者的优秀楷模。除了任劳任怨、团结邻里，她还借助说唱文学等形式，直接影响到后人的品德操守、艺术修为；替夫坐牢更是她人生中浓墨重彩的一笔。值得一提的是，文中的祖母那么优秀，那么令人怀念，居然有姓无名，不能不让人感到遗憾。

《往事如歌》　文章较为概括地叙述了二伯在生产队时期承包了队里的羊群，一群孩童跟他一道放牧，对他喜欢唱山歌有了初步的了解，也跟着他学会了应对剽悍大山羊攻击的策略。二伯的山歌美妙、悠扬而辽远，让"我们"的童年生活增添了无穷的乐趣，但这一切终止于土地承包。羊群被卖掉，二伯从此落寞地度过余生，"我们"也只得离开曾经视为乐土的山野，走进教室，迈向了不一样的人生道路。二伯去世，"回归"了属于他的山野，从与他交往的依稀回忆中，"我"似乎找到了人生的真谛。

《那些婉约的乡梦》　这篇文章近乎一首散文诗。相对于豪放或者粗犷，它的确是婉约的。母亲的艰难和勇毅、辛劳与无私，故乡的山水风物给人的诗意回想，都在梦境里萦回。于是，婉约的乡梦，便成了一种隽永的呈现，即便不荡气回肠，也至少有了不一样的风采。

《想起父亲》　这篇文章通过父亲一年四季不间断的忙碌，反映了他一生的劳苦艰辛。子女长大成人之后，父亲并没有卸下肩上的担子；为了那片长相厮守的土地，他依然起早摸黑地劳碌着，无止无休。除了被病痛击倒，与土地打交道的父亲不会放弃，不会离开。文章的主角是"我"的父亲，但同一生活环境里面，具有类似优秀品格的父亲们，放眼乡村，谁能例外？又有谁曾例外？

我们不难发现，以上几篇散文都是写亲人的。文章的主角无一例外地都是极为普通平凡的乡村劳动者，但他们身上，又都同时闪耀着淳朴、善良、勤劳的人性光辉。其实，故乡之所以值得热爱，除了上一部分提及的缘由，还因为那里的亲情友情无法割舍，更无法背弃。毋庸置疑，心上没有故乡的人，将会是一个灵魂无根的流浪者，不管有多"发达"，都将注定成为一根飘飞的蓬草。

三、别样心绪，未可忽略

跟《我热恋的故乡》那首歌里面构想故乡未来的美好蓝图和想要建设好她的坚定决心不同，时练先生的这两组作品，思想感情大多是恬淡的，没有那种急切，没有那种紧迫，但从反复咏唱的多篇作品中，我们可以体味那份爱的痴迷。故乡的人、事、景、物，在恬淡的笔调里面，倾注着真诚，也充满了执着。

在写景写人之外，从题材看，散文部分还有一类是侧重于抒写心绪的。不同题材的作品，共同展现了时练先生故乡风土人情的面貌，让我们在感知他的故乡山川形胜的魅力、在赏识人物勤劳且执着、善良而坚忍的同时，也能领略到他心绪类作品笔触的细腻温婉。

《风行自由》《细雪》《我是一棵树》等篇什，散文诗也罢，散文也罢，直抒胸臆也罢，采用隐喻和象征也罢，它们要么体现了乡土之思，要么体现了人生的某些浮想，都说得上是"乡情"的有机组成。这些作品中表达出来的"别样心绪"，我们在阅读时不可以轻易忽略。原因很简单，没有故乡作为可靠的精神皈依，作为有力的信念支撑，这些作品被写出来的概率就不会太大，就算写出来，想要打动人心也不容易。

四、吹毛求疵

从作品的立意到体裁的选择，从题材的筛选到意象的布局，这两组稿子都有不少可圈可点之处，但正如人无完人那样，在我的阅读经验中，文无完文的时候也多。这两组稿子，视作有瑕疵的白璧应该是恰当的。在立意和行文两个方面，都存在着一些可以"挑剔"的地方。

（一）关于立意

在《我的写作情缘》一文中，时练先生引用了《毕节教苑》主编王克友老师早年的看法："你的散文写得还可以，就是内容不充实，篇幅太短。"绝非投机取巧或鹦鹉学舌，这的确也是我读了部分散文包括散文诗之后首先想到的。

散文部分，《记忆中的豇豆花》也好、《支嘎阿鲁湖》也好，它们的立意都是毫无问题的，但也许是工作繁忙的缘故，都没能很好地展开，主题都还有值得进一步揭示的余地。

《记忆中的豇豆花》写了两个"恶人"：第一个是曾经的生产队队长，当年批斗过很多人，有人还被斗死了，以至于"下野"多年之后，人们依然对他心存忌惮；第二个是生产队长的幺儿媳妇，骄横跋扈，得理不饶人，连孩童都不放过，甚至曾经带着一群女人蛮横地跑到家中来抢夺"我"父亲分到手的耕牛。从结构上看，文章开头较为详尽地描写了豇豆花的美，这美引来了孩童们的光顾，继而引来了黄狗的咆哮，进而引出了"恶人"田老八（那位曾经的生产队长）和他的幺儿媳妇。光阴经年，文章最后，田老八不知所"终"，他的幺儿媳妇则逐渐变得和善起来，偶尔甚至还会主动把刚成熟的新鲜豇豆分送给邻居们。

时练先生也许是想把豇豆花作为叙事的线索，让其串起两个"恶人"，同时将其作为他们的反衬——突出他们的"丑"（恶）。平心而论，想法是好的，客观效果却相对有限。我们读后的感受，仅仅是"岁月改变了人"，他们既没有在美丽的豇豆花面前自惭形秽，也不曾因为善的力量的影响而改变自己。

《支嘎阿鲁湖》是应邀采风之后写出的一篇文章，从采风宣传层面讲无可厚非，但从立意角度，也有较大的拓展空间。按说支嘎阿鲁湖哪怕在贵州乃至毕节人的心目中，其神秘的面纱都是没有完全揭开的。湖的名称的含义，它的成因、历史传说、社会价值，等等，都有极深极广的探究和展示的必要。只有这样，这篇文章才能真正地富有文化或历史内涵。但我们阅读之后获得的信息，并没有超出他乘船游览时的视野之外；游踪，对话，似乎全都局限于即时性的现场见闻。

散文诗部分，主要体现在少数篇什里面，意象的安排呈现出某种"随意"性，无论在时间、空间或逻辑关联上，都可以做得更精致些。其中，《乌鸦》可算值得再斟酌的一首。在人们印象中,乌鸦一直是"恶鸟",为它们"正名",意义是正面而积极的,但同样可以稍加笔墨,进一步深化。

(二)关于行文

一些较为明显的同音别字、形近别字,在两组作品中都时有出现;因为疏忽而导致的用词失准问题,也偶有出现。这些尽管都属于枝节问题,加以修正还是很有必要的。这个问题不具体展开,也不具体举例,深信时练先生稍微抽出半天时间,就可以全部解决。

在我看来,一篇(首)作品,好的立意相当于房屋的坚实构架,充实的情感意蕴相当于其精到的内部装修,而字词、句子层面,则相当于其门面。门面有瑕疵或者设计未必科学合理,不影响一幢房屋的坚实稳固,也不影响其适合居住的功能,然而人们对它的直观印象,却是从门面开始的。因此,作品的"门面"问题,同样不宜掉以轻心。

小结 一个"忙"字,可以概括当今人们的生活状态和工作节奏,因此对这两组作品中的瑕疵,我们应该予以足够的理解。"情到深时无怨尤",本着对故乡真诚无悔痴迷执着的爱,这两组稿子相信经过时练先生再次加工打磨后,都能成为文质兼美的好作品,感动更多的人。

2020-01-30

平静笔触里的情感波澜

——读王鹤蕾散文集《月光白白》

得到这本装帧典雅的散文集《月光白白》，有些偶然：在几个年轻人的怂恿下，半推半就地到省城参加一个了会议；会前，她们不仅帮忙要到了这本书，还请作家王鹤蕾女士签名题赠。

翻开浏览，发现篇什之间做了分辑处理，从"天上的村庄""那些生病的人"，到"故乡物事""味蕾上的乡愁""行迹"，再到"喜物""影像碎语"，一共七辑。当时就对第一辑的名称产生了好奇：莫非这是一个海拔非常高终年云雾缭绕的村落？好奇心是阅读的动力，然而，因为事忙，返乡后花了一个多月时间，才断断续续地读完这本不算很厚的集子。

读完后重新梳理，大致获得了关于这本集子的基本印象：前两辑都是写人的，第一辑写的是逝者，第二辑写的是病者；"故乡物事"，表达了对故乡风物、场景与习俗的多重回忆；"味蕾上的乡愁"，叙写了艰难环境里（大多与"我"的童年对应）故乡美食和与之相关的人文风情；"行迹"叙述了游历的感悟；"喜物"写了自己喜欢的物件，借"题"发挥之处也不少；"影像碎语"，多是观影心得。

下面，试着谈点粗浅的阅读体会。

一、粗线条的人物形象——"天上的村庄"和"那些生病的人"

不刻意塑造人物形象，不着力铺叙故事情节，是这两辑中几乎全部作品的共同特征。前者十一篇，后者三篇，篇幅和其他辑一样，都不长。

"天上的村庄"写的是逝者，有作家故乡的亲人、友人、熟人，还有病房偶遇的陌生人，惆怅，缅怀，悲悯，都只是截取他们人生的横断面，或某些生活细节。"那些生病的人"，只写了三个主角：《未输完的白蛋白》写一个垂死的老翁，因为在医院被告知预后不佳，被儿子们接回家"等死"；《听报纸的女人》，写的是一个年轻女患者，享受丈夫殷勤服侍的同时，意外发现他有了婚外情而崩溃撒泼；《海煮苍生》，则记述了一对老夫妻带着身患绝症的儿子在海滨疗养，"我"见到后的种种纷繁的思绪。

上述两辑，特别是第一辑中的主角，似乎都仅是故土情结的载体，他们在文章中得到体现，却未必就是主角——没有谁的人生经历得到周详的记载。《一个马槽》里那只马槽，被"我"的外祖父一剖两半，先后用来装殓贫病早夭的小舅舅和小姨。《林木匠》中的林木匠意外被圆木砸死后一家人立刻失去了顶梁柱，惶惶无主。《老虎须》中的猎人英雄老李爷爷为民除害因猎枪哑火，徒手搏击猛虎，与之同归于尽。《扑向火车的蒙面人》中，长期身患抑郁症的"神经诗人"葵葵爸走投无路选择自戕。《洒在江里的姑娘》里面，因为经济困窘，那位22岁的女孩病逝后骨灰被父母扔进寒江。系列主角的人生终结状态都相当沉重或惨烈，但看得出来作家在尽力淡化这种氛围。《奶奶的烟袋》《爷爷的"挂画地"》《太姥姥》等篇，通过主人公生前的某些生活细节，反映了他们的可亲可敬。《穷孩子的一生》，写曾经身为穷孩子的罗爷爷后来历练成为一名领导干部，但不改朴素无私平易近人的初心。《会飞的火车》写了"我"在外得到同学去世的消息时的感慨和联想。《"老海豹"》写的则是一个形象相对"负面"的老太太在病房里的临终情形，以及她的子女们的贪婪表现。

生与死，在人生的两端，没有谁能够自主，都只能被动地等待别人或体面或寒碜的安排。扩展开去看，每个人的生涯，能够自主的无非是成年后或长或短的一段健康时光，其余都是无法自主的。我曾经对"天上的村庄"最后那篇《"老海豹"》心存疑问：这个很俗气的角色，怎么会"混进"专写故乡亲人朋友熟人的分辑中呢？后来想明白了：在人们能够自主的"村庄"里面，尚且有善与恶、雅与俗，在无法自主的"天上的村庄"里面，又凭什么可以例外呢？作为这两辑中为数不多的"反角"之一，"老海豹"的临终无疑刻画得最为生动：

天终于亮了起来。最先到的一个女儿急急地卸下了她腰间的钥匙，那些随身戴着的黄金饰品也被洗劫一空。晚到的就吵闹，争着财产分割的事。七八个儿女，以及这些儿女的儿女把整个房间里塞得像菜场。那个"海豹"躺在那一动也不动，从此她没有了反抗的权利。或许她活着时也没有吧。

有人来给她草草地换了衣服，就被推了出去。除了蓝制服的工人，没有一个人送她生命的最后一程。

儿女们的贪婪冷酷，难道不是"老海豹"秉性的另一种折射？这个形象的意义，在于与"我"故乡那些可亲可敬可嗟可叹的逝者形成一种反差，彰显人性的纷繁。少了这种角色的空间，可信度反而会大打折扣。

在"天上的村庄"系列篇什中，我们可以发现作家是带着一种克制的心态去叙述亲人、朋友和熟人的离世的，死于非命也好，寿终正寝也好，勇毅也好，窝囊也好，都没有过多对事件脉络的铺叙。贫穷，病苦，意外，是这两辑绝大多数主角的宿命，在所处的时代，他们也许很卑微。但在具体的生活场景中，在作家的眼里，每个人的离世都牵动着亲人友人熟人的万千苦痛。这两辑文章的抒情意味不浓，应是刻意的结果，从文字之外汹涌的情感波澜，我们完全可以感知。

二、记忆的沉淀，情感的附着——故乡物事

几乎所有的篇什都行文简练，不拖沓，不冗繁，大量的留白，给人不胜唏嘘之感。这个特点贯穿《月光白白》全书，"故乡物事"这一辑更没有例外。

《小站》侧重于回忆乘坐绿皮火车时见到的窗外风景，以及关于日寇践踏下屈辱和悲伤的铁路记忆。《绿皮火车》回忆了当年火车上时常发生的逸闻轶事；拥挤、嘈杂，人们经济状况普遍困窘。《腌酸菜》《地窖——小王子似的孤独》《老井》几篇，具有鲜明的地域特色，从微观角度抒写了悠悠乡情，可触可感，可近可亲。《蚯蚓》并不以"蚯蚓"为抒写对象，从头到尾满含象征，低调不服输，生命力顽强——与大地契合度极高的农民自然与之对应。《炊烟》叙写了曾经的村庄一道温馨的风景，失去炊烟的乡村同时失去了很多。《月光白白》是集子中用以作书名的一篇，我们可以发现乡村月光的皎洁、明净，但正月十六的美好而冷清的月光，即使在乡村，到户外去欣赏的恐怕也不多。然而在有心者的眼里心里，它的皎洁纯美，甚至可以是一种牵挂。《棒槌》的主旨，是反映一种风俗人情，包括乡村女孩面对农业户口与非农户口之间存在鸿沟的不解与不甘。《窗户纸糊在外》，通过爷爷喜欢"糊窗户纸"，写到了一家人因为勤劳和节俭，免除了冻馁之苦，但文章的出彩之处，在于同情心——一对父子前来讨饭，孩子饿极了，看见窗台上的糊糊抓起就吃；曾祖父见状，赶紧拿出盐罐给他加了一点盐在里面。《悠车上的月光》，通过第三人称视角审视"我"幼年的摇车生活，童年远去，梦境依稀，"我"的回忆却令人痴迷。《炕上火盆烤爷太》，介绍了"我"的故乡居家的日常，突出了尊老的仪式感和不可颠覆的严肃性。《父母的乡愁》，记述了定居贵阳的父母时常关注故乡的天气变化，体现了乡愁的根深蒂固，包括"我"的深切思虑。《北大荒》，记述了"我"很小时父母就谋生而去的地方：自然资源丰富，土地肥沃，地广人稀，人的淳朴与互相间的友善。《奔腾的角马》是一个具有隐喻性的标题，文中虽然也写到动物的迁徙，但更多的是写国人每年春节前后定期往返而形成的"春运"。魂系故乡，作家心绪沉郁。

三、山川风物，境界空灵——行迹

与"故乡物事"不同，这一辑侧重于展现作家自己的游历，包括她自己定居并视作第二故乡的贵阳山城，以及由此辐射开去的贵阳周边和贵州毗邻省份部分景观的自然或人文之美。从不同的场景中发掘不同的内涵和韵致，对山川风物真诚爱恋，拓展出不一样的空灵的境界，是"行迹"值得圈点的地方。忽略游踪，包括忽略同行者，则是这辑作品的共同特点。

仔细分剖这辑文章，我们可以发现每一篇都不曾描写具体的物景，偶尔涉及，也主要为抒情服务。各篇什中，有诗意诘问，如《花满溪》；有拟物式的期盼，如《加榜河，冬天里被水声洗亮的白》；有对绝美风光的虔诚赞颂与禅意思考，如《诸神的山峰》；有对"天性"的审视，如《发光的白马》；有对劳动艰辛的洞察和对劳动者的尊重，如《谁将赠我青莲子》；有对知名诗歌作者的中肯评价，如《我在博鳌有一面大海》；有对意境的美好营造，如《永乐：原来桃花无关运》；有对现代钢筋水泥工程不堪一击的"微词"，如《仁智之城——都江堰》；有对曾经的友谊的纠结与释然，如《寻找"少年"》；有对"乡愁"的无奈，如《童话雪乡》（此篇"跳"回到了作家的故乡）；等等。以上诸篇，包括未引述的在内，都可看出作家热爱行旅所及，但更在乎自己的独特感受。

需要指出的是，这辑文章的情绪表达，依然多内敛而少奔放，情感的波澜藏在字里行间，值得我们细细揣摩。

四、不可忽视的诗性之美

诗性之美，在整部集子的众多篇什中比比皆是，限于篇幅，只随机摘录如下几则，不作分剖。

现在还有谁像翠翠一样能懂得茶峒的坚忍呢？茶峒淡淡地安静着，一如翠翠的等待，忧伤、美又无望。（《36岁的渡口》）

坐在小院子里，一地落英，偶有坠落的花瓣飘到茶盏里，你是真真地舍不得吹拂掉，它们能将你铁壁一般的心软下来，生出温柔的疼。（《永乐：原来桃花无关运》）

故乡多半都消失在童年里。那些山水人文、老手工工艺、老人情，老吃食，

都在现代物欲的贪恋与执念里面目全非。而更多人所赞美的家乡，是过去的故乡时日。（《童话雪乡》）

门口那棵桃树，在三四月里，像妖精一样开着花。那么高大，一树阴森森的花影压向地面，压向暖洋洋的春天。我一直怀疑，它到底是不是桃花，一身妖气，把春天的邪念写在花朵里。（《旧园子》）

海浪打湿我粉粉的裙子，浪潮退去，一些人和事被海浪留了下来。我在沙滩上细细地写下你的名字，顷刻就被水冲走了。这一刻，我想念你，想同你一起去看那些被沉入海底的村庄。（《长裙子》）

女子的忧伤纠结成麻，一如春天的对襟小盘扣。那个深藏的名字，潜行在春天的最深处，爱情就模糊地开在桃花之外。（《花冠》）

五、作品之外的一些感想

《月光白白》的诗性特征，在其他散文集子里面是不多见的。王剑平先生在序言里对此有扼要的介绍：作家王鹤蕾女士之前不仅写诗，还有二度译写苗族古歌《簪汪传》的成功经验。这"二度译写"，相对于只求意思到位的首译，应该是个进一步追求美感和诗意的过程；如王剑平先生所说，"考的正是语言上的功夫"。这不禁让人想起清末那位"不懂外文的翻译家"林纾先生，他不谙外文，却至少让翻译在"信"与"达"的基础上，上升到"雅"的高度。

很多写景状物文章，我们能够感知景的旖旎、物的生动，但很少融入作者的情感，少有生发，也就少有升华。相比较而言，这部集子里的不少文章在粗线条勾勒人事景物的基础上，抒情细腻、柔婉，孤独、憧憬或忧伤都看似平静无奇，实则波澜起伏，除了诗意的深度，某些篇什还有哲思的高度。

集子中有为数不少的"爱的呼唤"，真挚，热烈，也有一些抒情对象"你"，但都点到即止，留给读者宽广的艺术想象空间。不过，艺术境界与生活现实无法统一，也不必追求统一，在文学领域能够相互唱和并驾齐驱的伉俪，纵观古今，可以说少之又少。能够做到彼此赏识、理解、信任、尊重，应该说已经接近美满了——如果有指标可以量化的话。

在《诸神的山峰》里，作家写道："我愿分享我的喜悦、波澜和笔端的冰与火。这人世如此安静，唯有孤独才是永远的安慰和陪伴。"那么，读了这部集子之后，有什么理由不分享自己的阅读心得呢？哪怕这阅读心得只是一得之见，代表不了任何权威。

2021-01-28

立足热土的时代情怀

——读黄彩梅散文集《石头开花》

《石头开花》是黄彩梅女士一部将要出版的散文集书稿。我收到的电子版，少了油墨的清香，阅读乐趣却没有打折。全书大致上以题材、主题、体裁或情感指向为准，分为"杜鹃花开""石头开花""核桃之恋""冬日暖阳""随思感悟"等五辑。以下大致按照"热土"和"时代"脉络，稍作归纳和分剖。

一、着力歌讴的热土地

从遥远的先民开始，中华民族就在神州大地上耕耘、收获，生息繁衍，但翻阅相关的历史典籍或诗文作品，我们可以发现五千年的历史，治世少而乱世多，兵燹、饥荒、疫病轮番肆虐，黎民流离失所反而成为常态。幸运的是中华民族凭着惯有的韧劲，一路走来，自强不息，越挫越勇。新中国的诞生和改革开放的实现，特别是近年来脱贫攻坚的巨大成功，终于让陶渊明先生毕生追求而不得的世外桃源的梦想成了现实，祖国南北东西异彩纷呈。

地处祖国西南一隅的黔省，经济、文化、交通、旅游等方方面面的发展，近些年来也直追发达地区。差距仍在，但取得的成绩已足以令人振奋。受到鼓舞的人们，通过文学作品讴歌、记录发展进步的不在少数，彩梅女士便是其一。

翻阅全书，我们可以发现，抒写黔省风物人情之美的，就包括了《仰望家乡的杜鹃花》《石头开花》《漫笔神龙潭》《茶尖上舞动的旋律》《寨沙恋歌》《奇趣的罗甸大小井》《心恋务川》《桐梓花园》《花与声共鸣》《醉美的相遇》《邂逅一场土家的锦绣霓裳》《楠木渡的水　沉静而流深》等篇。这些篇章从不同角度，多方位展示了黔省的风采，景致的美，民俗的美，意蕴的美，都相当到位。这当中最值得专门提及的是"花茂系列"，彩梅女士一写就是六篇：《花茂村的土陶》《就为一句话》《花茂村的拼命三郎》《二百块钱》《花茂村的农家小院》《幸福的笑容》。花茂人的精神面貌，他们战胜贫困、耕耘幸福、缔造未来的种种努力，包括国家领导人的高度赏识，在系列文章中，都得到了生动的体现。

黔省之外，行旅所及，也是彩梅女士倾情抒写的地方。涉及川省的《走进合川》《三星堆游记》《东门市井和李劼人故居的印象》《秘碉缩影》，涉及冀省的《千里之外品你》《翘首观云梯——记河北省省级非物质文化遗产代表性传承人李亮》，涉及鲁省的《魅力日照　以爱传世》《石现梦想》，等等，无不充满了浓浓的画意诗情。绝大多数文章，都有数目不等的语段，或状景，或抒情，或发感慨，比比皆是。限于篇幅，下面仅以《寨沙恋歌》中的一段为例：

这不，广场上矗立着一座侗寨的标志性建筑——钟鼓楼。楼前有一个侗家小伙子正在到处寻找爱情哩，可是没有一个喜欢他的姑娘，原因是他不会弹琴唱歌。侗家青年男女的爱情，多半是由对歌而相爱结婚的；还有"哭嫁"习俗，女子在出嫁前 7 至 20 天就开始哭唱。哭唱的内容有"女哭娘""姐哭妹""骂媒人"等。开始是轻轻哭唱，越接近嫁期越悲伤，直到哭得口干舌燥，两眼红肿。她们把哭嫁作为衡量女子才德孝顺的标准。

二、时代扛在勇于担当的肩膀上

时代精神，时代气息，不仅在于看得见的成绩，很多时候，它也扛在勇于担当的人们的肩膀上。这里的人们，当然包括那些出类拔萃的个体，更包括那些无私奉献、默默付出的芸芸众生。打开《石头开花》，我们会邂逅《杜鹃花开别样红》里面平易近人的当代著名诗人贺敬之，会跟着彩梅女士的脚步《访国学大师文怀沙先生》《认识欧阳黔森》，会和她一起结识《一根筋的陈长吟》，会了解

《我的老师》、黔省著名画家杜宁先生——他们都是文化或文学领域的佼佼者。我们还会走近扶贫攻坚名誉村长郑传楼，会走近白衣天使张有楷，会走近搬动贫困大山的新愚公文朝荣，会走近知性美女企业家金滔，会走近花茂村的拼命三郎何万明，会走近庆祝中华人民共和国成立 70 周年阅兵式上的军人风采，会走近河北省省级非物质文化遗产代表性传承人李亮。

集子中值得我们钦佩的，当然还有许多平凡岗位上的普通劳动者，如连年义务接送高考学生的出租车师傅吴奇刚，如在平凡岗位上尽职尽责的刘孟胜，以及类似的其他许多人。

三、时代行进在脱贫攻坚的步伐中

摆脱贫困，追求富裕，是人类千百年来未曾改变的梦想，但纵观古今，横看世界，最终实现目标的，又有多少？放眼疫情肆虐之下的世界阴霾，我们可以自豪地说：风景这边独好！然而，这好风景不是别人施舍的嗟来之食，而是我们举国上下形成合力、扶贫扶志多年如一日久久为功的成果。时代的亮色，体现在脱贫攻坚的步伐中。

《石头开花》找准了跟时代的契合点，集子中的多篇文章足以反映脱贫攻坚的努力和成果，如《倾情为民步履勤——扶贫攻坚名誉村长郑传楼》《核桃之恋》《果林深处的笑声》《就恋这把热土——〈文朝荣〉观后》《这个冬天不会冷》《楠木渡的水　沉静而流深》《五星村里的"顶呱呱"》《我也跟着乐在其中》《倾情岁月　爱心涌动》，等等。这些文章有的记录了事件，有的歌颂了人物，彩梅女士都做到了笔到心到，让我们过目难忘。《相约春暖花开》是这当中较为特别的一篇，写的是抗疫，充分体现了中华民族不服输的团结和抗争精神，尤为可喜的是，我们在全球率先见到了战胜疫情的希望的曙光。

四、对历史的深情回眸

书中回溯历史的篇什或章节不止一两个，如赫章县海雀村曾经非常恶劣的生态环境，如黔东南月亮山下苗家曾经异常艰难的生活状况，等等。其中最震撼人心的，要数关于远征军的这篇。

由于各种各样的原因，赴缅对日作战的中国远征军，曾经长时间为主流媒体所忽略。当历史的烟云逐渐散去，站在民族的高度，人们重新想起了这个悲壮的群落，可是当年的很多尚在人世的远征军战士，早已风烛残年，垂垂老矣。幸好官媒与自媒体、官方与民间一起发力，他们当中逝者的名分得到了重视，生者的境遇也得到了改观。从这个角度看，《2013年不同寻常的国庆长假——走访滇缅界内的贵州籍中国远征军日记》这篇文章，是最让人心潮起伏的。这篇文章细节描叙不是很多，依然带来一种震撼，令人动容。历史，对远征军真的有所亏欠，幸好志愿者们的义举，让远征军的爱国精神得到弘扬、英勇事迹得到再现——哪怕是零碎的再现。下文所引，仅仅是令人触目惊心的片段中的片段：

当时有一位贵州老乡生病不轻，影响了部队的行军速度。连长觉得老乡已经不行了，就命令李华生执行枪毙他的任务，免得他受苦和拖累大家。接到命令的李华生，不忍心枪杀自己的战友和亲人，便把老乡扶到一株古榕树下，朝天放了两枪算是交了差，便含泪离开。

……石雕中有未成年的娃娃兵方阵，在这个方阵的右上角石雕中，有小到6岁的娃娃也上了战场，最终惨死在日寇的枪下。

五、"小情怀"里的大世界

集子中的一些篇什，笔触细腻、纤柔，看似与世界无关，与时代无关，其实不然。这些"小情怀"，认真审视，会发现它们其实也是时代的缩影，是真、善、美、爱的折射，是一个个不折不扣的大世界。

《昙花夜放》写了"我"对自家昙花开放前后的精心呵护、细心观察和满心欢喜，但并不专为赏花而写花，而是结合抗疫、防洪抗汛的紧张氛围，赋予了昙花积极而高尚的象征意义。《冬日暖阳》写了"我"40岁生日到来之际，寻思怎么度过时，街头偶遇贵州省电影家协会副主席陈跃康先生，在他的邀约下到《杜鹃花》编辑部跟省内文学界的袁浪等知名作家共进午餐。作家们的文学造诣，令彩梅女士的兴奋之情溢于言表。文章着力体现他们的文学贡献，似乎与自己的生日有点"跑偏"了，然而，不是因为友谊，又怎会有这篇文章？何况名家的作品对"我"产生了诸多有益的影响。很多时候，友谊不仅是温暖人心的源泉，还是一笔不可多得更不可取代的财富。如标题所揭示，这篇文章给人一种其乐融融的温馨之感。《红颜知己》是一篇很有意思很值得赏鉴和思考的文章，似乎在谈论，又似乎在抒发，然后意有所得。不过，审视我们的文化传统，跨性别的友谊，除非同时跨年岁或存在别的较大差距，否则不被曲解而能得到广泛认可和接受的，真的说不上多。唯其如此，才更加值得拥有和珍惜。《女人味》一文同样值得思考：女人味是什么？当然可以有多种不同的衡量标准，但其中一点毋庸置疑，那就是特有的魅力。这特有的魅力在于内在学识修养品德风格的综合外化，是一个长期的过程，不是仅凭妖冶打扮或精致化妆就能实现的。这也是一篇有趣的文章，除了可供女性读者们"研习"，也值得男性读者们反省、深思，因为"男人味"也是个值得探讨的话题。这篇文章是不是听了任雪琴同名歌曲之后的有感而发不得而知，只知道一味委屈自己或专打悲情牌而不懂得在气质修养等方面改进并提升自己，绝不是真正的"女人味"。《心境》一文共写了三个小故事，分别从同情、宽容、谦让角度，指向一个共同的主题：立身处世，厚道为本。

《幸福》这篇文章通过两个家庭的两件小事诠释了不同的人对"幸福"的不同体会：一对夫妻在收获时节驾着马车回家，一路哼唱着快乐的歌儿，他们的幸福与财富多少无关；一家人住在荒山之下，男主人听不进政府工作人员种树的劝告，只用柔和的眼光望着处于贫困境地的妻儿，他们的幸福与家境贫富无关。幸福是什么？究其实，是一种恬淡而知足的心境，它与别人的感受无关。

六、《石头开花》的文本特征

从构成要件上看，彩梅女士的文章具有如下文本特征。

写人不限身份，既有文人、军人，也有普通劳动者；既有年高德劭的耄耋老翁，也有社会底层的优秀青年。对革命先烈的缅怀，对贫寒人家的悲悯，对成功人士的祝愿，不分彼此，只要涉笔，彩梅女士都很上心。写事，多半会作溯源式的考证，但彩梅女士并不拘泥于陈说，多倾向于对历史纵深的一种诗意的拓展，其中那些美丽的传说或传奇，使得相关文章内涵更为丰富，更加耐读。写景，立足于摹写当下成就的同时，往往会着眼于勾勒其前景的美好或更加美好。写物绝不孤芳自赏，总会延伸、挖掘，设法赋予抒写对象某种积极的象征含义。写情，不拘形式，乡情，友情，借物抒怀，直抒胸臆，等等，可以说蔚为大观。有时只需要一两个拟声词，如嘿嘿、哈哈、呵呵之类，行文的俏皮、幽默等意味便生动彰显，跃然纸上。

以上这些，当然不是彩梅女士文章特点的全部，事实上，也没有哪一篇文章会专门写人记事写景状物而不涉其他——它们总是各有侧重而互有交叉，共同承担着一项项彼此不同的使命。而且，同一篇文章，每个读者的关注点不同，获得的感受就会不一样。见仁见智，从阅读角度讲是说得通的，否则"一千个读者就有一千个哈姆雷特"的观点，就不会流传广远。

从结构上看，彩梅女士的一些文章有时候仿佛给人一种"枝蔓"感，然而这非但不是坏事，有时恰好相反。有道是"文似看山不喜平"，从头到尾线性铺排的文章，就算能够出彩，也一定会很有限。就像我们信步徜徉，偶尔发现路旁有一处不错的风景，多半乐意踱进去看个究竟，然后回到主道继续向前，因为我们往往不急于赶路，不期望快速走到尽头。这类风景非但没有妨害，反而会丰富行程，让我们获得新颖的行走（阅读）体验。

七、并非结论的结语

一定要求全责备的话，《石头开花》的分辑或许可以做得更细致些。换言之，个别分辑的文章可以做些调整，比如关于文朝荣那篇，就可以移到集中谈论观影或阅读心得的最后一辑之中；类似的情形还有，不赘述。不过，各辑文章主题或体裁偶有交叉，也算有趣布局，试想如果有谁居然把花与叶、果或枝分门别类"割裂"开来呈现，一定会大煞风景。类比有些不当，道理还真的就是这样。

平心而论，《石头开花》是一部立足热土、心系时代而内涵丰富的散文集，集子中的一些事很小，一些人很平凡，但因为彩梅女士善于发掘其亮点，于是我们总能感知到他们身上那些真善美爱的闪光的东西。此外，全书叙事抒情文章没有哪一篇的主题表达了忧愁、抱怨或沮丧，几乎全都充满了乐观、鼓舞，或者从乐观、鼓舞等方面引导着读者的思绪。这不正是我们积极倡导的正能量吗？

愿《石头开花》得到更多人的喜爱，也愿你从这本书中感受到鼓舞的力量。

2021-03-21

浅谈厚楣先生的行旅散文

行旅散文，是一种未必科学的提法，因为与之同义的游记，古已有之，而且历代佳作频出。仔细斟酌，二者之间也小有差别："行旅"，可以因任何缘由抵达或路过；"游记"，则以游赏为目的，专程抵达。不过，从内容上看，某些被贴上"游记"标签的作品，关注的重心大多是同游者，不遗余力展示其丰采、叙写其资历，而对游赏对象，倾注的笔墨反而不多。包括我自己的一些文字，有时也犯类似的毛病，造成可读性下滑，但敝帚自珍，往往也不太舍得删除它们。

然而，阅读杨厚楣先生的行旅散文，我们可以获得截然相反的体验，有的甚至达到了让人痴迷的地步——文章让人流连忘返，涉及的景物，也让人产生游赏的意愿。闲来探寻原因，大致有如下几端。

一、用情很真

立意上不媚俗，不敷衍，很真实，很恳切，是厚楣先生行旅散文的思想和情感基础。有道是"平平淡淡才是真"，对于被视作第二故乡的久居之城贵阳来说，厚楣先生在《一夏清凉在贵阳》一文的笔法就充分体现了"平淡"。并非不爱这里，更非这里不好，而是一种无须修饰的真诚使然。文中如下的一段，反映了世情的真：

贵阳的仲夏之夜是清朗迷人的。吃罢晚饭，或同家人，或邀好友，或携恋人，沐着微微的风、伴着朗朗的月、牵着乖乖的狗、聊着絮絮的话，或漫步南明河畔，流连那河水摇曳着灯火流淌；或徜徉甲秀楼旁，参悟那长联包含的深刻寓意；或静坐黔灵湖边，品味远离喧嚣的安谧和幽深；或彳亍于重建的筑城广场，寻觅那悠远的韵味和深厚的文化底蕴。久居的贵阳人，已经习惯了久享的凉爽，看惯了城市日新月异的变化。他们静静地生活着，没有惊诧，也没有浮躁，更没有自得。……

具有追述性质的《山村的月亮》，文末则蕴含着人情的真：

月亮只有一个，各处映照的都是相同的月亮。感悟不同，但人们都爱明月，我想，则是源于相同的心境。异乡漂泊，举目无亲，只有那月亮自幼惯熟。望月会忘却寂寞的吞噬、空虚的煎熬。看的是月，思的尽是亲人，想的都是心事，惦的全是家园。难怪古诗人"举头望明月，低头思故乡"脱口而出，竟成千古绝唱。古往今来，妇孺老少，咸以为同。我爱山村的月亮，其义昭然。

再如《一生乡情老来浓》里面如下的一段，则反映了乡情的真：

因为我们家远离家乡，贵阳没有什么亲戚，交通那时又不方便，加上由于生活、工作等原因，致使我对礼尚往来日渐稀疏、淡薄。退了休，没有了诸多羁绊，对于至亲、家乡的感情日渐浓烈，总觉得亏欠得太多。去年3月上旬，是我幺婶八十大寿。我带着大女儿到了重庆，给幺婶祝了生平的第一次寿，心里才有稍许的宽慰。其间，我和堂妹们给叔叔上了坟。然后回到了家乡，备了香蜡纸烛，到了雷家湾，给母亲上了坟。此时正是阳春三月，坟上青草茸茸，坟前油菜花开，天上的太阳明亮而温暖。我心里在喊："母亲，儿子来了！"泪水情不自禁噙满，眼眶不堪重负，晶莹的珠串滴落在母亲坟前的干土上。

二、用情很深

在许多篇章里，厚楣先生并不满足于对景物的勾勒，而是生动描摹与细腻抒情并重，借以表达深厚的情感。如《走进竹乡》里面关于葫市的一段描写：

离赤水城往南行40公里，便是葫市。遥望山峦尽竹，蓝蓝的天，绿绿的地，清清的水。日播银花，雾笼鲛纱，有山皆有竹，是竹皆成林。茂竹偶蹿高树，幽篁遍生芳草。山色不随春去，竹枝长向人新。那竹纵纵横横，起起伏伏，绵绵亘亘，青青翠翠，仿佛气象万千的画卷。从野猪坪拾级而上，望不完的是青山，看不够的是碧岭，闻不尽的是清香，听不断的是涧吟。每当天清气爽，艳阳当空，竹林中日影斑驳，游弋陆离；竹林深处，光线如丝，风吹声起，仿佛弦鸣。每当山岚初生，雾嶂千岗，竹林若隐若现，似白还绿，轻纱柔曼，如处子新浴。竹林边人家炊烟袅袅，曲曲升腾，渐生渐长，最终与笼罩在山顶的白雾相连，分不清哪是烟，哪是雾，是烟飘进雾，还是雾融入烟。……

这里不是白描，更不是勾勒，而是浓墨重彩的渲染。如果不是倾情为之，很难想象笔触会有这样的细腻而深沉。

三、行文很细腻

善于铺排而不让人觉得烦琐，是厚楣先生的行文风格。很多篇什中的很多语段，宛如读赋，但又不像赋那般晦涩；有时又像是读诗，却不像诗那般跳跃。自然景观是这样，人文景观也不例外，如《古镇记忆》中关于牛马市场的段落：

场坝里最热闹的就是牛马市场。这里不单有牛有马，还有猪羊猫狗、鸡鸭鹅兔。凡是农家喂养的，这里样样都有。场坝是泥坝，低洼处还积着水。牲畜的屎尿到处都是，空气里弥漫着刺鼻的臊味，在仍有热度的阳光下，十分难闻。小猪崽有站着的、睡着的，也有些卧在粪栏里，更小的几个一起装在竹筐里，放得进去，却爬不出来。买卖大牲畜时，时可见牙人居中调价。卖买双方都不开口，只和牙人在衣襟里比画手指，三番五次，卖方收钱，买方牵畜，成交散去。逢此，看热闹的比卖买双方更为关切、兴奋、焦急。

再如《域外散记》中描写开普敦的如下两段：

城市后面的高山，石头嶙峋怪异，宛如大海里的礁石。絮白色的雾犹如阿拉伯妇女的面纱，时时将山紧紧包裹；偶而撩开，那美丽，那优雅，那冷峻，令人惊诧得张开嘴久久不能闭拢。山顶平坦宽阔，石缝里生长着低矮的灌木，野花随意地开着。海鸥或飞或伫，或漫步于小道，或跳跃于石头之间。远远望去，整座山宛如一张庞大的长桌,因其状而名桌山。

桌山是开普敦的标志,城市围山而建,无论在城市的哪个位置,都可以远远地看见这座山。桌山像一个坚毅的守护者,牢牢地守护着这个美丽的城市。从桌山俯瞰,可看到著名的维多利亚港。城市如巨人的双手,弯曲着紧紧将印度洋搂抱,似乎害怕美丽的姑娘从怀里挣脱。这温柔的海湾,因桌山故,称之为桌湾。

四、取舍很果断

在许多篇什中,厚楣先生的行文并不拖泥带水,取舍很果断。"取"的一面,如前述,主要表现为对抒写对象的细致描摹与细腻抒情。"舍"的一面,则表现为对行旅缘由和同行者的忽略,要么只字不提,要么仅做极其简单的交代。以下各举两例。

(一)关于行文的"取"

《一年今夜月最明》,是一篇明面写景实则抒情、同时还具有象征意味的一篇很耐读的文章。"一年中秋月最明",月亮在中秋时节最该明亮的时候,偏偏乌云密布、冷雨嗖嗖,不肯露脸;"十五的月亮十六圆",依然是漫天阴云,细雨霏霏。直到十七日晚上,才云开雾散,漫天明澈:

晚上,一轮明月从太阳升起的地方钻了出来,悬挂在高高的山尖。月亮顶上的天空,除了无边的黝黑,什么也不能看见。月亮升起的地方,灯火璀璨,明亮而富丽,赤橙黄绿青蓝紫,色色俱全,此映彼照,你炫我耀,争奇斗艳,炫眼夺目。在闪闪烁烁的灯光中,那月儿并不夺目,你要仔细搜寻,才能看见她远在东边的山上,显得娴静而雅致,清丽又俊秀。面对近在咫尺的喧嚣、繁杂,月亮显得淡漠、冷峻,傲然以对,视而不见,听而不闻,依然故我,不为所扰,根本就没放谁在心上。

再如《扬州之韵》中写柳树的部分:

扬州的柳极其媚人。且不说她承载的许多故事,且不说她是淮扬古城内在的灵魂，且不说历代诗人对她魂牵梦萦的深切依恋。你听这渴慕："第一是隋堤绿柳，不堪烟锁。"扬州的柳树很多，河边、路旁、台上、堤下、亭前、榭后，是柳，是柳，全是柳。柳枝很长，很细，很柔，且都飘忽不定地一齐往下垂坠。那姿态，飘飘逸逸；那模样，娉娉袅袅；那神态，柔弱无骨；那风情，摇曳生怜。远远望去，柳树们宛如一个个青春靓丽的少女，长着一头披散过肩的长发，既浓密又柔美。那长发，随着一阵一阵的风，忽而飘过去，又忽而飘过来。在蒙蒙烟雨中，似无限倦慵，似无比柔滑，似纤巧秀美，似弱不禁风。真是让人左顾右盼，又生怜惜，还起眷爱。柳，生在扬州便格外雅致，格外柔媚，格外缠绵，格外富有情趣。……

对一些典故的考证或传说的溯源，也属于厚楣先生在散文中"取"的范畴，只不过稍微简略些。

（二）关于行文的"舍"

有朋自安顺调来。去年春，她邀我去紫云格凸河，说那儿的景致十分奇妙，至于景致奇在哪里，妙在何处，她没有详述。我从未听说过格凸河，因之没有十分的兴趣，加之成行之日，连夜骤雨，气温陡降。残存的一点兴趣便随雨打风吹去，因之未能成行。第二天，问随同前去的人，均答"还可以"，但因述说不甚准确，格凸河在脑海里刻痕终不够深。随时间的流逝，渐行渐渺，越来越淡，以致渐渐忘却。

以上文字源自《意迷格凸河》的第一段，除了为扬而"抑"之外，这里的"舍"，也是相当明显的：除了"朋"和"她"之外，邀约者的其他信息一字不提。

黔东南多山，东看是山，西望是山，北观是山，南瞰还是山。那山一座接着一座，一叠连着一叠，宛如海洋，浩渺而辽阔；又如积云，厚重而密实。山虽逊秀美，但却葱葱茏茏、绿意酣畅；虽失挺拔，但却绵延不绝、气势磅礴；虽缺神韵，但却坦坦荡荡、泰然傲立；虽鲜隽杰，但却云横雾绕、别有风致。

以上文字节选自《山水鼓楼风雨桥——黔东南印象》一文中写山的部分。"东看""西望""北观""南瞰"八个词语，组合方式相同，都是方位词+动词的形式，彼此兼顾，配合后面对山形的摹写，将黔东南山多而各具形态的特点淋漓展现，栩栩如生。但除了这里的总括而外，后面再无"分写"，"舍"得很果断。

五、结语

在厚楣先生为数不多的行旅散文中，绝大多数篇什都综合体现了上述多个特点。引述太多容易喧宾夺主，只好打住。纵观这些散文，我们可以发现厚楣先生喜欢大量运用排比、比喻、拟人、夸张以及骈偶等修辞手法，生动传神地表达出对抒写对象的热爱。走马观花式的行旅散文，在厚楣先生笔底下是不存在的。每读完一篇，我们都会油然产生到彼一游的想法，而不会像翻阅另外一些无法卒读的游记文章那样，毫无所感，更无所得。

厚楣先生的行旅散文具备的几个特点，除了周详的观察感知和扎实的表达功力，归根结底，还缘于他对时代、对生活的深沉热爱。如今，先生辞世已将近两年，但他的人品与文品，依然值得我们永远效法。

2021-07-16

小说纵论

个别神仙的七分错误

——神侃吴元泰小说《东游记》

"神仙都有三分乱，何况是人！"某些耽饮之士为自己的酒后过失辩解时，往往会来上这么一句，试图借助神仙的错误来提高自己辩解的"底气"。然而这一托辞往往非但无法达到目的，反而成了别人反对耽饮的理由。

神仙的那些"乱"——错误，何止三分？到个别神仙头上，七分都要多；何止错误？简直就是罪恶。在《八仙出处东游记》这部为八位神仙立传的神话小说里，凡是展开故事情节加以刻画的主角，从人性的善的角度去考察，很少有完全符合人们的善良期望的。下面不分错与罪，也不管三与七，稍按出现先后，信手罗列。

一、"负"形象管窥

铁拐李度费长房，最后一关居然是让对方去吃大便，导致他因为恶心吃不下而功亏一篑。不能让费长房升仙也就罢了，放任他擅施法术而被众鬼害死，却是大大出乎于情理之外。依然是这位名列八仙之首的铁拐李，为了度化钟离权，淡化他的功名心，不仅为处于劣势的三十万吐蕃侵略军出谋划策，竟然还亲自纵火，使五十万处于优势即将获胜的汉军士兵死伤无数。如此草菅人命，究竟符合哪一款天条？这样的行径又岂止是错误？

张果老在八仙中"春秋高大"，阅历不浅，却显得心胸狭隘，睚眦必报。被叶法善这样一个区区的道人泄露了自己的出身，他居然恼羞成怒，立马报复，将对方整死，弄得贵为九五之尊的唐玄宗又是脱帽又是脱鞋，纡尊降贵地苦苦求情才肯让其复活。

即如八仙之上的太上老君，似乎也不够宽容，以下是他的马车夫徐甲向他索要工钱的细节，在前一篇中压缩时出于篇幅的考虑未予体现，这里直接还原：

时老君之御者徐甲，少顷于老君约曰："愿言钱至关时，当得七百三十万钱。"甲见老君言，道远迫，亟求索钱，老君谓曰："吾往而取诸国远，当以黄金为值赏你。"甲如约。及至关，饭青牛于野。老君欲试之，乃以吉祥草化为一美女，行至牧牛之所，欲行以言戏甲。甲惑之，欲留，遂负前约。乃诣关令，讼老君，索佣钱。老君谓甲曰："汝随我二百馀年，汝久应死，吾以太玄生符与汝，所以得生至今日。汝何不念此，而乃讼吾？"言讫，符自甲口中飞出，丹篆如新。甲即成一团白骨。喜乃为甲叩头，请赦其罪，以求更生。老君复以太玄生符投之，甲即立生。喜乃以钱偿甲而礼遣之。

从这里来看，老君未免过于小气，睚眦必报。反倒是其"准"徒弟尹喜比师父还要宽容、大度，不和凡人一般见识。

形象最不统一的，大约要算吕洞宾了。从最先的落魄书生，到初遇仙缘时的心存善念，居然发展到成仙后的好胜斗气，视人命如草芥，滥杀无辜。辽宋之间的战争同样是一场侵略与反侵略的战争，像铁拐李那样，吕洞宾居然同样是站在侵略者一边，助纣为虐。不过，与铁拐李帮助吐蕃相比较，二人区别当然也很明显：目的不同——铁拐李是为了度化钟离权，吕洞宾则是为了用自己的法术否定师父钟离权的"气数"说；手段更为毒辣——两军交战当然会有死伤，但吕洞宾为了增加胜算，不惜将七个无辜的怀孕女子倒着活埋了；结果自然也不同——铁拐李实现了度化钟离权的目的，吕洞宾却灰头土脸地被师父带上天。

八仙中当然并非个个都有严重的错误或罪恶，比如蓝采和、何仙姑、韩湘子、曹国舅几位，就没有，但他们的事迹在故事中相对太少，他们的形象也几乎没有树立起来。

二、来点"神操作"

需要说明的是，有错误的神仙是极少的，有罪恶的神仙更少，完全代表不了神仙的主流，这就是本文题目中强调"个别"的原因。然而，个别至少也意味着存在。个别神仙那些"个别"的错误或者是罪恶，能够给广大神仙哪些启示呢？

第一，对上要忍

得道之前，要能忍受种种屈辱，特别是在关键时刻；人格的、身体的都一样。费长房的失败，在于他没法在最后一关忍下吃大便的辱，导致仙人做不了，凡人也做不成。

第二，对下要狠

别太把僚属当人。人们喜欢用"一人之下，万人之上"来说明某个人的强势地位。就某个人来说，他下面的万人甚至更多的人，绝对比不上他上面的一人甚至更少的人。铁拐李让五十万汉军死伤无数，吕洞宾助纣为虐残害无辜，就是因为这里的"人"——无非是他们下面的万人或是更多的人而已。他们没有受到任何责罚，甚至没有受到良心谴责，就是一个明证。

第三，媚上有益

下面一首词，词牌叫做"千秋岁"，同时作为标题。在小说中，它属于太上老君的作品：

昆仑日暖，阆苑风光好。玉楼醉，玄女傅朱颜，顿觉乌云晓，增纤巧；人在也，荣华南极祥光绕。位比东王老，历万劫而不朽，瑶池台上司阴教。钧天诸品，就赞乾坤自悠久；今朝海鹤添筹，莫惜金樽倒。

西王母的寿诞要举办蟠桃会，八仙无好礼相送，便去求助太上老君，于是得到了这首溢满祝福与炫耀的词。不去研究这到底是太上老君的亲为还是叫手下人捉刀——此词并不合律，可能太上老君和西王母都不懂，只图个喜庆。所谓乐极生悲，八仙因为贺仪得到西王母的高度赞扬而过分陶醉，恰巧应了太上老君那句"祸兮福所倚，福兮祸所伏"的古训，绕道东海观光，惹出了大麻烦。

第四，逞强惹祸

平心而论，八仙醉游东海，毫无惹是生非的意图，跟东海龙王一家矛盾冲突的产生，在于龙二代的贪得无厌。八仙反击没错，反击过当也约等于没错；错在被弄死的两个龙王太子不是他们下面那万人或更多的人，而是他们上面（至少是平级）那极少的人，于是大祸临头。

虽然有孙猴哥站在八仙一边，危急时刻抡起千钧棒打退了天兵，但矛盾的最终解决，却有赖于如来佛和太上老君两位顶层主事者对观音的建议加以采纳，才使两败俱伤的矛盾双方，以各打五小板的处理方式结束了纷争。这是后话。

第五，后台"前台"

八仙跟龙王一家的仇隙，如果没有观音的积极斡旋，没有如来和老君的出面干预，纵使有万千理由，他们面临的也定然是灭顶之灾，最后得到"谪降一等"的象征性处罚，和他们过硬的后台关系是分不开的。孙猴哥那一棒打下去，十几万天兵非死即伤，却没遭到半点问责处理，连诫勉谈话都不曾遇到，固然跟他的斗战胜佛这一高层次地位密切相关，跟他多年积累下来的天界"神脉"难道就没有联系？

三、众仙之下

不能跟着神仙走得太远，还是回到人吧！作为万万人之一的凡人，我们又能从个别神仙的错误或罪恶中得到什么启示呢？睿智如本文的或然的读者，清醒如本文的已然的作者，都知道神仙的功与过、对与错，完全决定于小说作者的好恶和取舍，或者是一时的心血来潮。就如同科学家穷尽高超的科技手段目前也无法感知外星人是否存在那样，我们更不可能凭着浅薄的认知常识领略到高居于九天之上的各路神仙的威仪。既然这样，神仙的正确或错误、功德或罪恶又从何说起呢？所谓"皮之不存、毛将焉附"，对于个别神仙的过失，我们兴许是想要捕风捉影都不可得。

领略不到神仙的威仪似乎是一个遗憾，不过这不能成为任何具有正常思维能力的人迷失自我的理由，因为，仅仅从人的角度，善与恶，美与丑，廉与贪，都不乏许许多多现成的行事准则和价值取向供我们去选取和追寻，这里当然还包括某些强势者因缺失敬畏心、最终自取灭亡的行径可资警醒。所谓见仁见智，此处不搞道德说教，只需理解这点就行——

神仙离我们，实在是太邈远了，不值得作为从善或作恶的参照，一切都得依靠自己，做出明智或聪明过头的决策。诚如一位朋友说的"只信自己"，若能做到清醒地"信"，理性地"行"，那当然是最好的了。

是为陋室参悟所得，聊博朋辈一哂。

2018-01-18

人性的决口

——读肖江虹小说《内陆河》

《内陆河》是知名作家肖江虹先生的一个短篇小说。该小说反映了一次灾难性事件发生后，几个主要角色之间不愉快的相处，以及主角之一琼花在极其压抑之下试图突破思想情感的某些努力。以下试着从人性层面，简单赏析。

一、小说的情节梗概

煤厂发生瓦斯爆炸，接着透水，澹庄正在地底下挖煤的 38 个壮年汉子全部罹难。灾难过后 38 户人家都得到了一笔赔偿款，陆续将以前的青砖瓦房推倒，建起了有围墙的楼房。新婚不久的琼花在公婆的"严管"下，寂寞无奈地过着失去丈夫春树的日子，与她的邻居大宝媳妇形成了截然相反的对照。同大宝媳妇相约赶集，与摆卖女性服装的转场汉不期然的几番交道，令琼花内心有了不可名状的萌动。这就是小说《内陆河》的情节梗概。

二、小说角色之间的"较量"

这篇小说的角色不多，"参与"主体叙事的，主要有琼花本人、她的公婆（春树的父母）、他们的邻居大宝媳妇。摆地摊售卖女性服装而间接"介入"琼花生活的转场汉，只能说基本可以算，因为他在小说的叙事框架内，尚未真正"出场"。小说角色之间的关系很微妙：琼花的公爹很威严，在家庭中有着无上的话语权；琼花的婆母与琼花本人，都没有辩驳的余地，只有顺从。一句话，这是一个很呆板很无趣的家庭，氛围沉闷到瘆人的地步。婆媳二人尤其是琼花的唯唯诺诺与服服帖帖，让这家人看起来一团和气，实则不同角色之间，是充满了"较量"的。虽然尚未达到剑拔弩张的地步，"较量"却真实存在着。紧张的空气，在这个家庭中有逐渐蔓延的趋势。

（一）严格防范与逐渐逆反的"较量"

春树之死，给他的父母带来的是深度绝望。在这个家庭中，作为琼花公婆的春树父母，他们的绝望并不总是表现为嚎啕大哭、以泪洗面，因为日子还得继续，家庭还要支撑；在儿媳面前，他们还要有所矜持。琼花公爹的严，表现在人为制造压抑的气氛，让琼花时时处处小心谨慎，诚惶诚恐。每天吃饭时例行祭祀亡夫春树以"感恩"，两三年来不敢间断，对琼花来说早已心力交瘁。在这类事上，哪怕是无心的小小的错失，都会引来她公爹的怒火。且看下面这个细节：

把饭盛好，琼花再坐下来，端起碗刚准备夹菜，异样扑面而来。爹脸色铁青盯着妈，妈一脸焦虑盯着自己。琼花愣了愣，想想才回过神来，哦了一声，慌忙地把碗丢下，跑到厨房里重新取来一副碗筷。小半碗饭，各式菜样都夹上一点。琼花低垂着头把饭碗放在神龛上，轻轻将筷子搭上碗沿。退了两步，默然片刻。刚转身准备回到座位上，爹闷着声开腔了。

"添点酒吧！你不晓得他好这一口？"

琼花又急急取来酒杯倒了一杯酒立在饭碗边上，那头才传来碗筷碰击声。

饭桌自然是沉闷的。好玩好耍的事儿都先揣好，神龛上还有个新鲜的亡魂呢！

好玩好耍的事儿是什么？对琼花来说不外乎穿件好看的衣裳，赶集时搽一点口红之类，但在公婆面前，这是不可理喻的事情，不会得到任何"恩准"。

就在这种日复一日、带有某种阴森意味的沉闷空气中，琼花的逆反心理逐渐被激发：她先是好歹不说，默默忍受，继而说"拽气"话；去赶集遭到阻碍，清明祭祀变成了她对春树的数落和咒骂；炎炎夏日，更进一步演变成与公婆拼体力活以表达她的不满。最后一个环节的"较量"很有趣：

烈日下，树叶蔫了，秧苗蔫了，爹蔫了，妈也蔫了。唯独琼花不蔫，像是南瓜下坡，歇不住了，骨碌骨碌从水田这头滚过去，折过身又滚回来。额头上密密的汗也不擦，后背湿透了，几缕头发贴在湿答答的额头上。妈心疼，直起腰喊："要不歇歇吧？"琼花狠狠把几朵浮萍踩进烂泥，拔起一丛稗子，连着根部的黑泥一起甩到田坎上，咬着牙回："不歇！"

春树爸艰难直起腰，一张脸累得都变了形，看见媳妇的表现，也不敢中途退朝，横着衣袖抹把汗，僵硬地开始走进下一垄秧苗。

薅完秧，爸妈松了一口气，想可以歇上一阵子了。

一早春树妈就觉出了异样。还躺在床上揉酸麻的老腿，就听见院子里有乒乒乓乓的声响。披上衣服出来一看，琼花一身短打，拖着粪钯往猪圈拱。

"干啥呢？"妈问。

"沤粪。"琼花答。

"离给秧苗上二道肥还早呢！"妈说。

"早晚都要沤，早沤的肥劲儿足实。"琼花说。

妈折回屋，爸撑着全身酸痛的老骨头问："搞啥呢？"

妈苦笑："说是要沤粪。"

爸皱了皱眉，披衣起身。

"做啥？"妈问。

"奉陪到底咯。"

这场"较量"到了第三天就分出了"高下"——春树爸服输了，主动要春树妈让琼花去"赶集"。这情非得已的首次"开恩"，却在无意中促成了琼花与转场汉的进一步交往。琼花的婆母呢，除了协助"管束"琼花之外，还当然地起着缓和翁媳冲突的作用。春树爸的服输等同于二老的服输，这让琼花感到获得了契机，但不得不说，她的努力将有一个漫长的过程。与春树用生命换来的那笔赔偿款无关，而是二老的悲苦无助她并非毫无所感，人性深处善的一面还会左右着她的相关想法和举措。

（二）作为参照的大宝媳妇

相对于琼花的隐忍和懦弱，同时守寡的大宝媳妇显然自在得多、逍遥得多，因为她有了一个男孩，可以将其作为"本钱"。不过，本着对自己亡夫赔偿款继承权的清醒认知，她也懂得约束自己。而且，她并没有因此就怠慢自己的公婆："当着大宝爸妈，我倒是做得很妥帖，初一十五，清明忌日，都会抢着给大宝烧纸点香。我知道的，他们就喜欢这个。"

琼花与大宝媳妇打交道，她的婆母是有意见的。这意见无非表明一种担心，对琼花被"教坏"的担心。大宝媳妇没有恶意，这担心却不无理由。二人赶集途中的一番打趣，既是大宝媳妇的内心需求，也是她取笑琼花的"话柄"：

两个女人一前一后，走了一段，大宝媳妇先开腔："想男人不？"

琼花从后面拍了大宝媳妇屁股一巴掌。大宝媳妇咯咯笑，回头说："我就想，中邪了呀！晚上老梦见和男人在床上滚。"见琼花脸红，大宝媳妇更得意了，接着喊："妈妈哟！还不是同一个男人。"

琼花说那就找一个嫁了呗！

大宝媳妇稳住乱颤的身子，正色说："不嫁，你看村里头哪个寡妇敢嫁？嫁了毛毛钱都没一分，我才不做出头鸟。"顿了顿，又嬉笑着说，"你梦见过男人没有？"

琼花追上去，扬起手准备给花心婆娘一巴掌，手在半空中停住了。

大宝媳妇呵呵笑："还是想了吧！"

在这里，大宝媳妇无疑触动了琼花的心事。琼花一开始其实并不认同大宝媳妇的许多看法，有时还站在自己公爹的角度抢白她。时间长了，其中某些带有挑逗色彩的言语，难免对琼花起着实质性的诱惑作用。

（三）春树，无处不在的"影子"

春树没有"参与"故事，他顶多算得上小说叙事的一个"背景"，是琼花所在的这个家庭面对悲剧的前因。他与琼花的婚恋幸福而短暂，甚至可能还没走出蜜月期，就戛然终止。

这"影子"，并非春树死不瞑目而作祟，而是春树爸精心营造的结果。在他看来，家庭中现在拥有的吃穿用度，全部是春树用命换来的，所有人都得感恩，尤其是儿媳妇。日复一日年复一年地供饭、祭酒，限制穿着和赶集，甚至不准大胆地笑，对琼花而言，无异于人性的禁锢。琼花不是薄情寡义之人（建新房时央求公爹保留她与春树的婚房就是一例，只是没得到支持），但青春年少，她的心理与生理需求都同时注定，她公爹的种种谋略必然失败。

为了祭奠逝者的刀头能用上猪头肉，琼花公爹不惜请人杀掉只有三个月大的猪崽。极端到这种地步，也不怪清明祭祀完毕公婆走后琼花一个人哭坟时的数落和咒骂。且看相关细节：

燃纸、点香、飘挂，一切都在沉默中有条不紊地展开，像是揭开一个陈旧的伤疤，每张脸上都是沉痛。最打眼的是那些寡妇们，仿佛男人昨天刚刚逝去，伤痛的表情如同悲伤的河水，清澈见底。

仪式做完了，春树妈摸着墓碑痛哭了一回，春树爸默默站在一边，悲戚战胜了稍早的愤怒。抹一把老泪，爸说琼花你跟春树说两句话吧。琼花跪在墓碑前，眼泪就下来了。爸说别光顾着哭，给春树说说，吃的穿的，花销用度，爹妈可曾亏欠过你？妈横起袖子拉了一把眼睛对爸说："催魂呀？人家两口子，就算有话也在心里说。"说完扯扯爸衣袖，爸点点头，两个人慢慢转开了。

琼花看一眼墓碑，花花的白。抽泣了一会儿，琼花对春树说："春树你个万劫不复的龟儿子，我愿你上刀山、下油锅。你死了就死去了，还留着那样多烦心事给我，动不得，跳不得。那些臭钱，你一齐带了去，我不要。你有本事也把我带了去，要不换成我替你死也行。我跟你说，我不喜欢你不喜欢你父母，不喜欢澹庄这个鬼地方。我喜欢上了别人，长得比你好看，我就喜欢他，还在梦里和他做过那种事情。你晓得了吧！没听见我就给你多说几遍，我和他在梦里做过那种事了，好多次，好多次。好让你龟儿子晓得，我早忘记你了，上刀山下油锅的东西……"

这番数落与咒骂，不管真假虚实，都是琼花"受够了"的一场情绪暴发，或者说失控。没有谁可以倾诉心声，没有谁可以寄托情感，她的怨恨只好对着一个永远不会回应当然也不会泄密的逝者，曾经彼此恩爱如今却阴阳两隔的丈夫。对自己心思的波动，琼花其实是有歉疚和自责的。公婆时时处处的牵掣，让琼花曾有的歉疚与自责逐渐降低，最后只剩下满腔抱怨，当然后来还增加了尝试追求个人幸福的心思萌动。

三、角色心性探微

这篇小说中的主要角色，都是一些淳朴而实在的庄稼人，包括转场汉。他们平静地过着自己的生活，没有崇高的梦想或远大的抱负，也不具有深奥的理论修养。突如其来的灾难改变了他们，许多人家失去了顶梁柱，留下了老弱妇孺，在彼此的提防和猜忌中延续着通向未来的日子。转场汉有狡黠的一面，但其本质中依然蕴含着庄稼人该有的淳朴。

儿子早逝，年轻的儿媳妇不可能守寡一辈子，这是澹庄 38 个家庭共同的悲哀，也是他们共同面对的难题。家庭和睦、信任度高的，也许能多延续一段相安无事的岁月，相处欠和谐比如跟琼花与她公婆类似的家庭，这个时间段应该会短一些。长辈思想封建也好，作风霸道也好，晚辈谨小慎微也好，勇于追求也好，他们之中没有恶人、坏人、小人，区别不过是灾难来临后不同的应变态度。

四、刻意淡化的"背景"故事

在小说中，作为"背景"的故事，是一场惨烈的矿难，全村 38 名壮劳力，一瞬间全部死于非命。但小说并未对这一惨景做细致描摹，更未对灾难缘由做详细交代，而是刻意淡化，将它"挪移"到了村子外面、角色外面甚至是故事外面。用赔偿款建起来的相对气派的住房，难掩那些家庭失去亲人的巨大悲痛。尤其出乎他们意外的是，村邻间曾有的亲近感、亲切感、信任感，随着这些房屋的耸立和围墙的圈定，渐渐变得疏远起来、隔膜起来、陌生起来。

小说的主旨不在于摹写场面的悲惨，而在于对特殊境况下人性的一种揭示，因此我们只能通过角色切入，根据他们失去亲人之后在日常生活中部分琐碎的细节，揣摩他们人性层面的部分端倪。然而，这不等于就可以忽略乃至漠视小说的"背景"故事。小说可以淡化或"挪移"背景，我们在品读时却需要"还原"它。离开了背景，对人物形象的任何诠释，都将失去准确性，无的放矢。

五、作为象征存在的"内陆河"

内陆河亦称内流河，是一个地理学名词，指的是发源于内陆地区而无法流向海洋的河流。不能流向海洋的原因，在于地形封闭和气候干燥的双重作用。

《内陆河》中的内陆河，是琼花在课上听地理老师说过，然后对绕过澹庄的这条河流产生玄想而又不得要领的结果。当然，我们不难发现，这个"出处"，仅仅是作家安排的一个"道具"，目的在于对其象征意义的赋予，以及这个象征意义在小说主角琼花思想情感上的生动体现。

小说中的"内陆河"，是琼花"现阶段"思想和情感的写照。无论怎样奔突，她始终找不到（也不敢"找"）倾泻的缺口。她的公婆越是设防，她的逆反心理越是强劲。在这种情况下，她"决堤"而去，成为一条"外流河"的可能性定然增加。有了外在条件的助力，这可能性变成必然性的概率，愈趋增大。也只有这样，琼花的形象，才符合一个人思想情感之常，亦即人性之常。任何高妙的理论说教，在道德伦常、个人幸福面前，都显得黯然失色。

这条"内陆河"是一条悲伤的河，同时也是一条人性的河。如果琼花最终冲不破人性的缺口，她后来的命运，要么郁郁而终，要么神志崩溃，这也不是她的公婆乐意看到的。反之，冲破了人性的缺口，并不意味着她对公婆应有的孝顺会终止。作家以开放性结局安排故事，因此琼花的命运能否走向好的一面，除了有赖于她自身的努力，还有待于读者在小说叙事框架之外"人愿人好，树愿花开"的良好祝愿。

2019-11-04

法网之外窥"人性"

——马学文小说《木偶》读后

　　《木偶》是黔省知名作家马学文先生一部近五万字的中篇小说。这篇小说以主人公马同的视角，展示了极端贫苦的乡村，在"活下去"和"活得更好"理念支撑下的人性之恶。主人公马同既是小说的主角，也是小说的主线，各种角色在小说中的出场，都由他连缀起来。相对于其他形象，这个角色在小说中无疑是刻画得最为生动到位的一个。以下，试着就《木偶》人物、语境和手法三方面，谈点未必成熟的看法。

一、《木偶》的人物

　　小说采用第一人称视角，作品中所有人事景物的呈现，都是通过"我"的目睹耳闻而实现的。相对于全知视角，视野或许会窄一些，但这却为小说人物与情节的可信度提供了更好的保障。

（一）马同

　　这个角色是小说中最生动细致最富于发展变化特征的一个。收到了高中录取通知书，一家人扬眉吐气，而且成了邻居们羡慕和热议的话题，进入高中后发现"全班同学就数我最穷最矮也最难看，而且我初中的同班同学，外号'骚棒'的谢小冬也升了高中"，"我心里一下就凉了半截"。"我"对谢小冬既忌惮又无奈，但这并没能减少谢小冬的欺负。排座位时因为身高相近，"我"跟"长得有点像还珠格格的瘦个子女生同了桌"，结果被后排的谢小冬讥讽成"武大郎和潘金莲"，引起全班哄堂大笑，直到"我"因为"拔萝卜事件"暴打他一顿才罢休。

然而，马同的厄难并没有因此逆转。他那身患重病的父亲马槽井为了保住即将成熟的苞谷不被村长砍掉，奋起抗争。村长倒地时头皮被掉落的镰刀削去了一块，马槽井被杨二公安等人毒打一顿后关进拘留所，惨死在里面。四十里运尸回家的艰难任务，完全落到读高中不满一年的马同身上。幸得好心人借给他粪车、同桌范世莲赶来相助，马同父亲的遗骸才得以及时运回家中。

孤苦的马同，曾经想过要去告那些整死他爹的人，然而，他爷爷的一席话打消了他的念头：那些整死他爹的人，他一个也惹不起；不能忘记父亲的死亡，否则他就是白死；也不能报仇，因为报不了。马同的爷爷指给他的出路，是积极向当官的靠拢，听他们的，而不是与他们过不去。能否把爷爷的开导，理解成马同由正变邪、由善变恶的诱因呢？其实那一席话，是一辈子的处世经验使马同的爷爷觉得"善良"难得找到出路，老来丧子，使他对"人善被人欺"有着刻骨铭心的认识。至少在主观上，马同的爷爷不具有唆使他作恶的初衷，顶多是要他自保而已。马同与先前判若两人，是逆境和贪念共同作祟的结果。

（二）范世莲

美丽、善良、富有同情心，是范世莲给我们的基本印象。班上排座位时被安排与全班最矮最丑的男生坐一桌，她没有介意。但谢小冬等人的取笑和对马同的羞辱，让她不得不芥蒂暗生；用粉笔在板凳中间画白线，故意远远地坐在板凳的另一端，乃至突然站起让马同跌跤，都是明证。

两人关系的好转，始于马同为范世莲放的一个屁背锅。为班上其他同学放屁背锅，是马同的常态，但范世莲因此对他有了好感。班上的唐家华患感冒，病饿交加，发高烧说胡话，马同"把他背到学校后面一个避风的黄泥巴沟头，抱了捆苞谷草给他躺下，让西边的太阳金晃晃地铺在他身上"。翻山墙揭开屋顶瓦片进入宿舍为唐家华找吃的，马同出来时被范世莲和另外两个女生看见，不得已说了实情。在"要挟"之下马同再次翻墙进入女生宿舍取来范世莲的炒面兑水给唐家华吃下去，又喂他吃下范世莲找来的几颗感冒药。之后，唐家华的病情好转了。

范世莲帮马同垫付了翻进宿舍被学校处罚的二十元罚款后，又冒着名声被损的风险，到男生宿舍后面就着灯光帮马同补好他被篱笆条撕坏的裤子，由于风太大拔了村民的一个萝卜裹在里面才得以扔回马同的宿舍，却因此在第二天早上被循迹而至的胖婆娘当众撕打，幸好明白原委后得到了体谅。范世莲收到马同还来的二十元钱时，坚持只要十元，要他拿十元先去买一双鞋子穿。马同的父亲惨死在拘留所，是范世莲陪着他，长途奔波四十里路程送回去的。马同决定退学回家种烤烟了，也只有范世莲送他礼物，同时要了他的木偶作纪念。不过，范世莲对马同的人情或者说恩情，与马同对她的在意程度，并不对等。

在后面的情节里，范世莲中午才到太平镇的广寒宫上班，晚上就在谢镇长房间的窗户外坠楼，令人悲伤而诧异。在小说中，范世莲可算是一个没有污点的角色（基于同情偷她父亲的钱帮马同缴罚款另当别论）。在被谢小冬和张猫合伙施暴时，她孤立无助。张猫临时逃跑使谢小冬放弃作恶，范世莲侥幸免于受辱，这场劫难却导致她失学。我们无法否定范世莲同时还是一个洁身自好的少女。失学后的范世莲经历了哪些苦楚和磨难？她到广寒宫上班，有迫不得已的苦衷，还是按照她的理解，仅仅是做做打扫卫生之类的体力活？

小说第九部分开头是这么写的："陈主任他们走后的第三天，广寒宫的女老板找到我。说她歌厅里今天收了个'红包'，晚上请谢镇长来帮忙'剪彩'。""今天"这个词很扎眼，它一方面说明女老板讨好官员之迫切，同时也让马同与范世莲的生死交集没有缓冲余地。在约好的时间，女老板带着范世莲摸黑进了谢镇长办公室后面的房间，马同则在楼下望风。树辣椒（谢镇长的女人）的突然出现意外保住了范世莲的清白，却要了她的命。黑夜孤身留在谢镇长的房间，难道范世莲不知道将会发生什么？广寒宫的女老板欺骗了她，或者威胁了她？诸般悬疑，随着范世莲不幸坠楼受伤后被灭口而无法探究。且看下面这段：

……我抱着姑娘和杨二公安一起往镇医院飞跑，后面马拉松赛似的跟着一连串看热闹的人。杂乱的脚步声在深夜的小街上响成一片。也许是颠簸的痛苦召唤了姑娘的复苏，她的身子开始一起一伏地喘气，嗓子里的呻吟也越来越大了，好像很快就要活过来了。我觉得抱着女人在黑夜中奔跑的感觉真是不错，只是很快我就想到谢镇长压在我肩上的那只手。眼看离镇医院越来越近，我就意识到不能再让这种不错的感觉拖延下去了。于是我把枕在姑娘脖子下的右手运足劲，又慢慢地勾回来，一下子捂住姑娘小巧的嘴巴和鼻子。她的肚子迅速地往外挺起来，整个身子开始本能地挣扎，并尽量将腿曲起，似乎想坐起身来，看看究竟发生了什么事。但她的努力失败了，最后只好泄气地将曲起的腿伸直，使劲地伸直。

首恶和帮凶，这里似乎不分主从，为了自身私利，为了逃脱惩处，不惜灭掉一条无辜的生命。什么叫恶？大概没有比"我"更形象的了。"我"的残忍、阴鸷，范世莲（尽管此时"我"并不知是她）的悲惨、无辜，都得到了淋漓尽致的展现。

（三）谢镇长、谢小冬父子及其他

谢镇长也是小说中着墨较多的一个形象。在村民面前，他是一个狠角色；在上司面前，他又很会讨人欢心。贪腐是谢镇长的另一特征，但在小说中，他的部分恶行却是通过他的儿子谢小冬实现的。且看"我"到县城卖猪崽后约唐家华喝酒，从他那里知道范世莲遭遇后，意外得知的关于谢小冬的如下信息：

岔开话题打听班里其他同学的情况，"鸭子"说其他人都是老样子，只有"骚棒"发了。他说今年全县各乡镇的好田好土，都让乡镇和烟草的领导逼着毁了庄稼种烤烟，种出的烤烟又全部打白条收购。农民没有粮食，又没有钱，多数人家秋收过后就闹上了饥荒。不少烟农拿着白条来求"骚棒"他爸想办法，"骚棒"他爸没有给烟农想到办法，倒是给"骚棒"想出了一条生财之道。他让"骚棒"

出面以百分之五十的价，从烟农手里把烤烟白条赊来，再通过关系将白条以等价从烟草公司兑换出卷烟来销售，结果两个月净赚了四十多万块钱。"骚棒"赚了钱，已去四川的一家贵族学校念书去了，据说光学费一年就得花好几万块，但学校保证他将来考入国家重点大学。我们俩说来说去，最后总结下来，觉得还是有权实惠。

处于强势地位的其他人，包括村里的杨二公安、村长，县农业局的唐局长、县里的刘县长、幕后存在的公安局谭局长，还有地区农建办的陈主任，以及刘县长为他打伞的"高个子"，他们身上的各种"老"，无不反衬了马同的"嫩"。

二、小说的叙事语境

《木偶》中的叙事语境，一个"冷"字基本上就可以全部概括。

（一）学校之冷

住校生感受不到来自学校的关爱和温暖，忍饥挨饿无人过问，生病了无人过问，退学了无人过问，人身安全遭受危难了也无人过问。纨绔子弟谢小冬之流无法无天不受惩处，马同为救助同学而翻墙进入宿舍，却被罚款。中午紧锁宿舍，任凭部分住校生饥肠辘辘一直熬到晚自习下课才去煮吃的。唐家华生病了，从同学和老师那里获得的帮助为零。范世莲被施暴（未遂），来自学校的帮助也为零。这些，无不反映了学校异乎寻常的冷。

（二）社会之冷

马同考上高中成了村里的热门话题，然而他从村邻那里获得的帮助为零。马同的父亲在拘留所被打死，来自职能部门的帮助为零。范世莲坠楼摔成重伤，来自看客的帮助依然为零。小而言，这是人际之冷；大而言，是社会之冷。

当然，小说中同病相怜以外的人情热度也并非绝对没有。学校怕住校生饿死，终于允许他们中午回宿舍煮洋芋，煮苞谷稀饭，算是特例。

三、《木偶》叙事手法管窥

（一）"木偶"的象征意味

"木偶"是小说的标题，也是小说中马同一家祖传的谋生手艺，还是其中的一个道具，更是他与范世莲互赠的"信物"之一。

稍微分剖，小说中的几个主要角色，谁不是"木偶"呢？马同的命运不由他自己掌控，早先饱受欺凌，后来助纣为虐，实质上都被"权力"的迷梦牵着鼻子走。范世莲是个美丽善良的姑娘，富有同情心，乐于助人，但遭受欺凌，失学，最后到太平镇歌舞厅当"小姐"，她的命运又何尝能自己决定？在"我"同学中着墨稍多的，有同处寒微彼此照应的唐家华，有处于对立面的谢小冬，前者属于穷 N 代，后者属于官二代。被"权"宰割也好，被"权"驱使着作恶也好，都摆不脱木偶身份。

处于弱势地位者受制于人，只能随着强势者而起舞，强势者无疑是他们身后的提线人。"弱势"与"强势"都是相对而言。在小说中，马同的父亲马槽井、他的爷爷，众多没有具名的村邻，就处于木偶状态。村长、杨二公安，包括在领地内大权在握的谢镇长等人，一方面是弱势者的提线人，另一方面则是比他们更强势的一些角色所操纵的木偶。比如县公安局在太平镇广寒宫持有"干股"的谭局长等人，法律就在他们手中，或者说他们就是法律，他们才是幕后的真正提线人。但是，深入下去，可以发现他们也摆不脱木偶身份，那就是贪婪——贪婪控制着他们的灵魂。

（二）迭起的叙事高潮

《木偶》的叙事高潮，体现在马同先前的悲惨遭遇和后来为了进到镇里工作的不择手段上。父亲为保住快要成熟的苞谷不被砍掉而惨死在拘留所。村民按上面要求改种烤烟，辛苦换来一场空；跨境售卖，人被拘留不说，烟叶还被有关部门瓜分。太平镇的坡改梯工程选在临江村，靠近公路的平地。"我"不仅主动献出了自家的土地，还主动给谢镇长设想了在远处划石灰线假冒堡坎的点子，而且通宵达旦不遗余力。为了帮谢镇长完成计生任务，"我"更是不惜火烧祖屋（花脚母猪被故意烧死，爷爷被活活气死），成功转移了村民的注意力；谢镇长的计生突击队因此大获全胜，"我"也如愿成了他的"红人"。为了帮谢镇长逃过法律制裁，"我"更是亲手扼死了身受重伤的范世莲。二十三万余元的坡改梯工程补助款被侵吞，作为"经手人"签名的联络员，"我"被戴上了手铐。

全文近五万字，但我们读来不觉得拖沓，更不觉得堆砌。小说一波未平一波又起，让我们读完后觉得意犹未尽。

（三）富于黔地特色的乡村方言

读到乡村的贫苦和求学生活的艰难，恍惚间好似进入了大西北的乡村生活场景，但文中随处可见的黔省方言随时提醒我们：小说写的是黔地。除了部分地名和物品名，方言词语小说中比比皆是。作家对生活的热心关注与展现，产生了一种亲和力，足以令读者获得一种亲切感。

（四）小说叙事框架外的多种悬念

马同被抓是临江村的坡改梯工程补助款被侵吞，而真正的侵吞者是谢镇长（不排除窝案可能）。他会一直对抗等着谢镇长来"捞"自己吗？谢镇长会因为担心事发而积极"捞"他吗？或者会诿过给他一人吗？倘若得知亲手扼死了范世莲，马同会因悔罪而将一切和盘托出吗？谢镇长会因马同的揭发而被绳之以法吗？或者他会因为关联者的庇佑而继续逍遥法外吗？

根据小说中的语境，对以上问题，我们均无法得出肯定或否定的结论。

四、"人性"之外

从小说中个别值得商榷的词句可以看出，《木偶》没有经过细心雕琢，是一部一气呵成的作品，正因如此，作家极强的构思能力才更加值得我们佩服。在构事能力之外，对世相的敏锐洞察，对人物的倾力塑造，对事件的概括与提炼，对现实场景的勾勒与描摹，都是值得我们借鉴的。

难说这篇小说有反腐力度，但它对贪腐的勾勒，对逐利过程中人性沦丧的呈现，可谓触目惊心。因此，若说这篇小说具有反腐前瞻性，毫不夸张。十八大以来持续不断的雷霆反腐也已有年，但还没有完全实现风清气正的目标，不收手现象还是此起彼伏，足以证明这项工作的任重道远。不过，在小说之外，我们总算瞥见了法治的曙光，这是件值得欣慰的事情。

2020-08-12

重读《小二黑结婚》想到的①

《小二黑结婚》，是中国现代著名作家赵树理先生的成名作，反映的是抗战时期革命根据地男青年小二黑和女青年小芹对自由婚姻的艰难追求。他们一方面遭到老一辈封建迷信等思想的阻挠，另一方面又遭到村里恶势力的破坏。值得庆幸的是，他们最终突破重重阻力，在区长的直接干预下，按照当时新施行的婚姻法喜结良缘。多年后重读，我们依然能感知这篇小说的一些特色，最基本的至少有如下两点。

其一，基调明快，主题鲜明，通俗易懂。

在小说中，各色人等的对与错，是与非，正与邪，进步与落后，一目了然。这一点，也许会为当下的某些文学理念或文艺思潮所诟病：太浅薄。然而，只要稍微分析一下当时抗日根据地的大环境，不难发现，这篇小说的服务对象、欣赏者，是根据地的广大干部和军民，太晦涩、太抽象势必会影响传播，背离党提出的文艺"为工农兵服务"的政策。

其二，源于生活，高于生活，引导生活。

源自生活是说小说中的部分主要角色有生活原型，高于生活则是指小说的结局不像生活原型的遭遇那样悲惨，引导生活则是指小说的主题带有明确的导向作用。不必深挖，从小说中邪不胜正、进步最终战胜落后就足以说明这一特征。小二黑最终"战胜"了他的父亲二诸葛，小芹最终"战胜"了她的母亲三仙姑，作恶的人也得到了相应的惩处。需要明确的是，小二黑、小芹他们的胜利，是革命

---

① 本文系为《艺文四季》征稿而写，限定在 1000 字以内。

政权提供了有力保障的缘故，而不是他们孤军奋战的结果。据了解，当时根据地刚出台了一部《妨碍婚姻治罪法》，小说的明快，其实也建立在这样一个基础上。

此外，这篇小说还对革命根据地的移风易俗起到了促进作用，形成了良好的示范效应。在20世纪60年代，歌剧版和电影版的《小二黑结婚》先后出现，充分印证了它的生命力。时间过了差不多八十年，《小二黑结婚》在跨世纪之后的今天，仍然具有时代意义。

从中华人民共和国成立直到20世纪80年代早期，农村地区包办婚姻渐退式离场，但年轻人婚姻的自主性相当有限，主要体现在家长不放心子女未来的婚姻生活，不肯完全放手。这是一个长期的拉锯式的过程，跨世纪之后年轻人的婚姻自主程度高得多。

21世纪之初的二十年间，婚恋观则"激进"得有些过头，首先表现为索要巨额彩礼，大多是女方无奈之下屈从于父母；其次未婚同居现象增多，在一些高学历者之间尤其突出；第三是家庭责任意识不强，轻视对子女的教育抚养，离婚被当成儿戏。

对法律的遵守，对公序良俗的遵循，对金钱的淡化，可能都是我们今天重读《小二黑结婚》之后，没法不思考的问题。

2021-07-05

英雄血脉的代际赓续

——读敖茅玖小说《水下桃花水上开》

　　《水下桃花水上开》是敖茅玖先生一篇带有纪实文学特征的小说。说"带有纪实文学特征"，是因为这部小说的叙事背景，事关早年的红枫河畔与后来的红枫湖畔，同一批村民或其后代的两次搬迁。

　　红枫河岸边的桃花园和处于其上游的三层碾等村庄，秀美祥和，人情淳美。然而20世纪40年代后半期，新中国成立前夕，这一带匪患猖獗。以安青龙、陆彦武为代表的寨中青年，枪法了得，却与世无争。他们只想追求个人幸福，却依然付出了惨重的血与泪的代价。到了20世纪50年代后期，为了红枫湖水库的建设，包括桃花园、三层碾等在内的上百个村寨的群众，义无反顾，舍小家顾大家，进行了第一次搬迁。进入21世纪后，国家对红枫湖的功能进行调整，改为专向清镇和贵阳两座城市的三百多万居民供水，当年从低处搬到高处的村民们，因为离水源地取水口太近，又得进行第二次搬迁。这次搬迁要"退湖进城"，陌生的城市生活和茫然的未来让很多村民望而却步，宣传动员工作由此遇到了非常大的阻力。幸好党支部书记安忠国和工作组辛勤奔走，不辱使命，晓之以理，动之以情，示之以政策红利，最后村民全部签字，顺利完成了搬迁。为了那些搬迁后闲置的土地不至于荒废，为了进城村民的经济收入和未来发展，安永骏在爷爷的间接影响和父亲的直接影响下，毅然放弃大城市的优越条件回乡创业，带动贫困户一起发展。以下试着从不同侧面做些分剖。

一、人物关系

从人物关系上看，小说采用了较为特别的"T"型布局。

小说以安青龙为核心，同辈人中还有他的表哥陆彦武；与安青龙彼此倾慕最后惨遭匪首蹂躏的陆四凤，以及同样被匪首凌辱的吴冬梅。安青龙加入人民解放军打土匪并立功加入了党组织。一道入伍的陆彦武牺牲后，安青龙又响应祖国号召随部队奔赴抗美援朝前线。在朝鲜战场上，安青龙因为枪法好，加入"冷枪团"英勇杀敌，战功卓著，但遭遇炮击后的伤病和破相，让回国后的他格外沮丧、自卑。来自三道湾的周小光是安青龙入伍剿匪期间的战友，被解放军从匪巢里解救出来的陆四凤在他的照料下逐渐恢复了健康，二人组建了家庭过日子。安青龙复员回家后连亲人也认不出他来，心灰意冷之下独自去河边看守碾坊，却意外救起被匪首凌辱后想要跳河自尽的吴冬梅。他们互相认出了对方，吴冬梅非但没有嫌弃破了相的安青龙，反而以身相许，两人最终也建立了自己的小家庭。

上面是横向的人物关系，以下的人物关系则是纵向。

以安青龙为核心，他与吴冬梅结合，生下了儿子安忠国。作为英雄的后人，安忠国没有辜负父辈的期望和组织的培养。高中毕业后返回村寨中，他继续得到关心和帮助，积极加入了党组织，从25岁那年开始，在支书岗位上一干就是四十年，一心为民，获得了老百姓的尊重与信任。若说第一次搬迁是因为年幼而与安忠国没多少关系的话，那么这第二次搬迁就消耗了他太多的精力。在搬迁的进程中，他功不可没。

安忠国的儿子安永骏，学的是农学，从浙江大学毕业后入职当地一家上市公司，几年之间成绩不俗，并获得了重用，其收入也相当可观。在父亲的鼓励和敦请下，他毅然辞掉在发达城市的工作，与几个志同道合者一起回乡创业，造福桑梓。心结解开，村民致富有望，安忠国终于放了心。小说开头处描写的，便是安永骏回乡创业四年后的景象。

二、写实与象征

小说不靠数据说话，然而这篇小说里面的部分数据，不仅有着历史的真实，还充分体现了红枫河畔村民第一次搬迁时所做出的巨大牺牲，因此存在的必要性也大幅提高。且看下面这组：

新建成的红枫湖将原来红枫河沿岸下游的桃花园、三道湾、簸箕寨、牙陇坝等20多个村的近百个村民组全部淹没于碧波荡漾的湖面之下。水淹区的村民，拖家带口，背锅提碗，从低处艰难搬迁到高处。建红枫湖导致搬迁房屋1.3万间，淹没耕地5万多亩，淹没林地2万多亩。被淹的引水灌溉工程277处，水碾房、油榨房176间，煤炭、砖瓦、石灰窑196个，桥梁23座，果园3000余亩，20千瓦小水电站1个，搬迁学校房屋19幢。那三千余亩的果园，就是桃花园的桃园。

这是一种多么巨大的奉献精神，我们完全可以想见。根据当年修铁路建工程的参与者仅有很低的生活补助来看，被搬迁的村民要获得相应的补偿是不太可能的事情。这些地方，我们可以视为写实部分，哪怕文章在体裁定位上属于小说。

写实之外，鲜明的民间文学色彩，体现了这部小说的叙事风格。其第二部分，写了三层碾依山傍水的地理优势、水碾房里粮食加工的热闹场景；第三部分，写了安青龙与陆四凤两情相悦，却彼此心照不宣的羞涩；第四部分，写了安青龙找到陆四凤家，和她一道去挑水的亲密互动；第五部分开头处，写了安青龙求父母到陆四凤家提亲的细节；等等。这些，都充分体现了这一特点。

一般地，桃花是美的象征，美艳、美好，都在所列；它还是丰收的象征、希望的象征。在这部小说中，桃花是个不可缺失也不可更换的意象。"意象"是一个诗歌术语，但在这部小说中，桃花具有丰富的内涵，与诗歌里面的"桃花"，表面上没有多大差别。但仔细阅读小说文本，我们可以发现，在这部小说中，桃花还被赋予了特别的含义：美好的梦想。

在小说中，"桃花园"依次有两层含义：首先，它是一个自然村寨的名称，宁静，美好，祥和——可惜很短暂，一是世道不靖，二是给红枫湖"让位"；其次是安永骏流转村民闲置土地建起来的果园名称，同样安宁，美好，生机勃发，充满希望。二者的相同之处都是美，区别是前一个淹没在"水下"，后一个建设在"水上"（红枫湖畔）。

水下桃花成了历史陈迹，成了一种没法割舍却已经邈远的过去，但是，那样一朵勇于牺牲乐于奉献的精神之花，永远不会凋谢。水上桃花作为现实存在，其生机与活力可以感知，其希望与收获可以努力，其未来的辉煌值得期盼。桃花之外，英雄血脉的赓续，同样是我们阅读这部小说时需要加以注意的。有诗意，有现实意义，有历史沧桑，这些，都在这个标题的丰富内涵之中。

三、主题思想

小说人物不多，贯穿叙事主线的更少，只有纵向的安青龙、安忠国和安永骏三（代）人。他们各自的生活环境大相径庭，但共性的东西，归纳起来，至少有两点：主人公都有对梦想的执着追求，在大局面前都能无私奉献。

安青龙和他的表哥陆彦武，苦练本领，为的是防范野兽，保护家人和寨邻，他们充其量想有个温馨的家。有国才有家，他们的本领看起来足以防范不测，但在那兵荒马乱的年月，经不住群匪肆虐，最简单的梦想都成了泡影。在追逐梦想的道路上，安青龙和陆彦武，还有他们的许多同代人，舍己为人，舍小家为大家，许多倒在了追求幸福的道路上。

安忠国的经历和奉献，如前述，第二次搬迁耗费了他太多的精力，也让他赢得了许多肯定。这里需要特别指出，"内举不避亲"，是安忠国身上容易被忽略、被误解同时却更加值得肯定的一个独特亮点。在同类题材的小说中，并不多见。

相对于第一代人和第二代人，小说在第三代人安永骏身上着墨不多，但其言其行，除了舍小顾大之外，同时还体现了英雄血脉代际传承的连续性。小说虽没有充分涉及但却没有悬念的是，安永骏的事业将会越做越大，那些贫困户、周边村民获得的福利，也将会越来越多。延伸开去，当地发展的远景，也将会越来越好、越来越美。

三代人不同的梦想追求，相同的热土情结和舍小顾大的牺牲精神，是这部小说的主题思想所在。以安氏三代人为代表的不同时期的广大群众，不管是在剿匪、抗美援朝的非常年月，在修筑红枫湖水库前积极主动的第一次搬迁，还是在"退湖进城"政策之下消极被动的第二次搬迁，都生动体现了"奉献"这一要义。

四、思考和启示

《水下桃花水上开》开了以小说的形式刻画清镇这片热土上英雄群像的先河，既有历史的纵深感，也有极强的时代意义。这篇小说同时还具有启示意义：为后来者挖掘清镇历史云烟深处的英雄人物、英雄事迹，提供了一个良好的示范。无论是抗美援朝，还是自卫反击，包括在新中国建设史上的不同历史时期，清镇都涌现出不少可歌可泣的人物形象。从文学角度尤其是小说角度，我们对他们的挖掘和展示，都是远远做得不够好的。他们有的出过力，有的负过伤，有的献出了青春年华甚至宝贵的生命。这里所说的英雄，未必有丰碑，未必有勋章，未必载入史册，甚至未必留下名字。但在清镇这片土地上，微观而言，他们曾经又是那样鲜活的存在，在艰难险阻中，虽没有豪言壮语，却有精神高度，有思想深度，有情感厚度，有血有肉，有奉献有功劳。

不必忌讳，小说体裁长期以来一直是县域文学创作的弱项，这与题材匮乏可能有些关系。如上所言，清镇历史云烟深处的人物和事迹，是一座文学乃至文化的宝藏，值得挖掘，值得提炼，值得展示，更值得作家们付诸行动，踊跃发力。一言以蔽之，《水下桃花水上开》是一部主题厚重人物鲜活的很有感召力的小说作品，值得我们咀嚼、品鉴，并从中汲取精神力量。

附：题外闲谈

小说是一种只依靠角色自身就能完成思想情感演绎的文体，因此一般情况下不需要作家"越位"点题。从这部小说的行文来看，直抒胸臆的地方显得稍微多了些，以致某些部分多少给人松散、拖沓的感觉。作者主观评说，在报告文学中用得较多，也有必要。这部小说的特别之处恰好在于它的报告文学特征：真实的地域环境——自然的红枫河畔与人造的红枫湖畔；真实的历史背景——县域剿匪，抗美援朝，红枫河筑坝拦河建红枫湖；真实的历史事件——红枫河（湖）畔村民的两次舍小顾大的搬迁，以及其间的种种艰难。在事实框架的基础上构思小说，发挥空间不大，加上年代久远，读者容易存在认知隔膜，适当的解说当然必要。如何把握一个恰当的度，是一件有点费心但仍值得去做的事情。

部分角色之间的情感交集未能充分拓展。第八部分安青龙复员后带着伤疤站在自家院子前那个细节，写得有点"冷"，亲人对他像对要饭人那样的"冷"和他黯然离开的"冷"。容颜可以改变，血浓于水的亲情应该不会——这是一个适合展现人情味的地方。吴冬梅临终之际把安忠国叫到床前却欲言又止，作品这时从她的角度表达了对安中国身世的困惑（安中国到底与谁存在血缘关系？是凌辱她的匪首，还是安青龙？）。这无助于安忠国的形象塑造——对他来说"出身不由己"。

与此相反，一些细节又出现了不该有的"热"。比如第十一部分倒数第二自然段："青龙临终前交代，要把他埋葬在桃花园最高的山顶上，对着三层碾，那里有四凤的家，有他和四凤挑水时的笑声，有和表哥一同成长的时光，还有表哥的坟。"须知这时候陆四凤已为人妇，和周小光已经有了他们的家和孩子；安青龙同样已为人夫，和吴冬梅也有了自己的家和孩子。哪怕内心深处不舍，他也只能遗憾，"挑明"是有损其形象的。

2021-08-04

前瞻"银发时代"

——读萧潇小说《老王之死》

《老王之死》是萧潇先生一篇两万二千多字的小说，读后心情有些"梗"。以"某某之死"为主题的小说，我以前也读过一些，但分析其内部结构，发现大多是循着"个人遭际—社会事件—揭示主题"之类的模式展开，亦即通过个人遭际反映某种已然存在的社会现象，进而激起读者的某些思考。相比之下，萧潇先生这篇小说，值得深思的地方，既包括主人公老王"已死"的偶发性，又包括主人公所代表的那个"银发时代"生存境遇被忽略、漠视的频发性。

一、管窥这篇小说的内蕴

这篇小说的题材归类，当以世相为宜——它在一定程度上反映了高龄者不容乐观的生存处境。在小说中，尽管未专门提及，也可知有比老王境遇好的，但从他入住养老院两个多月的见闻来看，比他过得不好的，也不乏其人。延伸到小说视域外，物质处境比老王过得更不堪的老年人，更比比皆是。

老王是个不仅拥有退休金，甚至还有一身雅好的退休老人，悠闲地打发着自在但有些落寞的闲散时光。他没有表示过对婚姻的排斥，因此，当牌友二妹向他推荐再婚人选时，表面在调侃，他的内心却是激动和向往的——初次约会前的精心准备和对无意中"冒犯"的老张的怒怼，就足以说明问题。

小说一开头，就是老王约会之前的收拾打扮，让年轻人都自愧弗如。这一方面体现了老王对约会取得成功的志忑期盼，另一方面也反映了他对青春逝去活力不再的弥补心理。分析老王的处境，可以从优劣两个方面切入：从物质角度看，老王一是身体健康，二是经济无忧，三是有诸多雅好；从精神或情感的角度看，他却缺乏天伦之乐，没有朝夕与共的知己者。

可以这么认为，老年人中生活境遇胜过老王的少，不如他的则相当多，他"比上不足比下有余"。或如古语所言"失之桑榆收之东隅"，那些不如他的老年人在继续为生活奔忙的同时，恰好也锻炼了体魄，丰富了精神含蕴，少了许多落寞或沮丧。相比之下，老王的日子显得单调、凄清，半道夭折的那场似婚非婚的交往，既损伤了他的元气，也耗竭了他的积蓄。

与女友小吴散伙后重回单身的老王，也不是没有过改善居住环境的想法，无奈力不从心，动力也不足，于是放弃。在子女的支持下选择去养老院，结果不满三个月，他就因极度失望而打道回府。一边无聊地打发岁月，一边惴惴地等待"老境"的降临，日渐衰弱的老王曾有过一些还算周密的应急考虑，然而想到的仅仅是主动求人，没想过让别人定时联系自己，他最终还是死在了自己的疏忽上——无法发出求救信号，别人也因关注不够而未曾警觉。半路捡回的一条流浪贵宾犬先是无力求助，后是陪着老王一起死去。在人来人往的单位宿舍四楼里，这是一种很冷漠很惨淡的"死法"。小说关于"放弃"的这部分，值得引述：

老王就这样歪扭着身子躺在沙发前的地上，一时清醒一时迷糊，一时迷糊一时清醒，到底躺了多久也不知道，其间他感觉贵宾犬多次来舔自己的鼻和嘴，也瞥见它歪歪倒倒地走到门边去嘤嘤叫着刨门，就像平时要出去屙屎屙尿一样。他希望贵宾犬刨门时外面正好有人过路，这样也许有人会听见，然而没有。有一次似乎有人在轻轻叩门，老王发不出声，贵宾犬也已发不出声，它连路也走不动了，一直挨着老王躺着，形销骨立，眼睛半睁，一团眼眵粘在它的眼角，尖尖的牙齿惨白地露出在嘴唇外边。它忠实地依偎着老王。

"不知又过了几日几夜"，老王的病情出现了"逆转"，他不仅能"轻松地坐起"，还能"在家中飘来飘去，一点也不费力"，但是他已经无法支配身边的任何事物，包括喊出声音——他的意识和形骸已经分离了。小说的结局，是老王终于明白了自己是怎么回事，有些悲哀，随即在冥冥中接受感召，渐渐升向浩瀚无际的高天，最后弄清楚了灵魂的有无。

二、略谈小吴

小吴是小说中除了老王之外另一个出现频次最多的角色，但她在小说中的定位，远没达到与老王同等的分量级别。换句话说，小吴仅仅是老王晚年生活中的一个匆匆过客，她加速了后者的死亡，但不是决定性因素。

相处半年左右，因为被嫌弃居住环境，又没有另外买房的能力，老王与小吴不出意外地散了伙。能否因此评价说小吴是一个善于算计的贪婪之人呢？她很精，从形象打扮的精致，到心思盘算的精明，都精。从"5·20"索要红包，到平时的买买买，再到过生日请客收礼，开支由老王买单，可以说稳扎稳打步步为营。这些小伎俩自然瞒不过老王，但他选择了隐忍；超出底线，自然分道扬镳。

单身多年，有一个儿子已经成家，同她一起生活。虽然是自己的儿子，但她总觉不自在，觉得自己过自在些。对此老王深有同感，他说他的儿女家他都去短期住过，虽然孩子们对他都还不错，但他总有寄人篱下的感觉，那不是他的家，别人的地盘别人做主。他不能有任何的改变，只能努力去适应，行为举止处处拘谨，得坐有坐相站有站相，连作息时间自己都不能决定，更不要说唱歌玩乐器开电视了。

小说中的这段叙述，是老王与小吴的共同感慨。除此而外，我们看不出两人有共同语言。前者爱雅，后者嗜赌；前者担心老迈，后者自恃年轻；前者心怀忐忑，后者游刃有余；前者花了钱无奈放弃，后者赚了钱及时抽身……他们的散伙，差异使然，早已"前定"。

可以稍微刻薄点说，小吴在老王生命历程中与老王的情感契合度，还比不上半路捡来的那只贵宾犬，是它无声却义无反顾地陪伴了老王弥留的时光，最后一同死去。这里隐含了一种对世相的反讽，值得每个人用心咀嚼。

三、无法避开的现实环境

在小说之外，我们不得不关注现实环境。这可从城乡两个角度加以审视。

城市的老年人，大多有自己的退休金，维持他们个人的日常生活不会有问题，因此但凡能够不与子女一起生活的，他们就会自己另过。有利的一面是，他们可以根据自己的兴趣，自由选择自己喜欢的"活法"；不利的一面是，到年纪过老无法料理起居的时候，身边难得找到服侍的人——这一方面是因为子女工作忙，另一方面则是习惯了彼此间的疏远。这时，要么进入养老机构，要么出钱请护工，要么像老王那样，死了多天都无人过问。后者是特例，却不是孤例，在人情日益趋冷的现代社会里，这类例子只会越来越多。人情转热的可能性并不大，有效的方式大概只能依赖日益完备的监护手段，同时依赖从业者的细心、热心与仁心。

反之，农村老年人基本没有收入，而且早已耗光年轻时的所有积蓄，只能依附子女生活。由子女提供生活资源，独立生活的，大多只发生在二老健在且能料理饮食起居的情况下。其中的一部分，还能种植养殖，与子女分享自己的劳动成果。承担了代管孙辈义务的农村老年人，大多生活在子女隔三差五的电话关注之下，基本不会出现生病甚至死亡很久都无人知晓的情况。有一点也客观存在，那就是农村老年人生病了被及时发现，却不等于能及时送医。基于子女的经济条件、认知高度、彼此间的协调程度，等等，拖延致死的也占了一定比例。

因陌生而警惕，因职业、文化或爱好等差异而隔阂，城市人哪怕是隔壁邻居之间，老死不相往来都已经成为常态。在这个环境中濡染太久的老年人，不会突然改变惯性思维。他们主观上不会关注邻居，客观上也不会获得邻居的关注。从媒体报道来看，一些老年人死后被发现，是臭味飘出后，邻居报警求助的结果。相对而言，农村老年人不设防、喜欢串门的性格特点，使得他们的健康状况经常被外界关注到，从而避免了"意外"情形的出现。

不管是城市还是农村，老年人相同的尴尬，大多是与子女沟通不畅。城市老年人，与子女各自生活的可能会好点；农村与子女一起生活的老年人，因为性格、习惯、文化等差异，又因为在家庭中失去了话语权，过得压抑、憋屈、敢怒不敢言的，不是少数。

四、从现时打量未来

从现时打量未来，我们可以发现，立法层面的强制性或约束性，道德层面的倡导性或自律性，都为老年人的"银发时代"，提供了值得期盼的保障。然而，稍加注意，我们也会发现，法律和道德所指向的，恰好是现实生活中人们做得不很好甚至很不好的。这就注定了一个貌似乐观实则严峻的现实：老年人对关怀的渴望，不会在短期内得到切实的满足。如果说居住和温饱问题不再是老年人面对的难题，那么，在此之外，他们的精神、情感需求该得到怎样的关照，就升格为主要话题，值得引起广泛关注。

反溯既往，早在 1996 年 8 月，《中华人民共和国老年人权益保障法》就已颁行，又经过 2012 年和 2018 年两次修订，如今应该说很完善了。研读其条文，我们确实可以发现一些较为细致的规定和较为明确的提法，比如不光设定了"老有所养、老有所医、老有所为、老有所学、老有所乐"的目标，还作出了"赡养人应当履行对老年人经济上供养、生活上照料和精神上慰藉的义务，照顾老年人的特殊需要""家庭成员应当关心老年人的精神需求，不得忽视、冷落老年人""与老年人分开居住的家庭成员，应当经常看望或者问候老年人"之类的硬性规定。不过，如前述，我们较难发现做得很好很到位的。

按照时下标准，任何人年满 60 周岁即属于老年人。国家统计局第七次全国人口普查数据显示，60 岁及以上人口占 18.70%，与 2010 年相比，上升了 5.44 个百分点。这当然得益于生活条件和医疗条件的双重改观。与此同时，年轻劳动力却渐趋不足，放宽生育限制并加以鼓励成了首选，效果却难达预期。

一句话，老年人占比较高的"银发时代"已经不期而至，但是从决策到执行，从保障到落实，都还没来得及做好充分准备，有些"猝不及防"。在这个背景下，让一部分身体健康的老年人充分发挥老有所为的"余热效应"，值得作为多赢选项积极探索。小说的前瞻意味，正好体现在引起了我们关于"银发时代"的思索。

五、前瞻之外小说的现实意义

小说结尾处，老王灵魂离体后，在房间内飘动时"想起"了"顾城"的诗歌、升天途中"弄清楚"了祥林嫂穷尽一生都没有弄清楚的"灵魂有无"问题，固然可以显示出他执着的文学情怀（这与他在小说中的建树不相称），却因过于注重这方面的形象塑造而影响了小说在主题方面关于生死认知的哲学高度。换言之，老王的灵魂所"思考"的，应该是一些事关生死大限的问题。此外，老王死后的灵魂升华，浪漫主义比重似乎多了些，使得小说反映现实严峻意味的力度有所削弱。当然，他在死神来临时的孤独、绝望、挣扎、放弃，在客观上弥补了这一点。

不管怎么说，都不容否认，这篇小说的立意是严谨的，对"银发时代"惴惴前瞻的意味是鲜明的。养老与尊老，在社会生活中可能是一对近义词，仔细推敲，可以发现它们的内涵其实是不完全一致的：让老年人活下去，不管生存质量，不管精神状态，都只能算"养"；只有在此前提下，进一步从精神层面予以关怀，让老年人过得心情愉悦，才算得上"尊"。一般地看，从个人到家庭再到单位（如果有的话），从亲情到友情再到社交，具有一种由近及远的层级性质，当前者无法有效帮助"银发"，层级较近的后者，就应该积极补位而不是放任缺席。如果能做到这一点，人情的冷漠将会得到遏制，尊老的传统也将能得到弘扬。

从这个意义上说，《老王之死》虽然不是经典，却至少具有现实启悟价值，值得每个有机会读到它的人，于公于私，都能有所思，有所行。

2021-10-11

现代文明的"隐忧"

——读冉正万小说《纸房》

有人说现代文明很脆弱，只要电力中断，就什么都没有了。这话有调侃意味，却不得不承认，它击中了现代文明的"软肋"。我们似乎还可以套用有关科学技术的一句熟语：现代文明是一把双刃剑。它给人类带来巨大利益、进步的同时，对环境的破坏，并不虚夸，有很多是灾难性的，难以逆转的。面对大自然的"报复"，如地震、火山、海啸等，现代文明都窘于应对。如果原始农耕也算得上文明的话，那么现代文明对它的"摧毁"，更不费吹灰之力。

"隐忧"，是读完《纸房》后，我考虑得最多的一个问题。

《纸房》是知名实力作家冉正万先生的一部长篇小说，共四十二章。小说以黔北某个名叫纸房的原始村落为立脚点，反映了这片土地上的人们在勘探公司不速而至之后的惊讶，在黄金公司进驻后面对巨额征地赔偿款的窃喜，在系列"人祸"面前的惊惶、苦恼与茫然，及至被整体搬迁到香溪镇旁集中住进临时修建的"新街"，他们又满心的优越感。而在事实上，香溪镇上的人们并不认可和接纳他们。掩卷沉思，整部小说字里行间到处透露出一种"隐忧"。下面稍作分剖。

一、纸房及其众生

纸房并没有与现代社会隔绝，它仅仅是离县城和镇上都很远的一个没有行政级别的村落，因此我们可以很容易地给它贴上"原始""蛮荒""落后"之类的标签；客观上也确实如此。这里不是世外桃源，更不是人间净土，人类"该有"

的劣根性，在善良的大前提下，他们一样不少，比如狡黠，自私，怯懦，贪求小利，等等。但这些"劣根性"对纸房人来说，早已彼此适应，未必使自己获益，对别人来说也不会损失什么。

总体而言，纸房人生存境遇很差，生活质量很低，而且高度依赖环境，屈服于现状。知道有更好的生活，知道努力不会奏效，他们便不再徒劳。纸房人缺乏科学素养，对解释不清的神秘现象既敬且畏。勘探公司和黄金公司接踵而至，打破了他们之间既有的平衡。随着空气和水体污染、地形地貌遭到破坏而改变的，是纸房人的处境和心境，包括他们的处世规则和未卜的命运。

二、"外因"对纸房人的改变

有趣的是纸房人的改变，其外在表达很多时候是违心的，要从反面去琢磨才能明了。初次和勘探公司打交道，他们是好奇——对设备好奇，对工作人员好奇。怀疑那些人是来"取宝"（地下冒光使他们觉得纸房地下有"宝马"）后，他们由好奇变为敌视，不过这敌视以冷淡为特征。后来发现跟着去搬运器材、帮着挖坑可以获得回报，他们也乐此不疲；没有机会去的人，或多或少都暗生一些"芥蒂"。随"外因"改变较为彻底的，是从外地嫁到纸房而死了丈夫的张雨晴。这与她较强的适应力、具备一定的文化基础有关；获得认可则与她较漂亮的长相有关。这一点，纸房的其他女人望尘莫及。

黄金公司进驻以后，纸房的情况发生了巨变。大规模的开采，让纸房人的力气有了用武之地。在公司打工的收入，加上征地赔偿款，使他们在大量的钞票面前沾沾自喜而又无所适从。自古以来一直被呵护的庄稼，被其主人遗弃，在田间"蒙尘"、倒伏、腐烂。心痛粮食本来是农民的优良传统，但在此时的纸房，居然颗粒不收。

粉尘弥空，所有绿色植物失去了该有的青翠，纸房的青山不再；唯一的池塘被不同的公司争相抽水，纸房的绿水不再。牲畜患病，人也在恶劣的环境中病恹恹地活着，满意的收入使他们选择无视——其实他们没有别的选择。

环境恶化的顶点，是尾矿超重造成山体滑坡导致许多纸房人的死伤。全村人被临时安排到一个坝子中，全体住进帐篷。再后来被整体搬迁到香溪镇。搬迁后的纸房人在香溪镇可以说"里外不是"，举手投足无所适从，内心自卑，外表自大。许多人因为别无所长，只得返回纸房的黄金公司，重操"旧业"，争当来钱快却繁重且危险的"挖山佬"；有的投资转包别人亏损的制砖厂、蜂窝煤厂之类，都以重体力为特征。连同跑客运者在内，基本上都是惨淡经营，难以为继——这是纸房人离开纸房后的就业前景。

黄金公司是纸房变化的"外因"，却不折不扣地起着决定性的作用。纸房人并不是"内因"，他们只能被动地跟在后面，亦步亦趋。

三、走进《纸房》的"向导"

（一）道云老汉

本名赊文忠的道云老汉，是个善良而倔强的老头儿，哭丧生涯的特殊性使人们不喜欢他，忌讳他，但他却是整个纸房唯一有号名[①]的人。可以说，他是人天（大自然）和谐相处的代表，一些举止在别人看来荒唐可笑，却不乏泛神的意味：王光线家背后的地里冒出白光，他绝望得大哭，认为纸房的"灵光"跑了、纸房人"完了"；各色蚂蚁在白光之后大规模结队逃亡，他叫人们阻挡，甚至赤身躺倒在蚂蚁队列中，想让蚂蚁们抬着他一起逃离。被人讽刺、嘲弄，他不改初衷，我行我素。诚心收徒，遭到抵制甚至斥责，他不卑不亢，一如既往。

道云老汉身在纸房，却孤独地活在人情之外，不到紧要时刻人们不会想起他。他以哭丧作为谋生途径，读完小说我们可以发现，那既是哭别逝者，更是哭别纸房人天（大自然）的和谐状态。

---

① 〔号名〕今人取名，只包括姓和名两部分；传统的人名，最多时包括姓、名、字、号四部分，如白居易，姓白，名居易，字乐天，号香山居士。文中的号名，指的是字。

（二）李国田

李国田是纸房唯一拥有现代科学理念的人，是唯一走出去在香溪镇拥有一份正式工作的纸房人。他与纸房人一样拥有许多"劣根性"，但生活在纸房之外，性格孤僻、高傲，特立独行。李国田的科学理念并没有超出人们的认知常识，却是纸房人信赖的对象。他搞了许多"科研"，却没有一项具备实用价值，包括准备为黄金公司提供的能复位土壤的"传送带"，也因功耗过高，最后半途而废。这件事间接反映了李国田的家乡观念与环保意识——撇开成败看，这个形象也自有其可爱之处。周辛维明白其用意后二话不说爽快借钱给他，可以证明这一点。

被人羡慕有一份正式工作的李国田，也是一个失败者。他第一桩婚姻源自父母包办，有名无实，亏了对方也苦了自己；第二桩婚姻建立在偷欢的基础上，也没保持多久。从两次离婚时对财产的慷慨态度结合其他表现来分析李国田这个形象，可以发现他既不是恶人也不是坏人，至多是个有缺点和不足的普通人——这也是除开村长李自强之外，诸多纸房形象的共同之处。

（三）周辛维

在小说中以第一人称视角出现的周辛维，是一个有意思的主角。严格说来，他在小说中参与度并不高。小说虽然借周辛维的视角展开叙事，很多情节却远远超出了他所能触及的时间与空间范围，不特定地融入了"上帝视角"。由于作家娴熟的技巧，而且是有意为之，我们感觉不到生硬或牵强之处，一切都很自然。

周辛维童年时期死了母亲，少年时期死了父亲，命运悲苦，但朦胧地不甘于纸房原始落后的生活，不安于黄金公司的巨额赔偿，在饱受污染的环境里独自一人艰难地耕种庄稼。黄金公司尾矿超重导致山体滑坡，纸房不再宜居，他不得不跟随大伙一起搬迁到香溪镇。租地栽下成片的木槿，他仅仅是为了呼唤爱情——兑现向卫校实习生桑红许下的诺言，让她观赏成片的木槿花。与桑红仅仅在纸房见过几次面，城乡差异，家境差异，文化差异，都注定周辛维呼唤无果。许多封信飞出香溪镇后杳无回音，周辛维绝望之下烧掉了木槿，连同范光乾送给他的种树书；最后遭遇车祸，成了一个摆不脱双拐的残疾人。周辛维是诸多纸房形象中唯一有着许多思考、判断，但在环境变迁面前同样无能为力的人，相对于别人的自由奔走，他将面对惨淡的余生。

四、角色相处的两个细节

《纸房》中有许多角色，自然也就有许多人际交往，最值得加以注意的有如下两处。

（一）周辛维与李国田矛盾化解

这间接地表现了他们热爱家乡，都希望纸房能够起死回生。要知道此前，李国田因为误解周辛维向妻子（李国田的前妻是周辛维的二姨，其时尚未离婚）告密他偷欢而相当鄙视、痛恨；周辛维则因为李国田误解他而憋屈、愤怒。李来借钱，说明用途后周立刻答应，原因在于这笔钱是用在想让纸房"复原"的研究上，被那份精神所感动。"研究"失败，周辛维并没有催要那两万块钱，足以说明他并未刻意追求现实结果。向周辛维絮叨了对纸房和纸房人曾经的种种"恶感"及环境被破坏得面目全非的难过心情之后，李国田说了这么一番话：

我设计这个机器，是想把破坏得不成样子的纸房恢复到过去。原理很简单，这是一个循环装置，金矿挖起来后——你不能让他们不挖，把金矿从这条传送带输送到浸泡池，提炼过的黄土再用这条传送带输送到山坡上，从哪里挖起来的就回填到哪里。纸房雨水多，只要有泥土，时间长了自然会长出植物来，先是野草、苔藓，然后是灌木、乔木。经过一百年，两百年，被挖掉的纸房也许就复原了……

同样值得我们关注的是，道云老汉听到消息后，也托周辛维转交了一笔钱给李国田，特别强调是哭丧所得——表明来路干净。那是手绢包着的一沓钞票，时间太久，有的发霉，有的已经不再流通。在乡土乡情方面，三个人想法相通。

（二）道云老汉临死前烙伤了李国田

道云老汉是李国田的干爹。碍于哭丧匠地位的"低下"，李国田从来没有喊过他一声爹。去找道云老汉还钱，李国田的想法是"不想欠死人的钱"。但奇迹因此出现：

躺在炉子边奄奄一息的道云老汉拼尽全身力气站起来，从炉子里拿出一个东西向李国田杵来，当时就把他的胸部烙伤了。道云老汉拿着烧红的火戳子哈哈大笑，在笑声中没接上气，高高兴兴就死了。道云老汉的女婿说，那本来是为周辛维准备的，每天都烧在炉子里，大概是人已经糊涂了，认错人了。火戳子是他家祖传下来的。

道云老汉是否有一种往下传授"衣钵"（从小说全局来看，并不仅仅针对哭丧而言，还包括对人天关系的认知）的"预谋"？这是否属于一种信仰的"烙印"？周辛维是他唯一看中想要收徒并多次给零花钱的对象，却始终不被对方认可（哪怕周后来曾有过内心纠结）。如前述，李国田是道云老汉的干儿子，却从来没有喊过他。

从二人交谈来看，他们对道云老汉的印象都在朝好的方向转变，但已无济于事。道云老汉承接过来的衣钵，无论是否代表着某些民间技艺的神髓，都注定要"陨灭"。

五、隐喻及其他

《纸房》在不少方面都运用了隐喻或者说象征的手法，至少包含了以下几点。

（一）鱼多垛

鱼多垛是纸房人的秘密，是一处可以长时间藏身的神秘而又危险但能躲开外部攻击的所在。那地方土匪都不敢侵扰，就连他们自己也做不到来去自如。小说第一章里面如此介绍：

鱼多垛远看像一座城堡，有三个出口，两个入口，里面有岩石，有石林，有暗河，有天坑，有水塘，岩洞和暗河像乌龟肠子一样复杂。天坑不但多，还像牵尸鬼布置的陷阱一样防不胜防。村里人也不敢从出口进去，一旦走进岔道，就有可能跌进深渊。从入口进去，也要懂得相应的记号才不致迷路。光懂记号还不行，还要牵一头大水牛。天坑又小又深，被茂密的野草遮得严严实实，里面十有八九还有毒蛇。人或动物掉进去，这些毒蛇就可以好好进餐了。只有大水牛知道天坑的位置，不是它的蹄子有感应器，而是它的身躯太大，脸盆大小的坑口对它没有威胁，踩空了可以爬起来。所以进去得牵村子里最肥壮的水牛。

鱼多垛，纸房人的精神之根，只有水牛能够确保不掉落天坑的地方。纸房人遇到危难可以进去躲藏一段时间，却不能赖以繁衍生息。那里好像实有其地，却更像一个乌托邦式的存在。

（二）纸房和"纸房"

相对于鱼多垛的神秘莫测，纸房的现实感要鲜明得多。这是一个存在种种不足乃至缺陷的偏僻村落，高度依赖自然环境。紧随着鱼多垛的描写，小说还有一段关于纸房的描述。再引述如下：

有人说土匪不来是因为纸房太穷。不过无论如何，几百年来，纸房的山是青的，水是绿的，雨滴是干净的。下雪时，每一粒雪米都晶莹剔透，晶体里仿佛有一根细小的秒针在滴答作响。

由此可知，纸房人的生存境遇不佳，但居住环境有一种自然之美，连落雪都有一种令人揪心的纯净。纸房因为地底下有金矿而与现代文明产生了交集，固有的一切在短时间内被彻底毁坏。

"纸房"的通常含义，在黔地风俗中属于"纸扎"之一——用篾条做成骨架、再用纸糊成房屋后焚烧给逝者的祭品。正万先生将其作为书名，我想主要在于体现它在现代文明面前的脆弱。广西师范大学 2021 年 10 月出版的单行本《纸房》，采用橙色作封面的主基调，局部衬以黄色，给人"火焰"的联想；"纸房"二字则是纸张的底色，有破碎感，炭炭于"火焰"之上。"纸房"的寓意，设计者应该是领会到了。

（三）"灾异"

"灾异"，一般是志书对灾难和与之相关的某些超自然现象的综合说法，很多时候包括当时解释不清的天象在内。在这部小说中，我们可以将其归纳为虚写和实写两方面。

虚写部分：其一，有白色光柱从王光线家背后几十丈之外的地底下冒出，斜向东方，三天后才消失；其二，各色蚂蚁拧成一股结队逃离，纸房人用扫把扫回去，用口袋装回去，甚至极端地用脚踩、用火烧，它们都宁死不肯留下来；其三，老鼠异变和骤然增殖，景象令人战栗；其四，肖四录被蛇咬之后，身上长满了鳞片；……

实写部分：黄金公司的开采活动给纸房造成了一系列生态灾难，粉尘漫天，人畜呼吸不畅，所有绿色植物全部失去本来的绿，庄稼首当其冲；浸泡池排污导致毒水漫延，牲畜中毒死亡；到黄金公司打工的人时有死伤；地形地貌发生巨大改变，尾矿移位造成山体滑坡，村民蒙受重大损失；机械化开采加速纸房环境的恶化；…… 这部分，已属"人祸"了。

（四）坛神

坛神在《纸房》里面是一个神秘的存在，但像鱼多垛那样为人所知不同，他只跟道云老汉及其家族有关。坛神与火戳子一道，构成了哭丧这个行业的历史承继，当然还包括"哭词"和理念在内的其他种种。这也是一种文化，哪怕得不到普遍认同；民俗学家的兴趣，至少可以影响一部分人。我们需要注意的有两点：一是道云老汉对他的坛神极为恭敬，相关礼仪极为周详，搬新家后在雪白的墙上凿孔安放他的坛神，为此差点和女婿闹翻；二是经常带他的坛神到周辛维的木槿花大棚里面享受花香，可以说精诚所至，无以复加。

在上述两点之外，更值得关注的是坛神的身份——三闾大夫①。道云老汉并不清楚三闾大夫的内涵，但《纸房》的读者不能不知道，这是一个忧国忧民的形象，至今依然为人们所缅怀、纪念。三闾大夫何时成了哭丧行业的祖师爷，无法考证清楚，我们只要懂得道云老汉之"忧"，并非为了一己私利，这就行了。

六、走出《纸房》

从"纸房"之外看社会发展、时代进步，非常重要，也非常必要。然而，如何发展，如何进步，需要统筹全局，关注环境。直接点说，以制造生态灾难为代价的发展尤其值得警惕。很多损毁不可逆；复耕复垦，有时候仅是法律层面的底线要求，其现实效果未必真，也未必佳。法律的功用，似乎更多地表现为事后追责，且多是在造成的损失难以估量的情况下。香溪镇准备以金矿采完后纸房残留的毒水矿坑、危岭巉岩作为旅游资源予以开发的想法，并非不美，但游客未必买账，我们也就看不出有几成胜算。

关于环境保护，圣哲高瞻远瞩。这"隐忧"，在一些地方其实早已摆在明面上了。用采矿指代现代文明，有以偏概全之嫌，但它提炼的成果，至少是现代文明须臾离不得的原材料。该怎么权衡和取舍，在"文学"之外，人们如果真正重视可持续发展，就不该继续无视生态损毁的严峻性。

2021-12-30

---

① 〔三闾大夫〕解读之一或为屈原，从小说角度看不宜指实。

冷色调的命运交响

——略谈迟子建小说《群山之巅》的人物

一桩案情较为简单的杀人案加上逃亡途中的强奸案，牵扯着龙盏镇上每个人的神经，逐渐影响到长青县乃至松山地区；几个不同姓氏之间人物的命运与情感纠葛，逐一展现，稍微亮相后又相继谢幕，直到人犯被诛。这，构成了迟子建长篇小说《群山之巅》的主体。

但小说反映的并不是案件的侦破过程（从这个角度看，一些从业者的专业能力似乎不是很到位），也没有将推理演绎作为叙事脉络，而是将各色人物的命运，或台前或幕后，予以相应的展现和发展，从而完成他们各自的形象塑造。

《群山之巅》的人物之间存在各式各样的关系，包括不同姓氏（家庭）之间、个人之间——还可延伸到人与物之间。每一种关系，都是一曲命运的交响。

一、家庭内部的命运交响

辛家　第一代辛永库，童年时期因为饥荒被父母卖掉，从南到北，辗转各地吃尽无数苦头，投身参加抗战，行军途中不幸掉队，加上到地方后娶了一位日本流亡女为妻子而被当作抗战逃兵，长期遭受不公正待遇，本名被"辛开溜"取代，连儿子都看不起他。憋屈的辛开溜以跟安玉顺作对为乐，时常设置一些小障碍；安玉顺死后，他居然打酒割肉在家张灯结彩庆贺，弄得儿子都看不惯，提着杀猪刀登门将其扯掉。第二代辛七杂以屠宰为生，说是辛开溜的儿子，与他却没有血缘关系。因为出身的缘故，辛七杂不想让自己"不洁不义"的血液流传，向媒人开出的结婚条件是女方"不生养"。这让家贫貌丑而嫁不出去的王秀满看到了希望，毅然到乡卫生院做了结扎手术，奔他而去。第三代辛欣来，是辛七杂的养子。女人的天性让王秀满渴望当一个母亲，在辛七杂的支持下他们收养了一个上海女知青遗留下的孩子。正是这个养子，挥刀砍下了王秀满的头颅，在逃亡途中又强奸了安雪儿。

安家　第一代安玉顺，是位抗战英雄，肢体伤残，但受到上级重视，多年来不停地到各地巡回宣讲英雄事迹，人到中年就被烈士陵园预留了最佳位置，提前"享受"了烈士待遇。能歌善舞的鄂伦春族姑娘孟青枝曾经是安玉顺的粉丝，在漫长的年月中与安玉顺的婚姻不是没有过波折（婚后一度跟安玉顺闹僵，后来常常帮人刺绣婚服，被称作绣娘），但最终还是凑合到老。安家第二代，长子安平是长青县法院的一名法警，因长期从事处决犯人的工作，妻子全凌燕心怀惊恐，生下孩子后与他离了婚。次子安泰是古约文乡乡长，其妻葛秀丽在乡里开了一家鄂伦春族民俗博物馆。第三代安雪儿是安平的独生女，因体弱多病生长缓慢，成了一个侏儒。安雪儿在小学期间两次跳级，成绩优异，初中毕业后却不再上学。安雪儿异常聪颖，对外物的感知明显与众不同，其间几次预言别人的死期都一语成谶，让乡人既敬且畏，称之为安小仙，奉作"神明"。第三代安大营和安大庆都是安泰的儿子。安大营在部队服役，本可提早退伍，因为前景还不错，继续留在部队。他心爱的两个女子，分别成了汪团长和于师长的玩物。心情不好开车导致坠江死亡，安大营被包装成了英雄，跟他爷爷一样，埋进了长青县烈士陵园。怕安大庆也出差错，他母亲葛秀丽就到林市民族大学附近，租房子专门"陪读"。

陈家　第一代陈金谷、陈美珍、陈银谷。兄妹三人中的陈金谷是老大，从林场场长起步，做到了林业局副局长。长青县成立，他又脱颖而出当了第一任县长；之后进一步高升，做了松山地委组织部部长、副书记，家资巨富。生病检查，陈金谷被发现是尿毒症晚期。从陈金谷权力中受益的陈美珍和陈银谷，包括下一代子侄，都不肯慷慨捐肾，各找理由推拒。唐眉是唯一的例外，不过并没有成功。第二代以陈庆北为代表，才 32 岁，就当了松山地区公安局最年轻的副局长。陈金谷的肾源问题让陈庆北犯难，到黑市去买，无果。他母亲徐金玲提供的一个信息，使这件事峰回路转。在陈庆北的运作下，死刑犯辛欣来的一个肾成功割给了陈金谷。陈家第三代是陈庆北一个 5 岁的儿子，在小说中没有名字，也没有故事。

唐家　第一代唐铁刚，是参加松山地区林业大开发的工人。第二代唐汉成，早期和父亲一样是一位伐木工。唐汉成是小说中少有的英俊男子，陈美珍喜欢他却又知道自己不般配，就让自己大哥出面请他做客，灌醉后摆了一道"鸿门宴"，生米就成了"熟饭"。陈家关照，唐汉成坐上了龙盏镇的头把交椅。在小说中这是一个还算稳定的家庭，原因自然是陈家随时可以左右唐汉成的仕途，这也是他在婚姻问题上不敢越雷池的缘故。第三代唐志、唐眉，分别是唐汉成的儿子和女儿。前者到外国留学，后者放弃大城市的优渥条件，固执地来到条件艰苦的龙盏镇卫生院工作。

从代际对应来看，陈家出场比辛家和安家都晚一代。唐家在龙盏镇举足轻重，就小说人物关系而言，不过是陈家的"扈从"。

小说中提到夫妻二人姓名的家庭还有好几个，如单尔东家、屈承业家、李来庆家，等等。从家庭角度审视，他们基本上没对别的角色形成什么影响，略过。

二、个人之间的命运交响（双向）

安平与李素珍　作为行刑法警的安平和作为殡仪馆理容师的李素珍，他们的双手都让人害怕。安平因为行刑的双手被介意而失去了婚姻，李素珍则因为有个瘫痪的丈夫而艰难度日。一次李素珍出门过夜导致丈夫求助无门，被煤烟熏死在门后面，强烈的负罪感让她觉得判二缓二量刑过轻而提出上诉，并因此终止了与安平的关系。

陈金谷与刘爱娣　三十年前，陈金谷在青山县林业局当副局长兼知青办主任。

偶然原因，他与来自上海的女知青刘爱娣好上了。二人生下了一个孩子，辗转成了后来的辛欣来，集恶果与苦果于一身。

唐眉与汪团长、林大花与于师长　学药剂专业的唐眉多次被汪团长请去诊病，二人保持了一段时间的渐变式关系。林大花与于师长，则是一笔金额八万的交易，当即完成。此外，唐、林二人都是安大营心仪的目标，部队首长每次召唤却都由他开车接送。她们无意中共同导致了安大营的死亡。

三、个人之间的命运交响（单向）

小说中有许多单向的个人关系，丰富多姿。难以细细列举，以下主要以辛欣来为例。他算不上小说的主角，但一系列的人和事都由他连缀。

辛开溜父子对辛欣来　尽管没有血缘关系，辛氏父子对辛欣来依然满怀关爱；只是关心不得法，酿成了后患。辛开溜在孙子犯案后帮助他躲藏了一年多，其中固然有疼爱孙子的成分，但更主要的缘由，却是为了洗雪"前耻"；他成功了。他并不希望孙子长期隐匿，于是在重孙毛边出生后，故意把他的藏身之地透露给安平——在亲情与法律之间，他明智地选择了后者。专门补充：恶果的造成，与辛欣来自小受人欺负的身世和瘦弱体格有关，更与他因别人纵火烧毁山林而蒙冤入狱的经历有关。众多因素形成合力，"促成"了辛欣来的"坏"。

安平父女对辛欣来　对作恶的辛欣来，安平满腔痛恨，但法警身份决定他不会寻私仇。在警察三次大规模搜山准备抓捕和母亲几次进山想要寻仇之余，他每次进山搜寻都是冷静的，包括在花老爷洞中擒住辛欣来。这是一个富有人格魅力的形象，通过恳切的交谈后辛欣来自甘束手就擒，就是明证。安雪儿对辛欣来不喜欢，但也没有仇恨，对生下的孩子毛边，她视作上天的赐予，悉心呵护。仔细梳理小说文本，我们还可进一步发现：安雪儿并不希望辛欣来被抓住，不希望他被处死，在法庭上还为他开脱；经不起陈美珍的请求在暴风雪之夜到龙山顶上为她哥哥陈金谷祈祷，应该也包括辛欣来被处死后还有一个肾活在他身上的缘故。

——安雪儿这个形象被赋予诸多内涵，充满了不同的隐喻和象征意味。

陈金谷父子对辛欣来　得知自己有这么一个儿子之后，陈金谷心中一定有某种触动，但为了保住自己的乌纱，他不敢也不会相认，私底下都不会；换言之，不会有爱惜，不会有亲情——只剩下对其肾资源的觊觎。陈庆北则只对辛欣来的肾有兴趣，略施计谋，许下一个"搭救"的画饼，然后对他的肾和生命实施了双重攫夺。

辛欣来对辛家　第一代有"逃兵"屈辱，第二代关爱失策，辛欣来对他们既痛恨又鄙视。辛开溜帮助他隐藏了几个月，终于得到他的肯定；对辛七杂他却至死也不肯原谅，哪怕后者在他面前老泪纵横。

辛欣来对安家　安家人生活在光环之中，事事超过自己，辛欣来自然不甘心，但他的"报复"显得较有节制。侵犯安雪儿，诱因主要在于她的"神明"身份，与报复没有关系。甘愿束手就擒，反映出辛欣来最后对安平是服气的。

辛欣来对陈家　得知自己是陈家的骨肉，相信生父一家会救自己，对活下去满怀信心，连辛七杂和安雪儿（带着孩子）请求探监都被拒绝，认为自己"会活下去，不作死亡之别"。被判死刑后没在规定时间提起上诉，既反映了辛欣来对法律的无知，也反映了他对陈家的盲目信任。

唐眉对陈媛　读大学期间因为陈媛比自己优秀，为了同一个男生，唐眉不惜对她下了药。变成智障者后的陈媛缺乏生活自理能力，还遭到了亲人的遗弃。唐眉良心发现后追悔莫及，一直将陈媛带在身边，为了她选择终身不嫁。

四、人与动物的命运交响

人与狗　在这部小说中，李木匠还有辛开溜，他们与狗，都有着非同寻常的情分。下面稍作引述。

与李木匠须臾不离的黄狗，也跟着送葬队伍去了墓地。李木匠入土了，埋他的人扛着镐头铁锹走了，它还哀怨地趴在坟头。李木匠的后人三天后来圆坟，发现墓穴被黄狗刨开了，它四蹄①绽裂，血迹斑斑，趴在主人的棺材上，已无气息。李木匠的后人重新培土，将黄狗和父亲埋在一起。这条狗在这个冬天，成了龙盏镇最动人的话题。（P223）

辛开溜的墓地，是黄狗爱子选的，靠近一条小溪。辛开溜出事住进医院后，安雪儿每天给爱子喂食。爱子早晨出去，晚上回来看家。镇子里采葡萄的人，看见爱子在西山的松林刨坑。人们那时就议论辛开溜活不了几日了。（P298）

辛开溜的灵车到达龙盏镇时，爱子到北口迎接，呜呜哀叫。它在西山刨的墓穴，澡盆那般大，印满花形爪印，坑底渗出一汪水来，看上去像嵌着一面圆圆的镜子，反射着阳光。（P298）

辛七杂把父亲葬在这里……（P299）

人与马　绣娘多年来跟一匹白马形影不离，不仅把它的卫生打理得很好，更是呵护有加。几番不动声色地进山搜寻辛欣来，也是仗着白马的脚力。白马在安平手里失踪数月，找寻无果。在茶馆中忽然从打鱼人老于那里得知消息，绣娘心急赶去，被门槛绊倒，一跤气绝。两个儿子按照她生前遗愿，将她安放在白马的骨架之上，实行风葬。

五、人物命运的冷色调

不论是从家庭角度，还是从个人角度，小说中人物的命运，从其他家庭的现实处境，到陈家的穷途末路，都是冷色调的。以下仅从家庭角度，略作梳理。

辛家　在第一代"逃兵"的屈辱中，一家人憋屈地活着，家庭关系剑拔弩张。小说结束时，第一代死了，第三代死了，剩下第二代辛七杂。虽然重新拥有了婚姻，辛七杂和金素袖却都已超过了生育年龄。

安家　在第一代"英雄"的光环下，一家人活得顺风顺水，逝者还享受无尽的荣光。这"荣光"的道具性质直接造成了安家第一代安玉顺夫妇之间的情感裂

---

① 〔蹄〕原文如此，应作"爪"。

痕。第二代安平追捕辛欣来心切认错人跳火车扑空而提前退休，安泰则因违反殡葬改革政策将母亲风葬而离开乡长位置。第三代，除了带着孩子一人生活的安雪儿，只剩下那个仍在读书的安大庆。

陈家 陈家是小说中出场不多却威势显赫的一家，家庭成员能被安排到不同的部门，尤其是第二代陈庆北 32 岁就做到了地区公安局副局长的要位，包括陈金谷的妻子徐金玲在家专事收取贿赂大肆敛财，无一不是权力荫庇的结果。小说最后，贪腐事发，陈家的显赫，也就注定要打上句点。

唐家 唐家在小说中"戏份"较多，但因为唐汉成的职位受惠于陈家，在陈家倒下后他还能维系多久，也就成了未知数。不过，根据唐汉成并不特别恋权的性格，即便有影响也不会很大，而且对龙盏镇这片土地，他有着与众不同的热爱。

小结：人性的亮色

在《群山之巅》里面，许多人物的形象特征，都是鲜活、生动，让人过目不忘的；没有脸谱化、平板化，更没有标签化。以下，侧重于梳理和展示小说中的人性亮色。

辛开溜前半生悲惨，后半生窝囊，但他挺了下来；与警察几个月的巧妙周旋，很重要的一个因素就是为了证明自己。在医院哪怕医生基于同情关掉了钢瓶的氧气阀门，他还是"倔强"地挺到了八月一日凌晨，成了长青县第一个被火化的人，直接打脸垂危之际老魏在病房中对他胆小窝囊的数落。骨灰里嵌着的几块弹片，使他赢得了儿子辛七杂的敬重——外加后悔。

唐汉成则是一个有趣的形象，系列作派都与他的职位不符：为了"恢复"龙盏镇被破坏的风水，他不惜毁掉已经修好的一条水泥大道，并沿路的方向铺设水管以增强"效果"；为了保住本地不因无烟煤开采而污染环境，他宁愿受制于辛开溜，被他要挟，比如用一匹鄂伦春好马换下辛开溜的一篮煤块；为了赶走前来探矿的技术员，他不惜授意镇政府办秘书小孟，让他指使李来庆用羊去撞，好让对方"轻伤"后离开；为了保住龙盏镇的青山绿水，他在龙山顶上修了一座土地祠，彰显其环保理念。

安雪儿为其祖父安玉顺制作的精美墓碑，被她铲去图像和文字后刻上"辛永库之墓"送给了辛开溜，立在他的坟前——烈士陵园用不上安家人自制的墓碑。

唐眉像王秀满那样未婚结扎，但她的目的在于完成灵魂的自我救赎，这比仅为了奔婚姻而去难得多。

总之，《群山之巅》里面的人物，除了辛欣来的罪有应得，陈家的"行不义"而"自毙"，不管憋屈还是无奈，悲愤还是惬意，贫寒还是富庶，其他绝大多数人的心态，都趋向善良、友好或宽容。换言之，绝大多数人在冷色调的命运交响中，都蕴含着人性的亮色——安雪儿堪称代表。

部分章节之间的顶针式布局增强了《群山之巅》的悬念，大量的补叙、插叙和倒叙，使得这部小说的人物形象更加丰满，部分铺叙则让我们充分领略到北国边陲的风土人情。这些都是值得充分肯定的地方。小说在安雪儿第二次遭到强暴时竭力的呼救中戛然收束，而且用"一世界的鹅毛大雪，谁又能听见谁的呼唤！"作结，在人性的亮色之外，又给我们留下无限的感叹和思考。

2022-01-32

两个奢香，一种襟怀

——历史小说《奢香夫人》与《大节千秋》比较

《奢香夫人》（以下简称《奢》）是一部长篇历史小说，贵州人民出版社 2013 年 5 月第 1 版第 1 次印刷，16 开，正文 404 页；作者欧阳黔森，贵州省现任文联主席、作协主席。《大节千秋》（以下简称《大》）也是一部长篇历史小说，中国文联出版社 2013 年 7 月第 1 版第 1 次印刷，32 开，正文 578 页；作者吴勇，贵州省作协理事。两部小说都以元末明初水西杰出的彝族女首领奢香夫人（以下简称奢香）为主角，在历史原型的基础上演绎而成。水西处于建省后的贵州西部，两位作家又都是贵州人，将两部小说放到一起进行阅读比较，应该算一件有意义的事情。这里的比较，并非为了区分"高下"，而是试图通过人物、事件、主题侧重等方面的不同，管窥两部小说艺术张力的某些端倪，从中领略它们各自的思想和艺术价值。

一、两部小说中人物形象的比较

（一）相同者

大明朝廷方面，有朱元璋、傅友德、马烨；水西方面，有霭翠、奢香、果瓦、陇弟；水东方面，有刘淑珍；残元方面，有梁王（名字称述略异，《奢》称作巴扎瓦尔密，《大》称作把匝剌瓦尔密，但小说绝大多数页面，都将"剌"误作"剌"——P126 作"拉"）。

以上所谓相同，指的是两部小说中的主要角色所处的地位及其在小说中的分量；仔细探究，他们当中的一部分，"戏份"还是有区别的。

朱元璋　《奢》：身处权力巅峰，深谙人心向背的重要，希望社会安宁；有全局意识，在国家利益面前具有不徇私的公正。《大》：在前者的基础上，跟奢香和刘赎珠的交集更多，更具亲和力。不过，后者中的朱元璋默许乃至纵容燕王朱棣和楚王朱桢等人公开干政而坐视不管，仅将马烨问斩，其本性和本心，都未必与历史视野下的朱元璋一致，也对其"王子犯法与庶民同罪"的形象打了一个小小的折扣。

傅友德　《奢》：与副将刘增厚、李云等统率大军从贵阳借道水西出征云南，除了水西主动提供给养和马匹，以及格宗带了一支军队前去助战之外，与水西交集较少，存在距离感；担任钦差察访贵州，对马烨多有提醒和告诫，但不奏效。《大》：与副将蓝玉、沐英等统率大军强攻普里出征云南，被朝廷赋予的担子更重、任务更多，与水西交道更直接——班师时刻意绕道水西与霭翠会面，到九层衙做客，不仅认了金花做干女儿，送了她一把玉骨金面的折扇，还将御赐的一块和田美玉送给陇弟作纪念；与霭翠交流颇多，当然，告诫也很严肃；子女教育松懈，家风整饬很不到位。

霭翠　《奢》：十八岁袭职，因病早逝；有三兄弟，霭翠为长；曾因奢香提治理建议而斥责过她；早逝——书中应该是采信了霭翠卒年三十四岁之说。《大》：四十二岁袭职，与脱脱格斗时因伤瘫痪，在次妻（前妻拜弄在奢香嫁入后被降低身份）和果瓦协助下料理部族事务，在痛苦中活到五十五岁；没有别的兄弟姐妹；病情严重时，曾鼓励正妻奢香私下另找心仪的年轻伴侣。

奢香　《奢》：娘家在永宁，兄长禄照，嫂子格玛；嫁到水西后独力支撑部族内外事务，在内耗中分散了太多精力；霭翠去世后，经过几番波折，才带领朵妮等搬到贵州宣慰府摄政；送陇弟到南京入太学，是奢香的主动行为；号召百姓修驿道是奢香的主动行为，官府投资，征集民力物力共同完成。在这部小说中，奢香能力的成长，既有先天的禀赋，又有后天的发奋，还有兄长禄照的点拨，更有嫁到水西之后霭翠的信赖和鼓励，显得更加水到渠成。《大》：娘家在扯勒，兄长禄照，嫂子陇芳；部族事务由拜弄和果瓦协助仍然担任贵州宣慰使的霭翠在慕俄格城完成，外部事务则由阿洛协助担任贵州宣慰司事务署理的奢香在贵州城完成；阿洛在奢香培养下迅速成长，为她分担了许多重任；送陇弟入太学，是朝廷的命令；修驿道系工部下令，前期由马烨具体负责，奢香"一概不知，但请都司大人做主"。在这部小说中，奢香的能力，集中表现在劝说水西之外诸彝部回归大明朝廷，以及和阿洛等人一起应对马烨的恶行上。在霭翠五十五岁去世后她才开始摄政，在刘赎珠协同下和大明朝廷包括与皇帝朱元璋的交往才开始密切。

　　果瓦　《奢》：对霭翠忠心不二，但对奢香有忌惮，有防范；认为属相相克，反对奢香与霭翠的婚姻；认为奢香"不是水西的灾星，就是水西的救星"，反映了坚信奢香能力而怀疑她忠诚的矛盾心理；对奢香奉行汉学倡导改革，他由忌惮到忌恨，不惜派人殴打奢香好不容易请来的汉学教师耿其昌等人，导致与奢香关系降到冰点。《大》："戏份"不多，主要表现在脱脱偷袭贵州城的危急时刻，及时带兵解了围；其余时候，主要体现在重要的文书记录。

　　刘淑珍（《大》中名刘赎珠）　《奢》：奢香惨遭"裸挞"，尽力控制住局面后，是刘淑珍陪着一起进京告御状。《大》：奢香惨遭"裸挞"后，刘赎珠先进京检举马烨罪行，而后又第二次专程陪奢香进京控诉。

　　梁王　《奢》：一心反明复元，坚持到最后；明知不能"斩来使"，接连三次杀钦差表态度；明军攻陷昆明后被一根烧坏的房梁砸成重伤，临死前委派世子巴合木到漠北东山再起，向巴根灌输反明复元的信念并将传国玉玺交给他带走；为了笼络人心，此前曾准备将传国玉玺交给水西做质押。《大》：认识到反明复元不再可行，心态摇摆且倾向于投明；北元朝廷得知后下令让钦差脱脱留下来，改授靖边忠勇副元帅，从事实上取代梁王；两番杀钦差吴云、王祎，都系脱脱所为；明军攻进昆明后，脱脱战死，梁王全家投湖。

马烨　《奢》：职衔为贵州都督，充满民族偏见与歧视；为了达到立功目的，多次设计陷害，无所不用其极，以"裸挞"奢香为最；刑部侍郎冯文审理马案，因其身份特殊，半途中止；临刑前，奢香曾为之求情，被拒；死前，朱元璋派焦光替自己探监，至死执迷不悟。《大》：先为贵州卫参将，后提拔为贵州都指挥使，作恶多端，同样以"裸挞"奢香为最；临刑前燕王和楚王探监，饮酒时还找了歌女助兴。

（二）相仿者

朵妮　《奢》：是奢香从娘家带来的陪侍，一生相随，情同姐妹，忠勇有加；因痛失所爱（巴根），剪发明志，终身不嫁。《大》：出现在小说后半部分，是奢香侍卫队的女兵队长，忠勇有加；因急症死于建桥工地，桥修成后霭翠和奢香将其命名为"朵妮桥"。

努著　《奢》：水西二爷格宗的妻兄（同时也是帮凶），倚仗亲戚势力，在修建驿道工程中肆意克扣银两，被查后阳奉阴违变本加厉，派人冒充土匪抢劫盐商财物并为此杀人；是小说中唯一被奢香处死的人。《大》：只是一个普通头人，因在修建驿道工程中大肆摊派银两（人均五两），不知悔改，还打死代表众人前来说理的阿布，成了小说中唯一被奢香处死的人。

阿离（莫离）　《奢》：称作阿离，是乌撒诺哲的养女；诺哲为了当上"西南最大的土司"，在梁王授意下，将阿离当作亲生女派往水西，试图兑现与水西三爷莫里的婚约；水西出于对明军的顾忌，不敢应"约"；不被接纳，按照乌撒的规矩阿离只能自尽，果瓦收养了她；后来与莫里彼此欣赏而有过短暂的婚姻，最后因不忍谋害奢香而饮毒自尽。《大》：称作莫离，来自乌撒的她是霭翠的表妹，是比奢香年纪稍长的一位脱颖而出的"竞婚"优异者；以为稳操胜券，主动提出与奢香比"磨磨秋"决胜负；输后退出，不知所终。

（三）迥异者

明廷方面　《大》：自始至终没有提到刘伯温。《奢》：小说开头和最后，朱元璋都曾问计于刘伯温，但基本上都未能获得有效的对策；前三任钦差接连被杀后，焦光被派去，视死如归，由于梁王谋略改变，终于全身而退，但也是无功而返；在刘增厚与格宗发生冲突时，焦光作为钦差前往贵州察访，主持了公道。

水西方面　《奢》：霭翠往下还有其二弟格宗和三弟莫里，与奢香系履行婚约的原配；格宗有三个妻子，有不成器的儿子阿洛；参与故事情节发展的有势力最大的女土司那珠，有勇悍好斗后来心悦诚服无条件支持奢香的男土司老望、孟昆等；有将军赫布，勇武忠诚，但其"戏份"基本上只表现为执行力；还有生性狷介的汉学教师耿其昌等。《大》：追溯到霭翠祖父辈、父辈（三兄弟）直到他本人的权位传承；先娶拜弄为妻，生了两个女儿阿玉和阿洛（阿洛被敌追击坠崖受伤破相后用金箔遮挡伤疤，改名金花）；霭翠公开征婚，是因为他升为苴穆①后，拜弄出身不再般配；拜弄的主要"戏份"，集中表现在马烨向金花求婚时的果断拒绝上。

残元方面　《奢》：梁王自主决策一应事务，包括杀掉前三任钦差而最后放过焦光；按其说法，三杀钦差是为了稳定军心，最后没杀焦光则是为了稳定民心；与乌撒诺哲彼此猜忌、提防而又互相利用；有世子巴合木，小王子巴根。《大》：梁王权力被脱脱架空，明廷派去的两任钦差都直接死于实际掌权的脱脱之手；儿女中具名的只有排行第二的阿芦公主，嫁给普里穆濯②糯东（残元封其为"乌蒙王"）为妻，普里城破后相继阵亡；与明军对垒，昆明被攻破后脱脱战死，梁王带着妻妾子女投湖自尽。

乌撒方面　《奢》：诺哲手下有养女阿离，得力干将阿布；阿布与阿离曾经

①〔苴穆〕彝语音译，土司。
②〔穆濯〕彝语音译，土目。

两小无猜，但阿离只认可兄妹关系；在阿离与莫里结婚当日，阿布到水西将她抢回；莫里只身赶往乌撒，在诺哲的维护下将阿离带回。《大》：苴穆为德阿楚，死后少数穆濯认为其续弦乃叶①实卜有孕在身，应先行摄政，多数穆濯却拥戴了其弟德阿古继位；为了夺位，实卜投靠残元脱脱；德阿古被杀，其乃叶蒙苏带着儿子古雅洛逃亡；在奢香的斡旋和劝返下，蒙苏当了乌撒的太夫人，实卜则当了新苴穆古雅洛的摄政。德阿楚与德阿古都是霭翠的表弟——乌撒的人与事，跟莫离当初向奢香介绍的截然不同。

二、事件设置比较（从人物角度审视）

本文以矛盾尖锐的奢香和马烨为例，《奢》另加残元的巴根，《大》另加普里的滑石。

（一）《奢》

奢香的困境　从霭翠在世时对她的斥责、烧她的"汉人书"（被莫里暗中保护了下来），到理解后的逐渐"解禁"、倚重和托付，到霭翠早逝后格宗在那珠撺掇下的野心膨胀，到格宗为了篡权先后勾结梁王与诺哲，到屡次三番加害他们母子，包括果瓦的猜忌与敌意，等等，内耗花费了奢香太多的精力和时间；来自马烨的步步紧逼，则是奢香在部族之外面临的艰难局面；沉着应对，忍为上，恶人终获恶报，她最终也得到了人们的敬服。

马烨的恶行　放任甚至希望激起各部族之间打起来，他好出兵镇压立功；将贵州都督府的粮草仓库建在水西与乌撒交界处而故意疏于防守，被烧掉后无理栽赃水西所为；在钦差傅友德语重心长的劝说下阳奉阴违，不改私心；以修建演兵场为名，要水西等地按人均一两的标准上缴百万两银子，毫不通融；奢香前往说理，唇枪舌剑之下，理屈词穷而恼羞成怒；"裸挞"泄愤后恶人先告状。

在这部小说中，马烨之恶很露骨，很直接，但他基本上只凭一己之力，其军

① 〔乃叶〕彝语音译，苴穆之妻。

师并没有助纣为虐。马烨仗势的"背景"，只有朱元璋和马皇后。

巴根　是小说中一个不折不扣的悲剧形象，讲义气，有胆略，重诺守信，明知反明复元是条绝路，依然坚持；意外捞起被刺客抛进池塘的小孩后，带着他辗转逃亡，一直到乌撒；在乌撒得知小孩是陇弟后，没有交给诺哲去要挟奢香，而是立即逃走，途中继续以"阿爸"的身份照顾他；在格宗将其子阿洛强行过继给奢香胁迫她举行典礼的紧要关头，及时将陇弟送回水西；得知诺哲派刺客赴南京追杀进入太学读书的陇弟后，提前赶去暗中保护，在搏斗中死去；获得的唯一"回报"，是朵妮为他守节。巴根的悲剧，在于明知不可为而为之，他也曾向往过另一种生活，但最后基于对梁王的感恩，倒在了走不通的道路上。

从上面这个角色身上，我们还可以发现友善相因的影子。奢香带着朵妮第一次女扮男装从永宁到贵阳，在修文酒馆中与巴根相遇留下好感。到贵阳后巴根被明军搜捕，因朵妮帮助得以脱身。这决定了巴根奉令拦截水西新娘子认出是奢香和朵妮后的艰难抉择——放走她们。这一善意，又决定了巴根被关进水西牢房之后，奢香默许甚至配合朵妮放走他并提供马匹。这再次决定了巴根意外捡拾陇弟后悉心呵护辗转送还，还进一步决定了巴根远赴南京，舍命施救。

（二）《大》

奢香的困境　水西内部事务由拜弄和果瓦协助霭翠完成，奢香得以腾出手来打理外部事务；带着阿洛到水西之外的多个部族间游说，包括普里、郎岱、乌蒙、芒部、东川、普古等，历尽艰难，调停部族之间的矛盾，为此落下病根，但不虚此行；顾成前来为马烨"保媒"，奢香不敢得罪，两番与他虚与委蛇；等等。对马烨的步步紧逼，她凡事隐忍，几乎陷入忍无可忍的绝境，但仍然一忍再忍，直到惨遭"裸挞"；最后在刘赎珠倾力协助下洗清了冤情，将水西和水东的建设搞得风生水起。

马烨的恶行　觊觎阿洛的美色和武艺，因滑石与她有婚约而忌恨，不顾普里城破是滑石带兵做内应的事实，乘机追杀；修建驿道过程中有意寻衅，打死打伤众多彝民，并伪造宣慰府印章"联名"反诬；趁霭翠被奢香接到贵州城过五十大寿返回水西之际，派宋祥领一千兵马追杀；派袁荣领兵攻打普里大城，将受伤卧床的滑石活活打死，并追杀其余部；觊觎奢香美色，甚至想过把她与阿洛一道母女"双收"；后者不从且拒绝改土归流，他恼羞成怒，将其"裸挞"泄愤；事发后恶人先告状。

在这部小说中，马烨由一人之恶变成有靠山、有帮凶，陷害水西的对象更宽，方式更毒。马烨背后，除了皇帝皇后，还有燕王和楚王给他撑腰，改土归流的主张其实出自他们；其手下，有顾成（职衔由马烨的上司贵州卫指挥使变成了他升职后的下级普定卫指挥使，对受害者有同情，但帮助上力不从心），还有太学武生中前来助恶的"四大帮凶"傅让、周权、宋祥和刘毅（后三人是援例监生）。"裸挞"奢香后，朝廷派出两位钦差到贵州察访真相，公正的汤燮文被马烨下毒变成了傻子，收集的证据被销毁；徇私的常琚被收买，专为马烨说好话。此外，贪婪、残忍、狂妄，也是这部小说通过具体情节赋予马烨的个性特征。

滑石　勇敢，忠诚，有理性，具体表现为审时度势，明智避趋；在马烨残杀之下依然步步退让，奋起还击仍然保持在理性限度之内，直到倒在投明的道路上。相比巴根，滑石的幸运之处，是在爱情的基础上一度拥有过哪怕短暂的婚姻；"不足"之处，则是金花对他没有像朵妮对巴根那样执着——不久就嫁给雄天。

三、主题侧重点比较

《奢》　侧重于展现奢香的家国情怀，故事情节的拓展、穿插较少，枝蔓不多，对突出奢香形象很有助益；从宏观入手，视野开阔，是这部小说的结构特征；傅友德、焦光两个形象，充分体现了民族尊重和稳定为先的务实原则；奢香的所想所说与摄政举措，充分体现了民族团结的要义；巴根的汉人身份，果瓦的汉人身份，都含有民族之间情感融合的隐喻。

《大》 人物更多，各部族普遍能歌善舞，热情好客，淳朴勇毅；对水西山川风貌、地域物产、掌故沿革、歌谣诗赋，包括对树木药材、佳肴美酒、瑞草奇花，等等，都在着力铺叙或引述；对职衔名包括部分家庭关系的称谓名，采用彝语音译的方式表达，增强了民族与地域特色；在地域性与民族性的基础上，小说倾向于追求故事情节的曲折与生动，如乌撒的内讧和普里的遭遇，如奢、刘二人与明廷的密切互动，再如奢香回到娘家为陇弟物色配偶选中奢助，等等。小说中的一些细节具有浪漫主义色彩，如战争间隙苦中作乐的对歌；另外一些细节则将正反人物连缀到一起，如霭翠爱兰，奢香寻兰，马烨夺兰而后又向傅友德献兰，以及马烨借奢香红兰向奢香"献诗"，等等。

四、对两部小说的综合印象

《奢》 在叙事策略上，小说具有简练的特征，形象塑造都点到即止，但阿离之难，莫里之直，果瓦与巴根之忠，格宗和诺哲之奸，朱元璋和傅友德之公，得到彰显的同时，又给人留下了足够的想象空间。小说从大明皇帝朱元璋在地图前对西南一隅的忧虑切入，采取了自上而下的视角，在整个情节发展中带有统揽全局的色彩。小说通过水西部族的内忧外患刻画了奢香的艰危处境，塑造了她的光辉形象。故事收束于马烨被诛，侧重于反映奢香的家国情怀，有相当浓厚的悲壮意味。

《大》 在叙事策略上，采用的资料更繁多，收集的过程更辛苦，甄别梳理更困难，但不得不说，产生瑕疵的概率也会更大。小说从霭翠父亲带队打猎不幸坠崖身亡写起，选择了由近及远、从局部到整体的视角，反映了以奢香为代表包括滑石、金花、刘赎珠等人在内的英雄群像（拜弄和金花也可看作奢香的"分身"）；马烨被诛后，小说对水西、水东建设予以了浓墨重彩的叙写，还着力摹写了奢香与刘赎珠率队朝觐获得的高规格接待，这些都呈现出浓浓的喜庆氛围。对人物进行评论，甚至将某些事跟六百年后的当今时代"对榫"，固然能增加"史"的蕴含和纵深，但客观而言，对读者的阅读兴趣可能会产生消极影响。

两部小说，取材相同，主角相同，创作时间高度接近，作家之间未必熟悉，偏又不约而同，这是有意思的地方。两个奢香，在大环境一致的历史语境下，具体的处境、心境，面对的危局，应对的策略，又具有各自的特点，彰显出并不等同的风采。不等同之中的等同，便是襟怀：两个奢香，都具有忍辱负重的家国情怀，都具有照彻后世的精神风采。遥远的历史已然扑朔迷离，两位作家通过艺术张力予以各具特色的挖掘和展示，难能可贵。他们都勤奋而高产：欧阳黔森先生堪称当代贵州文学的骄傲，吴勇先生则在数年之间密集创作出版了以"乌蒙史诗"为总题的多部长篇历史小说，成就斐然——《大》就是其一。文学观照历史，"大事不虚，小事不拘"是共识，我们可以根据两部小说人物与情节的设定，获得明确而深刻的认知。如果说阅读之前这"认知"处于或然状态，那么，阅读之后就会成为必然。

2022-02-21

人性·灵魂·解放

——读竹林小说《呜咽的澜沧江》

《呜咽的澜沧江》是作家竹林创作的一部反映知青命运的长篇小说。小说通过主人公陈莲莲等人的遭际，记述了"文革"时期从北京、上海等地下放到澜沧江边修大寨田的一个兵团连队的知青们的生活，反映了他们在极端困境下的坚韧和抱团求生的勇气。如果说下乡磨炼体现了政策初衷，知青们在澜沧江边造田种橡胶树反映了失策的话，那么他们生存的困境、险境和绝境，则来自拥有绝对权力的"团部"及其"上面"的蓄意而为。知青们的伤亡，以及由此暴露的人性，特别是灵魂的挣扎与迷惘，都是这部小说的深刻性所在。以下试着从人物性格、交集、特征和引起的思考等方面，稍作切入。

一、主要人物及其性格

小说中的系列人物，不管正面、反面，还是主要、次要，抑或处于背景角度，都有鲜明的个性。

陈莲莲（小说中的"我"）是一个涉世未深的小女孩，在她出生前就死于煤矿冒顶事故的右派父亲、使得她与母亲在人前抬不起头来，长期遭受歧视与欺凌。恶劣的处境激发了陈莲莲的逆反和抗争，因此不再有人敢欺负她，但她的母亲则在极度的苦闷和压抑中学会了抽烟，并放纵自己。

龚献来自高干家庭，阳光、帅气、开朗、乐观，两番坐牢，不改追求共产主义的坚定信念——他甚至加入了"人类之爱小组"。为了实现目标，他有时也冲动，如与"组织"成员骑着摩托车跟踪追杀"女皇"。在同一个知青连队的"组织"成员，如李凯元、何士隐、孙耀庭等，热心仗义，艰难互助。作为成员，善辩的何士隐偶尔也令龚献下不了台，但这并不影响他们的关系。何士隐来自知识分子家庭，是一个睿智而冷静且善于思考的角色。他善于分剖时势，并不盲目冲动，看问题有独到之处，最后走上了大学的讲台。

露露来自上海，因为长相漂亮而被"团部"看中，当上了广播员，同时也成了郭副团长等人的玩物。或许是配合度不够高，"招工""提干""入党"等好处，非但都没有降临到她的头上，反而导致了她的死亡，连带害死了一条无辜的小生命。

指导员（黄教练）待人处事谨小慎微，在"指导"岗位上唯命是听。他的强项在于当体操教练，相关情节证明了这一点。

郭副团长、小李和"太君"（团武装部长），是小说中最为抢眼的三大恶人，他们是权力的代表，是"正确"的标志，也是私欲的载体。"麻风病"是小说中身世最为神秘的一个角色，两番出现，却不知来处，也不知去处，但其虚伪性昭然若揭。

小说中还有一些处于背景层面的人物：王叔叔，代表了善；龚献的初恋（童年）女友，代表了善向恶的转变；未具名而最终害死龚献的"老右"，代表了伪善。协助"我"连夜加班推土而坠崖惨死的北京女知青，热心豪爽而喜欢揩油的老山东，也是两个近乎作背景处理的角色，与其他角色一起展现了人性的复杂。

二、主要人物的交集

（一）以"我"为视角的辐射关系

"我"与母亲 去世父亲的右派身份，母亲专事刷马桶的工作性质，与母亲相依为命，常年过着衣不蔽体食不果腹的日子，都让"我"从小倍感卑微和憋屈。哪怕日子再艰难，包括后来病危，母亲都不曾动过留给女儿的那些金银首饰；她满怀歉疚，对女儿的爱不动声色却又不遗余力。偶然发现母亲与人私通且不分对象，"我"对其产生了深深的隔阂。这是"我"远赴云南当知青的主因，也是其命悬一线时只喊"爸爸"的缘由。

"我"与龚献 "我"总会在身陷险境或绝境时获得龚献的救助，尤其是他的潇洒和睿智使"我"一见倾心，常常患得患失思绪联翩。人们怀疑"我"与龚献的关系，指导员也直接过问。为了自证清白，"我"交出了龚献给的"传单"。指导员将其上交后告知"我"龚献将被抓捕的消息。互许衷曲并以身相许敦促龚献逃走后，"我"却陷入了他手下人的围攻。他们认定是"我"出卖了龚献。群起羞辱后将要进一步施暴时，是何士隐清醒地阻止了他们，保护了"我"。

"我"与指导员 意外发现"我"是体操苗子，训练成果还没出来，他就由体操教练跃身为知青兵团的连队指导员，成了"我"的上司。因为"我"舅舅的托付，指导员对"我"也时有关照，帮着渡过了一些难关。在返城后悉心帮助"我"治愈瘫痪的情况下，进一步鼓励并帮助"我"练习健美，支持"我"参加健美大赛并获得了冠军。他对"我"的爱在婚姻之外，为此失掉了自己的家庭。因为思想的隔膜，结婚前夕，"我"最后还是离开了这个帮助过自己的人。

"我"与"麻风病" "我"在一处坟场中遇见病饿交加奄奄一息的"麻风病"，将他扶到一个破庙里连续多天悉心照料。他是被寨子里撵出来的外地人，那病需要通过性事"转移"给下一个，自身才会痊愈。质疑人性之善，他和"我"是一样的；后来信任了，感动了，"我"依然被他下药。一觉醒来，"我"绝望地发现自己成了"下一个"——很久之后被证明是虚惊一场。虚惊使得"我"在返城后的绝境中断然拒绝了龚献的关心，独吞苦果，使他遗憾离去。嫁祸于"我"之前，"麻风病"可能有过犹豫，但良知被求生欲所取代。

小说中，"我"的情感倾向是处于发展状态的：先是对龚献满怀钦佩，觉得找到了主心骨，即使受一些误会、委屈，催促龚献逃亡时也义无反顾委身，直到最后也无悔无怨；而后是出于报偿，和指导员走到了一起，却因为思想的隔膜，在结婚前夕离开了他；最后，则是被何士隐的理念所折服，产生了新的向往。这是小说中一条善的进步的线索，我们不可不关注。

（二）"我"之外的其他人物关系

龚献一家与王叔叔　龚献的父亲位高权重，却没有多少文化，但至少在恩将仇报加害王叔叔这点上，他与龚献的母亲夫妻二人是共谋的。王叔叔对龚献一家和整个地下党组织都有救命之恩，一次在龚献家酒后失言，说他的消息来自一个在国民党方面做事的发小，结果被龚献的父母贴大字报诬蔑为"国民党军统特务"而坐牢。意外的是，王叔叔死了，却成了龚献的偶像。

露露与郭副团长和小李　露露能去团部当广播员，应该是郭副团长的主意。露露为这个"好处"付出的代价，便是当他的玩物。由于只是玩物，郭副团长便与家庭背景颇有来头的小李，公然当着"我"的面，轮暴了她。情急之下教"我"伪装经期，用眼神暗示"我"赶快逃走，都反映了露露善良的一面。她的遭遇唤醒了女知青们的觉悟，明白了"团部"的伎俩后，纷纷各找"靠山"，知青连队于是涌起了恋爱的"热潮"。这又令"团部"更加不满，出动力量四处"灭火"。

李凯元与"太君"　李凯元去农家买香蕉时贪便宜吃得太撑，归途与"太君"相遇，话不投机，被他一拳打成肠穿孔。李凯元的惨不仅是被打死，而是死前十几个小时的痛苦挣扎——若能及时就医，他是不会死的。"团部"和乡镇医院的冷漠，知青们的无助，自力救济连夜开拖拉机赶赴县城后的徒劳；特别是"团部"为了推脱责任，居然想收买龚献诬陷李凯元，说他是偷香蕉不服管教还先下手才被打的，而一直与李凯元同行的"我"，却被排斥在证人之外，等等。这些，都让李凯元之死罩上了浓浓的悲情意味。

三、特色管窥

除了边疆风情描写，小说中令人揪心的细节颇多，如知青连队在被"团部"

断粮的情况下挖蚂蚁包与蚂蚁"争食"，如军宣队驱散知青不成而放火烧其住房，如由此导致露露崩溃后煮了才生下没几天的婴儿给众人分食，如蟒蛇吐毒液来回喷洒草坪诱杀麂子①，等等。有意思的是，当知青们发现分食了婴儿肉，作呕之余群情激愤准备拼死一搏的时候，"团部"突然派车送来了给养，并且对他们褒奖有加——这是个相当讽刺的转折。其他一些手法，主要体现在以下方面。

（一）象征的广泛运用

小说中象征手法用得不少，如：

一片洁白的背景上，一株秀竹亭亭玉立，虽纤细而不失挺拔，虽纤弱而不失刚劲，凛凛傲骨，仿佛永远不知弯曲为何物。（P2）

另一株竹子则在旁边弯成了180度的曲线，同样纤细但是坚韧，同样纤弱但是顽强。可以说，它的枝梢已经弯到了根部，也许它从来没有挺直身躯欢呼过初升的太阳，可是它依然生机勃勃，弯弯的青青的竹节中透露出无限强盛的生命的力量。（同上）

上面的"竹子"，不同形态反映的难道不是两种相反的人生品格？姿态不一，却都彰显了生命的顽强。第十一章"黑心树"，写的固然是树，但难道不包括变坏的人？第二十六章"世界瞎了两只眼"，难道不是"我"瘫痪后接连多天爬着到县委求助时持续遭遇的冷漠与绝情？再举一例：龚献郑重地交给"我"的传单，精心折成了五角星形，指导员打开看后却胡乱折成了长方形。

（二）对"人性"的隐射

要是我有钱，要是妈妈不阻挠，我也要买绿军装，买宽皮带把自己武装起来。我也要用皮带抽人！一切侮辱我们、鄙视我们、把我们推向不幸的泥坑还要踏上一只脚的正人君子们，我统统都要抽，一个也不饶恕！（P64）

---

① 〔蟒蛇吐毒液……诱杀麂子〕这个细节惊险有趣，却值得商榷：一则蟒蛇系无毒蛇，二则蛇毒只通过毒牙直接注入猎物体内，且储量极为有限。

我们见惯了人性的"伪善"与"为恶"，却难见"伪恶"。跷跷板上的小姑娘，正是龚献的初恋（童年）女友，纯真、善良，与龚献两小无猜；一家人无端被龚献父母设计赶到大西北，成了她为恶的触发点。"我"呢？如果同时具备了"有钱"和"妈妈不阻挠"，难道不也是另一个"为恶"者吗？

（三）抒情与议论

大量的关于命运的抒情与关于人性的议论，使这部小说部分地呈现出散文化倾向——因为它们是角色冷眼观世界的深刻体验，更是灵魂挣扎碰壁的创痕。

出自主角的抒情，不乏愤激，也不乏世故，但多切中肯綮，如：

真理早就打扮好了，它穿着金色的外衣，戴着鲜红的帽子，供奉在神龛上，正以炫目的光辉照耀着瞎眼的芸芸众生。（P7）

这些年来，真理仿佛越来越多了。它们不再是供奉在神龛上的偶像，而像是从树上结出来的果子，有的酸涩有的甘甜，有的细小有的硕大，有的闪光有的灰暗……即便是成熟的果子，即便唾手可得，我也懒得摘取。我连伸手的热情也没有了。……（P118）

角色的议论，多表现为困惑、质疑，如龚献的一番话：

把知识分子赶到农村，叫他们拔秧。一个农民一上午可以拔六十把秧，一个知识分子六把也拔不到，而他们的工资，却比农民高十倍。为了改造他们，国家宁肯出高价要这六把秧，而不要他们的聪明才智。再看看我们这里，贫瘠的大红山，连水也没有，土也没有，硬要造梯田，弄得一次次坍方、滑坡，把人累死、砸死，劳动的价值在哪里？（P40）

四、掩卷后的延伸思考

小说后半部分，某些内容反映了对未来社会朦胧而乐观的憧憬；多年之后，我们终于可以自由发展。然而打量周遭，很多情况下我们却乐观不起来。

（一）当下也有"症结"

一是"两面人"层出不穷。小说中，陈莲莲的舅舅仗着大学革委会副主任的身份带人来抄家，实则是为了抢走陈莲莲母亲在极端困境下依然为她留作嫁妆的那些金银首饰；一次未果又来第二次，直到从陈莲莲病危的母亲手中抢到才作罢。如今，借着"公"的名义擅作威福让国家蒙受巨大损失者比比皆是，有的则在"法"的幌子下干着违法丧德的勾当。

二是"务虚"时有抬头。工作不是为了实现既定目标，而是为了表演。表演过了头，有时连成果都作假。这里单说许多行业的"减负"（"负"往往是"形式"的同义语），高层三令五申，中层阳奉阴违，底层苦不堪言。

以上"症结"，都有赖于法治的进步。从人治到法治，目标是美好的，道路是漫长的。打造"法治政府"的理念，尤其值得我们乐观期盼。然而从局部审视，权大于法的现象并未绝迹。呼唤法治，也就不宜安于小成。

（二）平心看"文革"

"文革"的性质，高层早有明文否定，算是持平之论。近年隐约出现了一种相反的声音，理由是同一时期取得了若干建设成就，不该抹杀。"文革"和"'文革'时期"，前者是政治概念，后者是时间概念；将后者的成就移花接木，归功于前者，是欠妥的。因前者而诋毁后者，或因后者而美化前者，都不客观——各执一端大可不必。

我们今天缅怀伟人，至少包含了他们在缔造共和国进程中的巨大功劳，在重重围堵中藐视敌人的胸襟、气魄，运筹于内、决胜于外的谋略，以及毫不徇私、长期生活俭朴乃至清贫的操守。这些功劳跟辩证地看待"文革"和"'文革'时期"，并不矛盾。不管决策的初衷如何，从效果来看，"文革"都说不上成功。此外，贯彻过程中别有用心曲解、借机满足个人私欲、扼杀异己、欺凌弱小等不堪的现象，又将"文革"之"弊"，做了几何量级的放大；种种乱象，于是四处蔓延。

在这部知青小说里，人性很多是恶的、坏的，灵魂很多是卑劣的、龌龊的。在这个语境中少数善的、好的人性，高尚的、纯洁的灵魂，则要面对各种有形无形的桎梏，历尽各种煎熬与挣扎。不同小说肯定会各有侧重，因此包括一些后续的同类小说在内，对"文革"的揭示依然没有过时，也不会过时。

（三）人类之爱

高压之下，人人自危，为了自保，为了立功，或兼而有之，互相检举揭发便成了常态，好人无辜受害也就无法避免。龚献超阶级的人类之爱，今天看来连错误也说不上，但他就因为这个被处死了。彼时的阶级鸿沟，我们从陈莲莲的母亲不敢嫁给一个工人这个细节中，足可想见。

龚献跨阶级的"人类之爱"，与当今倡导的"人类命运共同体"可谓不谋而合。我们不再寻求"解放"谁，不再输出"主义"，只求在世界范围内和睦相处、和气生财，然而还是被以美国为首的西方国家拉帮结派围堵，歪招甚至耍到了家门口。"现在世界上的形势，不是东风压倒西风，就是西风压倒东风。"伟人几十年前的论断不幸言中。为了不被"压倒"，为了冲破"围堵"，我们从国防到经济再到文化的全方位发力，都将是一个长期的过程。——就国家层面而言。

回到小说《呜咽的澜沧江》，回到个人层面，"我"的灵魂的迷惘与无助、煎熬与挣扎，包括后来对自身灵与肉的苦苦纠结，都曾多次出现。虽然每次都只是寥寥数语，却都触目惊心。"解放"，往浅里说，是解除束缚，打破桎梏；往深里说，是灵魂经过痛苦煎熬后的升华。但是，我们既难以走出主观的自己，更难以冲破客观的窠臼。纵观小说中诸多角色，真正超越痛苦"破茧而出"的，除了"我"之外，还有谁人？作为这本书的读者，又有几个能真正"解放"自己呢？

2022-06-07

人为什么活着？

——李晁小说《集美饭店》读后

人为什么活着？每一个正常的个体似乎都没法回避这个根本性问题。当然，不管是否理性思考过，也不管是否心口合一，回答都可以归结为两个字：目标。作家李晁的小说《集美饭店》，反映的就是一群小人物在实现"目标"过程中的关系问题。在这篇小说中，部分人的目标程度不同地集中在"集美饭店"里，少数人与饭店无关，个别人绕了一个迂回后又跟饭店关联起来。总体看来，在这篇小说中，人际是散的，人情是淡的，氛围是冷的。

《集美饭店》并不以叙事见长，但这不影响我们通过人物及其彼此关系对小说主题意义予以挖掘，哪怕不一定切合作家的创作初衷。

一、"集美饭店"

饭店的定义自不待言，只不过其功能扩展后依然称作"饭店"。"集美"，结合小说中的相关背景交代来看，含义自然是"集美（女）之大成"。但是，读完全篇，我们可以发现，那里非但没有任何"美"的内涵或品位可言，反而是一个乌烟瘴气的地方，该不该有的"特色"能它都具备了。

从地理位置来看，"集美饭店"也较为特殊，那就是远离集镇，一则不会对居民造成干扰，二则方便客人"情急"之下跑路。然而，作为各色人物的活动平台，并没有谁真正从这里获益，守法也好违法也罢，概莫能外；延伸到小说情节之外，骆可可的民宿改造或许可以例外——仅仅是"或许"。

二、饭店的"关联"者

集美饭店的"关联"者并不多。在小说涵盖的主要时间段，它先是由"男人"（父亲，骆老大，骆明生）与羸弱的妻子一道经管，后来则由"女人"（姑姑，骆幺妹）实际经管。相处并不那么融洽的兄妹二人，前者将它作为提升生活境遇的契机之一，后者投入了更多的精力和情感。在这个时间段之前，它曾经属于"爷爷"（那时只是土坯房）；在这个时间段之后，它将属于"她"（骆可可），由"她"全权支配。

辛苦奔忙的"男人"　因为生活境况不佳而被人特别是岳父小看，"男人"是憋屈的，甚至可以说是窝火的。他很想打个翻身仗，为妻子打造一个好的生活环境，于是四处辛苦忙碌，无所不用其极。"男人"可以说厄运接踵：妻子病逝，养鸡遭鸡瘟，承包工程亏本（付不起工资被手下人"绑架"，"女人"凑了二十万元现金远赴外乡好不容易才把他"赎"回来），工厂出事故，赔偿后再次被人勒索，弄得家无宁日，最后又因经营饭店涉嫌非法项目而遭举报，坐牢五年，出狱第二年就遭车祸身亡。"男人"是失败的，他的失败不仅表现在没有呵护好妻子、照顾好孩子，还表现在长期被岳父看不起，同时还表现在没有处理好兄妹关系上。

苦心操持的"女人"　"女人"是男人的亲妹妹。从名字"幺妹"来看，她在弟兄姊妹间的排行应该最小。为了经营好那间饭店，她付出的心力和时间未必比"男人"少，但一定比"男人"的妻子多。"男人"的妻子长得娇小，性格比较温和，却做不得重活。这让长得比她高大的"女人"有了用武之地，于是饭店的采买、劳作，包括后来对"男人"的儿女的照料，都成了她的日常。"女人"也是失败的，她的失败突出表现在婚姻被耽误，成了"老姑娘"；好不容易嫁出去，转眼间那男人又死掉了。另外开有一家粉店，使"女人"的失败不那么抢眼，然而没有儿女的事实，又让这"优势"打了折扣。侄女表态不向"女人"索要父亲的二十万元死亡赔偿金，"女人"也表态不要这笔钱，可那笔钱终归还是属于她。即便如此，依然难以弥补"女人"的失败。

孤独的姐弟　未成年的姐弟缺少大人关爱，长期陷入孤苦的境地。母亲在世时给过他们有限的呵护。后来母亲生病去世，姐弟俩由"女人"代为照料，但恋母的排他性，让姐弟俩很不适应，尤其是弟弟。有意思的是，弟弟最爱母亲，居然率先接受了姑姑。这段时间，姐弟俩的目标简单而统一：父亲不要"再找一个妈妈"。尽管时时担惊受怕，苏小妹"事件"对姐弟俩来说还是有惊无险，他们的担忧最终没有成为事实。"女人"出走，"男人"被迫与她达成协议，一个月后返回。"家里出了叫花子么，你看你们的邋遢样……"从"女人"的责备中，我们不难看出姐弟俩处境的糟糕。

三、紧张的人际

因为不同程度地以饭店为目标，饭店的"关联"者之间，也就有了血缘之外以紧张为特征的交集。

上一辈兄妹　"姑姑是之前出现的，在这栋歇业半年的小楼。可这挽救不了什么，高大健壮的姑姑看上去和母亲那么不同，她的出现宣告了屋内女主人的更替。"这是小说中的一处细节，那时候母亲处于病中，还没有去世。母亲去世后"好景"不长，一次玩牌不欢而散之后，"男人"表示要掌管饭店，"女人"听后负气离开（如前述，一个月后重新回来）。多年后"女人"告诉"她"，那是为了阻挠苏小妹进他们家而走的一步"险棋"。"女人"的婚姻被饭店拖累，她有无悔恨不知道，不过没有人强迫她。在乎兄妹之情，关心侄子侄女，都是"女人"不离开饭店的理由，但"饭店"为什么只能毁在她自己手里而不是"男人"手里呢？我们首先想到的应该是饭店的权属问题，也就是继承权的问题。姑侄对话反映了她的强势：

女人看着她，一脸肃然：你应该知道，这些事我也不想带走，你爸坐牢是我去告的，我知道这里告不倒他，就去了区里……不是我狠心，是你爸做在前头，饭店不应该毁在他手里，要毁也应该是我。

下一代姐弟　这一代之间，先是"她"因为母亲喜欢幼小的弟弟而心生不满，母亲病逝后为弟弟"不争气"（爱哭）而愤怒。进入初中后"她"离开了家庭，自此极少回家。及至成年，及至事业各有所成，弟弟在"她"面前依然怯怯地满怀忌惮，生怕冒犯。像上一辈兄妹那样，这一代的男性也处于弱势地位。值得注意的是，弟弟的"弱势"引起了"她"的思考，"她"应该不会重蹈姑姑的覆辙。与丈夫老高处不下去，揣着钱回故乡重新创业，表明"她"的婚姻也是失败的。

父亲与儿女　很显然，对子女的照顾，包括关心与交流，"男人"全都交给了妻子；妻子病逝之后，他又将他们"转"给了"女人"。"男人"并没有冷漠和嫌弃，但在客观上却给孩子们这种感觉。他的生活目标，至少包括让妻子过上像样的生活，同时逆转岳父的敌视与歧视。然而，因为眼高手低、不择手段，他失败了，非但没有得到妻子娘家人的认可，甚至到死也没有获得子女的理解。更令人感慨的是，姐弟俩特别是"她"，对父亲也缺乏足够的亲情。以下两处细节可以印证：

她试图保持镇定，她确实不清楚离开这里后饭店都发生了什么，对于父亲，她多少有些愧疚，她初中就出去念书，很少回来。可眼下不同，她不希望任何人打乱她的计划。她坚定地说，我可以重新开始的，姑姑，你要相信我。

女人盯着她，目光开始变冷，一星一点都射进她心里。可可，不是姑姑说你，你真是狠心啊，说走就走，一走那么多年，说回来就回来，从不顾别人感受。这一点，你倒像你外公。这些年，你要是常回来，你爸会那样吗？

骆明生与岳父　二人之间的紧张关系，不做分剖，如下两处细节足以表明：

父亲和外公更不来往，两人在小镇碰面也是尴尬的。父亲人立定，冲着外公的方向，也不上前，仿佛等着外公召唤似的。外公呢，从来只顾走路，对男人和男人手里的她视而不见。那份骄傲她看在眼里。

关于外公，她确实没什么好讲的，儿时的芥蒂还在，父亲的葬礼，外公也没能出现，她这才发现外公对父亲其实敌意很深，他还是怨父亲毁了母亲的前程，拐跑了他的掌上明珠，更别提母亲的早早病故。母亲的死直接切断了两家的联系。

姑姑与侄女　"她回到这里，在父亲死后第三年，她离婚后的第二年，原以为再也不会回来，可时间改变了什么。她重新面对了召唤——父亲终于离开，她可以独自支配这里。""她决定回来，姑姑震惊，长久地望着她，仿佛她在外间遭受了什么比待在小镇更糟糕的磨难。""……女人跟着问，你回来到底做什么？上次找你把饭店卖掉，现在这里火了，人家都出了那个数，你有什么犹豫的？"

从上面，我们可以明白"女人"与"她"——姑侄之间，在信任方面也存疑。

母亲与"女人"　母亲瘦小柔弱，"女人"高大强悍；母亲介意形象，"女人"无所顾忌；母亲懒散、讲究衣着，"女人"勤劳、不拘小节。在对待饭店的态度上，母亲是随遇而安，似乎没有过高追求；"女人"则具有"主人"心态，竭尽所能。这二人之间没有过节，内心里互相轻视却大概率存在。

此外，饭店主事人（"女人"）与胖三、金丽之间，工厂老板（"男人"）与死者吴老七家属之间，各色关系融洽的时候都很少。

造成人际关系紧张的缘由是什么？答曰：目标。置身晦暗的处境，不同人的目标存在着方向同一性、利害相关性、因果制约性，要想调和几乎不可能。小说背景层面的"爷爷""外公"与其他人，在"饭店"之外，也都有各自的"目标"。以"外公"为例，在"母亲"身上，他倾注了极深的关爱，目标是希望她有个好的归宿。母亲被条件不好的"男人"拐跑，"外公"的目标落空，他的愤怒和记恨可以理解，这是小说中敌意最深的一组关系。然而这个责任又该归到谁的头上呢？分头审视，他们谁实现了目标呢？设身处地，他们又有什么错（违法受惩另当别论）呢？

四、生活的出口

小说的总体氛围偏向压抑、黯淡，一应角色直到最后也没有找到生活的出口。这当然不意味着他们未来的发展走向就不乐观，生活的出口，或然地存在于他们各自的打算和奔忙里，也在时代的关切与呵护里——那自然是一个或然的理想化的境界。如果说"为什么活着"从目标角度容易作答的话，那么"怎样活着"就成了一个较为考验人的问题，因为很多时候，除了苟延岁月之外，人们的生存与目标之间，未必有明确的对应关系，还有人甚至找不到方向感。

不管是精神，还是物质，相对于不同的个体，"目标"固然有难易之分，从旁观角度去审视，却未必有高下之别。在这个前提之下，作家将目光投向不起眼的角落，关注其间不起眼的群落，展示他们的生存状态和精神面貌，不很常见，却值得充分肯定。媒体热衷于关注成功者获得的掌声和鲜花，文学喜欢反映社会的进步与成就，都无可指摘。然而，困窘中的人们在实现各自目标的同时，基本上都是各自为政，罕有协同前进的时候。这种情形，不是也不该是文学的禁地，因为现实中，大奸大恶与大圣大贤都极其少见，多的只是地位卑微的普通人，很难套用善恶或好坏的标准去衡量他们。欣赏《集美饭店》，包括作家李晁的其他类似小说如《傍晚沉没》《婚礼》，等等，我们同样会从人与人之间的少有融洽，获得不一样的认知。——生活的本相其实就是那样。这篇小说获得"首届贵州省文学奖中短篇小说一等奖"，其间隐含的导向意义，是令人欣慰的。

还是回到前面的话题。某些目标实现后，当事人往往会觉得不过尔尔，进而大失所望，不甘心者又尝试着朝新的目标努力。个体目标的不断更替、升级，构成了人类社会整体发展的重要基础。至少在《集美饭店》中，"她"的目标不再像父辈那样是开办饭店，而是将其改造成顺应潮流的民宿。不管这个目标能否实现，或者实现后是否因为不满意而又另立新目标，都不违背社会进步的规律。

2022-06-26

《红楼梦》"鬼本"撷趣

"鬼本",是人们对 21 世纪炮制出来的一部《红楼梦》续书的戏称,书名之一叫做《癸酉本石头记》①。本人不是红迷,但"癸酉本"骤然出世,十多年来一直物议纷纭,不由得也对这个"真本"产生了兴趣。一些资料取自手中书籍,有据可依;一些信息来自网络,却难以逐个溯源作者。——谨谢!

一、《癸酉本石头记》的来历

在"公元"引入以前,国内纪年主要采取帝王年号或外加干支等方式。这里的"癸酉"便是一个干支年份。《红楼梦》抄本阶段的几个版本,就是通过干支表明成书年份的,比如《脂砚斋重评石头记甲戌本》成书于甲戌年(乾隆十九年,1754),《脂砚斋重评石头记己卯本》成书于己卯年(乾隆二十四年,1759),《脂砚斋重评石头记庚辰本》成书于庚辰年(乾隆二十五年,1760),《舒元炜序本红楼梦》成书于己酉年(乾隆五十四年,1789),等等。甲戌本被认为是较早的一个抄本,为什么不用"最早"?因为有人认为此前还应该有个版本存在,比如"癸酉本"。——这个年份推断是完全公开的。

四人一台戏,"癸酉本"出笼。以下内容概括自网文"覃仕勇讲史·《癸酉本〈红楼梦〉的始作俑者已承认作假,为何还有这么多人追捧?》"——

2008 年,"何莉莉"编造了"《红楼梦》后二十八回"的神奇来历,在吴雪松和"刘俊俊"的配合下成功炒作,用同一部稿子先后出版了三本名称不同的书。2014 年,金俊俊、何玄鹤联系九州出版社,出版了《癸酉本石头记后 28 回》,作

---

① 〔《癸酉本石头记》〕特指作伪者炮制的后二十八回单行本,全文同。

者署名为"吴梅村"。2015 年,"何莉莉"找到了"红学爱好者"王晓丰,签约线装书局出版《吴氏石头记增删试评本》,封面题"曹雪芹著"。不久,吴雪松又独自印制了《全息〈吴氏石头记增删试评本〉过录本原文》发行,封面署"原著:吴梅村"。

炮制者身份揭秘:"何莉莉"本名赵文夕,男性,初中文化;"刘俊俊"则是金俊俊与何玄鹤合用的网名。他们加上吴雪松,合起来正好是四人。这是一项浩大的工程,炮制者应该不止四人;从"批语"文字看,参与者应该有人不止"初中文化"。

有人比较过,"癸酉本"与"吴本",故事情节与人物命运一样,最大的差别是前后批语完全不同,且"吴本"提供的批语信息比"癸酉本"更丰富。由此看来,四人手中的"真本",不同分支竟可以随意变形,按需杜撰!

本人手中的《癸酉本石头记》,标记为"(清);佚名/著　金俊俊　何玄鹤/编",系当代世界出版社 2017 年 6 月出版。作者标记中没有"吴梅村"或"曹雪芹"之类字样。肖文林受何玄鹤所托为该书写的《序一:打开红楼大门的金钥匙》,将书名中的"癸酉"定位到 1693 年:"癸酉是指 1693 年,'梅村'是指吴梅村。"需要说明的是,这里的癸酉,比前述《脂砚斋重评石头记甲戌本》提前了六十一年,而不是一年。这么大跨度安排,显然是为了跟"吴梅村"等人关联起来。

二、正方和反方

对"癸酉本"的看法,人们分为两派,一派高唱赞歌,一派大力挞伐。本文将"癸酉本"的拥趸称作正方,将拥护传统认知者称作反方,二者地位平等。

（一）正方

"癸酉本"的炮制者,都是正方的主力。在"癸酉本"《序二》中,吴雪松这样写道:"戊子以来,此书为无知眼光所鄙夷,其嘲笑之喧犹如众犬之欺平川虎，聒声在耳，其讥讽犹如虾蟹之戏江海龙，噪声作聩。《全息〈吴氏石头记增删试评本〉过录本》犹珍珠之于瓦砾，金玉之于泥沙。"又说："真相总会大白于天下，此书必将震惊世界，千古称颂。让井蛙继续谈海、壤蚁继续谈山吧，不必纠结，真理与历史，就在读者的手中。"这篇序作于 2015 年 4 月，提及的书名与封面名并不一致，可能是共用序言或随意"移植"的缘故。

在该书《前言》中，金俊俊与何玄鹤表示："《癸酉本石头记》最令读者震撼的是后二十八回的结构脉络与《红楼梦》的前八十回高度契合对榫，不足之处是略显仓促粗糙。"对其中的不足，该《前言》写道："主要原因有二：第一，此本属于早期的稿本，行文未经充分润色；第二，该本的过录者在誊抄过程中删去了部分内容。"该《前言》接下来从"前八十回批语中提到的一些重要场景"和情节"都在《癸酉本石头记后 28 回》中得到了一一印证"，得出了"这是该本作为《红楼梦》全本真稿的有力证据"。

一篇名叫《〈癸酉本石头记〉后 28 回确为红楼梦真本》的文章这么写道："《红楼梦》各种版本共有一千多条批语，笔者整理出 59 条暗伏遗稿内容的批语，与《癸酉本》后 28 回内容进行对照，其中 48 条批语得到了印证，而众多的后续本，包括高鹗续写的本子，都没能做到这一点。因此我们就可得出《癸酉本》为曹雪芹真本的结论。"——"笔者"就是何玄鹤。

在"癸酉本"《序一：打开红楼大门的金钥匙》一文中，肖文林指出了研究《红楼梦》应该要考证与索隐并重却因为政治原因有所偏废的事实，并通过系列分剖，做出了这样的结论："《红楼梦》是一部意象主义的小说，不是写实主义小说。小说中有大量的意象符号，如果无视这些意象的内涵和指向，就不能深入理解这部作品的主旨立场。意象符号是红楼各个门径的暗锁，只有破解了这些意象符号，我们才能走入红楼大门，欣赏无尽的内部风景，领悟作者的痴情苦心。"尽管文章论述了不少吴梅村作为《石头记》作者的可能性，还是不得不承认，它的某些观点还是有一定见地的。不过，在见地之外，肖文将"癸酉"倒推了六十一年，平添一轮甲子的空白，新的问题便因此产生。

2021年3月-7月，作者"范小二"整理发布了《癸酉本和程高本比较，谁抄袭了？》系列资料。资料分八个部分，共五十条，罗列了程高本对"癸酉本"的抄袭。若观点为真，则"癸酉本"行文应该早已完全"定型"，更流畅准确，人物姓名、身份和性格都更合理、遭遇更符合判词。

有意思的是，"癸酉本"并非定本，自2008年以来，一直处于不断修补更新完善状态，甚至出现了"批语"迥异的不同分支，而程高本自问世以来就一直摆在那里，文字内容纹丝不动。究竟谁才有可能做手脚？不言而喻。

（二）反方

大力挞伐者作为反方，理由便是"癸酉本"后二十八回出现得太突然，太离奇，合理性太禁不起推敲，行文的粗劣和人物形象的蜕变，尤其是这个版本的"前八十回"也好后二十八回也好，至今找不到任何实体资料予以印证。更有力的证据是该书的始作俑者已然承认"作伪"。2018年8月，《光明日报》作了题为《"吴氏石头记"的倒塌》的报道，节选如下：

何莉莉承认批语造假

"吴梅村作《红楼梦》"说主要是因为"吴氏石头记"中的两条批语：一条是"此书本系吴氏梅村旧作，共百零八回，名曰风月宝鉴，故事倒也完备，只是未加润饰稍嫌枯索，吴氏临终托诸友保存，闲置几十载，有先人几番增删皆不如意，也非一时，吾受命增删此书莫使吴本空置，后回虽有流寇字眼，内容皆系汉唐黄巾赤眉史事，因不干涉朝政故抄录修之，另改名石头记"；另一条为"本书至此告终，癸酉腊月全书誊清。梅村凤愿得偿，吾所受之托亦完。若有不妥，俟再增删之。虽不甚好，亦是尽心，故无憾矣"。而面对记者的求证，何莉莉多次表示，这两条批语都是他伪造的，而他本人对此也十分后悔。

采访稿接下去说的是何莉莉知道伪造那两条与吴梅村相关的批语造成的恶劣影响，以及第一版书名的来由是追求好卖，同时还表达了他对后二十八回情节雷人、血腥的内心排斥。

无独有偶，也有人反向收集"癸酉本"抄袭的证据。《癸酉本撞车现代红学研究成果合集（增加中）》一文，有四十余条，逐条列举了"癸酉本"（文中称"伪吴本"）对现代红学研究成果或相关资料的抄袭。以下摘录几条：

2.《红楼梦学刊》在1989年就预言了癸酉本，看来红学家原来是预言家。

4.其伪吴本108回的设定是借鉴自周汝昌先生说的"红楼梦是9回一组"，以及"红楼梦全书是以54回为中线的大对称结构"，并由此推出全本108回。但这些说法都是有明显问题的，无法成立，证明这些说法错误的文章有很多……

9.通灵玉影射传国玉玺在清末时就有人提出，后被蔡元培先生采纳。

19.妙玉中迷香是完全抄袭程高本……当然，伪吴本的编写者可以声称程高本抄袭伪吴本……

三、中立看韵文

"癸酉本"文本并无可观，但里面的韵文是个有趣的存在。说有趣不是因为可观，而是由于别扭。

（一）回前诗

相对于通行版《红楼梦》，"癸酉本"每一回都有回前"诗云"。这"诗云"看上去都是格律样式，但从格律方面审视，毫无可取之处，从意境方面看也找不到任何诗意的美感——勉强能够让人在回目基础上进一步了解该回大概内容。

二十八篇"诗云"，竟然找不到一篇完全合律和具备诗意美的，莫非制造"真本"的那些"江南才子"们，只是浪得虚名？

（二）十独吟

《十独吟》在第八十二回，系黛玉的作品。前八十回中有《五美吟》，根据脂批，八十回后还有《十独吟》。该回依次写了十个人，照引如下：

其一　朱淑真

诗魂恨断镜妆残，良人意薄醉谁管。

孤雁声嘹寒侵被，春衫有泪登眉山。

···········

其五　李清照

展眼春尽剩余年，浪迹紫帘夜梦寒。

怅忆君言慰奴身，银月盈亏离恨连。

···········

书中加了一个按语：原文共十首诗，因藏本破损严重仅剩下朱淑真、李清照两首的内容完整。然而，在《吴氏石头记增删试评本》中，另外八首却是完整的，并没有提到藏本破损严重或被修复的问题。

其二　薛涛

寂寞古华世事换，佳人郁怀自绝怜。

懊恨此身非我有，怕临荒台泪难干。

其三　柳如是

朝岁何人缀钗头，柳花如梦烟月愁。

去便随他人心误，风骨嶒峻投缳求。

其四　冯小青

欲寻前迹空惆怅，绿荫门掩望西窗。

急风吹散鸳衾梦，病翼易痊难疗伤。

其六　李香君

镜盟钗誓全为君，疑误同心今偷悔。

凛然溅血嗔权贵，千古哀节香扇坠。

其七 董小宛

绣帏情断负春盟，锦屏人妒怨晓风。

西楼倚扇追前事，乱愁如织扑帘栊。

其八 顾横波

庄妍靓雅是非盉，眉兄情祸眉楼客，

绮阁幽迷勤护君，弃节负盟听南歌。

其九 卞玉京

艳而有骨吴知音，抚琴馀韵酒垆寻，

零落风烟不相逢，悲风弦索锦树林。

其十 陈圆圆

人愁春老芳情苦，一载痴梦为谁主？

伴伊几多扛鼎客，来时应爱去情无。

上面这八首诗从何而来？每个人都可以发挥想象力，不赘述。同样，这《十独吟》也毫无诗意的美感，不仅言辞欠妥、格律紊乱，还拉杂堆砌，刻画人物也没有抓住要点，有的还相去甚远。

不怕枝蔓，这里增加一段小插曲——

刘心武先生竭尽数十年心血，从探轶角度研究《红楼梦》，也有自己的学术成果。别的不说，光说他在续书里面为宝钗编撰的《十独吟》，从形象、意境、诗律等方面看，同样说不上成功——在人物选择上似乎还更不合理。这十人是：嫦娥、屈原、孟姜女、苏武、赵五娘、乐昌公主、骆宾王、人面桃花、李清照、李香君。闺阁未尝不可以吟咏须眉或仁人志士，只不过这十人的阵容，在"独"的标尺下过于参差了。

（三）第八十五回黛玉诗

以下是黛玉边弹琴边唱的内容：

寒霜染尽窗前影，秋风吟处念凄魂。今宵弦里尚吟哦，他年子期觅难闻。

思忆萱亲夜辗侧，愁绪何堪愍恻心。凄步中庭弹锦瑟，感怀触绪望星津。

月色横斜忧心炳，家山何处觅渺音。千里沉吟风露凉，多少相似叹古今。

时序递嬗叹清秋，天上人间感夙因。□□□□□□，□□□□□□。

修篁飘逸习古音，斑影婆娑泪粘①襟！弦曲知我鞶鞶意，人生斯世如轻尘。

风露凉觉罗衫怯，耿耿不寐思古人。今夜弦中思别意，轩窗明月泻竹林。

有人查证过，上面引述的内容，许多抄袭自程高本中宝钗的《与黛玉书并赋四章》和黛玉的《琴书四章》。持相反观点的人也有，"九峰真人"就认为，这里的歌行体被程高本"抄袭"，改成了离骚体。

（四）黛玉诔

在第九十八回，黛玉去世后，宝玉专门为她做了一篇诔文。为悼念逝者，诔文除了怀念彼此情谊，还常常追叙逝者生平，因为这个缘由，偶尔夸大其词也能接受。但是，这篇诔文将一些历史没有可比性的人物引过来，东拉西扯，不着边际，跟黛玉的身世与才情毫不沾边。因为冗长而凌乱，不引原文。

有人统计，这篇黛玉诔先后抄袭了《古诗十九首·驱车上东门》、曹植《武帝诔》等，甚至还抄袭了 2003 年高中生作文《易安祭夫文》。此外，程高本中《芙蓉女儿诔》和《警幻仙姑赋》片段，也被抄袭。其下半部分，感慨国家兴亡，犬戎为患，先后抄袭了《思游赋》《晋书·志·第十三章》、程高本中宝钗《与黛玉书并赋四章》等。骚体则大量抄袭了《楚辞》中的《九思》《九叹》与《九歌》等。《汉书·五行志·中上下》、傅玄的《晋鼓吹曲二十二首》也在被抄袭之列。

（五）结局诗

这指的是放在第一百零八回后面带有归结意味的韵文，作者成了小说之外的"后人"：

---

① 〔粘〕原文如此，应作"沾"。

豪华去后笙歌散，兴亡阅尽泪难干。妆台鸾镜事已空，碧草寒垄情似烟。

君王一怒诸臣惊，忠良贤愚谁能辨？一朝结冤深难解，谁知天道有循环。

我今忏悔性悟彻，照见本心仁与善。高堂大厦孰知苦，金屏绣褥啼痕连。

云窗雾阁隐妒容，鬓云斜军生埋怨。锦衣玉食尝无味，红粉王孙恋嗫言。

祸因恶积福缘善，涤心洗孽仰圣贤。盛衰消长辨分明，子孙久享在人间。

引文彼此间意思阻滞、意象紊乱不说，视角也存在问题。"我今忏悔性悟彻，照见本心仁与善"这句，就不是"后人"的远观视角。有人对比过，上述一百四十字中，有六十三个就来自《金瓶梅》的序言。

综上，众多品位不高的回前诗、回中诗和东拉西扯的《十独吟》，以及大杂烩式的《黛玉诔》等韵文或骈文，非但没有一处取得成功，反而弄巧成拙，暴露了炮制者不懂诗律、胡乱拼凑的真相。

四、本文结论

"癸酉本"只是一部照应了红楼梦前八十回诸多伏线而人物和情节都存在缺陷的续书。其韵文骈文部分，若能找到擅长者捉刀，更可能做到以假乱真。传统诗词骈赋至今并未断绝，优秀作者也大有人在。 能有一本尽可能好的续书不是坏事——这里并非鼓励作伪。

该书炮制者勇气一流，博览诸书毅力可嘉，在别人研究成果的基础上，把前八十回中的伏线尽可能利用，也值得肯定。所憾者假的真不了，吴雪松的论断"幸"而言不中。得与失两相权衡，用"诡本"或许会有趣些，"奇诡""吊诡"都是理由。

2022-07-23

历史洪涛里的"这一个"

——程驿小说《萧瑟处（第一部）》略谈

　　《萧瑟处（第一部）》是一部记述主人公成长经历的长篇小说，也是程驿先生的长篇小说处女作，共 34 万 8 千余字。小说以主人公程驿的成长经历为主线，通过历次政治运动掀起的骇浪惊涛，采用自述口吻，展现了"这一个"极其不幸的命运和不屈不挠的抗争，历尽艰难走到了平和安稳的时代。以下，试着从几个方面略谈阅读体会。

一、主角形象

　　在历史洪涛冲击之下，不乏随波逐流、见风使舵者，更多的人，则是在沉默中沦落、消殒。长篇小说《萧瑟处（第一部）》里面"这一个"——主角程驿，因为根不红苗不正，屡遭算计、排挤和打压，负债累累甚至多次陷入饥饿的绝境，但他带着满身创伤走了出来，进入历史的新阶段。稍微归纳，我们可以发现，小说中的"这一个"，具有如下一些值得肯定的特质。

　　屡次跌倒，屡次爬起，体现了主角意志顽强的一面。"跌倒"并非他的错误或失误，而是历史的风浪使然：一次又一次的伤害，一次又一次的算计，仅仅由于出身的原因，他都没能幸免。因为家庭，因为亲人，他常常濒临绝望，却没有一次沉沦，在看不到希望的处境里艰难而又坚定地活了下来。活着并不意味着心想事成，信念之外，它需要能力作为支撑。在小说中，我们可以看到，主角具有超强的生活能力和生存技巧。

生存能力首先表现为对环境的适应；"适者生存"，其言不虚。在无法拒绝无法逃避的情况下，"适应"成了第一需要。在小说中，我们可以看到，主角的父亲被抓走判刑后，他们一家很快被居民委员黄伯妈等人无情驱逐。那个时候他才十来岁，刚读到小学四年级上学期。下放到梨花大队以后，除了遭受房东陈姨妈的讽刺挖苦，因为不准吃闲饭，他还被剥夺了继续上学的资格，给生产队放牛。长大后对农活的驾轻就熟不算，光说做泥水工、当木匠、理发等技术性的活儿，他也做到了见样学样，无师自通，而且在行道中提得起放得下。当常规方式包括举债不足以维系家人生计的时候，要以身犯险，悄悄挖煤，跟别人扒火车，他也不曾退缩。他这一切都指向一个核心——让一家人活下去。他做到了。

在生存能力之外，生存智慧也是"这一个"所特有的。这指的是他在艰难境况里的生存策略，包括以退为进、斗智斗勇，以及被极端打压下无伤大雅的"报复"或针锋相对的打骂。尽管以隐忍为主要表象，我们还是经常可以感知到主角内心的不甘与倔强——因为家庭，因为亲人，他无法逃避，只得委曲求全。

超强的自学能力，是主角身上的一个亮点。十来岁就到生产队放牛，直到四年之后哥哥从公社农业中学毕业后到生产队劳动，加上伙食团解体，生产队长无法拿"吃饭"要挟，他才又重回学校。被耽搁太久，求学心切，他想要连跳两级进入六年级（下学期），被校长拒绝。学校临时出题考试过关后，他被安排到五年级（下学期）。在接下来一年半的学习时间里，主角的学习取得了全面的进步，美术特别是音乐天赋得到了最好的发挥。当然，这都源自他的好学深思。报考初中时因为家庭出身栏填"旧军官"（其父亲在国民党军队任过校级军职）而不是雇工（这是其父亲离开军队后的真实身份），他名落孙山。多年后得知高考即将恢复的消息，主角在很短的时间内便自学了初中和高中的全部课程（高中数学过于艰深被他放弃，那时初中高中都不开英语课）。家庭困难重重，临考前妻子一瓢冷水浇灭了他上大学的梦想；为验证学力，他坚持参加高考，省农学院的录取通知书（直到第二年春天他才在大队偶然发现）充分印证了他的学习能力。

从小说中的大量描叙我们可以知道，在音乐、绘画乃至诗词文章诸方面，"这一个"都有出色的表现，在同一个环境中可以说鹤立鸡群。这不仅因为他竭尽所能博览群书、博闻强记，更得益于偶然结识的教师农场几位老师的热心指导。文艺才情之外，主角身上的正能量颇多。至于偶尔稍带痞气，玩世不恭，其实是他无法跻身"正确"、消极自保的策略之一。

二、生存处境

条件极端恶劣，这不仅是程驿一家人的生存处境，同样是与他们一同下放当"新农民"的众多城市人的共同遭遇。

下面两段话，可以说道尽了程驿一家人物质处境的艰难：

我们被安排到一户姓陈的布依人家，他家在寨子的最南头，两间瓦房一间草房，我们住到草房里。这草房的壁头是用竹篾片编成的，上面用牛屎糊上便成了墙。我们住进去的时候，这壁头上的牛屎由于年长月久已有好些掉了，光光的竹篾壁头既透亮又透风。（P28）

我们没有什么东西，把带来的长板凳放好，在上面铺上床板，找房东要了些谷草铺在床板上，盖上床单就是床。两个旧木箱和一些锅瓢碗盏随便往地上一放，这新家就算布置完成。晚上我们四姊妹和母亲五个人就挤在这一张"床"上。白天母亲去参加劳动，没有锄头，是当地社员提供。他们家里都有多余的，当然也是不怎么好用的，好用的他们自己要用。我们则待在家里，刚来也没学可上。（P28）

房东陈姨妈尖酸、刻薄、毫不厚道。事实上，这一切都因为他们的日子也过得非常不好——"新农民"们挤占了队里本就有限的粮食，不"找碴儿"才怪。这家人的大儿子后来活活饿死，死相很惨。

恶劣的物质处境之外，是程驿一家的精神困顿。从城里被迫下放到二十多里外的乡村，举目无亲，找不到方向，更看不到未来，他们一家在人际关系上陌生而孤独。幸得乡村民风淳朴，让他们在一定程度上稍微缓解了不适。

三、启示与反思

在主角形象和生存处境之外，从这部小说中，我们还可以读到如下一些文外之意。

"整人"和"被整"——

"整人"者自以为大权在握，无所顾忌，一方面明目张胆地徇私，一方面肆无忌惮地打压。在现实生活中，当权力失去约束，这样的情形就会泛滥；在小说中，却有令人振奋的反转——"整人"者，终究成了"被整"的对象。居民委员黄伯妈和生产队长王炳章，是两个惯于整人的典型。且看下面两个相关段落。

居民委员黄伯妈威胁说："这事不由你想。现在第一批近，就在望城坡出去点。你现在不去，下一批把你家下放到更远的青岩那边去！"……主持开会的人有派出所的和居委会的，很多人，天天开。母亲坚决不同意，派出所的管段警察冒了火，说不去也得去，你这个反革命家属莫非还想和政府对抗不成？！我家下乡过后大概半年的样子，那黄伯妈家也被下放到哪个县份上的农村去了，更远也更惨。（P25）

我突然又听到一声大喝："把坏分子旧甲长王炳章揪上来！"我一听竟然是我们队长的名字，大吃一惊，旋即想到肯定是同名同姓的人，怎么可能？中午还在敲钟通知我们开会呢。然而待到两个民兵押着一人扒爬礼拜地小跑到了台上，竟真的是他！太出人意料了，原来他在旧社会时还担任过甲长，那官也同生产小队长差不多大。（P190）

政策"解读"——

宏观审视，没有哪一部政策的出发点不是好的，但到了执行层面，别有用心的曲解，不切实际的照搬，不顾颜面的邀功，可以说层出不穷。这种情况下，政策的效力和效果都会打折扣，乃至事与愿违。在小说中，主角程驿被区土管局房建科科长百般勒掯的细节，足以反映政策"解读"的随意性。

第一次，他要求程驿留下报告，下周再去；第二次，要求大队在报告上注明"宅基地不是国家蔬菜基地"；第三次，程驿被告知没有图纸，要设计图；第四次，说报告资料齐全，叫程驿过几天再去；第五次，程驿过几天后去，他叫"再等等"。程驿忍无可忍找到局长，诉说长途往返跑路的艰难（没说科长的不是）。应局长要求从科长手中取报告时，程驿一句"他是我表舅"，加上局长在报告上批示的"若符合规定的话，就给他批了吧，不要叫农民同志多跑"，半小时不到手续就办好了。科长为何前倨后恭？一句话，权力大于政策，政策可以当作面团揉的缘故。

由此反观小说中的政策，可以说属于执行层面乱作为的居多——每个派系都有自己的理解和操作，都认为自己代表"正确"。梨花大队和4289工程队的两支战斗团游行时狭路相逢，一个将政治方向泛化为走路也要朝左边，一个将政治规则与交通规则区分开来。二者僵持不下，"文攻"不行，"武斗"开始。

观看时下新闻，我们可以发现一些地方打着政策的幌子"建设""发展"，方向不对、思路不清、动机不纯，折腾数年后工作又回到了原点。某些执行者热衷的，实质上是面子与政绩。不得不承认，消极应付，得过且过，也是政策的"执行"选项。小说中接替王炳章担任生产队长的老孔，在一次斗私批修大会上找不到批斗对象（其实是不想整人），只好拿自己说事，而且他还忘了关键议程，"人们纷纷向外走去。我走在后面，听到老孔说今天忘了一件极重要的事：会议开始时没有敬祝毛主席万寿无疆，林副主席身体健康。下次一定要记住，千万不能再忘了"。再如此前到高坡买豆栅，小敏和寨上的几位姑娘听了程驿介绍"文革"中每天早请示晚汇报，以及派系间频繁武斗之后的吃惊表现："她们一个个竖起耳朵睁大眼，像听天方夜谭的故事，眼里满是迷茫的神色。看着她们这样，我不禁想起'乃不知有汉，无论魏晋'这句古文。"

四、这部小说的特色

大量方言土语，使这部小说具有显著的黔中地域特征，让本地读者获得一种亲切感；精到的"行话"，则增强了它的生活底蕴。此外，对当年一些政治运动的叙写，足以让读者感知那段历史岁月的峥嵘——很多年轻读者可能会惊讶。

小说塑造了几个令人难忘的形象：勤劳会打算而早逝的哥哥，作风霸道的生产队长王炳章，不怎么整人但报复心很重的老孔，单纯可爱的小敏，能说会唱的金明，等等；除了秋英之外，他们都稍纵即逝。相比之下，着墨较多、贯穿小说全篇的国强、廖刚和山东等几个角色，个性反而不怎么鲜明。

小说中有大量的风景描写和主角的内心独白，前者对烘托氛围、隐喻人物心境和预示其命运，都有不可取代的作用。隐喻人物心境，很多时候细腻地刻画了主角饱受煎熬的程度之深。

此外，文言和诗词的运用，使得这部小说具有传统文学的某些魅力；在大多数章节前面，标题对仗手法的使用，一些章节末尾处的悬念设置，也让这部小说具备了传统章回小说的某些特征。当然，与传统章回小说相比，区别也是存在的，那就是个别章节之间篇幅差距过大，短的2500多字，长的近万字。小说还有其他一些值得关注的地方，比如细节的表现力，比如歇后语和粗话在塑造人物形象中的作用，等等。限于篇幅，此处不展开。

用心审视，《萧瑟处（第一部）》是一部很有特色的作品，其主角程驿则是小说中泥垢裹身的一块璞玉。时机到来，这枚璞玉一定会发出应有的光彩。在小说结尾处，这个时机已经成熟。祝愿这部小说早日改定、出版，丰富黔中小说的百花园，发挥激励作用；也祝愿这部小说的第二部、第三部如约而至，让我们得以欣赏主角程驿摆脱"出身"枷锁之后，揭开人生新篇章的奋发有为。到那时，"萧瑟"将不再是主基调。

2022-08-01

农耕文明的精神内核

——尹文武小说《匠王》读后

《匠王》是贵州作家尹文武先生写的一部两万二千多字的小说，从篇幅上看，算一个小中篇。从题材上看，这部小说反映的是乡村匠人手艺的凋敝和"成功者"返乡后徒有其名的文化"复苏"。从人物与情节方面，我们不难品味出经济发展和观念冲击之下，作品隐含的惋惜。

一、乡村的主业和副业

乡村"附着"于农耕。自古以来，农耕都不是孤立存在，它总跟匠人们的手艺形成一种相辅相成的共生关系。农耕是主业，匠人们从事各种手艺，视作副业便没有疑问。在现实语境中，匠人并没有远离农事，更不会远离农村。他们往往一身两职，农活与手艺同时兼顾。在生产队时期，"副业"一度遭到禁止；当时实行计划经济，农业生产并未因此受到明显影响，受影响的仅仅是匠人的收益。

"天干三年饿不死手艺人"，既是黔中民谚对匠人的嘉许，也是一种信赖。相对于必须和土地高度"捆绑"的农事生涯，匠人的自由度高得多。20世纪80年代初实行土地承包制以后，他们可以走村串寨，游走江湖，收入尚可且相对灵活。许多乡村人家，如果觉得孩子读书前途不大，就会让他们找匠人投师学艺。在20世纪下半叶，这曾经是较为普遍的选择。

副业，有效促进了主业，不仅提高了其生产效率，还改善了农人自身的生活境遇；与此同时，主业解决了粮食问题，又为副业的发展奠定了基础。二者相辅相成，成了农耕文明的两大支撑。

二、农耕文明的主线和副线

如果没有各种匠人的存在，农耕文明的效率将无从谈起。别的不说，只说农具打造，就是一件很成问题的事情。没有哪一个匠人可以一家独大，也没有哪一门手艺毫无是处，彼此间是一种平等、依存的关系。下面以小说中提及的为主，略作分剖，顺便做点补充。

石匠　往小里说，他们改善了自己或别人的居住环境与生活条件，如修建石房子和打造粮食加工必需的石磨、石碓、石碾子等。进入现代社会，往大里说，他们在修筑桥梁、公路、堤坝以及农田改造等工程中，也发挥了中坚作用。

木匠　在塑料和电器进入乡村人家之前，木制家具是主打。木匠在这期间是最受青睐的。在砖瓦房出现之前，他们也曾经在建造木房子方面发挥过积极的作用——砖瓦房也包含了木结构。在农业生产中，一些木制农具，也充分体现了木匠的价值。

铁匠　小说中没有涉及，但铁匠对农业生产与生活的重要作用，并不比石匠和木匠小。金属农具或农具的金属部分，都离不开他们。

在农耕文明背景下，学习任何手艺都要经历苦累，付出艰辛；同时，基于"有用"，也没有被人小看的营生。因此每个匠人，都会将手艺发扬光大，往下传承，有的甚至成了"家传"。当然，作为小说主角之一出现的骗匠，没有在小说中出现的篾匠、补锅匠、理发匠、唢呐匠，等等，积极意义同样不能低估——掌坛师是改革开放后"重现"的一种特殊职业，除了心理慰藉之外，其他作用难以验证。

种地耕田作为主业，自然是主线；以石匠、木匠和铁匠为代表的各色副业，则形成副线。一主多副，形成了农耕文明的立体格局，从古至今绵延不衰，一直持续到了 20 世纪末叶。

三、乡村匠人的从业困境

科技文明不期而至，打破了农耕文明中主业与副业、主线和副线持续多个世纪的平衡。小说中没有过多提及平衡被打破的相关情形，其中一个细节，却值得我们注意：

鲁骗匠以前喂狗用的是石匠打的石碗，后来改用塑料盆。石碗就丢弃到路边，博物馆收集藏品的时候曾经收走。博物馆在石雕厂也购买了部分石雕工艺品，其中也有石碗，石雕厂雕刻的石碗，细小但个高，内深且窄，极好看。石匠打的石碗，矮，内浅且宽，内侧被狗舔得很光滑。比对后，博物馆还是把石匠打的石碗放弃了，又丢在路边，被木匠捡起来……

上面这个细节作为伏笔，跟小说结尾处的照应，区别很明显："那时候正是幼儿园放学的时间，一群幼儿咿咿呀呀地从木匠家门口经过。木匠继续把玩石匠雕刻的那个石碗。石碗的边沿，一个小孩抱着两条大鱼，几朵荷花正在盛开。"作为结尾，这个细节从人情交往到手艺传承上，包括博物馆的避实就虚上，都可以做不同的理解。

无论如何细心，众所周知的原因，纯手工都不可能做到像机器加工的那般细致精巧，匠人们的失意、失落，乃至失败，都是意料中的事情。有过乡村生活经历者，一定见识过石磨石碓被扔到墙角宅边与荒草为伍的情景，家用小型机械省时省力，取代了它们。除此以外，很多木制、铁制家具也陆续被塑料或合金等取代，因此木匠、铁匠也注定要退出曾经的舞台。以此类推，很多门手艺都将难以摆脱凋敝的命运。

从业处境举步维艰、前景黯淡，是小说中的场景，也是匠人们在生活中遭遇的困境。作为特例留下来的骗匠，一是科技暂时取代不了他的手艺，二是这门手艺不需要像石匠、木匠、铁匠那样耗费太多体力。石匠死了，木匠进城了，教书匠失业了，只有他勉强维系生计。鲁骗匠盘点出来的"自豪"，毋宁说那是一种孤寂。

小说中，阮家寨的掌坛师是主动终结自己职业生涯的一位匠人。徒弟们陆续进城，掌坛师居然到了无法为石匠的道场凑足最少四个人的地步。他最后把毫无经验的鲁骗匠和棒棒糖（石匠的儿子）算进去，也才凑了三个人——那时棒棒糖还在读六年级，只得借助《新华字典》辨识经书上的繁体字。棒棒糖辍学投师，掌坛师对徒弟们过于失望的缘故，并不想收他，却被他那个"自己给自己念经"的失礼建议所触动。糊了一口纸棺材提前"超度"自己后，掌坛师把衣钵全部传给了棒棒糖，给人迫不及待的感觉。棒棒糖自立门户当掌坛师、开设纸火店，被人请去做道场，后因为害怕溺毙者发胀的尸体，落荒而逃。从另一个侧面，这反映了掌坛师手艺的青黄不接、难以为继。

四、匠人的纠结与交集——从教书匠切入

按照传统观念，教书匠并不被看好，历史上就曾经有过"八娼九儒十丐"的尊卑排位。但在许家寨，村支书主导修建的"许家寨匠人博物馆"，破天荒为教书匠专设了一个展厅。这应该与代课老师穆贵缨的遭际有关。她有足够的热心、耐心与虔诚，不仅让出土地，还修建校舍，为"村小"做出了巨大的牺牲，却因为没有资格"从业"，受到敷衍、冷落和欺骗，一度精神失常。村支书从特定角度，以特有方式，表达了对这门手艺的介意与尊崇。相对于乡街上那些按月领薪的敷衍者，他们令人感佩。穆贵缨后来在村里的幼儿园谋得了一份工作，和她倾注了许多心血、拥有二十八名学生最后被解散的"村小"相比，并不称心。

石匠迫于生活压力而进城到建筑工地砌砖，小说一开头就交代了这点。人到了城市，他却不甘心，寄希望于村里那条毛马路修通连接乡里后，方便运输石料，很多人家都会请他修石房子，这样他就可以拉起一支队伍，大干一场。木匠的妻子也就是教书匠穆贵缨修建"村小"，不用石头而用砖，刺激了石匠。人们赶去参观后，陆续产生了修砖房的想法，这进一步激怒了他。得知教书匠修砖房的钱

是木匠进城打工所赚的，石匠开始迁怒于木匠，但他还是听从妻子鲍春花的提议，也进了城。在房子问题上，石匠坚持最初的梦想：修一栋石房子。这个梦想还没有实现，他就出事故死于建筑工地。

许家寨的木匠有三种：修木房子的大木匠、打家具的花木匠和做棺材的老木匠。木匠在小说中先是打家具的花木匠，被广东家具店到乡街上抢了饭碗后，"改行"当了专做棺材的老木匠，不久后又被殡仪馆那些材质多样制作精美的袖珍棺材抢了先。不得已，木匠只好到沿海给一家全屋定制家具厂送货，带安装，算是没有离开老本行。

匠人之间，因为门派、威望、实力等差距，不服或佩服都很正常，心口不一也不奇怪，因手艺而结怨的却不多。从木匠两番为石匠制作棺材可以证明这点：第一次，是石匠出事后，木匠闻讯立即从沿海赶回来，衣服都来不及换就去砍了自家一根泡桐树，时间很仓促，做工很简陋；第二次，是石匠的儿子棒棒糖发迹回来，根据鲍春花的要求，木匠用的是上等柏木，雕工也发挥到了极致。他们应该没有太深的交情，但不乏隔行的尊重；对木匠来说，还有一种伤感和怀念。

石匠、木匠与各自家中人，或是乡村风习使然，联系都不太紧密。石匠死了，木匠走了，两个家庭的"真假寡妇"争着向骗匠"献殷勤"的"隐情"，通过鲍春花渲染夸张，满村风雨。同学好奇打探，木匠那正在上初一的儿子许望海深感被冒犯，骤然出手伤了人；赔了两千元医药费后，被父亲领进城，学习绘画。教书的愿望太过痴迷和执着，发现骗匠的许诺是假话，穆贵缨思虑过度，精神失常了。木匠回到许家寨悉心照料，每天当妻子的"学生"，直到她病愈。

五、文化"复苏"——热闹的假象

在小说临近尾声处，棒棒糖拥有几千万资产，回乡投资了。他查找百度资料，鼓吹"文化搭台，经济唱戏"，却只想做三件与文化无关的事：一是将村里规划中的山体公园，改建其中六个山头上的亭子为寺庙；二是准备在村活动中心旁边的空地上，建一座钢筋水泥佛像，打造"佛教圣地"；三是获得县陵园的开发权，将其建在许家寨的擦耳岩。第一件和第三件他都做成了。亭子能改成寺庙，还是应棒棒糖之约返乡发展的许望海帮着修改设计图纸的功劳。

小说中有多组矛盾冲突，村支书与棒棒糖理念不同，就属于其中一组。不过，棒棒糖成功迷惑了乡政府的工作人员，让村支书未经交锋就败下阵来，但后者并不服输。棒棒糖要打造的"匠人村"迟迟不见动静，反倒是村支书到县里多个部门奔走求告，筹到经费后在棒棒糖想要建造"佛教圣地"的地方捷足先登，建起了"许家寨匠人村博物馆"。

有意思的是，由宣传部门在全县范围内开展的"匠王"评选活动，费用全由棒棒糖赞助，他掌握着话语权。见到鲁骗匠披着袈裟每天在六座寺庙间来回收取香火钱，生意兴隆，想要角逐"匠王"的许望海为了提高竞争力，赶紧从外省买进机器，雕刻各种精美的袖珍棺材，将其作为旅游纪念品卖给游客。鲍春花想去卖矿泉水和凉粉烫粉，棒棒糖则建议她缝制袈裟去卖，说这也可能成为"匠王"。到小说结尾处，木匠为石匠做好第二副棺材，被感动的棒棒糖给了他两万元酬金时，又把"匠王"称号许给了他。总之"匠王"评选，一个字：乱！

小说中的许家寨热闹起来了，但绝不意味着农耕文化的复苏。棒棒糖口口声声喊"文化"，却一无底蕴，二无内涵，既缺乏远景规划，又没有情感融入，充满了谎言和私心——他只图眼前利益。退一步说，村支书倾力打造的"许家寨匠人村博物馆"，也不过是一具失去了生命活力的物质外壳，只是营造了一种热闹的假象而已。

六、触摸农耕文明的精神内核

时代在发展，科技在进步，人们的被动和依赖也在逐年加剧。以农耕为例，就包括农人不能育种，不能留种，过度依赖化肥和农药，土壤肥力持续下降，等等。风险大，效益低，导致懒庄稼和弃农撂荒现象此起彼伏。凡此种种，似乎都在表明，农耕文明的"主线"，开始受到侵蚀。如前述，因为活计艰苦，回报太低，许多匠人无奈放弃（教书匠手艺似乎相反，然而"光鲜"之下，尊严扫地），农耕文明的多条"副线"，更是受到了前所未有的冲击。

回到小说《匠王》，我们不得不因为题材和主题的缘故，为农耕文明的式微而扼腕。明知无法复"古"，也没法逆潮流而动，但我本人依然喜欢阅读这类题材的小说作品。通过作家的文字，走进乡村，触摸农耕文明的精神内核，领略匠人们曾有的情怀与担当，我们也许能让一些情愫在记忆深处长久驻留、生根发芽。

文学的功用，到这个份上，已算彰显了。

2022-09-20

一个小角色的"小心思"

——张伦德小说《冷月亮》读后

　　《冷月亮》是张伦德先生一个近两万字的较短的中篇,可以归类于世相或谴责类小说。查了一下文档属性,这篇小说显示的最早时间,居然是 2016 年 9 月。伦德先生发给我的时间,可能更早——岁月匆匆,一晃已是六年之久。当时读了一遍,基于小说主人公的个性特点,曾产生过写点感受的冲动,后来诸事繁杂,竟不了了之。近日重读,当初留下的阅读印象并没有改变,我决定形诸笔墨,以酬分享之谊。

一、小说情节梗概

　　市城建局环卫处为了提高工作效率,决定大幅裁员,对单位 40 岁以上的女职工全部清退,另外招收一批农民工上岗。超过 40 岁且没有会计资格证但有工作经验和能力的文若水被录用为财务室出纳,有会计资格证的前局长侄女吕红艳因为工作态度骄横而被清退。人事处长前来干预要求换下文若水,被环卫处长辛已明以这是十一人考评组的集体决定为由断然拒绝。主动向局长请示获得肯定后,辛已明更加放心。其实他早已做好了两手准备:如果穆处长干预成功,局长也抹不开面子,非要换人,那他宁可从其他单位调个出纳来,也不让吕红艳占这个岗位;总之他绝不会让文若水下岗,即使当不成出纳,也要想办法把她留在办公室,不能扫地出门。

　　在文若水留用和升职的问题上,辛已明觉得自己功劳巨大,多次设法接近她,同时强调自己满怀善意和不要对方回报的想法。直到四年后调任局纪委书记，他依然没有放弃结交文若水的努力，但他的每一次努力都被文若水理性而又礼貌地拒绝了；不得已向文若水连写两封信表明心迹，也没得到回应。后来文若水再婚，请了环卫处的全部同事，唯独没有请曾在环卫处当过处长且改变了她命运的辛已明。辛已明向好友欧阳树大倒苦水，得到了对方的宽慰和劝导，决定放弃这段单相思情感，回归正常的生活。

二、男主人公的处境和心境

像女性角色有好几个那样，小说里面的男性角色也有好几个，但作为主人公贯穿小说始终的，只有辛已明和文若水二人。要认识辛已明这个形象，得从其处境和心境两个方面来审视。

（一）处境

对辛已明来说，其处境又得一分为二：工作处境和家庭处境。

从工作处境看，辛已明是成功的。这成功表现在他不但实权在握，而且得到了领导的信任。就算单位裁员让他感受到空前的压力，但略施小计，他就让处里成立了由党员、各单位工作骨干组成的十一人考评小组，有效提升了决策的权威性，降低了矛盾风险。不仅如此，他还在四年后被提拔为局纪委书记，尽管在他妻子看来这是个费力不讨好还容易结仇的差事。

从家庭处境看，辛已明无疑是非常失败的。其妻子的强悍让他在家中没有任何地位与发言权，甚至在单位也任由她来大肆"搜查"办公抽屉，不敢有任何抗拒的表示。男人活到这个份上，基本上没有尊严可言了。

工作上的得意和在家庭关系中的"失意"共同起作用，让辛已明在帮助文若水的事情上尽心尽力，从而奠定了这篇小说叙事情节的基础。

（二）心境

在小说中，其他人物形象都是一晃而过，他们都为了衬托男女主人公而存在。

辛已明的心境，在小说中是最富于发展变化的。在帮助文若水这件事情上，他的心境呈渐进式发展变化。至于帮助的起因，并不仅仅是基于对弱者的同情或者是对其能力的赏识。小说开头处有两段作了明确交代：

男人天性里就有侠肝义胆、同情弱者、保护弱女子的男子汉气概。见之遭此变故，令人顿生怜香惜玉之情。辛已明例外，或许他的胸襟更宽广些，骨子里的正义感天性比其他男人更突出。

人，得有点正义感、怜悯心。何况自己手上还有这点权力，能够决定她的命运。她够可怜的了。

在第二节中，辛已明对文若水表现出了前所未有的关心，单位福利样样都特别关照，心情也总是随着文若水的一举一动、一颦一笑而起伏。当他表示要单独去文若水家做客时，对方的回应却是冷淡的，他设身处地，表示了理解。到第三节中，辛已明已调任局纪委书记。临行前文若水到他的办公室，略带遗憾地说："你调走啦，你不管我们了？"这句话让辛已明激动不已。下面一个细节较为有趣，足以佐证辛已明的"小心思"：

他正埋头整理需要移交的文件、资料。门开着，文若水脚步轻轻地走了进来，站在了办公桌前："你调走啦，你不管我们了？"辛已明一抬头一个笑一个幽默："你，你经常搞突然袭击来检查我的工作？"她没有回答，眼里透出失望与不舍，话语细细的、柔柔的。一听就明白，为了避嫌，怕辛已明多想，才说出"不管我们了"，其实那话语中真正要表达的是："你走了，你不管我啦，我该怎么办？"

"人调走了，工作仍在局里面。你不用担心，你的工作是稳定的，新领导来不会有大的变化，更不会有人事变动，干好自己的工作就行。以后有什么困难需要我伸手，讲一声我会尽力而为。相信我，这是真话，不是客套。""有事找你，还会帮我？"辛已明看她一脸的疑惑，忙点头："真的。不食言、不撒谎、不骗你。骗你，我下油锅。""下油锅？烫伤住院，更没有人帮我了。"这时，她的脸上才有了一丝满意的微笑。

文若水奉令到局纪委办公室上缴辛已明担任环卫处处长时的财务私章,后者趁机坚持送了一个装有现金的信封给她。文若水被迫收下后,他满心欢喜。但是欢喜过后,却是无穷的牵挂和煎熬,达到了坐立不安、魂不守舍的程度。文若水再次走进辛已明在局纪委的办公室时,是一个秋日。因为知道文若水生日临近,辛已明自己否决了几种浪漫的祝福方式,再次送了她一个红包,让她自己买礼品。为了打消对方的顾虑,辛已明不惜透露自己的"老底":

……我定了三条原则:一、我不会离婚;二、我不会娶你;三、我不会对你有非分之想。我只是喜欢你,愿意帮助你,是真正的异性朋友,没有什么阴谋,也不存在交易。我不会伤害你,要求你什么不正当的行为,不会干扰、打搅你的生活,让你心中不安宁,不需要感恩戴德,让你有欠债欠人情的压力。这些钱是我的零用钱、出差费、局里发的小红包。放心,我没动用一分工资。工资全部上交夫人,不会影响我的家庭,不会妨碍我的工作、生活。明白了吗?

文若水被动收下红包,辛已明的心情由阴转晴。在第四节中,打通电话后贸然到文若水家中做客,对方的冷淡造成的尴尬出乎他的意料之外。跨出门后想要一个拥抱,被文若水拒绝,只跟他握了一下手。辛已明更加不甘,认为对方不懂得知恩图报,于是以"常常见"为名,给文若水写了一封信诉苦。他在信中的一些诉说,带有不打自招的意味,非但起不了让对方冰释"前嫌"的作用,反而会加深已有的疑问。如下面这处:

……如果你认为,我这些年的循规蹈矩是有预谋的放长线钓大鱼,小恩小惠收买人心,那就错了。在我心中,你十分明亮,可以畅所欲言,无须遮遮掩掩,也不用诡计、花招、陷阱对你。

那封信,并没有得到文若水的回应。在第五节中,辛已明以"常不见"为名,又写了第二封,有自责、反省和道歉,但心迹也更加直接:在我心中、口中、眼里，"喜欢"就是"真爱"。

三、女主人公的性格特征

文若水的性格特征，可以用一个"冷"字来概括。小说没有提到她在婚姻存续期间的性格，一开始就拿她离异后的状态跟同事做比较：

……手下近百人，女性占了大半，全是当家人，个个结了婚，练就了一身成熟与泼辣，走到什么地方都闹哄哄、叽喳喳，犹如每人带了个小喇叭。唯有收费组的文若水沉默寡言，坐在办公室里埋头干活，三天不说两句话，漂亮的瓜子脸上满是愁云，面带几分苍白，眼神里透出忧郁、感伤。……但她衣着得体、整洁，言行举止端庄中透出几分温柔、秀气，不乏女性之妩媚，且有九分魅力。

以上当然不是文若水全部的性格特征，只是她出场时的外在表现。概括起来说，文若水的个性，是内敛、矜持的，她在婚姻上受过伤害，不信任且戒备身边的男性，本属正常。辛已明照顾文若水的初始动因，除了其显意识中认定的可怜和无助，还有其潜意识中对她温柔和妩媚的"喜欢"："这么好的女人，不能再让她受委屈了，工作上得照顾她一些。"

要说文若水没有心怀感恩，可能谁都不会相信，但她没有找到恰当的表达方式，也没有找到合适的表达机会。辛已明趋于强劲的情感"攻势"，让文若水感到不安和困扰，也令她无所适从。可以这么说，文若水无奈之下，用淡漠和疏远，不动声色地守住了自己的道德底线，较好地维护了自己的尊严；两番接受辛已明的馈赠，都是后者强加的结果，并不是她希望的。

再婚时不告知辛已明，表明文若水对他的反感达到了空前的程度；两封信里絮絮叨叨的表白，也加深了她的担忧，生怕辛已明会在她的婚礼上做出什么出格的事来。

四、小说得失谈

这篇小说可能不是最后的定稿，因此总体上成功的基础上存在瑕疵可以理解。

小说成功之处表现为鲜活地塑造了辛已明这个道貌岸然、表里不一的"伪君子"形象。但这个"伪君子"与其他小说中的伪君子有所不同，他不是有意识地作伪，而是以潜意识中对美色的觊觎作为切入点的。在不同时间段，他先后小心翼翼地对文若水提出不同的要求，或者是向她做出种种看似郑重实则轻浮的承诺或保证，却又多次强调不要她回报。这个"矛盾体"并不优雅，但在现实生活中，我们却时有见闻。别有机心，为"得"而"舍"，这"舍"便乏善可陈，失去了该有的价值和意义——哪怕辛已明最初并没有明确意识到这一点，善意打折和信念滑坡，照样毫无疑问。

一句话，在权力的影子里面，辛已明这个人物形象既可笑又可怜，甚至可悲。他凭着权力做了好事，时时刻刻想着对方"回报"，却如俗语所言，"有心无胆"（"有胆"又如何？），成了一个失败的"未遂"者。相对于"既遂"后可能引起的麻烦，他并未做好充分的心理准备，也没有足够的能力去应对。从信里面坦陈的心迹，或者是当面与文若水的交谈，我们都能发现他其实已经习惯了忍受老婆的强势与庸俗。从这个角度看，辛已明的"未遂"，意味着另一个层面的"成功"，或者说侥幸——他的家庭与事业，都能继续维系。

这篇小说的另一个成功之处在于细腻、周详的心理描写。辛已明在帮助文若水之后的得意，在追求文若水过程中的纠结、向往、苦闷、彷徨，在得知文若水再婚后的濒于崩溃与最后在好友解劝下的释怀，都得到了生动的刻画。

上述两点，是这篇小说的成功所在。

不过，仔细读来，这篇小说也许还称不上完美，尚有几点可商榷之处：其一，行文中的遣词造句包括一些标点符号，大约是伦德先生请人录入手写稿之后校对比较匆促的缘故，瑕疵都未完全根绝；其二，小说全文用中文数字标记为八个小节，其中第六小节的大部分，都用来介绍辛已明老婆的"恶行"和他自己的严重惧内——作为插叙固然无可厚非，对人物塑造也确实有一定的帮助，但稍作压缩或许会更好；其三，在篇幅上，不同小节之间差异过大，也是值得注意的一点。

总之，进一步做好相应处理，这篇小说无论"文"与"质"，都将会有更加明显的改观和提升，值得我们翘首以盼。

2023-01-26

物欲之外有所思

——品读何江《红枫艺术陵园墓志铭集》

一、缘起

大概在 2017 年初夏，一个偶然的机会，我有幸读到了何江先生《红枫艺术陵园墓志铭集》的书稿。其中不管是无韵的志、有韵的铭，还是志铭结合的众多篇什，都体现了遣词造句的准确、精到和思想意蕴的丰富、隽永。难得的是，众多的志，结合逝者的生平履历，或者其人生的某一侧面，都做到了言简意赅：三言两语，一位逝者的形象，便树立起来了。彼时的感觉，只是钦佩何江先生思维的缜密。2019 年初冬，重新捧读这部集子的成书，厚重的手感、严谨的排序、深邃的评说，进一步令我钦仰何江先生深厚的诗词功底与横溢的古文才华。目录前面，来自黔省多位名流学者的多篇诗词与题跋，其题旨的深刻独到、行文的洋洋洒洒，都让人掩卷沉思。

二、震撼：众多"盖棺者"的岑寂

集子后记中有这样的统计：

《红枫艺术陵园墓志铭集》正文选稿计 1484 篇（以碑板计），其中志（以记述逝者生卒年月籍贯生平等内容为主体，结尾无韵文），铭（以诗、词、联、经训、格言、字派、感言等形式独立成碑）748 篇，有志铭结合（以记述生平事迹为主体，韵文或嵌于中腹或缀于结尾）557 篇。附录 1 - 附录 3 所收作品共 189 篇，其中附录 2 是为丧属提供临时参考以备遴选而撰写的通用铭文，附录 3 是这些年来我个人为悼念亲友或为友人请托创作的部分挽联或碑志，因体例相同而一并收入集中。我为陵园各景点创作的诗词作品，过去已用于各种相关诗词资料中，此次沿例收入本集，合计1643篇。

以上属于数据统计角度的综合性概貌；下面则以个例为准，稍微展示生前经历各异的几位逝者的"盖棺之论"。

李麦宁墓志（转述）：

作为曾经的领军者，麦宁先生在战乱年月叱咤黔省诗坛，因时移世易而彻底缄默，直至数十年后重发晚唱。其坎壈遭际，志中均有到位的追述；早年的诗歌集、在黔省文坛的定位和影响，志中也都有翔实的记载。承其家属之请，在志的结尾处，是何江先生撰写的铭文：

> 号角惊风雨，春风惠大千。
>
> 著书长益寿，晴霞裕晚年。

这则铭文无异于对麦宁先生精神风貌的传神摹写和高度肯定。他的一生，无异于威清土地上的一面文化旗帜，激励着后来的人们。

兰志祥墓志（节选）：

……少秉异质，砥砺奋发，入卫中，品学俱优，乡党一时许以头角，素有蔡水才子之称。泊以公社文秘从戎，隶属陆军云南部……既有战功，因才见用，遂履显职……继转北海舰队服役……既回籍，先后任……。资深历显，累无升迁；委身副座，望孚愈重。政声干练，抗腕服膺；清廉正直，口碑流誉。

公怀才抱玉，不屑迂回之术；耿介刚烈，尤睥俯仰之徒。才情外逸，常滋艺苑；独立特行，每负朱门。……对地方……均有惠绩和贡献。

在何江先生撰写的这篇墓志中，逝者的生平履历、宦海沉浮、才华品望、文艺修为等方面，尤其是特立独行的个性风格，都得到了全方位的刻画。

武振堂墓志：

> 少年戎马逐征程，战罢中原胜未分。
>
> 铁血男儿争效命，沙场孤胆誓成仁。
>
> 南方匪患方平息，西藏法魔又煽焚。
>
> 荡尽屠诛开禹甸，固边防务再操心。

对逝者生平不着一字，然而，其生前辗转南北、戎马倥偬、驰骋沙场的一生，却生动、形象地描摹出来了。

黄文博墓志：

> 直道而行，宁穷不易；
>
> 持真可守，安命无尤。

这里也没有对逝者生平的介绍，寥寥数语，一个固穷守节、乐天知命的达观者形象，还是非常清晰地凸显出来了。

《浣溪沙·为某道士墓表戏题》：

口吐金声烟霭中，手挥法雨忽西东。千家附势望愈隆。　　惑乱红尘心自险，虚参佛道妄言通。江湖自古尚平庸。

这自然不会是应逝者本人生前或殁后其家属的请求而作的盖棺之论，而是对内心缺乏信仰者的一种反讽，以及对某些"道士"装腔作势骗人获利的一种辛辣否定。

要稍作补充的是，作为该书主编，何江先生还收录了别人撰写的部分墓志，在凡例中有专门说明，各篇也有明确标记。在众多墓志中，别人撰写的也有值得称道的，以下几例便是。

王鸿儒墓志（概述）：

在叙述逝者人生经历、文化修养和文学建树之后，是位于志末的铭：

黔山巍巍，清水泠泠。斯人虽逝，风徽长存。泐此贞珉，永奠山灵。

有些令人感慨的是，在据逝者亲属提供的材料所撰写的志中，存在错讹：作为黔省知名作家，一些本属于他的著作，没有收录，或者予以收录却名称残缺乃至错误。人际的隔膜，于此可见一斑。这也值得一些沽名钓誉者警醒——或许在你最亲最熟的人眼中，你的"高雅"或"高尚"，都只是不值一提的"摆设"，遑论朋友，遑论陌生者。

刘增礼墓志：

深深浅浅的行步/到此驻足/回头看时/慢慢垂下双手/从此不再仰目苍穹/不再低首思量/释然一笑/走了走了走了

这是一则相当有趣的墓志，大概出自逝者本人或他的亲属的创意。平心而论，这直接就是一首无须再做推敲打磨的自由诗，亮点不在于其体裁，而在于主题中表露出来的对生死问题勘透后的释怀。

周英华墓志：

派演闽江，诗书启后。

泽流黔士，礼乐承先。

这里同样没有关于逝者生平的任何铺叙，然而，其迁徙流程、生活状态、精神境界都得到了相当到位的彰显。

随意抽取的以上几则墓志铭，并不能完整反映《红枫艺术陵园墓志铭集》的全貌。在这部集子中，政治上、经济上、文化上、艺术上，各种曾经差别巨大的人们，无差别地进入了永恒的沉寂。他们曾经的辉煌或落寞、曾经的富贵或寒微、曾经的大起或大落，都成了永远无法逆转的往事。介意他们的人，除了他们的亲属或关系最好的部分朋友，不会更多。与此同时，无论是散体的志，还是诗词等押韵的铭，又都足以吸引众多陌生者的关注。

三、掩卷有所思

震撼之余，这部堪称浩瀚的集子足以引起深思。不知道别人的想法，我个人的思考，大致包括如下几个方面。

其一，精神，物质，肉身而外谁能从"往世"（假设成立）带来什么？

在《红楼梦》里面，主人公贾宝玉衔玉而生，大概是古今中外的特例。但这"玉"并不是贾宝玉"往世"的所有物，而是僧道应顽石请托之后积极干预的结果，并非他所能左右。尤其是当我们明白这仅仅是小说家虚构的情节之后，就无法继续往下展开。换句话说，任何一个人，精神也好，物质也好，都是"赤条条"地来，是无法从"往世"带来什么的。万事万物，从无到有，"生"是一种偶然；从有到无，"死"则是一种必然。把这两种瞬时状态看作点的话，每个人的一生，充其量是一段或长或短，或平直或弯曲的线条。这线条的首端，懵懂无知，需要父辈的引导和呵护；其尾端，迟暮昏聩，则离不开子辈的照料和赡养。

其二，当世，每个人的存在都是一个无可争辩的事实，但除了各色各样费劲的索取，有多少人能毫不汗颜地自诩创造了什么？留下了什么？

套用一句格言来说，每个人都来自泥土，并终将回归泥土。地面上的能够呼吸的这一段，就是我们所说的人生。说"无可争辩"，是说这存在可触可感，并非幻象。从意义角度去审视，却又大有"争"的余地和价值——生命意义何在？有的令人怜悯，有的令人感叹，有人值得亲近，有人值得敬重，有的遭人痛恨，有的遭人鄙弃；凡此种种，不一而足。怎样设定自身目标无可厚非，怎么兑现自身目标也是各人的事情。但这目标如果仅以私利为内核，哪怕口号再响亮旗号再耀眼，也不会得到别人的真正信任和长久尊重。创造了什么？留下了什么？在生物繁衍话题之外，这两个问题都值得用心思考。

其三，谁准备带走什么？谁又能带走什么？

痛苦、遗憾、后悔、满足、欣慰、释然，大概可以涵盖处于弥留状态的生命的几种心路历程。结合一些史料来看，想"带走"什么的人不在少数，但最后果真能"带走"什么的，大概只有那些一直痴迷于物质享受并且希望能在另一个"世界"继续享受的王公贵胄们。是否获得享受姑且不说，那些价值连城的随葬品被后世盗贼攫夺、被专家发掘，骸骨也跟着受累，似乎大大违背墓主人永远拥有财富的初衷。

难怪在《红枫艺术陵园赋·序（三）》中，何江先生有这样的感慨：

昔者，皇室造陵，华表铭功；黎庶血膏，独为私据。抔土坐狱，鬼质枯魂。画戟高悬，藉险愚民。一人万寿，亿兆难生。为一姓之私以役天下之众，废仁道之本以伐广土之民。焚膏继晷，艳乐升平。养酷吏，贵佞贪；拒忠介，纵鼠营。积祸日深，一朝庙隳；哀自不暇，旌徽易腾。

其四，不同的生命个体，如何面对各自不同的存在？

汲汲于各种物质或精神目标，作为自身"活过一遭"的过程性见证，谁都不能说有错。然而造化弄人，心想事成的时候并不多，特别是对于许多缺乏机遇的人来说更是如此。换言之，尽人事听天命，只能如此而已。成功了不可一世，失败了一蹶不振，都不是可取的做法。成与败、得与失都是常态，调整心态适应自己的人生，尤其是对不如意的人生，大有必要。胜不骄败不馁，古人的经验之谈值得取法。

得意时多点善念，对逊己者多点包容与尊重，少一些跋扈与嚣张；失意时少一点恶行，对胜己者多点宽容与理解，少一些仇恨与怨尤。这种态度绝非无原则地和稀泥——当一个人不能改变自己的处境时，还有心境可以改变；如果连自己的心境都改变不了，愿意抑郁地度过一生，又有谁能奈何呢？

四、这部集子的社会意义

在这部集子的后记中，何江先生有如下阐述：

自秦汉以降，凡王侯贵胄、公卿宰辅一朝薨逝，则往吊者不辞笏绶盈庭，羽翼浮尘；便达官显宦、硕德鸿儒一旦溘逝，也不乏冠盖云集，生徒列墙；至若巨家望族而下，凡德年学行可观者也不免焉。盖由人情之所常，或兼垂伦化育之要，首推葬事而已矣。又以祀礼难于永续，且不能申志于后世之故，而托于翰墨金石诸物，则碑板石木可承其志而传之久远者又何辞焉？

此论凿然在理，然而，放眼黔山，不管是富庶市井还是荒寒村居，厚葬的"厚"，在"风光"的法事之外，大多体现在墓冢碑刻的豪华气派方面，属于逝者或其家属的"面子工程"。对于墓碑上的记载，绝大多数却仅限于体现逝者有多少子嗣、分别取什么名这两点上。近些年来碑刻有所改观，但无非是增加了逝者的生卒年月和子媳孙媳的名字；进一步开明的人家，增加了女儿女婿和他们的子女。前述仅仅是对重男轻女习俗的一种改观，对逝者精神品位予以塑造以利后来者缅怀，依旧阙如。之所以这样，不是人们的思维是否适应墓志铭意义的问题，而是是否了解的问题。幸好，在《红枫艺术陵园赋·序（三）》中，对于渐趋好转的世风，何江先生还有这样的归纳：

今者，言路广开，勤政富民；人尽才用，天露滋荣。燕巢民宅，蕙风芬馨。任才济物，德厚天伦。熙熙攘攘，游人尽逸性之欢；急急忙忙，吊者奉归化之灵。一园之内，功用相殊；一碣之树，永绍精神。

个人觉得，职司倘能以这部集子的发行作为契机，加大宣传力度，在文化界或开明人士间寻求突破，形成一种氛围、一种风尚，由城市到乡村，逐步推广开去，对全面推动公序良俗的完善和精神文明的建设，都不失为可行之举。

愿《红枫艺术陵园墓志铭集》这部集子至少在威清这片土地上，发挥出该有的影响力。

2019-12-08

硝烟散处偶沉吟

——读商善律报告文学《一面带血的镜子》

从未有过文体"轻视"，但对报告文学，我还是读得极少；没有认真思考过缘由，现在想来，大概和称颂的雷同与揭示的浮浅有些关系。这样，当我第四次检索《一面带血的镜子》时，蓦然发现，时间已过六年之久——这篇稿子早在 2016 年 5 月 16 日，就已存进我的电脑中了。当初推荐这篇稿子给我时，善律先生说里面写的全是真人真事，主人公的事迹很感人。先后三次打印，都逢杂事多，没能读完。近来第四次打印后带着歉意认真拜读，发现文章很朴实，而且其言不虚。卒读终篇，我油然产生了对作品主人公的敬意，以及与其际遇关联的某些感触。

在表现手法上，文章以对话为主、叙述为辅，含蓄展示了人物的风采与情怀。感于主人公平凡而高尚的精神境界，同时为了答谢善律先生分享之谊，稍微做点阅读反馈。

一、人物关系的勾勒

唐志一家　文章涉及全部家庭成员的只有唐志一家人。除了唐志本人，还有他的父亲唐金秀、母亲吴思铭、姐姐唐正英和妹妹唐红。唐志的父亲是一名普通的农场管教干部，母亲只是一名家庭主妇。唐志在父母面前听话懂事，在交际上友善相处，在工作中严于律己。与这个家庭有关的，还有唐志的女朋友何芳、受白凯委托经常到他家探望的吴平安。唐志牺牲十年之后，何芳才在唐志父母的敦促下与一名军人恋爱后离开。吴平安探望唐家次数渐多，最后成了唐正英的丈夫。

当然，除了唐志和他的母亲吴思铭以外，其余人物都是简单交代——对何芳着墨较多，间接反映了她与唐志的真情，以及后者的优秀。

战友情谊　在唐志一家之外，战友情谊是理解文章题旨的突破口。除了周林贵和白凯，跟唐志和周林贵同时熟识且文中提及名字的还有藏族战士扎西。其实除了白凯与唐志，其余人与他们交集都非常少。周林贵与白凯退役十来年后，才偶然有了联系，这才通过他与唐志的家人有了关联。然而，因为唐志的牺牲，因为曾有的承诺，他们的众多战友，由此也与唐志的父母产生了交集，关心他们，照料他们。我们有理由相信，唐志的其他战友，不管有没有出现姓名，不管服役之前和服役期间是否跟唐志熟悉，以他们曾经生死与共的经历和重诺守信的性格，其情谊不会打折。

二、人物形象的塑造

从手法上看，文章似乎只想叙事，但我们分明能感受到几个形象的清晰、生动、可感，呼之欲出。

吴思铭　作为母亲，在被部队告知唐志失踪认定为烈士后可以说是最受煎熬的一位；她的形象特征，是慈祥、坚韧、可敬可亲。儿子在战场上失踪，按照一般认知常识，要么牺牲，要么被俘（最小的可能）。在此后的十来年间，她并没有放弃哪怕是最渺茫的期盼，但是在惶恐不安中，她又无从努力。文中有这么一段叙述：

有人说平坝三个小坡有个算命的，算得很准，我就跑去找他算。他告诉我，我家有个儿子在边境上打仗，现在还没有回来。我问他是死是活，他说还活着嘞，早晚要回来的。从那以后我就天天等啊盼的。有时半夜附近狗叫，我以为是我儿子回来了，就急忙起来开门去迎接他，结果每次都不是。

当科学手段无法为人排忧解难尤其是消除困惑的时候，我们无法责备一位思子心切的母亲无奈之下的唯心。不过，算命者的忽悠客观上让这位煎熬中的母亲存留了一线希望，多少带来一些慰藉。周林贵的出现，令最后一丝梦想破灭，我们也就不难理解这位母亲的悲痛欲绝了；反过来，也就能理解周林贵的纠结与犹豫。但真相，不该一直瞒下去，于是就有了后续的情节。吴思铭还是一位平凡而伟大的母亲，在儿子唐志牺牲后，组织上问家属有什么要求时，是她与老伴一起，在征得小女儿唐红同意之后，又义无反顾地将她送进部队。

周林贵　这是文章中除了唐志之外最值得我们钦佩的一个形象。一是他与唐志虽说是老乡，却只有四五天的交往，而且说的话也不多，但二十多年后都还记得；二是他们此前没有交集，更谈不上交情，但唐志临上战场前的一句嘱托，成了他终身的责任——先是送达遗物的责任，而后是逢年过节经常探望其父母的责任。重诺守信是周林贵身上的人性闪光点。不过，这"闪光点"并不会自动诞生于"人之初"，它只能是经历了战争洗礼和血与火淬炼的结果。

白凯　是文章中另一个值得我们钦佩的形象。他与唐志的交情，始于孩提时代，与唐志一家人都熟悉，具有"地利"与"人和"。这就注定了他将比周林贵承担更多的责任和义务，他也切实做到了。在文章主要突出的战友情之外，友情唯一得到展现的，是白凯的徒弟吴平安经常代他去唐家探望，友情成了亲情。

邵指导员　相对于文章里面的其他角色，邵指导员有其特殊性。因为相同的钓鱼爱好，他和唐志之间产生了简单的交情。他赏识唐志，征召他们入伍，但他与唐志他们却说不上战友或上下级关系，甚至还有可能不在一个部队。唐志的牺牲无疑触动了他，尽管明白战争就意味着死伤，而且献身国防责无旁贷，他还是有一种歉疚感。这种歉疚感决定着他退役回到湖北老家以后，每年春节前一直坚持给唐志的父母汇款，隐去汇款人信息，直到唐家二老连续拒收才作罢。这，依然是军人之间一种相互支撑、不计回报的情谊，同样感人至深。

三、令人泪崩的几处细节

这篇稿子并不以细节见长，但稍微认真一点，我们还是能发现几处令人泪崩的地方。

细节一　这是一面普通的小镜子，直径大概只有四公分。镜子背面已经破裂，裂纹处和塑料圆箍上沾满了已经发黑的血迹。镜子背面是粉红色的照片，照片上一个略胖但温柔漂亮的姑娘正微笑地看着我们。

在生活中，照镜子的男性不多，尤其是在 20 世纪 70-80 年代，也许只有相当自信或讲究的年轻人才会喜欢。文章没有多余的交代，但我们不难揣测，主人公唐志对生活满怀热爱。他有亲情，有爱情，但伴随他上前线的，只有途中买的这面小圆镜子，最后成了他唯一留在世间的遗物。这个细节，也是一个伏笔，与后文形成了缜密的照应。这面镜子，还是连缀全文的线索。

细节二　我们趴在地上动弹不得，我身边的一个战友想抬头观察一下情况，只听一声子弹的尖利啸叫，那战友一下子就伏在地上不动了。突围的时候我叫他他不答应，将他翻过来才知道他已经牺牲了。

这是周林贵的回忆。战争残酷，死伤均以秒计；战士只要不临阵退缩，都值得我们敬之仰之。影视里面的豪言壮语，很多时候未必可信，值得信赖的是普通战士事后平实的追叙——相处时间太短，身边战友牺牲了，周林贵甚至还来不及知道他的姓名。

细节三　战斗打响前，我心里有些烦躁，于是便坐在地上点上剩下的最后一支烟。刚抽了两口，就有人突然从我身后把点着的烟抢走。我正想骂娘，回头一看是唐志，他正微笑着看着我。他说：老乡，你还活着啊，要回国了，把裤带勒紧点（意思是把自己的头保护好，要活着回去），我先上了。然后，以前并不抽烟的他猛吸了两口，将烟还给我，就和自己的连队一起冲了上去。他跑了几步，回过头来对我说：老乡，要是我回不来，家中老人那里，你懂的！我说：我懂，你就放心去吧，我等你回来一起回国！

战争不是游戏，战场也不是儿戏，生死两隔就在转瞬之间。毕竟没有经过特殊心理训练，临战前有不安，谁都能够理解，最起码应该理解。战争意味着死亡，"我"的活着在唐志看来是一种"意外"，虽然相约一起回国，却成了他请求"我"看望家属并一言成谶的嘱托。

战场上的托付，成了必须信守的生死承诺。其他场合的类似托付是否得到遵守，我们难以验证，但军人之间在硝烟弥漫的战场上对承诺的恪守，我们至少从这篇文章可见一斑。"在那种情况下，我们虽然随时都做好了牺牲的准备，但谁也没有想到自己会轻易牺牲"，周林贵这句话反映的不是自信，而是有待于命运成全的一种活下来的期许。这种心理，使得他在唐志发生"意外"后，坚持将其遗物还给他的家人，历经漫漫十年，费尽周折。

细节四　枪炮声随即响起。四五分钟后，运送伤亡人员的第一副担架抬下来了；大约又过了一分钟，第二副担架抬下来。抬担架的藏族战友扎西从背后踢了我一下说：周林贵，你还在看哪样，你的老乡牺牲了。我吃了一惊，赶紧上前揭开雨衣查看，只见唐志大半个头部都没了，看得清楚的只剩下一只耳朵，浑身是血，看样子是重型武器爆炸造成的。

这里只用了三言两语，战事的惨烈，便得到了足够的呈现。不过，战争依然是作为背景处理的——唐志在战场上有什么英勇的表现，不得而知。唯其如此，人物形象才更加真实可信。

细节五　那么活生生的一个人，刚才还在和我说话，怎么转眼就变成这样了呢？我觉得好像有一颗炸弹在我大脑里炸开，全身麻木，大脑一片空白。我僵硬地站在那里看了他几秒钟还是几分钟，我不清楚，直到战友们要抬他下去，我才猛然醒悟过来，但我还是不相信是他，便扯下他仅有的一个领章，上面的确写着他的名字。于是我又从他的上衣口袋里掏出了已经被热血浸透的针线包，针线包里有面背面玻璃已被震裂的沾满鲜血的小圆镜，我把上面的血迹随手在衣服上擦了一下就装进自己的口袋。

这个细节紧接上一个。死亡瞬间发生在眼前，除非身经百战者，任谁都会错愕。思想陷入停滞，当事者不知道时间过了多久很正常，但在那随时死人的环境岂容迟疑几分钟？只能以秒计。"当时我只有一个想法：一定要把老乡的遗物带回去。"从周林贵产生这个想法，到"后来部队突围成功，是最后一支回到祖国的队伍，但伤亡惨重，三营九百多人回来的只有三百多人"，都在佐证着战争的残酷。

细节六　经过结婚和几次搬家，许多东西都弄丢了，唯独唐志的遗物，我一直小心翼翼地保存着。逢年过节，我会将这些遗物拿出来放在饭桌上，倒上一杯酒，在心里默默地说：战友，过节了，喝杯酒吧！七月半烧纸，我也要烧两堆，一堆给自己的亲人，一堆给唐志，以寄托自己对战友的怀念。

这个细节，话语依然朴实，心情依然平静。如果说朴实体现了周林贵的性格本色的话，平静则是历经二十余年岁月磨砺之后，一种处变不惊的心态了。这个细节反映的内容，不在诺言涵盖之内，但唐志的壮烈牺牲，对在场者形成了巨大的心理冲击，谁都做不到无动于衷。因此对周林贵逢年过节秉承传统习俗的祭奠，也就释然。令人悲催之处在于，他祭奠的对象，只是唐志的"身外物"——一面镜子和一枚领章。

细节七　白凯告诉我们，唐志身上有面小圆镜，是在金堂县怀口镇集训时买的。当时白凯问他，头都剃光了，还用镜子干什么？他不好意思地说，镜子背面女孩的相片很像他的女朋友，他要一直带在身上。

这是对细节一的照应，未必是善律先生有意安排，却让我们感觉到明确的伏笔与照应的关系。如果细节一仅仅体现了唐志的爱美之心的话，这里就揭示了深一层的缘由——对女友何芳的爱恋。爱恋自己的女友，却"保存"一个陌生女孩的相片，今天的年轻人肯定无法理解。异性之间"授受不亲"作为古训，现代社会没有人愿意照搬，但直到 20 世纪 70 年代末乃至 80 年代初，哪怕是恋人之间，仍然是放不开的。那时，照相算是奢侈行为，时间匆促，唐志"移情"恋物，也就不难理解了。

何芳在唐志牺牲十年之后依然迟迟不愿另找对象，也足以反衬她对唐志的真情。没有花前月下，没有甜言蜜语，那份执着和坚守，却令我们为之动容。

还有一些细节，也直接或间接地反映了战友情谊。这些情谊都很纯粹，很真挚，毫无掺假和做作。这在其他人际关系之间，可以说是难觅踪影的。

四、硝烟散处偶沉吟

据有关史料记载，对越自卫反击战从 1979 年 2 月 17 日我军出境发起总攻，到参战部队 1979 年 3 月 16 日主动撤回国内，到后来越军侵扰下的"胶着"，再到 1990 年 2 月 13 日结束，历时十二年之久。从那时至今，和平岁月延续了三十多年，边境上剑拔弩张的情况虽然偶有出现，内地的和平却是得到强力保障的。这无疑是人民解放军凭着忠诚、热血和智勇，打出了国威军威，让别人不敢轻举妄动的结果。但是，环视周边情况，从东北到东南，从南到西南，包括西面，我们都没办法一劳永逸。边防的厉兵秣马、枕戈待旦虽然从未松懈，内地的人们，居安思危的却逐渐少了。

20 世纪 80-90 年代，曾有一句关于世相的流行语：军属烈属，抵不了"人熟"。这句话讲的固然是"关系"，我们从中却可以发现，英雄甚至包括烈属在内，在现实生活中一般是较难得到关照的。更有甚者，"老兵"一度成为敏感词，成了一种"禁忌"。不排除有极个别退役者因为生计无着，持续向有关部门求助，甚至不排除偏激情形，但他们当中的绝大多数，还是奉公守纪的。不管退役后的地位如何，只要当事者在法律和道德限度内行事，都值得人们投以尊重的目光。身为百姓中的一员，他们的家国情怀，他们彼此间的重诺守信，他们对生命的认知，都有着异乎寻常的地方。

不必避讳，这个群体曾受过某些冷落，有人情世故方面的，也有制度政策方面的。在生产力和生活水准双低的情况下，他们中的极少数人，常在温饱线上挣扎，少有人过问；有的有怨气、有怨言，也该得到适当的理解和包容。令人欣慰的是，连同抗战老兵、解放战争老兵、抗美援朝老兵和自卫还击老兵在内，他们近些年来的待遇基本上都得到了明显的改善或提高；不管多少，总算有了政策层面的关怀和温暖。

在文章末尾，善律先生对文章的主人公做了这样的界定："其实他们都是非常平常的人，在生活中，他们没有以英雄的身份或烈士的家属自居。如果没有某种缘分知道他们之间的故事，那么，即使你和他们对面撞过，也绝不会知道他们并被他们感动。"这是实情。除了极少数功勋卓著而有机会巡回宣讲者，他们中的绝大多数人，都将无声消隐于百姓之中。

平心而论，现实生活中缺少的不是英雄，而是人们应有的关切。"刀枪入库马放南山"，只是古小说里面的梦想，在当今波诡云谲的国际形势下，积贫积弱只会受人宰割，拥有和平需要国力支撑。尊重和珍视退役军人，无疑是凝聚力和感召力的保障之一，也应成为拥军的必要组成。愿时代能开风气之先！

2022-03-29

我看《莫言批判》

2005年2月，左岸出版了一部书，题名《给当红作家号脉》，依次为海岩、池莉、金庸、二月河、九丹、贾平凹、韩寒、苏童、余华、痞子蔡、王小波、王朔、李敖、毕淑敏、余秋雨等十几位作家"号脉"。彼时，一是好奇作者的自信和勇气，二是好奇作者会怎样"号脉"，于是毫不犹豫买了来。2013年4月，李斌和程桂婷主编并出版了一部书，题名《莫言批判》，多位作者对莫言进行了"批判"。近来从网上见到此书，好奇批判的"火力"会有多猛，也好奇于该书是否暗含向诺贝尔文学奖获得者"蹭热度"的嫌疑，也买了下来。读完后方知猜测大谬不然，加上额外生发的少许感触，就有了这篇以引述为标志的文字。

一、走向《莫言批判》

《莫言批判》是针对莫言小说作品的一部较为厚重的"批判书"——仅其正文页码，就达399页。全书根据批判对象的不同，可以分作如下两部分。

第一部分　第一章，四位作者通过四篇文章对《红高粱家族》予以批判。第二章，三位作者通过三篇文章对《檀香刑》予以批判。第三章，六位作者通过五篇文章对《丰乳肥臀》予以批判。第四章，五位作者通过四篇文章对《蛙》予以批判。第五章，三位作者通过三篇文章对《生死疲劳》予以批判。第六章，五位作者通过四篇文章对《红蝗》《四十一炮》《断手》等予以批判。

第二部分　第七章，六位作者通过六篇文章批判了莫言小说的"性·欲望·媚俗"。第八章，三位作者通过三篇文章对莫言进行了"文化·审丑批判"。第九章，五位作者通过五篇文章对莫言进行了"心态·感觉及其他批判"。第十章属于个人"专章"，一位作者通过五篇文章从多个角度指出莫言小说的缺陷，最后开出"理性处方"。第十一章，五位作者通过五篇文章论证了诺贝尔文学奖，及莫言遭受的"蛊惑"。

二、走近《莫言批判》

莫言有部分小说作品在国内获奖，并由于其文学成就而在国外获得了诺贝尔文学奖，由此引发了人们阅读他的小说作品的热情，客观上也促成了销量的增长，于是成了当红作家。这，应该是《莫言批判》的内在成因，编者也未忌讳这一点。作家并不因为"当红"而无懈可击，尤其是作品本身存在某些缺憾的情况下，没有谁能例外，因此，"莫言可以批判——在文学圭臬的衡量下"（该书序言主标题、副标题）。

若文学评论成为基于面子与利益的友情演出，评论被置换为表扬，批判退位，那将是文学的不幸——无论是对于作者还是对于读者而言。如果文学批评只是见风使舵，批判那些名不见经传的作家，而仅仅是把掌声送给那些显赫的大家，那样的文学批评还有什么价值可言？我们以为，如果莫言获诺奖就仰之弥高，有意回避其创作中的严重问题而不敢批判，与其从事这样无意义的文学研究，还不如归园田居，乐得逍遥与心安。（《莫言批判·序言》P1-2）

"在文学圭臬的衡量之下"，序言列举了莫言创作的"九大罪状"：醉心写脐下三寸、热衷写酷刑血腥、沉迷于丑恶事物、迷失于民间立场、放逐道德评判、漠视女性尊严、语言欠缺修炼、叙事不知分寸、写作限①于重复。此外，文中还有这么一段论述：

我们由衷地为莫言获得诺贝尔文学奖而高兴，我们也由衷地本着对文学的热爱对莫言进行批判。批判莫言也是我们对莫言、对文学的热爱方式。这种批判，是文学的批评——指出问题，奉上善意与期待；不是恶毒的攻击——罔顾事实，

---

① 〔限〕原文如此，应作"陷"。

进行诋毁与谩骂。这种批判无损于莫言对中国文学的意义——但，更有益于文学。

三、打量《莫言批判》

第一部分针对具体作品　第一章从"历史的意象与意象的历史""价值层面""失误及其原因"及"倒错的'丰碑'"等不同角度，批判《红高粱家族》。第二章从"极刑背后的空白""道德感的缺席与身体美学的泛化""是大象，还是甲虫？"等方面批判《檀香刑》。第三章从"对真善美的叛逆""母神崇拜与'肥臀情结'"（二人著）、"令人遗憾的平庸之作""'反着写'的偏颇""百年屈辱，百年荒唐"等视角，批判《丰乳肥臀》。第四章从"《蛙》写什么？写得如何？""封闭在历史洞穴中的想象""进退维谷的民间反省""思想匮乏的文学创作与文学批评"等角度，批判《蛙》。第五章从"才华的消费""华丽而苍白""做大作家岂能舍弃道德追求"等角度，批判《生死疲劳》。第六章从"毫无节制的《红蝗》"（二人著）、"叙事狂欢与价值迷失""无力的炮声"等角度批判《红蝗》《四十一炮》，从"理论准备不足将使莫言没言"批判《断手》，等等。

第二部分针对一些共性问题　第七章从"乳恋的痴狂""媚俗""性别盲区""欲望·狂欢·迷失""从颠覆历史到取媚世俗""困境与堕落"等方面，批判莫言创作。第八章从"反文化的失败""当代小说的'细节肥大症'反思""颠覆与消解：莫言小说中人的'异化'与审丑"等方面，批判莫言创作。第九章从"'极地'上的颠覆与徘徊""论莫言小说的得失""对立与虚无""莫言小说的价值与缺陷""莫言的文学世界略评"等方面，批判莫言的创作。第十章针对莫言小说"从审美到审丑""从常态到变态""从崇拜到亵渎""消解崇高""文本重复"等几个方面予以批判，最后开出了一个"理性处方：莫言小说的文化心理诊脉"。第十一章就莫言与诺贝尔文学奖的关系展开阐述，或者"直议"，或者探讨其该如何"还债"，或者提出"要注意文学评价的民族立场"，或者在"莫言热"背后进行"冷思考"，或者要求人们"理智对待莫言获诺贝尔文学奖"，从总体上反映了"不必受诺贝尔文学奖的蛊惑"这个立场。

四、走进《莫言批判》

（一）关于《红高粱家族》

在《〈红高粱〉的失误及其原因》一文中，作者潘新宁认为这部小说的失误是"溢恶"——不厌其详地描写日军活剥罗汉大爷。他剖析道：

它的失误就在于作者只注意追求认识价值，而忽视了审美价值。尽管这认识价值确实从另一方面揭示了战争的本质，形成了一个所谓的"全新的角度"，但光有这"全新的角度"是不行的。因为在这"全新的角度"的认识价值中恰恰完全丧失了审美价值。它的重心远远偏离了认识价值和审美价值的契合点，大幅度地滑向了认识价值一方。这种过大幅度的偏离就使它丧失了它的审美价值和审美属性。

在归结其原因时，作者阐释了如下观点：

追求认识价值和审美价值的契合点，在艺术的审美价值中张扬艺术的认识价值，这就是艺术的本性。偏离这种契合点，以丧失艺术的审美价值为代价来换取艺术的认识价值，这正是《红高粱》产生失误的主要原因。如果面对这种失误，面对这种偏离认识价值和审美价值的契合点的"溢恶"倾向，还硬要把它说成是"文体解放""观念解放"，那么，这里除了剩下一片空洞而苍白的溢美之词之外，什么也没有了。

（二）关于《檀香刑》

在《极刑背后的空白——论〈檀香刑〉的主体和主题缺失》一文中，作者徐兆武有这样的表述：

《檀香刑》的确是一部内涵丰富复杂并富于大胆尝试性的作品，文本从形式到价值取向都有意向"民间俗艺"撤退，汪洋恣肆的想象及语言表达，对民间曲艺和西方现代小说技法的化用，等等，都有值得称道的地方。但这种尝试是否真的取得了极大的成功？其效果是否真的如依附体制的职业评论家们所说的连伟大都压不垮呢？

对文学作品的考察固然会涉及创作者的动机和一切构成文学作品意味的有价值的外在因素，但我们并不能因此凭借已有理论的框架刻意套用作品，更不能完全按照作者或同流评论家附加给作品的内涵来解释。我认为回到文本自身，通过文本形式和意味层面做深度考察并不做过度阐释是良性评价所遵循的应有标准。

在上述观点的基础上，作者关于这部小说的两个小论题是：一、主体缺席的民间写作；二、极刑和狂欢背后缺少一双悲悯的眼睛。在论述第二个论题时，作者还有如下见解：

我们在华丽的文辞背后并没有看到一双悲悯的眼睛（这和作家把自己当成道德的评判者并不是一回事）。正因为如此，这种对极刑毫无节制的恣意描写并没有形成有价值的主题。

在《是大象，还是甲虫？——评〈檀香刑〉》一文中，作者李建军做出了如下结论：

虽然出版社出于商业动机的广告词不是文学评论，用不着拿它句句较真，但是，在当前的中国，它却有着神奇的控驭力量，不仅能刺激读者的参知欲和购买欲，而且成功地挟持了不少"批评家"的分析能力和判断能力，给他们指出了不容拒绝的路向：给已有的评价和结论，寻找更多的依据和更有力的支持。

话有些刻薄，但毋庸讳言，这已经成为当今评论的准常态了。作者对《檀香刑》的症结接下来还有进一步的归纳：一、文体、语法及修辞上的问题（不伦不类的文白夹杂、不恰当的修饰及反语法与非逻辑化表达、拙劣的比喻、叠床架屋的空词赘句太多）；二、分寸感、真实性及杀人事象；三、一次失败的"撤退"。在论述第二点时，作者有如下延伸：

用这两个尺度来衡量，《檀香刑》是不能令人满意的。这是一部缺乏分寸感和真实性的小说。它的叙述是夸张的，描写是失度的，人物是虚假的。作者漫不经心地对待自己的人物，为了安排场面和构织情节，他近乎随意地驱使人物行动，让他讲不土不洋、不今不古的话，因此，人物的关系和行为动机经不住分析，人物语言的个性化和合理性也经不起细究。

（三）关于《丰乳肥臀》

在《对真善美的叛逆——评〈丰乳肥臀〉》一文中，作者蔡梅娟提出了这样的看法：

作者对"道德包装"的拒绝，最终也导致了母亲这一核心人物形象塑造的彻底失败。……作者本来想表现母亲的崇高，"憋足了劲要在这本书里为母亲歌唱"（《丰乳肥臀》解），而实际上却变成了对母亲的亵渎，其根本原因就在于将母亲身上固有的最崇高、最闪光的东西：道德美给全部剥离了，使母亲成为一个毫无是非善恶界限的"糊涂虫"。

总之，对真善美的叛逆，最终使《丰乳肥臀》在价值取向上走进了误区，成为地地道道的文坛垃圾。同时，也使作者的人格跌进了低劣与粗俗。

（四）关于《蛙》

在《〈蛙〉写什么？写得如何？》一文的"一主题：《蛙》的象征与观念"部分，作者李建军有这样的论断：

她[①]对"惩罚"的想象是被动的、消极的，她对"折磨"的想象则是夸张的、残忍的。她把"受折磨"与"赎罪"混为一谈。她不明白，真正意义上的赎罪并不仅仅停留于对惩罚的想象，而是通过切实的行为完成对"罪"与"恶"的超越，最终抵达"爱"与"善"的彼岸。我们完全有理由把"姑姑"关于"赎罪"和"报应"主题的话语，当作作者自己的话语来理解，同时，读者也有理由提出这样的

---

① 〔她〕指小说中的"姑姑"。

质疑：如此缺乏内在深度的主题建构，是不是也太简单了一些？

在该文"二叙事：作者的情感和判断"部分，作者有这样的评价：

书信体有一个重要特点，就是写信人和收信人之间，应该构成一种对话关系，应该互相呼应 。然而，在《蛙》里，收信人的形象始终是模糊不清的，始终是沉默不语的，这使人不由得产生这样的疑问：用如此笨重的方式，对一位外国人讲述中国的计划生育故事，真的是有必要的吗？真的具有充分的逻辑合理性吗？在我看来，去掉那些称呼"杉谷义人先生"的文字，丝毫不影响人们把这部笨拙的书信体小说，看作常规模式的第一人称叙事。

……在《蛙》里，我们清楚地看到作者的失误和失败，——他缺乏开阔的人性视野，缺乏对人物内心世界的同情的[①]理解。他亲自设计和导演了这一场并不精彩的滑稽剧。

在该书"三人物：面孔模糊的玩偶"部分，作者旁及其他，作了如下总括：

……莫言的许多长篇小说，似乎都可以归入"事件长篇小说"。他对"事件"比对"人物"更感兴趣。他善于惊天动地地写故事和动作，而拙于精细入微地写性格和心理。他没有耐心刻画人物形象。他的小说中的人物，大都是性格单一的"扁平人物"：他们缺乏内在的活力，缺乏自己的思想，缺乏目标感和行为的自觉性；他们是一群盲目的、无力量的人，无论男人，还是女人，都像木偶一样活动着。

（五）关于《生死疲劳》

在《做大作家岂能舍弃道德追求》一文中，作者毛琴霞有这样的分剖：

《生死疲劳》依然秉承着莫言写作上的优势：恢宏的想象力和刁诡狂欢的语言。然而在这些想象和狂欢的背后，这部备受好评的长篇小说却有着一个无力的能指。……曾向外国作家学习并取得成功的莫言，这次目光转向了传统，从古典

---

① 〔的〕原文如此，当系"和"之误。

小说中汲取营养。六道轮回的形式不能说不精彩，然而形式的精彩终究掩盖不了情感的苍白。莫言的狂欢化叙事在承载"生死疲劳"这样沉重的话题时，虽然也显得游刃有余，妙趣横生，却不知幸亦不幸。随着西门闹一次又一次的轮回，他那誓将清白捍卫到底，定要沉冤昭雪的怒气也逐渐变得稀薄。如果说刚开始我们还动容于西门闹的抗争不屈，对生命的执着，对真相的追问，那么到了最后，流露的一切都为命中注定的思想，则令人叹惋。原本阴险狡诈的阎王一转身成为慈悲者，无可奈何于天地无常人皆有命，西门闹也忘却曾经有过的怨恨与抗争。

经过解构解构再解构的后现代的今天，一大批作家已沦为写家，他们躲避崇高竟名正言顺。然而又有哪一部伟大的小说不是作者直面现实臧否笔下的作品呢？任何一个想成为大作家的人都避免不了面对心灵，直面现实，褒扬崇高。经典作品的魅力正在于它蕴含的道德力量。无论它是揭示现实丑陋，还是激励人类理想，均本源于作者深沉的道德观。我们批判文以载道，因为其道出了问题，道为反动的守旧的当政所用。如果此道有助健康、和谐、进步，则何乐不为？

（六）关于《红蝗》《四十一炮》《断手》

在《毫无节制的〈红蝗〉》一文中，作者贺绍俊和潘凯雄有这样的论述：

我们挑剔莫言的《红蝗》，倒不在于作品对丑恶的大量描写（当然，还有一些仍希望得到纯粹美的读者或评论家会这样来指责的），而是要强调表现丑同表现美一样，同样需要一种严肃认真的写作态度，也同样需要依循一些最起码、最基本的艺术规范，并非摆脱了美的拘谨约束，进入丑的王国，就可以漫不经心，随意敷衍。尽管莫言的《红蝗》不能轻率地断定为是随意敷衍出来的，但整篇作品的确显得庞杂，任意性太大，缺少一种内在的逻辑。

在《无力的炮声——观莫言〈四十一炮〉中创作的滑落》一文中，作者宋昕将莫言的缺失概括为三个方面：一、想象力的缺失；二、独立意识的孱弱；三、形式的退化。作者得出的结论是：

莫言《四十一炮》并没有达到其创作的预期效果，虽然他忙着到全国各地签售和讲座，但文学的感觉从来都不是讲出来和炒出来的，是靠读者鉴赏和批判出来的。这种在时代欢歌下的商业浪潮的冲击，已经使中国文坛陷入了一种尴尬的境地。莫言的《四十一炮》并没有带来炮轰的效果，却反衬出无力的沉寂。

在《理论准备不足将使莫言没言——读〈断手有感〉》一文中，作者常智奇有这样的评说：

令人不满的是在《断手》中，由于莫言理论准备得不足，他对中华民族传统的道德观念缺乏应有的哲学熔炼和燚①火，所以在传统的道德观念逼使"病态灵魂""涅槃"时，在急功近利的情节的推动下，忘记了对传统道德中历史惰性和积弊的扬弃与剔除，因而给作品艺术触角的延伸带来极大的障碍。

相对于其他中长篇作品，作为靶标之一的《断手》，只是一个不到一万字的短篇，因此，解读的差异性也应该不会太大。本人试着读了两遍，只感觉到欠缺"老练"——1986 年，莫言才三十岁出头，创作的这篇小说从标点到措辞再到语段都说不上很成熟，但其主题和人物塑造都没有大的问题，更谈不上存在对中华传统道德缺乏哲学熔炼和淬火的缺陷。本人看来，小说中固然有基于主人公苏社的矛盾冲突，但更有留嫚与他同病相怜的人情温暖，他们有值得憧憬的未来。一句话，这篇文章给莫言的帽子扣大了，对其创作远景看得过于晦暗了。或将抽空另外行文，此处不展开。

五、走出《莫言批判》，困惑多多

（一）国内文学大奖，为人诟病者时有出现（尤其是跨世纪之后，尤其是诗歌），但由于赛事总是与强势的人与事挂钩，评说者们要么趋之若鹜众口称颂，要么噤若寒蝉不肯吱声。怎样有效衡量或避免这些行为对文学的"误导"呢？

（二）有人将《莫言批判》视为对莫言的"群殴"，这固然有失公允，但在

---

① 〔燚〕原文如此，当系"淬"之误。

国内一些大奖作品名不副实而获奖者高枕无忧的语境下，怎样证明该书与莫言的民间背景毫无关系呢？换言之，能否证明该书未尝有选择地批判"弱势"者呢？

（三）莫言大概率不会因《莫言批判》的出现而去修订相关小说，更不会推倒重写；见惯和适应了太多的溢美与褒扬，他甚至可能不屑于关注这些批判意见。从阅读角度，读者也不（或未必）会因看过这部书而改变对莫言作品的印象。这种情况下，如何实现《莫言批判》的警醒价值呢？

（四）昔人有所谓"诗无达诂"，"文"在很多时候也难做到。小说尤其不能例外，篇幅越长越难"达诂"，这种情况下见仁见智就很正常了。那么，如何避免以偏概全呢？在不依靠评论者自身"身份"的前提下，如何避免将未必能得到公认的一家之言树立为正确的"标杆"，贻误受众呢？

罗列困惑，别无他意，只为"批判"的有效性终究存疑。"捧杀"与"棒杀"，对驰名如莫言之类的作家，影响力可以忽略不计。反言之，在"捧杀"与"棒杀"易居其一的当下，人们都在各说各话，我们大可不必奉为圭臬，患得患失。

2022-04-19

管窥《白云深处》的多维指向

　　《白云深处》全称《白云深处：贵阳大扶贫纪实》，是一部纪实文学集，反映了贵阳市近年来在扶贫攻坚中的统筹、付出与取得的业绩。全书依次编排了"综述""易地扶贫""驻村""产业""帮扶"和"附录"等几个版块，主题各有侧重。扶贫攻坚在国计民生方面的政治和经济意义自不待言，但从我个人以往的阅读体验来看，相关作品少有能够卒读的。这应该是材料的真实性限制了作者的发挥，从而在客观上抵消了读者的阅读兴趣。

　　相对于满足就事叙事、就人写人而走不出人物和事件影子的类似作品，《白云深处》具有明显的引人之处，是我认真读完的第一部扶贫攻坚题材的集子。初读获得的整体印象，再读产生的某些思考，是我决定写此文的主要缘由。以下稍作阐述。

一、历史的深度

　　说这部集子具有历史的深度，是因为它对前朝的贫困状况做了溯源。历代为官者都较为看重自己的名声与官声，关于前者，大多通过风雅或廉洁获得一种清誉；至于后者，则体现在对"为官一任，造福一方"的孜孜努力。然而，因为地理环境相当恶劣甚至于不"宜居"的缘故，被派到贵州尤其是贵阳的官员，在宦绩方面往往"乘兴而来，败兴而去"，乏善可陈。

　　因为地理区位不占交通运输优势，贵阳作为省会城市，一度遭遇过差点被安顺取代的尴尬。缺少交通的缘故，民国时期贵州首任主事者，其乘坐的汽车甚至是拆解后人拉肩扛抬到贵阳重新组装的。民国末年，为了缓解经济凋敝以支持军备，时任贵州主政者不顾民生疾苦，公然授意种植鸦片。如果不曾阅读《白云深处》这本书，一般人恐怕很难了解贵阳经济发展史上曾有的"长痛"。

不得不提及的是，在做贫困溯源时，《白云深处》对前朝官员诗歌做了少量引述，其中表露出来的官员的无奈和老百姓生存处境的恶劣，在提升文学性的同时，也足以让我们"见识"到历史云烟深处贵阳经济发展的举步维艰。

二、时代的高度

时代的高度，乃是相较于历史深度而言的。

历史"扶贫"的常态，在于望"贫"兴叹——仅仅是个别有同情心的官员的个人情怀：往上，他们得不到朝廷的支持，甚至得不到上峰的理解；往下，他们得不到属员的协助，也得不到广大黎庶的积极配合。概言之，前朝官吏可能也努力过，但要么势单力孤，要么浅尝辄止。贫穷，于是成了贵阳地区持续千余年的"积弊"。

贵阳市在21世纪的脱贫努力为什么能够奏效？从书中我们可以发现一条清晰的脉络：从20世纪90年代中期开始，贵阳市先以息烽县为试点，后来逐渐铺开了坡改梯、乡村公路建设、中小学校与卫生院建设，等等；跨世纪十年之后，对"三农"尤其是精准扶贫开始高度重视；几十年来步步为营、环环相扣。换句话说，贵阳市的扶贫政策、策略和扶贫行动与力度都从未中断和松懈过。我们据此还可以归纳出扶贫取得成功的要点：其一，它是从国家到省到市，再继续往下的层层部署，举国一盘棋，具有自上而下的宏观性；其二，它是跨行业跨地区全方位共同发力的结果，具有强大凝聚力和统筹性；其三，扶贫者的使命意识、担当意识，使得他们会主动出击，想方设法促成扶贫的有效性。

三、生活的厚度

在书中，这是通过一些细节来体现的。具体事例颇多，我们无法也不必面面俱到，以下只举一个例子来进行阐述。

写到清镇市"距市政中心最远、地理位置最偏、全市最穷、贵阳市苗族最多"的"四最村"流长乡腰岩村时，我们可以明确感知到扶贫工作者和参与者在"经济"之外多方位的发力。部队除了在经济方面予以大力扶持以外，还非常重视当地的文化建设，投资修建了村级民族文化小广场，使当地村民在民族传统节日，有了文化活动的场所。扶贫者对当地交通、教育，也给予了相当程度的重视，并且通过努力，获得了显著的成效——腰岩村修建了十多公里的环村公路，村小学的学生用上了电教室，可以远程学习英语名师的课程。

扶贫工作者在个别诱惑力极大的项目面前保持足够的清醒和审慎，提议不要盲目上马，避免打击村民的积极性，更避免造成不必要的损失；还有村干部在要求村民配合保护古树时善意的"滑头"，都是值得我们点赞的地方。生活的厚度，就体现在这些细枝末节中。

腰岩村党支部的扶贫工作，在各方帮助下取得了不错的成绩，先后被授予"全省脱贫攻坚先进党组织"和"全市脱贫攻坚先进党组织"的荣誉称号，固然与看得见的经济发展效益有关，与他们在具体工作中体现出来的生活的厚度，同样不无关系。

四、政策的温度

不管是易地扶贫重新安置也好，还是驻村帮扶关怀指导也好，包括产业的发展规划，包括扶贫者的倾情付出，我们都能从《白云深处》的字里行间，找到诸多感人至深的细节。更难得的是，对很多扶贫者来说，扶贫内容与他们的本业无关（即前面提及的"跨行业"），但他们硬是凭着那份执着，出色地完成了任务。这当中还有政策感召之下贫困户的自立自强和面向未来的乐观，如"精通生意经的警务助理"蒋刚、"命运多舛的单亲妈妈"周训芳，包括在易地扶贫搬迁后对众人的就业前景忧心忡忡的居委会主任肖兴科，等等。他们都是易地扶贫搬迁户，居住在贵阳市易地扶贫搬迁人口最多的开阳县蒋家寨小区，而这里有其特殊性：

"四百多的残疾人，低保户多，大多又无一技之长。"

他们虽然没有一步到位直达小康，只是摆脱了"绝对贫困"的窘境，但本着政策温度的持续升高，本着既有的勤劳，实现这个目标为期不会太远。

五、未来的长度

2019年是脱贫攻坚关键的一年。4月16日，习近平总书记在重庆主持召开解决"两不愁三保障"突出问题座谈会，强调脱贫攻坚战进入决胜的关键阶段，务必一鼓作气、顽强作战，不获全胜决不收兵。6月30日，省委十二届五次全会召开，全会要求已脱贫摘帽的33个县，剩余农村贫困人口今年必须全部脱贫。贵阳市在2015年实现"整市脱贫"，2016年64个贫困村出列，到2018年累计脱贫8969户29520人，还剩余贫困人口6119户13564人。全市上下尽锐出战，突出"四个精准"，2019年如期实现贫困人口"清零"。2020年5月13日，陈晏市长在市第十四届人民代表大会第五次会议上作《政府工作报告》时宣布贵阳贫困人口全部实现脱贫，彻底撕掉了绝对贫困标签。（引自《白云深处》"代序"）

贵阳市的扶贫成就通过统计数据得到了彰显，扶贫策略也在上述引用的代序中得到体现，那就是部署精准、方向精准、内容精准和打法精准。阅读《白云深处》，我们可以发现，贵阳市的扶贫攻坚工作取得了决定性的胜利，"彻底撕掉了绝对贫困标签"，但"相对贫困"还是一种客观存在，扶贫工作依然任重道远。这一方面表现为相当一部分扶贫对象因为年龄、文化、技能等原因而导致的就业率偏低；另一方面，则表现为因病因灾等造成的返贫随时有可能发生。这些都需要继续努力，也在持续努力之中。

兴乡村，不能就乡村论乡村，还是要强化以工补农、以城带乡，加快形成工农互促、城乡互补、协调发展、共同繁荣的新型工农城乡关系。（习近平2020年12月28日在中央农村工作会议上的讲话）

对照习近平总书记的上述讲话，贵阳市的扶贫攻坚努力方向是正确的，成效是明显的。此外，我们还可以从书中找到致力于长期发展或是狠抓教育、着眼未来的若干生动范例——这反映了未来的长度。

六、结语

细读整部《白云深处》，我们可以发现，在前述五个维度之外，它还反映了贵阳作为省会城市在全省范围跨地区辐射扶贫的广度。此外，这部集子还有丰富的内涵，比如基于文学手法的可读性、人物形象的生动性、图文并茂的丰富性，再如题材涵盖的广泛性、附录里面扫描二维码可以进一步阅读单个故事的新颖性、书名寓意的多解性，以及行文的幽默风趣感，等等。不同读者会有不同的解读侧重和欣赏喜好，见仁见智很正常，但《白云深处》的文学性，在时代意义的基础上，相对于别的类似读本，更有值得我们欣赏学习的地方。

除了寄望于扶贫政策在现有基础上继续稳扎稳打，进一步消除"相对贫困"，我们还期待作者王剑平先生和黄冰女士，将来能继续关注贵阳市新的扶贫成果，创作出更加令人振奋的《白云深处》的续篇，进一步反映老百姓载欢载笑、无虑无忧的富裕生活。

2022-05-02

诗歌的来处及其他

——文字时代以中国诗歌为据

才疏学浅，谈论"诗歌起源与发展"这个话题，感觉有点力不从心，但何江先生安排发言，却之不恭，我只好勉为其难。原本打算完全从文学史教材和网络资源中照搬现成的观点来塞责，后来觉得那种做法很没礼貌，我只好试着将某些不很成熟的看法提出来，呈请各位指正。

一、诗歌的广义内涵

在缺乏大一统法定标准的前提下，每个爱好者都可以对诗歌的内涵进行诠释。我个人的看法是：不排斥叙事等其他主题，但以抒情为主要目的或手法，具有韵律美、声音美的一种相对短小的按句分行的文学样式，就是诗歌。符合这个标准的文本，不管作者如何取名、定位，都可视作诗歌内涵的广义延伸。在古代，诗歌是用来吟咏的，发展到宋、元，诗歌的另外两种特殊形式——词和曲大兴，在吟咏的同时，还被付诸管弦，与特定的旋律对应。

如今，诗歌只是在某些场合被配乐朗诵，这"乐"很随机，并不是诗歌的必要组成；谱曲传唱的也有，大多体现的不过是偶然性。

二、诗歌成因推测

劳动产生诗歌，劳动号子就是最早的诗歌雏形，这是文学史上公认的观点。

我个人觉得，这个观点并非不可以讨论。首先就功能而言，劳动号子与诗歌就有不小的差异——劳动号子是为了让人们在集体劳动中动作齐整、步调一致，形成更大的合力，以便进一步提高生产效率。其次就内容而言，它无主题，无实在意义。劳动号子固然不乏韵律美和声音美，但充其量是一些需要机械执行的口令，算作"歌"可以，作为诗歌产生的标志，似乎还可再探讨。

撇开权威不论，诗歌的产生还可以作更久远的追溯。

动物发展到较高阶段，能够通过嘴巴发出声音表达哪怕是最本能的情感，这可称作语音，是语言产生的初始前提。进一步说，喜怒哀乐等情感，惊恐或悠闲等状态，以及寻求共鸣或帮助等目的，只要是通过嘴巴发出确切声音的方式进行，能够获得同类相应的回应，便可视作"语言"的雏形；这当中就蕴含了最早的诗歌——严格说只能称"歌"。这里的"动物"，包括禽鸟和哺乳动物。在漫长的进化历程中，哺乳动物中的一支脱颖而出，成了人类，将语言这种表达方式发扬光大。随着文字的产生，人类文明开始出现，逐渐形成了真正意义上的诗歌。

我们今天所说的诗歌，其实偏重于"诗"。"诗歌"二字的含义，拆开来有所区分：以文字表达为主，诉诸视觉的是诗（歌）；以口头表达为主，诉诸听觉的是歌（谣）。我们似乎还可以推断远古诗歌的发展顺序：先有歌，后有诗。歌可以只是本能语音，诗则需要通过文字赋予一定的文化意义。山林中，公园内，房檐下，禽鸟们多种多样的啼鸣，我们可以当成歌来欣赏；缺少文化内涵的缘故，我们不能说那就是诗。

简言之，诗歌产生于人类智慧的增长，就个体说是表情达意的需要，就总体说是社会生活实践的需要。诗的起点是文字的起点，这毋庸置疑；歌的起点更早，是语言的起点，如前述，更应该是语音的起点。

三、中国诗歌的文字起点

中国诗歌的文字起点，有一个共识，那就是《弹歌》。在贵州人民出版社 1993 年 9 月出版的《吴越春秋全译·卷第十勾践阴谋外传》P370，楚人陈音口中的这首《古人歌》只有 8 个字：断竹属木，飞土逐肉。该书 P377 的对应翻译是：截断竹子接上木，飞射土丸赶鸟狐。据相关注释引述，四部丛刊本里这首诗的形式是：断竹续竹，飞土逐害。这里的断句和个别措辞，包括译文都与其他文学史和网络资料有所不同。较为通行的版本是：断竹，续竹；飞土，逐宾。

细读该书相关文段可以知道，越王勾践被吴王夫差释放归国后，一心想着报仇雪恨，到处笼络军事人才，于是楚人善射（弓弩）者陈音被范蠡举荐给了他。从陈音的答对中，他口里的《古人歌》亦即后人所称的《弹歌》，第一次被引用。节选原文如下：

越王曰："孝子弹者奈何？"

音曰："古者人民朴质，饥食鸟兽，渴饮雾露，死则裹以白茅，投于中野。孝子不忍见父母为禽兽所食，故作弹以守之，绝鸟兽之害。故《古人歌》曰：'断竹属木，飞土逐肉。'遂令死者不受鸟、狐之残也。于是神农、黄帝弦木为弧，剡木为矢，弧矢之利以威四方。黄帝之后，楚有弧父。弧父者，生于楚之荆山，生不见父母，为儿之时，习用弓矢，所射无脱。以其道传于羿，羿传逢蒙，逢蒙传于楚琴氏。琴氏以为弓矢不足以威天下。当是之时，诸侯相伐，兵刃交错，弓矢之威不能制服。琴氏乃横弓着臂，施机设郭，加之以力，然后诸侯可服。琴氏传大魏，大魏传楚三侯——所谓句亶、鄂、章，人号麇侯、翼侯、魏侯也。自楚之三侯传至灵王，自称之楚累世，盖以桃弓棘矢而备邻国也。自灵王之后，射道分流，百家能人用，莫得其正。臣前人受之于楚，五世于臣矣。臣虽不明其道，惟王试之。"

从陈音这番答对中我们可以发现，《弹歌》的内容并不像一般理解的那样，反映狩猎的准备工作和壮观场面，而是远古先民保护父母尸骸的孝心行为，"飞土"也不是追击猎物时"尘土飞扬"，而是"射弹丸"的意思。陈音口述"古人歌"的初衷，仅仅为了向勾践说清"射"（此处为引申义，指弓弩之术）这门技艺最初兴起的目的。他的答对歪打正着，成了中国诗歌史上最早的文字记载。

四、诗歌的历史沿革①

中国诗歌发展的历史分期及不同阶段的成就，历来众说纷纭。以下只结合相关资料，作最简略的介绍。

先秦，启蒙阶段——

《诗经》和《楚辞》，是诗歌发展的两大源头，在文学史上并称"风骚"。尹吉甫因与《诗经》颇有渊源而被尊为中华诗祖，屈原则是楚辞的奠基人和主要作者。

两汉，兴起阶段——

汉乐府民歌继承了《诗经》的现实主义传统，语言朴素自然、活泼生动，句式五言为主。《陌上桑》与《孔雀东南飞》是汉乐府民歌中最优秀的作品，也是叙事诗的代表作。《孔雀东南飞》是我国诗歌史上第一篇思想性和艺术性高度统一的长篇叙事诗，被称为"长诗之圣"。在汉乐府的影响下，文人五言诗逐渐发展成熟，东汉末年的《古诗十九首》，代表了汉代抒情诗的最高水平。

诗歌之外，对应于《楚辞》产生的，是汉赋。它属于一种兼有诗歌与散文特征的文学形式，有大赋与小赋之分。大赋多写宫廷生活，小赋长于抒情。

魏晋南北朝，成熟阶段——

建安文学以"三曹"（曹操、曹丕、曹植）、"建安七子"（孔融、陈琳、王粲、徐干、阮瑀、应场、刘桢）为代表，正始文学的代表是阮籍、嵇康。西晋代表是左思，东晋代表是陶渊明（开创了田园诗派）和谢朓（开创了山水诗派）。南朝民歌多写爱情，风格艳丽，喜用双关，代表作《西洲曲》；北朝民歌题材广泛，风格刚健，语言直率，代表作《木兰辞》。

隋唐，诗兴盛、词产生阶段——

---

① 〔诗歌的历史沿革〕从先秦到清朝的文字，除了酌采袁行霈先生主编的《中国文学史》中关于诗歌的部分观点，还参考了部分网络说法。未详后者出处，在此一并致谢。

初唐　以"初唐四杰"（王勃、杨炯、卢照邻、骆宾王）作品为佳。陈子昂开创了高峻雄浑、刚健有力的新诗风，《登幽州台歌》是其代表作。张若虚的《春江花月夜》"孤篇横绝"。宋之问、沈佺期使绝句、律诗最终定型。

盛唐　李白、杜甫分别享有"诗仙""诗圣"美誉，被称作"李杜"或"大李杜"，此期间形成的山水田园诗派以王维、孟浩然为代表，边塞诗派以高适、岑参、李颀、王昌龄为代表。

中唐　根据诗歌成就，有"韩孟"（韩愈、孟郊）、"元白"（元稹、白居易）等组合。白居易成为中国诗歌的又一高峰，代表作《长恨歌》《琵琶行》。李贺因诗境诡谲，人称"诗鬼"。

晚唐　李商隐、杜牧有"小李杜"之称，诗歌创作多忧国伤时。

唐朝中期，词出现；中晚期产生了不少词作，温庭筠作品最多。

宋，词兴盛阶段——

五代十国时期，词兴起，冯延巳、李煜最为知名。

北宋诗歌苏轼的最好，黄庭坚及其"江西诗派"影响很大。南宋前半期，数"中兴四大诗人"（陆游、尤袤、范成大、杨万里）诗作多、成就大。

北宋词成就极大，代表人物欧阳修、苏轼、柳永、晏几道、李清照等。柳永词作以婉约为主，代表作品集《乐章集》。南宋时期，陆游、辛弃疾的词境界很高，风格豪放，其余大多数词人作品均以婉约为主。

元，曲兴盛阶段——

曲兴起，此时成就最高，知名作者有"元曲四大家"（关汉卿、郑光祖、马致远和白朴）及张养浩等。

明，诗"复兴"阶段——

明代初期，诗歌复兴，代表诗人刘基、高启。明朝中期，"台阁体"（杨士奇、杨荣、杨溥，号称"三杨"）、"前七子"（李梦阳、何景明、徐祯卿、边贡、康海、王九思、王廷相）、"后七子"（李攀龙、王世贞、谢榛、宗臣、梁有誉、徐中行、吴国伦）相继出现。其作品多为歌功颂德、模仿古人等，"复兴"不算成功。

明朝的词、曲成就有限。

清朝，量多质次——

清朝诗歌作品、作者数量巨大，而质量平庸，代表人物是乾隆皇帝。后期诗作有龚自珍等人，但没能形成足够的影响。

清代词作较多，有朱彝尊、纳兰性德等，号称"中兴"，然境界不高。后期词作者有王国维等，作品也不是特别出色。

现当代——

新文化运动之后，现代诗兴起，整个民国时期，多是自由诗，格调不高、内容贫乏。革命主题进入诗歌，热情有余而韵味不足。传统诗词"淡出"时代、"淡出"生活，成了"小众"载体。

中华人民共和国成立后，传统诗词基本退出文学舞台，现代诗一家独大。在政治热情的基调上，艺术性值得称道者不多。自 1978 年开始，现代诗迎来了一个全盛时期，一直持续到 1990 年前后。之后受到商业经济等因素的影响，现代诗作者和读者大量流失。

进入 21 世纪之后，随着网络的普及，诗歌又迎来了新一轮高峰期。传统诗词与现代诗分成了两大阵营。二者相同点是作者多、作品多、社团多，可谓山头林立；不同点是传统诗词都是业余作者，相对安静、自足，现代诗作者有专业有业余，相对活跃，与媒体联动较为频繁。

有些遗憾的是，传统诗词也好现代诗歌也好，都缺乏足够的读者群，影响力相对有限。

五、诗歌在今天的外延

前面提到诗歌的广义内涵时，涉及"乐"，这里稍作照应。我们今天面对的诗歌作品，其创作是一个从大脑通过眼睛到笔尖（键盘），再手眼脑配合修改完善的过程，与"乐"已然无关；反之，诗歌欣赏则是一个从眼睛到大脑的过程，与"乐"也无关。表演性的朗诵不是常态。

将诗歌里面"歌"的部分剥离出来，我们还能找到它的踪影：歌词。歌词可以视作现代诗的一个分支，它作为一个相对独立的艺术门类，与"乐"的结合反而更加密切（与谱曲者关联，但并不固定）。谁都知道古代的诗歌多能配乐吟咏，这"乐"，现在也已成为一种独立的艺术样式，不再与诗歌（诗词）对应。有趣的是，诗歌逐渐式微，"乐"的辉煌却经久不衰。它们要么以声乐的形式跟歌词结合成歌曲，要么以器乐的形式供乐师演奏；至于承载，大多数以乐谱表现，极少数则存在于口口相传的民间记忆里。

被当作诗歌起源的劳动号子，随着各种大型机械投入建设工地，或许将是最先消亡的一种。

六、我们该有的态度

从远距离说，可以不懂，可以不喜欢，甚至可以不屑；从中距离说，可以诵读，可以赏鉴；从近距离说，可以学习，可以创作。

诗歌是神圣的，无论如何，不能亵渎。

亵渎分两种：其一，把不是诗歌的东西当作诗歌广泛传播，造成"非诗"现象泛滥；其二，借诗歌的名义兜售一些奇谈怪论，哗众取宠。

2019-02-26

诗歌功用及其"状况"

——关于诗歌题旨的个人之见

诗歌能做什么？这大概取决于作者在创作前的目标设定，也取决于在创作时的主观赋予。一些作者或许会认为诗歌就是诗歌，它什么也做不了。其实，除非写完后秘不示人，否则只要发布出来，诗歌就如同别的文学样式那样，或许是可以"做什么"的，比如施加积极影响，使读者产生情感共鸣、获得审美愉悦或受到启迪之类。然而，近些年来，一些作者公开发布的某些被称作诗歌的文字，非但不想（客观上也不能）"做什么"，反而成了一种令人诟病的存在。

毋庸讳言，文学史发展到如今，诗歌已经萎缩成了一种空前小众的文学样式。它以按句（或大致按句）分行作为视觉标志，以节奏美、音韵美作为听觉特征，像其他文学样式那样，以思想性和艺术性作为最高追求。在我国两千多年的悠悠历史长河中，汉语四言诗、五言诗和格律诗词陆续产生了许多文质兼美的优秀作品，无论是思想性还是艺术性，有许多都达到了高超的水平。反观今人的创作，遵从格律的也好，完全自由的也好，思想性和艺术性同时达到较高水准的，所占比例并不高。本人试着结合自己的阅读体验，就当今诗歌题旨，谈点管窥之见。

一、诗歌题旨的类型

如果可以套用古人的观点来概括，那么，兴观群怨也可算作如今诗歌题旨的四种基本类型。本人几年前在《兴观群怨乱求说》一文中，曾经有过总体的归纳，也有过分开的阐述，大意是如今的读者不太可能领略到诗作里面的兴观群怨了。

一首诗歌，写什么（题旨、题材）和怎么写（诗歌的外在形式与表现手法），都无可厚非；问题的关键在于是否传递出了值得读者用心揣摩的某些信息。与此同时，值得注意的是，某首被称作诗歌的作品，是否具备了真正意义的诗歌特质——它并不仅仅以外在的分行作为标志。简而言之，思想的教益、审美的熏陶、形象的塑造、情绪的感染、智慧的启迪，都在诗歌题旨的涵盖范围之内。某首被称作诗歌的文字，如果前述特质一项都不具备，只是为了让人读不懂而产生，那么，它存在的意义也就趋近于零了。

遗憾的是，诗歌的"读不懂"，似乎有泛滥之势——这里仅针对缺乏严谨创作态度的各种废话而言。"看不懂就看不懂，因为它被写出来，也不是为了被看懂的。"哪怕知名蒋姓作者这样高看诗歌废话中的"乌青体"，哪怕发掘"乌青体""积极意蕴"的乌粉不遗余力，我对类似"体"的关注意愿依然不强，关注热情同样不高。

二、格律诗词题旨的不利倾向

格律诗词有门槛，这门槛便是格律。从题旨角度审视，格律诗词与自由体诗歌并没有高下之分，也没有雅俗之别。用自由体诗歌表达的题旨，通过格律诗词也能做到，反之亦然（当然，能做到不等于就能做好）。格律诗词作者在总体内敛的情况下，题旨的呈现，存在如下两种不利倾向。

（一）越俎代庖，为格律诗词附加"消息"功能

某地发生了新闻事件，一些作者会闻风而动，赶紧写出时效性很强的作品。这些作品大多没有感情，没有主见，只有对事件本身的重复或毫无新意的"感悟"，既谈不上思想性，又谈不上艺术性。有的致力于歌颂，有的热衷于讽喻，本来没什么不对，但细读其作品，可以发现陈词滥调者居多，缺少独到的见解或真挚的情感。一味重视"思想"而无视其他的情形，多见于一些功力不扎实但创作热情高涨的作者，高产似乎成了他们追求的目标。

（二）对时代对生活闭目塞听，关起门来"作诗"

这类作品大多与当今时代脱离，与现实生活无关，显得很"古雅"，有的放到前朝人的作品里，可能更"古"。平心而论，这当中极少数艺术品位较高，但仔细分析，其余大多数，在华丽的辞藻（意象）下面，要么思想空洞，要么情感苍白。一句话，过分偏重"艺术"，舍本逐末，也不是有利倾向。

总体的内敛与"知足"，使得格律诗词与官媒的交集较少，活动获得关注的时候少，作品得到展示的机会则更少。自生自灭、自娱自乐似乎成了格律诗词的常态。

三、自由体诗歌题旨的负面特征

自由体诗歌没有门槛，因此但凡有兴趣者，都可以凭着各种契机跻身"诗人"阵列。某首作品是否属于自由体诗歌，目前已经毫无标准可言了——作者说它是就一定"是"。当这作者属于名人（含借怪招博出位的伪名人，下同）的时候，"不是也是"就成了滑稽的标准。分析某些自由体诗歌的题旨，可以发现三个不太好的特征。

（一）片面追求高大上的"档次"

这类作品多以某些风云人物或时代大事作为抒写对象，一番速成而少有推敲的堆砌罗列，动辄数百上千乃至几千行规模的大作就诞生了。惊人的思想性，抢眼的正能量，虚夸的影响力，是这类作品的共性。至于它们是否具有诗歌的艺术含量，作者不在乎，读者就不能抱太高期望，甚至不宜过多讨论。

（二）陷入假大空的误区

高大上就是高大上，没什么好谈论的。但在一些过度追求高大上的诗歌作品中，因为素材收集不够、创作准备不够、思想酝酿不够、情感融入不够、修改提炼不够等原因，我们很容易地就能发现假大空方面的问题，特别是大和空的问题。光追求题旨的高大上，诗歌是没有艺术感染力的；如果再不注重修改，努力消除其中的假大空成分，其思想性势必会受到严重削弱，直至抵消。

（三）哗众取宠（或取辱），不知所云

高大上不注重艺术水准，假大空为人诟病，在自由体诗歌里可谓众所周知。这两种情形，症结都与诗歌本身无涉，只跟作者的创作动机有关。凭着与媒体的联动，将其作为出位的阶梯，或是扬名的工具，成了一些作者的主要动力。这两种情形之外，还有两种也是需要注意的，那就是要么恶俗搞怪、要么让人读不懂。前者包括高调出现的各种"体"，后者一般表现为作者心有忌惮或故作高深之下的重重设障。

总体的张扬，使得自由体诗歌与媒体的互动密切得多，见诸报刊、网络平台和举办各种研讨会发布会等的概率，相较于格律诗词而言，也高得多。但是，一些不是诗歌的文字或不是好诗的歪诗坏诗，大行其道"榜"上有名，对诗歌的发展极为有害。话语权如果继续被恣意糟践诗歌者把持，诗歌的前景难得乐观，最终的走向将可能是死胡同。

四、诗歌题旨浅薄、恶俗或搞怪的原因

诗歌题旨浅薄、恶俗或搞怪，作者动机不同，表现自然也就各异。大致梳理，表现可以归结为如下几种。

（一）有的作者挟"名"胡来，带头糟践。因为他们具有一定的名气，其低劣文字非但不会遭到某些报刊或平台的抵制，反而会成为亲近、追捧的目标。

（二）一些作者以傍名为荣，盲目膜拜。不甘心寂寞，踏实创作又难见成效，傍名人获得轰动效应就成了捷径。跟着受追捧固然是好事，陪着挨骂（取辱）若能获得出名的机会，一些作者似乎也不怎么拒绝。

（三）借助"体制"提供的便利，拉小圈子互相敷衍、吹捧。一些作者对别人的违心溢美，可能会由最初的心怀忐忑，"蜕变"成最后的信以为真，于是在写作的歧途上越跑越远。

（四）一些报刊与平台倒过来"将就"名人，助长了创作歪风。主办者唯"名"是瞻，只看作者身份，不管内容好坏，其结果影响更坏——这与第二种表现关联。

（五）舶来诗的冲击。这个"病根"不在于原作者与原作品，而在于缺乏诗歌创作常识的翻译者。本人不懂外文，无法体会外文诗歌的韵律或音乐之美，但从一些出版社推出的"古诗（词）今译"之类可见端倪。

因为查询便捷，以上各种，均不具体举例。

五、结语

诗歌需要经营，需要打造，需要为读者提供审美愉悦，或让读者获得某些启示，它不该是炫"技"的工具，更不该是恶俗的载体。所谓诗无达诂，是自古就有的一种诗学现象，它反映了诗歌题旨的丰富、深刻，并非仅仅追求让人"读不懂"，因此值得创作者孜孜以求——前提必须是诗歌。

大千世界无奇不有，出现有特殊癖好的作者不难理解，也可包容，但他们的作品更适合在专门平台有针对性地为癖好相同者服务，不适合在审美取向正常的大多数人面前炫耀，不适合嘲讽人们浅薄无知，更不适合挤占有限的版面资源。

作为常人，我们无法左右已出名或想出名的作者的各种搞怪，但可以不关注、不模仿，兴趣来时，踏实地写一些未必属于佳作但可以不是劣作的多少带点诗歌特质的篇什，为呵护这种曾经高雅却逐渐式微的文学样式稍尽微薄之力。

2019-11-27

在《杨厚楣诗文选》发布会上的发言

各位领导，各位嘉宾，各位师友：

经过差不多半年的编辑校对和与出版单位的密切合作，厚楣先生的这本诗文集终于出版了。这是一件值得我们欣慰并可以稍微告慰厚楣先生在天之灵的事情。从 2019 年 11 月 24 日到今天（2020 年 8 月 1 日），厚楣先生离开我们，已经 245 天了。

从我个人角度，自从结识以来，厚楣先生一直是长辈，是益友，更是良师，我们的交往，是我永远无法忘怀的忘年之交。在可以预见的将来，我决不会忘记厚楣先生对我的关怀和帮助。我的感想，或许可以代表大多数中青年诗友，因为我知道他们也都从厚楣先生那里获得过相同的关怀和帮助。我们每个人都可以用自己的方式缅怀厚楣先生，感恩他的无私，学习他的谦逊，为贵阳地区诗词创作队伍的壮大、诗词创作水平的进一步提升，做出应有的努力。

和厚楣先生的交往，我专门写过一篇稿子；厚楣先生离开我们后，我又专门写过一篇。两篇稿子我都放进待出的一本书里，正在印刷之中。在这里，我只想着重谈谈这本书的编校过程。

2018 年 5 月，厚楣先生写了《试摹黔中诗友（七首）》发到 QQ 空间，因为没有署名是哪七人，引发了许多猜想和热议。知情者根据诗作摹写的内容，猜测了七个人，依次是张兴、刘灿、何伟、李玉真、李华、杨林、王钦。因为杂事多，我一般不太逛空间，别人告知其中有我。进去看发现第四首有"饮士"等说法，我也就觉得厚楣先生写的是我；还没来得及专门求证，厚楣先生就溘然长逝了。

七人之中，李华的处境相对苦一些，厚楣先生在这件事情上没少操心，曾经多方设法托人，试图帮他改善。厚楣先生去世后大家都伤心，李华也不例外，但他却预先想到收集厚楣先生诗文稿件为出集子做准备的问题。在他的提议下，七人很快形成一致意见。由于想法跟市学会领导的决定不谋而合，收集整理诗文稿件的任务就由七人共同承担。这里需要特别说明的是，在厚楣先生诗词作品中，点名赠诗赠词的不在少数，但因为校对稿子是一件相对繁难的事情，我们没有牵扯更多人进来。在自动对号入座的情况下乐意为这本书尽力，一是这组诗的写作时间相对靠后，二是把这项任务作为感恩的表达方式，我们觉得义无反顾。

稿件的收集范围，包括厚楣先生的新浪博客、诗词吾爱和 QQ 日志、QQ 说说等网络空间。每个人都分头承担了任务，但杨林为稿件的收集归类整理花了更多的时间和精力。在我们分类校对期间，张世贤老师转来了厚楣先生的小女儿杨延瑞提供的《若斋诗文选》。我们依照《若斋诗文选》的编排体例，将两组稿子进行了合并，去掉重复的篇什，内容相异时择善而从，得出厚楣先生诗文稿件的汇编本（电子版，下同）。汇编本各体裁数量如下：

五绝 53 首，五律 84 首，七绝 318 首，七律 120 首，古风 33 首，词 198 首，新诗 65 首；小说 2 篇，散文 22 篇，随笔 4 篇，评论 16 篇。

在汇编本的基础上，结合成书的开本和页码，我们继续分头进行，得出现在这个选本。选本各体裁数量如下：

五绝 21 首，由李华选；五律 30 首，由何伟选；七绝 120 首，由刘灿选；七律 50 首，由张兴选；古风 15 首，由杨林选；词 100 首，由王钦选；新诗 31 首，由李玉真选；文章部分全部保留。遵照市学会领导的意见，厚楣先生在第二届红枫诗会上的讲话，我们也根据录音整理成文，放入评论版块中。

从汇编本到选本，稿子的删减对我们每个人来说都是一个痛苦的过程，因为厚楣先生的所有诗文作品，每一篇都非常严谨非常用心，删除哪一篇都觉得可惜，觉得于心不忍。与此同时我们也明白，除了勉为其难，没有更多的选择。

在形成汇编本时，我们对发现的瑕疵即时指出即时处理，在群内讨论以明确改法；在选本中，又对各文体进行了多次交叉校对，发现问题随时提出随时协商处理。尽管有足够的热心与虔诚，限于学识和眼界等因素的制约，我们仍然不敢说这是最好的选本，也不敢说选本中毫无瑕疵。幸好汇编本我们保留着，在已经分享的前提下，无论谁需要都可以继续分享。汇编本在，就不会影响师友们全面了解厚楣先生的文品，也不会影响大家学习厚楣先生的人品。书中的图片，大多数系厚楣先生的小女儿杨延瑞提供，先生的大女儿杨晏帮忙拍摄的也有。我们也得感谢她们。

将来某一天，厚楣先生的诗文也许会有更好的选本出现。这并不是没有可能的事情，我们期待有那么一天。

厚楣先生将永远活在我们心中，活在贵阳地区的文化记忆里！谢谢市学会！谢谢大家！谢谢厚楣先生的家属参加这场发布会！

2020-08-01

小说散文化与散文小说化谈趣

小说和散文，文体泾渭分明，并不模糊，至少在文学作品的分类里面，它们是相互独立的。然而，在我的阅读体验中，小说像散文，散文像小说，这样的情形时有所见。换言之，二者当中的部分篇什，都或多或少地隐含着"趋向"另一种文体的特征。以下，做些简单分剖。

一、小说散文化

一般地，小说要素包括人物、情节和环境，结构包括开端、发展、高潮和结局。塑造人物形象是小说的首要任务；某些小说人物形象不鲜明或欠典型，情节不曲折不生动，或许可以理解成小说散文化的几种表现。它们可以单独出现，也可以"协同"作用。有这种倾向的小说，主题往往侧重于对生活的"再现"而非"表现"，有的可能有所概括和提炼，但力度不够，易使其艺术形象与生活原型过多重合甚至"同一"。选以下几个名篇，仅为了证明小说朝散文的"趋向"性，而不是试图否定它们的思想或艺术成就。

《一件小事》，是鲁迅先生小说集《呐喊》里的一个短篇，通过"我"这个知识分子的"小"，来反衬底层劳苦人民思想境界的高尚。《故乡》，是鲁迅先生小说集《呐喊》里的另一个短篇，通过"我"回乡期间的见闻感受，反映了农村经济每况愈下的凋敝和百姓处境的极端艰难。《边城》，是沈从文先生的一部中篇小说，叙述了湘西茶峒这个边城小镇的风物人情，颂扬了冷色调环境中人性的善和美。

以上几个名篇，都曾经或正在作为中学与大学的课文，但通过简单分析我们可以发现，它们的小说要素都是存在某些"不足"的。

《一件小事》有人物有环境，但情节的一般化，让我们更相信这是一篇倾向于写实的散文，尽管对时代背景的渲染和小中见大的谋略使这篇作品的成就并不低。《故乡》有人物、情节和环境，主人公"我"的身上却有着较多与作者经历重叠的影子，我们会情不自禁地将这篇小说当成散文来读。《边城》同样有人物、情节和环境，但情节有些滞缓，使我们总会以为是在阅读一部凄美的长篇散文。有意思的是，因为叙事抒情的唯美，因为与当时兵荒马乱民不聊生等大气候的不合拍，《边城》曾经饱受责难。

二、散文小说化

这指的是一些散文，超出了"平实"这个特征，在人物塑造、情节安排、手法运用等方面，具有小说一般的魅力；有的非但不是写实，出于某种考虑甚至部分或全部虚构。以下几篇，都选自鲁迅先生的散文集《野草》。

《影的告别》　"形影不离"，生活中常被用来比喻极其亲密的关系；从科学常识角度，我们还明白"影"是永远依附于"形"且永远没有独立地位的。这篇作品的主角"影"，表达了种种异于常态的念想，集中体现了满腔愤激与彷徨。

《复仇》　作品主角"他们俩"，手握利刃摆出姿势准备赤膊死战，引起了各路无聊看客的围观。他们长久地按兵不动，无聊看客们于是无聊地走散。主角的心性，别人不懂，他们也不屑于别人懂。

《过客》　在孤苦境地里，老翁和女孩相依为命。面对不速而至的"过客"，女孩热情中有好奇，老翁客气中有戒备。唐突闯入的客人不知道他自己的来处与去处、不知道未来的方向，甚至不知道自身是谁，但他会在"声音"引导下坚持走下去，哪怕最终不过是走向夜色和坟岗。这篇作品，直接就是一个袖珍剧本。

《聪明人和傻子和奴才》　奴才因为受到主子的苦待四处找人诉苦，聪明人听了，假装同情，他满心感激；傻子听了义愤填膺，动手帮他砸碎桎梏。傻子热心的义举，最后却成了奴才向主人邀功的"铁证"。

鲜明的象征意味，是上述各篇在主题上的共同特色。各篇作品的主角，基本上都不具有现实"合理"性，然而作品的思想和艺术价值，反而得到了大幅提升。

三、文体之"辩"

一篇作品是散文还是小说，在看法不同的情况下谁说了算？决定权应该属于作者，但在现实中却未必。下面举个有趣的例子。

史铁生的《我与地坛》，是一篇篇幅较长的优美散文。《上海文学》编辑部与史铁生沟通时，准备作为小说发表，但他坚持了自己的意见。该刊在登载时做了变通，开辟了一个临时栏目："史铁生近作"。因为优秀，这篇作品获得了"1992年度上海文学小说奖"。在《灵魂的声音》里，韩少功也这么认定："我以为1991年的小说即使只有他一篇《我与地坛》，也完全可以说是丰年。"当年的一些小说选本和散文选本，都选了这篇作品。后来人们的认识渐趋一致，都认同它是一篇散文。然而，直到十多年后，还有人研究这篇作品的"小说嫌疑"[①]。

近年来，一些作者对传统散文过分写实化和程式化的窠臼逐渐生厌，于是有了各式各样的探索和尝试，而"小说化"无疑是最值得推广的一种。

四、无须下结论

虽然有精彩和未必精彩的差异，小说与散文却没有文体优劣之分。一篇具体的作品，到底是小说还是散文，在边界模糊时，可以是读者的判断，更应该是作者的"赋予"。在确保思想性和艺术性的背景下，一篇作品的体裁究竟是小说还是散文，宛如九方皋眼里马的性别，反而成了次要。

从作者角度，明确文体特征固然值得介意，但在确保思想性的前提下，我们更该着眼于艺术性的构建，因为作品的精彩或生动，就包含在"艺术性"之中。

2020-09-30

---

① 〔"小说嫌疑"〕见王彬彬《〈我与地坛〉的小说嫌疑》，中国作家网2007年1月9日。

拗体诗呈疑

探讨一些带有学术色彩的问题，往往需要一定的理论高度或论说依据，但这不是任何人都擅长的。在不擅长的人里面，本人就是一个。"拗体诗呈疑"系列问题的提出，不仅是因为存在疑问，还因为市诗词研究会安排了发言。然而，对这个专业性和学术性都较强的问题，我只敢"呈疑"——呈现疑问，就教于各位有经验有心得尤其是有作品的师友，特别是作同主题发言的吴若海先生和曾晓鹰先生。

一、拗体诗里"拗"的读音

拗体，拗救，在现代汉语体系中，都可以算作一个生僻词，生僻到对"拗"这个字的读音还没有完全统一的地步。商务印书馆出版的《新华字典》第 11 版，对"拗"字注音、解释及举例依次是：

ǎo，弯曲使断，折：竹竿～断了；ào，不顺，不顺从：～口｜违～。niù，固执，不驯顺：执～｜脾气很～。

通过简单分析可以发现，"拗"字在读"ǎo"时是一个动词，表示"折撇"的意思，读"niù"时则表示人的性格很倔强；读"ào"时解释中的"不顺"和举例中的"拗口"，更接近于拗体诗的"拗"的情形——平仄上的"不顺"与吟诵时的"拗口"（在普通话语境里面我们基本无法感知平仄"拗口"的情形）。

其他工具书，包括商务印书馆出版的《古汉语常用字字典》、湖北辞书出版社、四川辞书出版社合编的《汉语大字典》（缩印版）、巴蜀书社出版的《古汉语字典》，等等，都查不到"拗体"或"拗救"的相关读音。闲暇时与一些师友交流时，发现他们发的多是"ào"这个音，包括一些大学诗词格律的专业课，也是这么读的。

然而，在网上，包括拗体诗在内，特地标注读音为"niù"的，不止一处两处；近年来有些转变，但并不彻底。类似在读音方面存在歧见的，还有用于对仗方面的"失粘"，有读"失沾"的，有读"失黏"的。我私底下曾经问过一些师友，结论也不很一致。其实这个字，作为动词时读音为 zhān，"粘连"；作为形容词时读音为 nián，"黏米"。黔中方言对这个字只读 zhān，取其动词义项似乎更贴切些。然而，万事都得讲规矩，依规矩究竟该怎么读呢？借此机会专门请教在座的师友们，这是呈疑之一。

二、拗体诗的含义

拗体诗就是含有拗句的近体诗，也有人表述成用拗句写成的近体诗；拗句，相对于律句而言，指的是平仄违律的句子。清人刘坡公编著的《学诗百法》，在其"规则"部分的"辨别体格法"中，有这样的表述：

律诗正格，八句成章。一、二句为首联，可对可不对；三、四句为颔联，不能不对；五、六句为颈联，亦不能不对；七、八句为结联，则亦可对可不对。然正格之外，又有变格，唐以来均盛行之。但初学作诗，总以正格为是。若不注重体格，谬托古人变格之说，好高骛远，随意吟咏，势必不能形似，而贻画虎不成之诮。兹特将律诗中各种变格，分别言之于左，学者不可不细辨也。

在接下去的诸"变格"中，"拗体格"居首。刘坡公对其特征的描述是"对偶与正格相同，但句中平仄，不似正格之稳顺，即所谓拗句是也"。这比较符合我今天呈疑的拗体诗的情形。在刘坡公的论述中，其余几种变格依次是"偷春格""借对格""交股对格""隔句遥对格""八句全对格""八句全不对格""五六句对余全不对格"，等等。

以其中的"八句全不对格"而论，作为重要特征之一的对仗都不具备，如果同时存在拗句，我们又根据什么"认定"某一首具体的作品是否属于近体诗呢？这是呈疑之二。

三、拗体、拗句和拗救

拗体诗针对的是整首诗层面相对于正格的平仄上的"变"，拗句指的则是句子层面平仄的"变"；二者之间属于同一问题在不同角度上的差异性表述。这是我想当然的看法，是否真的这样呢？这是呈疑之三。

涉及拗，无论拗体也好，还是拗句也好，我们当中稍微有点经验的作者都能在创作实践中补救，如犯孤平、失粘、失对、三仄尾、三平调之类。但在东南大学王步高教授看来，这是一个较为复杂的问题。他以孤平为例，说问题复杂到对孤平的认识分派别的程度：王力先生是甲派代表，主张"仄平仄仄平"这样的句式才是孤平；启功先生代表的乙派，则认为凡是"两仄夹一平"这样的情况，不管处于什么位置，都算孤平。王教授结合一些诗歌实例，认为甲派主张的适用范围过窄，乙派的又太宽，经过分析论证后，将"孤平"的位置锁定在五言第二字（平声被两仄所夹），同时推导出七言第四字（平声被两仄所夹），并明确表示这是清初诗词理论家王士禛的看法：一句中必有两个相连的平声字。在诗词格律的相关课堂上，王教授有两处原话是这么说的：

我们倾向于王士禛的那种观点，现在网上也有越来越多的学者采纳王士禛的观点。他们还认为是自己发明的，其实王士禛早就说过。他们没有人指出这句话是王士禛说的，实际上读书当中我发现，这个王士禛早就说过。

我个人倾向于王士禛的观点，王士禛的观点看来是最全面的。但是呢，由于当代人对王士禛的观点知之不多，也没有很好地展开，这方面阐述得还是不顶够。

梳理王步高教授关于拗体诗的观点，我们有如下发现：

其一，孤平必救，办法是本句自救。

其二，大拗必救，办法是对句相救。适用出句为平仄脚的句型，也就是仄仄平平仄这种句型。具体做法是：若五言第四字拗（该平而仄）、七言第六字拗（同前，该平而仄），必须在对句的五言第三字、七言第五字用一个平声来补救。

其三，小拗可不救，客观上一般也救，办法为对句相救，适用出句为平仄脚的句型：五言第三字拗（同上），七言第五字拗（同上），可以在对句五言第三字、七言第五字用一个平声字补救。

其四，大拗与孤平拗救同用，即五言出句第四字大拗，对句第三字用平声字补救，而且同时救了本句的孤平（在对句首字为仄声的情况下）；例证之一是李商隐的《落花》第一、二句："高阁客竟去，小园花乱飞。"七言出句第六字大拗，对句第五字用平声补救，并同时救了本句的孤平（在对句第三字为仄声的情况下）；例证之一是陆游《夜泊水村》第五六句："一身报国有万死，双鬓向人无再青。"

王教授还有这样的观点：凡是经过拗救的句子，都算合律。如果这个观点成立，那么从整体层面上看，经过拗救的诗歌应该归属于拗体还是"正格"呢？这是呈疑之四。

从古到今，在近体诗长河中，除了王步高先生列举的情形之外，如果还有别的得到公认的拗救方式存在，情况又是怎样的呢？这是呈疑之五。

四、拗体诗影响和成因揣测

近体诗格律规范形成之前，应该无所谓律句或拗句的区分，五言也好，七言也好，应该是大致押韵就行。这个说法同样有点想当然，但似乎并不离谱——没有律句，拗句又从何而来？时至今日，在近体诗完全定型之后，还有为数不少的古风存在，一个严谨整饬，一个自由不拘，二者并行不悖。换句话说，创作者可以任意选择。在这个选项宽泛的前提下讨论拗体诗，对创作的驱动意义究竟有多大呢？这是呈疑之六。

对格律不谙熟，不尊重，主题思想也乏善可陈，但一些文字却因为作者身份特殊，经常占据名刊大报的显眼位置。如果其作者将这类作品称作"拗体"，该如何抵消其负面效应呢？这是呈疑之七。

相反的情形则是对格律过于娴熟而轻慢，放任甚至"追求"平仄不谐。这类作品不多，却偶有出现。该如何看待这类作品对初学者的影响呢？这是呈疑之八。

五、不同作者对拗体诗该有怎样的态度

初学者，凭热心与耐心迎难而上是恰当的选择，不能因对格律的陌生而放弃，甚至排斥，动辄用一些"变格"之类的说辞安慰自己、敷衍他人。原因很简单：变格的规律性更加难以掌握。经验成熟者，应多以"正格"为准，尽可能少用拗体而令后学者无所适从。

一句话：害怕格律的繁难艰深，往前有古风可遵循（当然古风也有自身的特征，并不比近体诗容易多少）；往后有自由诗可发挥，不必打着格律旗号而又不遵从。看法是否偏颇呢？这是呈疑之九。

网络时代，人人都可以借助诗词网站的检测功能一跃成为谙熟格律的"行家"，一些年轻作者更容易在"拿来"方面抄捷径，成为驰骋的"高手"。相对于传统的"苦读"和"苦吟"，该如何评价这种现象呢？这是呈疑之十。

拗体诗，个人认为，除非"拗"的地方存在奇思妙想，或者是意象绝佳不可更换，否则还是以正格为上，而不宜片面追求声律上的"怪异"。这种想法有无可取之处呢？是为呈疑之十一。

无须呈疑的是，我坐在这里，因为"三无"而汗不敢出。这三无是：无经验，无心得，无拗体诗成品——孤平拗救和三仄尾、三平调补救之类不算在内。近些天临时抱佛脚，为了呈疑而从东南大学王步高先生的诗词课和其他诗词资料中，受益匪浅，初步弄清了大拗、小拗等概念，以及与之相关的补救要领。这得归功于市诗词研究会的师友和同仁，特别是这次研讨会的召开。

2021-03-27

也谈现代诗审美的价值取向

这个话题大而且有些抽象，但既然是研讨会的主题，我只好勉为其难，跟着"也谈"。需要指出的是，我所指的现代诗，特指国内始于 20 世纪早期的民国初年，一直持续到跨世纪之后依然盛行，且不必像传统诗词那样需要恪守格律规范的按句分行的文字。由于国别之间文化或文学的隔膜，翻译作品的味道与意境相对于原作来说未必可信的缘故，舶来品不在谈论范围。

以下，拟从三方面来简单谈谈。

一、回溯 20 世纪的现代诗

20 世纪的现代诗延续了八十年，大致可以分成如下三个阶段。

其一，20 世纪 20 年代初—40 年代末。

这段时间对应于国民党统治时期。现代诗肇始于当年一些名作家的尝试，某些"尝试"之作在跨世纪后的今天看来，从思想到艺术都不足称道，但在当时来说非常不容易，最起码勇气可嘉。30 年代中后期进入抗战胶着期，解放区和国统区的现代诗创作，思想情感上出现了两个不同的"阵营"：前者倾向于群众性，有歌颂有抗争有揭露也有鞭笞；后者注重作品的雅致，也不乏具有正义感而贴近现实者，同情或批判之作也客观存在。

其二，20 世纪 50 年代初—70 年代中后期。

现代诗进入了一个全新的时代。这期间的现代诗以歌颂新成就新面貌为主流，一些曾经知名的诗人，因为"旧"或者"落后"而相继辍笔，一些曾经具有影响力的现代诗流派，则迅速绝迹。这个时期，现代诗主题最大的特点，大多表现为情感上的忠诚、狂热，或者讴歌手法上的极度夸张。

其三，20世纪70年代后期—20世纪末。

到了80年代（事实上在1978年之后就有了这种迹象），现代诗开始从政治高峰上渐渐冷却下来，跟其他文学体裁相仿，有了反思，包括对伤痕的揭示。随着文艺政策的解绑，80年代早期，各地文学刊物纷纷涌现，现代诗也"生逢其时"。需要说明的是，这个"黄金期"很短，到80年代接近尾声时，随着很多文学期刊的相继消失，现代诗也渐趋"没落"。还可以这么认为：作为一种"附生"性文体，现代诗在主题和题材等方面，并没有超出小说和散文之上，艺术技巧方面也少有值得称道的地方。

概言之，整个20世纪的现代诗，不同分期的思想和艺术成就有高下之分，包括追求政治正确的中期在内，不管客观效果如何，作者的创作动机都没怎么背离审美追求，也没怎么违反人们的审美常识。90年代中后期，因为经济大潮的冲击，一些具有影响力的作者下海经商，文学期刊进一步委顿，有的惨淡经营，有的嫁作商人妇①，有的不知所终。在这样的背景下，现代诗成了鸡肋。然而，不得不说，包括以读不懂为特征的各种异军突起的新流派在内，作者们的创作态度依然是认真的，现代诗从总体上看依然是纯粹的。

二、旁观21世纪20年的现代诗

21世纪的现代诗大致可划分为两个阶段：第一个十年，第二个十年。

社会在进步，经济在发展，21世纪的首个十年，现代诗依然存在。人们向往的一些现代诗刊，那类似于不倒翁式的存在，依然神秘而又神圣。网络的普及使得现代诗的命运忽然间出现了转机：谁都可以零起点，借助网络空间展示自己的文字，包括现代诗；一些文学网站也扎下根来，积极助推。各地恢复或新设立的文艺机构，在这时期也相继发挥了积极的作用，创办了自己的文艺刊物，让境域

---

① 〔嫁作商人妇〕指20世纪90年代一些纯文学期刊在商业浪潮冲击下的"转型"。

内的作者有了展示作品的纸媒平台。网络空间和文学网站的开放性，与文艺内刊的地域性形成了一种互补，相辅相成。

大概是不甘于平庸，或者是求名心切，进入第二个十年后，以恶俗、搞怪为特征的各种"怪体"逐渐登台，各显神通。一些诗歌作者，包括不会写诗的作者都加入了诗歌创作的队伍。可惜的是，一些人笔下的东西非但与现代诗无关，而且严重败坏了现代诗形象。如果一定要贴上"现代诗"标签的话，那些东西最多也不过是一些坏诗、歪诗、丑诗、恶诗，有的以炫丑为噱头，有的以不知所云为本事，有的以堆砌废话为特长，如此等等，不一而足。然而，因为部分"怪体"的作者身份优越，加上一些现代诗从业者的竞相阿谀，他们那些分行文字依然可以大行其道，有的获得了出版单位的力挺（如《天上的白云真白啊》），有的靠兜售书籍大发横财（如《平安经》——当然，谁都没有公开说那是"诗"），有的直接评上了大奖（实例从略）。这第二个十年，可以说是现代诗从良莠并存、忧喜参半到加速滑坡的十年。有良知的真正的诗人在这期间并没有绝迹，但他们的影响力几乎可以忽略不计。

三、现代诗审美将走向何方？

一切文学作品，要么能引导读者接近事物真谛，要么能让读者获得一定的审美愉悦，或者令读者受到一定的思想熏陶，或者引起读者一定的哲学思考，等等。排除主题先行的"说教"，前述这些都可以归结为现代诗的"有用"。

个人认为，现代诗（全文对其他文学样式不具有排他性）的主题，至少应该具有如下三者之一的文化价值：

思想方面，得与失，启发或启蒙，哲学认知，等等。道德方面，对与错，善与恶，讴歌或挞伐，同情或鄙弃，抑恶扬善，维系公序良俗，等等。审美方面，美与丑，使读者获得审美愉悦或美的熏陶，等等。

除了不知所云者外，旁观当下时兴的各种"怪体诗"（以下简称"怪体"），可谓"众彩纷呈"。

有的废话连篇，如"废话体"《对白云的赞美》《他不在家》《怎么办》；有的素材无聊，如"梨花体"《一个人来到田纳西》《我终于在一棵树下发现》；有的题旨浅薄，如"摸乳体"《流水》；有的题材别扭，如"羊羔体"《徐帆》；有的炫丑，如"屎尿体"《朗朗》《我的娘》；等等。

问题在于，各种"怪体"的作者们，没一个是普通人，有的身居要津，有的名声在外，有的还是名刊大报的编辑甚至主编（总编），把持着一本刊物或一份报纸的话语权。平心而论，这些作者的其他作品也并非毫无可取之处，有的还很好，但让一些"非诗"（贵阳学院中文系曾晓鹰教授语）文字杂糅其间，让对现代诗满怀虔诚与热望的普通作者与读者情何以堪？又让辨识能力不很高的青少年读者何去何从？有的"怪体"很轻易地就能被人模仿到真伪莫辨，又该如何看待？

究其实，现代诗审美的价值取向，创作和鉴赏都回到诗歌本身应有的文化价值才是正道，靠旁门左道博眼球终归不是好办法——走不远，更走不久。这"正道"能否回归？何时能够回归？我们需要注意如下两种互为条件的并列局面。

其一，困难重重，不乏转机。说困难重重在于，诸"怪体"的始作俑者，要么有位子，要么有名望，要么有影响力；说不乏转机在于，反对者不在少数。其二，不乏转机，困难重重。说不乏转机是指反对的人多，说困难重重则体现在反对者人微言轻，哪怕人多，"反对"也不具有足够优势。

一句话，当"怪体"可以肆无忌惮地冲击，当竞相比"坏"比"歪"比"丑"比"恶"成为常态、"主流"，当人们的阅读心态由最初的抵触、反感、抨击，逐渐演绎成适应、喜欢、追捧，甚至争相效法（目前基于"恶搞"性质的个别模仿不算）的时候，现代诗这种曾经高雅的文学样式，可能就到了画句号的时候了。

幸好这种局面还有可逆性，但愿杞忧多余！

2021-11-25

诗道三重"虎"

本文缘起，是曾晓鹰先生安排的一个研讨会发言，要求针对网络语言和口水话入格律诗词的问题发表看法。相对于近些年来"诗潭"尤其是自由诗领域的乱象，网络语言和口水话入诗词，只要能保持一首作品整体的协调，那就仁者见仁智者见智，"问题"基本可以忽略不计。针对乱象，这里试图作些分剖——虽然大家都早已见怪不怪，其"怪"却不会自己"败"。

一、冷眼看诗道

自古而今，诗歌是否有"道"，不是哪个人凭着一己之念就能武断定论的，因为它一直就摆在那里。历朝历代，诗歌固然有兴衰之分，脉络却从未中断，特质也从未消殒，哪怕它未必总是以"诗"的名义出现。以国内为准，进入现代社会之后，诗歌被一分为二：其一是承继往古的传统格律诗词（含曲，前后略），在声律上以"严"为基本特征；其二是现代自由诗，除了按句分行而外，形式上没有被广泛认可或接纳的圭臬。两种体裁，一种严谨整饬而不乏音律意境之美，一种毫无门槛以致难觅佳构芳踪。从作者整体看，两个阵营，也各有风格：格律诗词阵营基本上安于现状，低调含蓄，各色活动大多没有媒体介入，近乎孤芳自赏；自由诗阵营常喜欢大张旗鼓广为宣传，高调张扬，于是在电视或报刊上露面的机会就多。

以下谈论的，主要是自由诗里那些作用消极而能量巨大的人、事和"语境"，三者合力，构成了坚不可摧的三重"虎"。在数量上，占比固然不算很高，然而因其处于核心或显要位置，就像美人额上被刻意粘上几粒老鼠屎，破坏了整体的协调那样，我们做不到视若无睹，更做不到因为美人妩媚而连带喜欢上那本该令人作呕的秽物。当那类秽物赫赫然横亘于诗道，令芸芸大众无法踮脚远眺诗歌前景，避不开，穿不过，甚至无法迂回前进的时候，视之为"拦路虎"，或许更加准确些。"拦路虎"有三重。

第一重：秉事者　名流　金主

秉事者因为掌握着话语权，可以在自己的"领地"上为所欲为，恣意作践诗歌。出于"赏识"名流或实现相吹的目的，秉事者有时也任由乃至迎接同好者一起胡来，一起作践。乐意在公帑之外赞助的背后金主，心血来潮时不自知地想要附庸风雅，往往也会被大开绿灯。于是乎，劣品、赝品泛滥，从传统纸媒到网络平台，屡受波及。有的秉事者本身就是名流，有的名流同时也是秉事者，于是强强联手，近亲繁殖，怪胎频出，触目惊心。

以恶心求名，因粗鄙知名，还不是最怪的。最怪的是名流不爱惜自己的"名节"，不择手段大搞剽窃，有的将别人的作品改头换面，有的全文照搬；被揭露后不是潜心悔过，痛改前非，而是色厉内荏，恶语相向。诗品的堕落，印证的是人品的沦丧。秉事者不肯自我救赎，又闭目塞听，诗道上便愁云满布，迷烟四起。

第二重：征文大小赛

稍微留意，我们就会发现"诗潭"赛事常常有：区域的、行业的，公营的、私营的，雅的、俗的，有艺术含蕴的、哗众取宠的，有始有终的、半途夭折的，面朝公众的、内部褒奖的，等等；真是此起彼伏，层出不穷。一直以来，许多赛事在标明举办宗旨的同时，都会确立指导思想。然而这"思想"，在很多时候又仅仅流于一种口号，不会真正"指导"，更不会贯彻到赛事的相关环节中去。

回顾以往，一些赛事曾经让圈外作者心潮澎湃，踊跃参加；活动终了，也不时有黑马脱颖而出，让举办者倍添光彩。而时下饱受诟病的某些赛事，有的限定"资历"，有的标准不公开，有的过程不透明，有的结果不服众，更多的是"复合型"，兼而有之。"自信力"越位，"公信力"缺失，"三不"成为常态，都让那些获奖诗歌中的某些篇什，在群起质疑的聚光灯下灰头土脸。不过，基本上没有哪一个奖项因为受质疑而复评或取消，这或许彰显了强强联手的威力——受奖者与授奖者都蕴含了巨大的能量。反之，太多太多的圈外作者，在少数精英眼中，非但不是鲜活的存在，甚至不是"合理"的存在。

第三重：纸媒　平台　活动

部分纸媒和平台，包括某些活动，都是诗歌的"语境"，只是它们已经沦为某些秉事者和名流私相授受的个人领地。

多年前，纸媒曾经以身作则，引领过诗歌，培养过诗人，更慰藉过心怀向往的广大圈外受众。时下，有相当一部分已经产生了严重蜕变，成了秉事者和名流及其亲近者互相勾连的媒介。巧借诗歌之名，当事人在这里获得了包括名和利甚至"出洋"在内的种种好处。由传统纸媒延伸出来的网络平台，"欺生"也是强项，与纸媒在本质上并没有明显的差异；至于活动，更体现了"联谊"的表征。

纸媒也好，平台也罢，包括活动，实质上都是圈子。以傍名人为荣，不甄别其文字内容，或者乐意为其文字恶俗的后果买单，似乎成了某些圈子的"癖好"。更有甚者，抄袭事发，圈子心有忌惮，有的轻描淡写，有的避实就虚，还有的穿上皇帝的新装配合演戏，哪怕声名受损也在所不惜。

诗歌从植根大地（民间）到独舞虚空，从思想和艺术并举到各执一端（能量强大，艺术归零；"艺术"挂帅，不知所云），从谨守表达规范到语法底线迷失，从追求视听美感到审丑炫丑，一路滑坡。不媚"权"就傍"名"，要么逐"利"，这三者都充满了市侩气、铜臭味；素来遭到反感的东西，偏偏成了当今不少圈子共同追逐的目标。缺少了真善美的情感内核和自主的思考，诗歌将不再是诗歌，只会是一堆堆立不起来的残砖断瓦，还可能是干碍视听的秽物。

个人空间与专集，是"语境"的重要组成，只要不动用公权力，不滥用影响力，就像古人刘伶在自家屋子里不着寸缕那样，纯属私有，怎么比画怎么展示别人都是管不着的。只可惜，这样的自律，在本身或亲近者拥有公权力或影响力的情况下，荡然无存。

二、众"虎"当途，诗歌无奈

从第一重看，"拦路虎"盘踞在诗歌要津；从第二重看，大多都在"秉事"；从第三重看，各色场合都是其"自留地"——三重"拦路虎"，虎虎生威。"拦路虎"想要阻挡诗歌，想要作践诗歌，想让诗歌屡创新低，想把诗歌推向断崖，总有若干重量级的"家"或"者"趋之若鹜，鞍前马后挥戈助阵，摇旗呐喊。所谓"从善如登，从恶如崩"，其镜鉴意义并没有多少秉事者乐意汲取——格律诗词也已受到了冲击，网络语言和口水话入诗词且过多过滥，即是明证之一。

诗歌已经被置于死地了，未来能否实现"后生"，由于众"虎"眈眈，诗道风不再清气不再正，我们暂时看不到太多可能。身为圈外诗歌爱好者、写作者，面对诗歌的窘境、险境、绝境，我们喊不出自己的声音，然而只宜"既来之，则安之"。如果悲观失望一哄而散，将会违背市学会召开今天这个研讨会的初衷，也将会辜负我们在诗道上曾经的孜孜努力。

但愿我个人的悲观论调不至于影响大家，也但愿在诗歌国度，各位见到的除了阳光，就是鲜花——或许真的会有那么一天。

为照应格律诗词的话题，最后以一首五言作结：

诗道虎汹汹，歧途竞摆功。

古贤甄善美，时下几人同？

2022-03-07

跋

对喜好阅读的人来说，现在堪称一个心想事成的时代，免费也好付费也好，主动也罢被动也罢，都可以"招"之即来。不过，仅满足于记住标题或作者，我觉得是不够的；哪怕连内容梗概一并记住，也无法表明读有所"得"。我的习惯，于是便以文字反馈为主，发微探幽；但凡有所触动，都信笔直抒。文字反馈有两种：一种倾向于学术性质，喜欢谈玄说妙，把措辞搞得佶屈聱牙，动辄古人云洋人曰；另一类相对通俗，不追求所谓专业特色，只求把意思表达到位。这本集子中几乎所有的篇章，都倾向于后者。

曾有智者提议，要我将目光瞄准经典。建议虽好，操作却难：一则经典太多，从古到今，从中到外，说汗牛充栋毫不夸张；二则解读太多，岂止车载斗量？一部《红楼梦》，成就了"红学"这门职业，让若干解读者坐拥丰厚经费与高大平台，不仅解决了生计问题，其中一部分还成了学者专家乃至泰斗。有趣的是，关于这部经典的许多核心问题，比如作者到底是谁，作品究竟反映了怎样的主题，两百六十多年过去，迄今依然各说各话，疑问无解。年代太久，资料太少，作伪者就有了可乘之机，一些研究者信以为真，新的"成果"便此起彼伏。

尊重经典，学习经典，对每个读者来说都是一种必须。这必须并不意味着要跟在别人身后亦步亦趋、人云亦云。有时兴许会产生某些"独到"的感触，却不敢保证它在浩若烟海的解读中不与别人的研究成果撞车。由是推知，怎样阅读经典反而成了让人犯难的事情。今后会不会尝试，只能说"未可知也"。

阅读对象，于是锁定于现当代，偶尔涉及往古。它们绝大多数都不是经典，至少目前不是，但多是用心用情之作，值得在乎，值得予以积极的反馈——哪怕很多人在乎反馈者资历胜于反馈内容本身。阅读对象中，有的作者熟悉，有的陌生；有的用本名，有的用笔名；有的专业，有的业余；有的出色，有的普通。以所读作品为重，并不特别关注作者身份。阅读之外，某些感触稍可示人者，也在本集收录之列。

按照阅读体例大致归类，这部集子分为诗词纵谈、诗歌纵谈、散文纵谈、小说纵谈、纪实纵谈和综合体悟几辑，每一辑又按时间先后排列。前几部分都是对具体作品的阅读理解，综合体悟部分，则属于阅读之外的所思所想。

对阅读对象做一个集中而友善的反馈，同时继续体现对自己文字心血的一份在乎，是出版这部集子的初衷。曾有朋友取笑，说我读到什么都要夸一番。此话大谬不然，因为这本集子呈现的，只是我阅读中很少的一部分；批评意见只适合私底下交流，收录就更少。对某些作品稍览大概后不置一词，也是一种礼貌。这部集子定稿后，经过慎重考虑，我又特地删除了以批评为主的几篇；部分篇什中以"题外"形式存在的商榷或批评性意见，也适当做了精简处理。

虽然一直尊重别人的作品，予以积极友善的反馈，我却并不试图借此获得对等的"回报"。小到一篇作品，大到一本书，每个人都可以有不同的理解和评价。这理解和评价在内心是一回事，表现出来又是另一回事，二者不会必然相同。因此，这部集子可能会得到当面的称许，更可能会受到背地的非议。既然没有买赞的初心，我就无须计较太多。

在此，谨向拨冗作序鼓励的黔山一叟先生、题写书名的何江先生和提供校对反馈的金玉龙先生、胡荣胜先生、梁玉美女士、李光利女士和祝琼女士等好友致以诚挚的谢意，同时感谢市作协和市诗词楹联学会众师友的关心与鼓励，包括我的亲人和朋友们长期以来的理解和支持。

作　者

2023 年 3 月